散文集

陆汉洲 著

天涯之梦

中国出版集团
现代出版社

图书在版编目（CIP）数据

天涯之梦/陆汉洲著. --北京：现代出版社，2018.1（2024.1重印）
ISBN 978-7-5143-6714-0

Ⅰ．①天… Ⅱ．①陆… Ⅲ．①散文集－中国－当代
Ⅳ．①I267

中国版本图书馆CIP数据核字（2017）第326395号

天涯之梦

作　　者	陆汉洲	
责任编辑	杨学庆	
出版发行	现代出版社	
地　　址	北京市安定门外安华里504号	
邮政编码	100011	
电　　话	010-64267325　　010-64245264（兼传真）	
网　　址	www.1980xd.com	
电子邮箱	xiandai@vip.sina.com	
印　　刷	成都新千年印制有限公司	
开　　本	880mm×1230mm　　1/32	
印　　张	12	
字　　数	268千	
版　　次	2018年1月第1版　　2024年1月第3次印刷	
书　　号	ISBN 978-7-5143-6714-0	
定　　价	46.00元	

目 录
CONTENTS

第一辑 梦·故乡

第二辑 梦·人生

第三辑 梦·远方

第一辑　梦·故乡

　　行走天涯，故乡离我很远；但在我心中，故乡永远那么近。

当我们从时间深处走来

　　我的故乡位于富庶的江海平原东端。长江、东海、黄海三水相交处徐来的风，伴我走进脚下那块土地的起始点，我便一下子苍老了300余年。平原上纵横的沟河，演化成了我的皱纹；海滩上泛起的盐花，染白了我的鬓发。

　　时间把荒滩变成良田，把茅草屋、环洞舍，变成了高楼大厦。时间也把拓荒的泥腿子，变成了一个个能工巧匠。当初的芦笆门编织工，变成了后来的泥木工、钢筋工、电焊工和建筑机械操作手。一个建筑大师陶桂林变成了建筑之乡的10万建筑大军。出自陶桂林之手的那幢矗立于上海滩、曾经闻名远东的24层建筑——上海国际饭店，如今已变得不足为奇。今天将要建造的121层"上海中心"，其零头也与它相差无多。即便是我办公室窗外正在施工的建筑物，也是一幢41层的超高层建筑，欲争苏北县城第一高楼。一根根桩基重重地打下去，打向时间深处——下边是300余年前的一条河流。"轰隆隆"——从地面上经过300余年时空传递下去的打桩声，打破了那条老河的宁静。那幢超高层建筑桩基下，曾有300余年前那条河流里生存过的鱼虾蝤蛄之类的生命。时间把生命拌进了建筑。我知道，除了动物，芦苇、茅草、树木、砂石、砖瓦、钢筋，乃至脚下的泥土，都有其自己的生命。

当时间将这些生命归于建筑时，它给人的巨大震撼力，将穿透启东三百年、中华五千年的时空。

时间是一座繁盛茂密的森林，它的密度使我们没有任何停顿下来歇脚、驻扎的空间，我们唯有不断地奋力前行。因为，我们每前进一步，曾经的空间迅即被茂密的森林填补，决定了我们始终没有退路。这座茂密的森林是一座大氧吧，每一次深呼吸，都是我们生命的动力。我们在时间面前惊叹：在蓝天下曾经高耸的森林，曾经的满目碧绿苍翠，如今却深藏于地下，变成了让人惊诧的乌黑发亮的煤海。那些密密匝匝、悠闲优雅的繁枝茂叶，如今却光着身子"单干"累得头顶上冒烟——用来取暖和照明的原始的柴火，在时空的轮回中，演化成了从地底下升起的另一轮太阳——成为洁净文明的能源。人们取暖，不再靠烟熏火烤；照明，不再用松明火把。都市之夜因为有它而变得绚烂亮丽、美轮美奂。时间将曾经的枝枝丫丫，演化成为一只只力大无比的巨手，它能高擎数以百吨计的重物，推动钢铁长龙在铁道上疾速奔驰。唯有湮没在地下的化石，倔强地将自己凝固在生命消失的那一刻——千百万年后的今天，树们生命的年轮，在历经岁月磨砺的那些石头上，依然清晰可辨。

时间是一条蜿蜒绵长的河流。它的长度使我们望不到它的尽头。顺着时间的河流跋涉，进行生命之旅，你将无怨无悔。因为，时间的河边，生命的旅程，总是一步一景。你生命的精彩，就在你的脚下，你的前头。时间也是一条悲壮的河流。玉门关、罗布泊、高昌故城、交河故城，昔日丝绸之路的喧闹与繁华，被时间的河流荡涤殆尽。烽火台、古城墙、饮马槽，衙门、街道、市井，一一风光不再。今天高耸着的造型各异的土堆，就是昔日喧闹与繁华的见证。挟裹着黄沙的风里，伴有昔日丝绸古道上的马蹄声、市井店主的吆喝声。时间在悲壮的河流中，改写着人类社会发展的文明史。比如有了那条大运河，乾隆帝可以乘龙舟顺流下江南。京城的百姓，一伸手，即可以捧上一把江南水乡甘甜的水，润喉、沐浴、淘米、浣衣。那一轮江南俊美的水中明月，也随着清澈的运河缓缓北上，流到了森严的皇城根下。比如有了那条用钢铁铸就的贯通欧亚大陆的新丝绸之路，古丝绸之路上马帮商旅那悠扬浪漫的驼铃，变成了钢铁巨龙震耳欲聋的长啸。著名的莱茵河畔北海之滨的鹿特丹港，由时间作媒，与东方大港中国江苏的连云港牵手。龙头龙尾水清清，海蓝蓝，巨轮穿梭，汽笛声声。倘若让古人也前进一步，驾乘今天的钢铁巨龙，领略新丝绸之路两端及其一路上的气派，也会豪情万丈。

时间是一座巍峨高耸的大山。它的高度使我们想起了喜马拉雅。然而，珠穆朗玛也无法与它相提并论。我们只能以执着的追求，向时间的某一制高点奋力攀登，去那里追寻我们的理想、我们的梦。巍巍中华五千年的文明史，被一代代人改写。当代华夏儿女，手握中华文明的接力棒，道路艰难而曲折，任务艰巨而光荣，前途光明而美好。壮志在胸，底气十足。因为前人传承下来的五千年文明的火种，在这一代中华儿女的胸中燃烧。五千年文明的火种，是黄皮肤黑眼睛、东方文明生生不息的火种。百年奥运梦，千年飞天梦，2008梦圆北京，梦圆神七。有一种境界叫作爱，它高过蓝天厚过大地，它在时空隧道里的长度叫永恒。汶川特大地震中所彰显出来的中华民族感天动地的大爱之心，令古人也为今人骄傲。五千年文明薪火相传，五千年炎黄血脉相通，日月可鉴。倘若用时间的尺度去丈量这一境界的高度，恐怕也未有穷期。

时间是一列高速运行的列车，它的速度使我们不堪回首。斗转星移，沧海桑田，曾经的崇明岛外沙，一晃便与江海大平原融为一体。清末状元张謇当年在沙地留下车辙儿的地方，将被新建的高速公路和铁路所覆盖。乘着时间的列车，一晃就是一个世纪甚至几个世纪，谈何一个 2008 呢！前面一站就是 2009。我的视野里，窗外，远方，工地上的塔吊伸出的长臂在缓缓转动。我忽发奇想，时间仿佛也是建筑。那些砂浆、砌块、钢筋混凝土，在欣赏着阳光和月光跳舞的同时，它们纷纷循着时间的节律，将自己融进了时间的分分秒秒。

2008 年 12 月

我读故乡

圆陀角

故乡是水乡。

山里人以有大山为魂为根而自豪，我以故乡有水的孕育而倍感荣耀。

水是孕育生命的源泉，也孕育了我的故乡这一方神奇的土地。故乡与水有缘。

或许是上天的旨意，故乡的水乡味与众不同。翻开中国版图，或者于空中俯瞰故乡的土地，她的神奇与神秘，在于伸向大海深处的那一个"海之角"。位于海之头、江之尾，形似半岛的这一个天赐的"圆陀角"，上苍赐予了她江海水乡的独特韵味。由江海的泥沙长期积淀营造而成的"圆陀"，无疑是大江和大海相遇相处相互碰撞的爱情火花所孕育的一个美丽的童话故事。

长江、黄海、东海三水交汇处的水乡，她的神奇和神秘，谁能与之相提并论？找遍华夏神州，抑或整个地球村，恐难寻我神奇故乡的复制品。

故乡的泥土和他乡也不一样。长江之水天上来，它来自遥远的青藏高原、唐古拉山。各拉丹冬的雪水挟裹着世界屋脊的泥沙，与一路上结伴而行的泥沙兄弟，历经了千山万水、千难万险、千辛万苦，到了这里落脚。于是，便成就了江之尾、海之头的这一方土地，既是年轻的处女地，却又根系世界屋脊的高原厚土，岁月悠长。

故乡的泥土浸润着各拉丹冬的圣水，弥散着巴山蜀水的芳香，蕴含着荆楚汉风的情韵。踏进这方土地的第一个脚印，就是"辟吾草莱，启吾东疆"的开拓者的脚印。这儿的先辈来自神州处处，软侬吴语、南腔北调，成为缤纷的故乡语言色彩的一道风景。

故乡有梦。伸向大海深处的那个"圆陀角"，就是"梦之角"。当年，拓荒者的第一个脚印，就是故乡的《大海之梦交响曲》的第一个美丽音符。

故乡是仙鹤落脚的地方。自小，我听得最多的是吕洞宾驾鹤四次到此云游的故事。一个白发道长，驾乘一只仙鹤，在一片白云的簇拥下，四度云游此地，不来寻梦作甚？

不晓得洞宾道长四次云游寻觅的梦，最终是否如愿以偿？我却知道，如今凡人赛神仙，故乡人追逐百年的东方大港之梦，正在变为美丽的现实。吕四港建港常务副指挥长是位年轻的博士。顺着他的手，我看到环抱式港池外，几艘大型航道疏浚作业船正在紧张地忙碌。鸣响、回荡于苍茫的海天之间的作业船汽笛声，将年轻指挥长嘶哑的声音不露缝隙地盖住了。

梦想常与太阳有关。伸向大海深处的这一个"梦之角"，是江苏版图上最早能够看到日出的地方。寅时，正是人们睡得正香正甜的时辰，甜美的梦境常于此时浮现。而正于此时，故乡的这个"梦之角"，就能看到别的地方只能在梦幻中浮现的太阳。

到了这一个"梦之角"，作家、诗人和画家都会把抒发的情感跃然纸上。摄影师的镜头，以其艺术家的构思，将精彩的画面定格于这一"梦之角"的时空瞬间。而企业家到了这里，油然而生的是在这里进行投资创业的渴望。于是，"梦之角"周边的海岸线、江岸线，都成了寸土寸金的风水宝地。地价分分升值，秒秒见涨！

古　镇

沉睡了一夜之后，古镇醒了。

这儿是我的血地。我生命中的第一声啼哭，是在六十几年前初冬的那个黄昏，古镇将要入睡时分。

听，市声渐起。鸡鸣狗叫声，商贩的叫卖声，还有超市音箱里播放的流行歌曲，撕碎了古镇一夜的宁静。黑夜醒了，人们醒了，古镇自然就不能再睡了。

街背后宽阔的河面上，泛起了亮晶晶、光闪闪的水波。一群白的、黑的、灰的、黑白相间的鸭子悠然自得地游荡着。它们似乎也刚醒来。有一对天使般的白鸭子游着游着忽然立起了身子，它们拍打翅膀时展现的身姿很像一对优美的舞者。接着引来一串清脆的"嘎嘎嘎嘎"声。也许，这是伙伴们在为这对舞者的成功表演而欢呼。河沿伸出去的水桥上，一位年轻的女子正在洗衣裳，倒映在水中盈盈的俏脸上透着红晕。哦，她男人今儿个天不亮就离开了古镇靠河沿的家，外出打工去了。明眼人看得出，昨晚，她过得很幸福。

早春的这一个清晨，阳光诗意般地洒满了古镇老街的石板路，清新的空气一往情深地亲吻着古镇的每一个角落。四乡八里上街赶早市的乡亲，有许多熟悉的面孔在我记忆的河流里浮动。哦，老了，都老了！可是，他们一个个又都显得很青春似的，见面跟我打招呼，都显得那么精气神十足。

其实，故乡的古镇没有任何古迹。因为，古镇并不古老。这里，既无秦皇汉武的墨迹、唐宗宋祖的足迹，亦无王羲之、苏东坡等文人墨客留下过的诗行。它的古韵，全在它有着和沙地这一片新土同生共长的岁月记忆。这一方新生的沙地不足300年，这一座古镇却也有100多年的历史了。老街石板路的历史，就是百年古镇的沧桑印记。

古镇早年曾是下沙地区最繁华的集镇，而那盛开的繁华却在当年日寇的狂轰滥炸中凋谢了。战争与和平的距离，就在古镇今天与昨天记忆的两端。为了争取和平，古镇出抗日壮士，出全国战斗英雄，也出共和国将军。

为了正义与和平，壮士浴血奋战在疆场。抛洒在抗日战场上的每一滴血，就是英雄的古镇儿女奉献给祖国母亲的一束永不凋谢的生命之化。

行走在古镇祥和的春光里，我没有沉醉。

我们，也不能沉醉。

拓荒者

是水的恩泽，造就了故乡。

水是故乡的魂，也是故乡的根。

我的故乡，曾是漂泊于海上的十三处沙洲。被海水浸泡的土地，历尽沧桑，苦咸苦咸。那会儿，人都说，兔子到了这里都不拉屎，鸟儿飞过这儿都不落地。

苦咸苦咸又有啥？新生的沙洲依傍的老土——吕四一带，也是煮海水烧盐之地。苦咸的新土、老土两兄弟以苦为伴聚到了一起。不同的是，吕四一带那些以海水煮盐的盐工，尽是些冒犯了朝廷而被流放的犯人。而新土上的拓荒者，虽然饮着同样苦咸的风，过日子却没有那些被流放的盐工有那么多清规戒律。

东望茫茫数十里，白花花一片。晶莹的盐花，能煮盐换些小钱，却不能长花地。唯有螃蟹横行，红灿灿的蒿枝草随风摇曳。

下雨的日子里，盐碱滩却变了模样，白花花的盐花儿都顺着汪汪的水流，溜之大吉。

拓荒的智慧的先辈，想到了引长江水灌溉，改造盐碱地。于是，故乡的土地上，就有了纵横交错的大河、横河，还有数不清的民沟，以及一家一户的宅沟。宅沟通民沟，民沟通横河，横河通大河，大河通长江。由此可见，这是一项功德无量、利在千秋的浩大工程。就像王屋山下挖山不止的老愚公，拓荒的英雄的先辈，改造盐碱地的壮举历经数百年，延续了一代代人。

我的曾祖父、祖父和父亲，就是在故乡的土地上挖河不止的三代拓荒人。

我家就在那条通江达海的南流河边住着。

父亲说，我们家跟前的那条河，三十年里挖了两回。河道淤塞了，挖河不止的父辈们又辛苦了。

这一回挖河的场面，在我童年的记忆里，是何等的宏大、壮烈！那劳动的号子，粗犷、豪放，落地有声。然而，听起来也让人感到很是沉重。

那会儿，我们家住进了十来个打地铺的挖河的民工。中年壮汉、年轻小伙都有，也有胡子拉碴、年过半百的老者。那个白天在河岸上把劳动号子喊得震天响的小伙，那天晚上还没倒在潮乎乎的地铺就吐血了，好吓人哟！可是，第二天一早，他又上了工地，融进了热火朝天的劳动大军之中。

那会儿，我的父亲几乎隔年就要出一次河工，或挖河，或造闸。一个还不到五十的人，背却已经驼得像一张弯弓。

　　那天晚上，那个小伙吐血的情景，我都不敢往父亲身上想。父亲年轻的时候，肩膀还很嫩的辰光，是否也出过这样的状况？

　　在故乡，男孩子到了十八岁，就是到了出河工的法定岁数。出河工是责任，也是神圣的义务。没有这份担当的男孩子，相应的处罚另当别论，关键是影响他未来的人生。在村里头"矮人一截"的小伙子，日后娶媳妇准会出问题。

　　谁家的姑娘不爱慕英雄汉，而去爱一个"挺不起腰杆子"的熊包蛋？

　　这就有了一个个好儿男，宁愿到挖河造闸前线吐血，也不当丢人现眼的逃兵！

　　出河工的拓荒者，个个都是英雄汉！

　　一代代拓荒者的奋斗，使故乡的盐碱地终于变成了丰产田。到了我能出河工的年纪，故乡的土地上，已经隆起了享誉中外、凸显粮棉双高产的"金山银山"。

　　父亲弯弓似的背，侧着横向看，恍若耸立于大河之上的巍峨的河岸。

　　河岸巍峨，也沉重。

　　巍峨的河岸，亦厚重。

　　巍峨的河岸，是故乡"金山银山"最美的纯天然背景。

　　"金山银山"似的粮垛、棉垛，山一样地，巍然耸立于故乡的河岸畔。

青纱帐，玉米地

入夏，满眼的芦苇、玉米，青翠欲滴，铺天盖地。

故乡的原野，到了这一个季节，绿色的梦幻，唱主角的就是芦苇和玉米。

都疯长了，也长疯了。墨绿色的厚厚的芦苇叶、玉米叶，长得都很肥硕，经不住手指轻轻捏拿，一不小心，就会渗出绿莹莹的油滴来。

沟河纵横的故乡，这一个季节是芦苇的世界。它从水边伸向天空。银晃晃的芦花盛开的时候，是故乡的青纱帐走向成熟的辰光。

高高的玉米疯长起来，和芦苇一起，把故乡的道路、房舍都淹没了。

闷热的夏夜，原野上，密密匝匝的青纱帐把风儿都偷走了，一家一户的农家宅院成了一个个无风的孤岛。村里的男男女女、老老少少，无不躺在搁在凳子上的门板上、方桌上，抑或将就躺于一条稍宽一点的长条凳上，边扇着芭蕉，边听着织布娘娘在宅院旁边的玉米地里欢快地鸣唱。

乘凉的人们闲着没事，也不忘看着银河两岸闪烁的星斗，在那儿跟你调情似的挤眉弄眼。闷热的农家宅院里偶尔也有惊喜。这不，一会儿，听到东宅上一个小女孩惊呼：看——流星！流星！一会儿，又听到西宅上一个小男孩惊叫：看——萤火虫！萤火虫！

畅游于原野上的萤火虫，要比天上的流星显得更动人，也更诱人。小男孩兴奋地在宅院里追逐着，大人们还有哥哥姐姐都在为他助威、鼓劲。淘气的萤火虫却一会儿就不见了。小精灵钻进了密密匝匝的玉米地里，刚刚被逗乐的小男孩，这时就像泄了气的皮球，十分扫兴。

显然，青纱帐、玉米地是个藏身的好地方。烽火连天的抗战时期，故乡密密匝匝的青纱帐、玉米地，就是老百姓和新四军跟日本鬼子周旋的好战场，无疑，也是东洋鬼子无法征服的中国南黄海边的伟大的大别山、太行山、长白山！

我们家却也无法征服一只逃出笼子、钻进了玉米地里的兔子。故乡原野上的那些野兔，也许原本都是家兔。逃离我们家的那只小白兔，一个多月后我曾在村口的玉米地旁边看见过。在与我四目相对的一瞬间，它似曾犹疑过是否跟我亲近。确实，那个一瞬间，我就生出了逮它的念头。而它也不容我动啥念头，撒开腿就跑，一转眼又钻进了它赖以藏身和生存的密密匝匝的玉米地里。它毛色已变，心也野了。已经自由惯了的它，一定不愿再过囚在笼子里的生活。

年逾花甲，我忽然怀念起了故乡的青纱帐和玉米地，且要感恩故乡的青纱帐、玉米地。

芦苇，是故乡的土地上最早与拓荒者相依为命的朋友。拓荒者挡风避雨、赖以栖身的原始房舍，无论屋顶还是四壁，无不以芦苇为主材。儿时见过的环筒舍，无一不是芦苇造就。到了新的世纪，当我走进国际大都市的豪华酒店，闻到餐桌上芦叶的芳香，总会有一种对故乡青纱帐的眷念。

难以想象，几粒玉米种子，竟会是儿时最美零食。然而，这是事实。儿时，吃不饱的肚子，上顿不接下顿。放学路上，肚皮就开始以饥饿的名义进行抗议。我没有回家，径直上了父母和队里的社员们正在播种的玉米地里。当我发现了大人们悄悄地往嘴里塞玉米种子的秘密，我眼亮一亮，随即背着生产队长，将几粒玉米种子慌乱地塞进嘴里。贼一样的心虚。

回到家里方知，队长也曾背着人，偷吃过玉米种子。于是，我心里那块纠结着的硬实的石头，仿佛被一缕阳光磨得滑溜些了。我便释然，不再纠结。那个年代，也许就是这样。我感恩玉米，是出于困难时期，它对于我生命的给力。

无论是走进现代体验豪华，还是回味原始还原朴实，我发现，在时光交错的生活中，我无时不在与故乡的土地一起呼吸。

沙地部落

任何一个家族，总会和故乡的土地联系在一起。

一个家族的繁衍生息，总离不开故乡的阳光雨露。

故乡起风的时候，一个家族的成长，就会经受风的考验。

没有风雨的日子里，一个家族的生活，就会与阳光相伴。

醒来的早晨，故乡也醒了。黑夜和寂寞，被阳光无情地打发得不见了踪影。天空的蔚蓝，被悠然飘荡着的白云点缀。阳光明媚，天朗气清。原野上醒来的大家小户，都开始了一天的忙碌。

故乡原本是一片新土，原野上的人家，都是外来的迁徙户。一户、两户、三户，一只埭（自然村）、两只埭、三只埭，在不断的迁徙中，故乡的原野上逐渐有了人气。随之，也就有了商品的集散地——一条条集镇。

听说，遥远的东方有一块广阔无垠又充满希望的处女地，那是个靠江靠海梦一样的地方。呵，多么诱人！多么让人心动！

终于，激起了寻梦者一颗颗躁动的心，并很快化为迁徙行动。

寻梦者一颗颗躁动的心，或被利益所驱动。而那个遥远的"东方之梦"，是绝对的引领者。人类的伟大，正在于其有着自己独特的前瞻的思想。

在成群结队的迁徙中，呈现了一个个大大小小规模不等的部落式的群体。逐渐形成的每一只埭上，总有几户大姓人家。

这便有了故乡的沙地部落。紧靠着的相邻的几户人家，总是一个姓氏。他们的想法其实都很简单——到了一个陌生的地方，自家人好相互有个照应，有个帮衬。至于那些单打独挑的小户人家，对谁也不敢怠慢。若是有儿有女，也以能和大户人家结缘攀亲为一件颇有光彩的事情。

随着岁月的流逝，世代的繁衍，故乡的沙地部落就越发壮大。

每逢除夕或清明，上坟祭祖，在曾祖父陆希圣，祖父陆成彬，叔公成章、成家、成才和父亲陆鸿翔的坟前，总是聚集了不少人。我尽力想象着曾祖父这个庞大的家族，于一百多年前，就已是一个纵横四乡八里、颇具规模的沙地部落了。

故乡是水做的，故乡的风比他乡的柔，故乡的语言也是如水一般的软侬吴语。故乡的江河，不生产坚硬的石头。从外乡运来的石头，只是一个个被打磨后的精致的小品景观。故乡的沙地部落之间，从没听说曾经发生过类似于野蛮的原始部落刀光剑影般的争斗。好的家族部落形成的家风，浸润和影响了一代代后人，蔚然而成的，就是好的乡风村风民风。

其实，在我的故乡，所谓的沙地部落，只是一个在词典上没有被遗忘的名词。

每当我亲吻着故乡的土地，抚摸着故乡的老屋，心里的河流就会暴涨。无论是当年盐碱地上的红蒿枝，还是今天老屋上的狗尾巴草，都是我燃烧于心中的一杆火炬！

我读故乡，就是在岁月河的长途跋涉中，回首往事，寻觅我生命的根系。

2011 年 9 月

古镇风骨

南清河，在外乡人眼里，她仿佛是一条眉目清秀、脉脉传情的河流。然而，她却是位于江苏启东下沙地区历经沧桑的一座百年古镇。

这儿是我的血地。我人生中的头 18 年，曾经与她朝夕相处。我熟悉她的每一个清晨和黄昏，熟悉她每日喧闹的市声和宁静的月光下河边的蛙鸣，熟悉她于四季轮回中的每一个精彩片断和细微变化。在那片生我养我的土地上，总有我看不够赏不尽的春雾春花，夏雨夏蝉，秋风秋月，冬雪冬梅。她仿佛是我所依偎的一条生命，我熟悉她的每一次呼吸，读得懂她的每一个脚步。即便我离开故乡参军入伍了，从部队转业回到了故乡后又进了城，但一次次回家，我总有一种一次次投入母亲温暖怀抱的感觉。而在离开她的那些日子里，她又时不时地浮现在我的脑海里、睡梦里。

南清河，位于涨出自 1733 年（清朝雍正十一年）的惠安沙南缘，坐落于北自横贯启东的协兴河、南至万里长江的三条港河上。北与惠安镇、南距三条港闸分别约 5 里地。说她是座古镇，也并非远古。只因她历经了清代和民国，多少沾了一丁点儿古气。说她是百年古镇，百年只是个约数。其实，她的年岁远不止百年。我父亲陆鸿翔出生于 1914 年 2 月的南清河西南市梢小埭上。要是他老人家今天还活着，他于两年前就是一位百岁老人了。

作为有生命特征的南清河，她和有生命的物体一样，也有她的出处或来历。史学家称其为历史档案。

南清河，由三条港河北首的北清河大财主张子才始建于清朝末年。三条港河则于之前早已存在了。"清河"系张氏郡名。因其在北清河之南，张子才故取名"南清河"。当年，张子才从北清河南迁之初，先在河东300余米处建了一座三进两场心的大宅院，取名"两铭仓"，当地人亦称张仓。"两铭"为张氏堂名。

张子才当年名扬四乡八里的三进两场心大宅院，建国后被改建为启东县立南清河小学。这所县立完小也是我的母校，1964年7月，我在这里完成了小学学业。最后一任班主任，是家住惠安镇的宋介驰老师。虽然这所学校后来随着乡镇的撤并而消失，但我所熟悉的最后一排五六年级4个班级的两幢教室，在公元2016年4月的春光里，于当年的学子面前，依然阳光满满。两幢教室中间的那棵百岁古槐，在新世纪的春光里依然绽放着生命的嫩绿。而教室廊下历经岁月沧桑的宽实厚重的花岗岩石条，仿佛在告诉我它的过去。

南清河建有河东、河西两条街。河东由财主石庆如所建，街上铺的是小孩子拳头大的块石。河西即由张子才所建。河西街面大，街面上铺的是宽实厚重的规整的花岗岩条石。我们小时候常见的乡间民沟上的那些石桥，就是如此宽实厚重的花岗岩条石，可见当年建镇之初，张子才投入之大。在建了河西正街后，张子才又在河西盘湾地段，建造了一条四周相通的磨盘街。盘湾河南是张子才开设的乾元木行，镇北市梢是他开设的大东轧花厂。三条港河在南清河拐了两道弯，在流经南清河时构成了她的曲线之美。沟通河东、河西、河南、河北的4座木桥，分别沟通南清河东西向正街、北市梢张子才的乾元木行、盘湾南张子才轧花厂和河南的袁世涛竹行。

在陌生之地，在新涨的沙洲上兴建一条镇，是要花大量银子的，尤其需要勇气。我便不禁佩服起入住南清河的先辈们来。在佩服张子才、石庆如这些有钱人的勇气的同时，更佩服从四面八方移民至南清河这一片盐碱地上的拓荒者。建镇要有"市场"，而南清河地区的拓荒者，是南清河建镇立市不可或缺的强大支撑。

应该说，他们有的不仅是勇气，更有眼光。眼光凸显了一种智慧。所谓有胆有识，胆是胆气、志气、勇气，识是眼光、眼力、智慧。

南清河不比北清河。北清河是成陆近千年的老土，而南清河则是于清朝乾隆初年才从长江入海口涨出的惠安沙的一部分。随着惠安沙成陆时间的不断推移，便不断有海门、崇明、宝山等地的移民前来开垦。我曾祖父陆希圣、曾祖母黄氏夫妇，就是当年从海门三阳镇地区携成彬、成章、成家、成才四子前来南清河地区落脚垦荒的。初来垦荒的移民，面对一片全是白花花盐碱地的新土，收入甚微。四周尽是些收入无几的垦荒的移民，兴建的集镇繁荣不到哪儿去。南清河又在惠安镇之南。而惠安镇是惠安沙上最早建成并渐趋成熟的集镇，生意一定好做，土地也成熟较南清河地区早些。

但先辈们却似乎不这么看。启东新涨出的南部地区当年由崇明县管辖，始称崇明外沙。得通江达海的三条港河的优势，南清河扼沟通崇明与上海的交通要冲，后发优势必定会比惠安镇强。果然，不过十数年时间，南清河已成为海门往东下沙地区最为繁华的集镇之一，享有"金南清河"之誉，位居俗称的"银汇龙""铜北新""铁久隆"四条镇之冠。镇上有大同裕京货，南振泰的南货，有黄成泰、陆永成的酒店，卫氏的米行，陈松山的陈协堂银匠，同涵春、泰山堂药店。启东未设县治前，崇明在南清河设有驻外沙办事处。与此行政机构相匹配，这里便设有崇明县警察局外沙分局，崇明县邮政局外沙分局。抗战时期，陆洲舫曾在这里设立他的独立旅司令部，这是后话。于是，南清河便成为下沙地区最早有电灯和汽车的集镇。水陆码头由北而南，绵延三华里。那时，南清河的酒店、茶馆店不下几十爿，酒店、茶馆店里还有说书的、听评弹的，几乎天天客满。镇上不仅有早市，还有下昼市（午后市场）、夜市。问起坊间相传的"金南清河"称谓的来历，"不就是南清河生意好做，钱好赚啊！"今年85岁的南清河村老支书沈国范对我说。

每个人都有一种难以割舍的故乡情结。出了国，我说我来自中国。在国内，出省后，我说我是江苏人；出了南通，我说我是南通人。而在启东，有人问我是哪里人，我总是说，我是南清河人。我始终为我是南清河人而感到自豪。

南清河特有的风骨，不仅表现在她的勇气、智慧和眼光，而且还体现了她所具有的一种不屈不挠的志气。

文章写到这儿，不能不提南清河地区也是启东早期的共产党人陆鸿飞。他是我祖父陆成彬的长子，1902年生于南清河西南市梢的小埭上，1923年毕业于崇明简易师范学校。在崇明简易师范读书时，他接受了马克思主义。1928年中国革命正处于低潮，然而，就是这一年，他毅然投身革命，与崇明简易师范学友赵克明一起加入了中国共产党。1929年初，中共启东县委成立，他即成为以南清河为中心的大兴村、郁家村地区党支部负责人。他以自己创办的南泥段小学作掩护，开展党的地下工作。他教出来的学生中，有后来任启东汇龙中学校长的张育才，有在启东教师进修学校任教的王德新。他开展党的地下工作的活动地点在南清河磨盘街口，其叔伯阿舅陈吉余、杨殿英夫妇店铺的小阁楼上。一起参加党的秘密活动的有朱强林、吴明奎、姚士义等地下党员。1930 年为营救被捕入狱的战友、中共启东县委委员赵克明，本来身体虚弱的他淋着了雨接连高烧不退，最终酿成严重的肺病。在不能教书的情况下，他在南清河开了爿酒店，以此作掩护，继续坚持党的地下工作。他常常变换着字体亲自书写传单。在夜深人静时，将传单拴在狗尾巴上，然后将它轰出去让它满街跑。天亮后，南清河镇上便出现了满大街的共产党传单。

"南清河有共产党！"

驻汇龙镇的国民党县党部和驻惠安镇的启东县第四区伪区公所多次派人，到南清河查办"共党案"。或是陆鸿飞他们把事情做得十分隐秘，或是南清河的老百姓暗中相助给予掩护，总之，这些前往南清河查办"共党案"的喽啰们，无一不是无功而返。陆鸿飞病逝于 1940 年 2 月，年仅 38 岁。作为具有坚定信仰的共产党人，陆鸿飞口风很严，他至死也未公开过他的中共南清河地区负责人的身份。他经常去海门和汇龙镇等地参加党的秘密活动；经常在磨盘街口的小阁楼上开会、工作到深夜；与地方进步人士沈轶公（后任粟裕在启东创办的抗大九分校校长）等率领的驻南清河的少年军团常有接触。可是，他的妻子陈秀英始终不知道，丈夫此去参加的是什么活动。在叔伯兄弟小阁楼上，丈夫和朱强林、吴明奎、姚士义（均是中共地下党员）做的是什么事。如今，古镇十字街口的小阁楼已经不在，但苍茫夜色中的小阁楼的灯火却一直在我心里亮着。

陆鸿飞他们在南清河地区历经多年播撒的革命火种，渐渐在南清河的青年人心中点燃了，将许多青年志士引上了革命道路，走向抗日救国的战场。其中就有至今令南清河人引以为豪的先后参加过抗日战争、解放战争和抗美援朝的吴泽培、张志礼。

　　1938年参加革命、1939年入党的吴泽培，解放后先后任江阴要塞区炮团参谋长、团长，1954年时任海军舟山基地炮兵处处长。是年10月18日，他与基地首长乘部队船艇前往头门山岛进行视察，为该岛的布防作前期准备。20世纪50年代初的浙东海域，常有败退至台湾的国民党军舰艇出没，对我海上军民进行袭扰。吴泽培他们那天乘坐的舟山基地船艇，于白岩山海域遭台湾国民党军舰袭击。艇上20多名师团职以上海军干部全部遇难，其中有长征过来的军职干部，我年轻的人民海军遭受重大损失。时任国防部长彭德怀闻此噩耗，向海军舟山基地发了唁电。吴泽培在著名的孟良崮战役和淮海战役中曾经两次身负重伤，坚强地迎来了全国解放，并成为中华人民共和国成立后从石家庄炮校培养出来的第一批海军中高级指挥人才，殉难时年仅38岁。妻子为河北石家庄籍战友刘玉兰，未有子嗣。身后唯一的遗产，就是两幅遗照，其中一幅是他和爱人身穿海军军装的合影。他要是活着，也是一名共和国将军。他的遗骨被安放于舟山头门山岛烈士陵园。我在南清河小学上学时，每年清明，学校都要组织前往南清河北市梢的吴泽培烈士碑前扫墓，听其兄长吴中行讲述他的革命故事。50多年后的今天，吴泽培的革命故事，则由吴中行72岁的儿子吴绵给后人讲述了。这也是薪火相传啊！

　　1940年10月参加新四军的张志礼，是启东历史上唯一的全国战斗英雄。他先后担任过148师师长、50军军长等军事主官。我军于1988年恢复军衔制。1985年，他在成都军区副司令员的岗位上离休。其实，张志礼就是一位没有授衔的将军。2010年4月他在成都逝世。按照他生前的遗愿，骨灰于当年6月4日安放于启东烈士陵园。在英雄的骨灰安放仪式上，来自英雄家乡南清河村的代表来到现场，迎接英雄魂归故里。在战场上，张志礼5

次身负重伤，曾两次面临截肢手术，都被他坚决地拒绝了。"我一旦失去双腿，还怎么上战场杀敌？"他对医生说。张志礼遗体火化时，骨灰里还残留着一枚弹片。这一枚弹片，就是将军的一枚战火浇铸的不朽的勋章！

从南清河走出去的战士，都是不怕死的英雄。

上文提及的陆洲舫，原名陆兆林。早年投靠青洪帮，沦为土匪。后来拉起了部队，号称"江浙边区抗日护航游击队"，自称司令。所谓"江浙边区抗日护航游击队"，就是在长江口外的相关海域对过往船舶收买路钱，实质干的是一种海盗营生。他曾投靠敌伪，被封为伪新亚救国军副司令。经我党和我军多方争取，他后来公开以武力与日寇决裂，率部袭击过汇龙镇的日军，杀过鬼子。1938 年，他的部队发展到了数千人枪，被我党鲁苏皖边区游击总指挥部改编。陆被李明扬总指挥任命为独立旅旅长。1939 年初夏，陆洲舫的鲁苏皖边区游击独立旅司令部就设在南清河正街西头坐西朝东的街面上。在南清河人眼里，虽然陆洲舫曾经有过劣迹，但其率部起义、参加抗日的义举，算得上是位抗日英雄。他的儿子陆建平、女婿龚轩，都是在抗日战争中为国捐躯、受百姓敬仰的革命烈士。英雄不问出处。

南清河人上了战场是英雄，在与日本鬼子和国民党反动派的斗争中，无论是有钱的财主，还是种地的穷人，个个都是好汉。1946 年春，国民党军要在南清河修碉堡、建据点。南清河人闻讯，一夜之间便将国民党军计划屯兵的张子才三进两场心大宅院和西南市梢一座夜学堂拆掉了。第二天，国民党军督办人员前来，一看便傻眼了。于是，建据点的计划就成了泡影。国民党军在南清河周边的郁家村、大兴村、惠和镇、大同村、惠安镇都建有据点，尤其是在惠安镇建有 5 个据点，唯南清河是个空白点。

南清河人心里清楚，房子拆了可以再建，而国民党军若要在南清河驻扎了下来，赖在这儿不走了，这个祸害就大了。

无疑，这是值得称道的南清河这条百年古镇的风骨。

沧海桑田。随着解放后行政区划的不断调整、现代交通的不断改善，南清河的繁华已经成为昔日的辉煌。曾经的镇北镇中镇南4座木桥，如今只剩下了镇中一座水泥桥。曾经的绵延3华里的水陆码头，只剩下了南清河国家粮库两座孤寂的码头，平时鲜有船舶停靠。曾经的具有历史印记的河东河西的石街，如今都变成了平坦坦的水泥路。曾经的以南清河为枢纽的三条港开往崇明北堡镇港一日两班的班轮航线，由于有了崇启大桥代替而早已停航。

然而，历尽沧桑终不改，洗尽铅华始为真。当我们走进南清河的边边角角，依然能找到她的历史印迹。曾经为警察分局原址上的老房子，斑驳的青砖，仿佛在向人们诉说着它曾经显赫的精彩过往。在南清河小学即张子才三进两场心大宅院原址上，留存下来的部分宽实厚重的花岗岩石条，仿佛在向人们诉说它曾经肩负的历史担当。

随着岁月的流逝，古镇风光不再，但风骨依旧。镇上的生意不好做了，许多南清河人都外出谋划新的发展。吴泽培烈士的侄子吴绵，曾在南清河正街上开有一爿理发店。如今的他，早已在汇龙镇置了房安了家。曾在泰山堂药店原址上开药店的张国乾老人已作古，他儿子张荣进了启东电厂。曾在南清河商店当过营业员、与我同龄的南小同学孙锦成，前些年去深圳开了家公司……

南清河，她并不是一条河流。但在岁月河流动的闪烁的光影里，她依然那么耀眼，令人心动。

我为南清河这座百年古镇特有的风骨而点赞，不仅仅因为她是我的血地、我的故乡，更为我的信仰，我的追求！

2016 年 4 月

沙地：记忆档案

泥 土

哗——哗——

大海的涛声恍若一曲永无休止的美妙音乐。沙地就在这美妙音乐的相伴中一天天长大。

当初，在长江口外的南黄海上冷不丁地冒出来的这一块土地，一马平川，一览无余，人称处女地。她一边依江临海，一边连着广袤的江海大平原。她很穷，除了一把泥土，别无所有。飘着一股海水味儿的这一把泥土，愣是寸草不生。寸草不生的地方，连鸟儿也懒得来，天空就显得很干净。没有鸟儿飞过的痕迹，当然也就没有鸟儿飘落的羽毛。显然，这地儿也是十分干净，连一粒兔子屎也没有。也难怪，这一片地上没有兔子跑，又哪来的兔子屎呢！因为穷，她当初展现给沙地人的那一张面孔，陌生、稚嫩中透着些许羞涩，甚至有些胆怯。早春，在海边吹过来的那一缕冷飕飕的风里，她直打着哆嗦。

她又显得很是富有。大海的涛声，日夜给她伴奏。那涛声，是她生命的最强音，给了她生活的信心。她拥有的这一方地儿，在涛声中一天天往外延伸，在不断延伸中一天天长大。她是大海的女儿，她的根却在千万里之遥的青藏高原。她遥居东方一隅，却并不孤单。她是一个由万不得已迁徙的浩大的移民群体组成的浩大家族。她伴随着万里奔流的长江，跌跌撞撞，一路漂泊，沉积于南黄海，生长于南黄海。她坎坷的经历，是千金难买的一笔巨大财富。她虽是大海的女儿，但从诞生那天起，就被人们奉为天底下最伟大的母亲。一批批来自四面八方，曾是世代农耕的拓荒者，走进了这一方地儿，拥抱她，亲近她。那天早晨，温暖的阳光洒满了一地。她被感动了。她哽咽的声音与大海哗哗啦啦的涛声融为了一体。

自从这地儿有了拓荒者的足迹，有了飘散在荒滩上空的袅袅炊烟，天空中就有了一道道鸟儿飞过的痕迹。一只只漂亮的鸟儿，从远方衔来了一粒粒生命的种子。这些生命的种子与泥沙里挟裹而来的芦根一起，在母亲的怀里发芽了。于是，长年白花花的荒芜的海滩上，终于有了四季不同的颜色。寒来暑往，年复一年，它由一枝枝不成气候的芦苇，变成了一片片浩浩荡荡的芦苇荡；由一棵棵青嫩嫩的树苗，长成了一片片遮天蔽日的林子。这时，鸟儿在天空中飞过的痕迹，成了一道缤纷的壮丽彩虹。那芦荡和树林，成了鸟儿们生活的乐园。与鸟儿们厮守的还有悦耳动听的蝉鸣和蛙声。不知道从哪一天起，在这曾经兔子不拉屎的荒滩上，还真有了野兔出没。

拓荒者的汗滴，也在母亲的怀里发芽了，开花了，结果了。这地儿四季分明，气候宜人，人们种啥就能长出个啥来。种下勤奋，便能收获喜悦。粮棉年年丰收，"金山银山"都能长呢。沙地人种了一熟庄稼觉着不过瘾，就种两熟。种了两熟以后觉得还有赚的空间，就试种三熟。露天种植觉得还没有真正发挥出这地儿的价值，就搭起了大棚种。在恍若水晶宫似的塑料大棚里，勤劳智慧的沙地人，一天当中，能叫一把泥土神奇地开出四季的花朵。慈爱的母亲开心地笑了。

自从听到了隆隆的机器声，母亲便被引领进了现代化的大门。就像刘姥姥走进了大观园，一直面对农耕的沙地人的母亲，一下子傻了眼：一把泥土被烧制成砖瓦，竟然也能顶天立地被砌成高楼大厦，让五彩的云霞环绕着自己，晕乎乎地转。云彩晕了，母亲也晕了。

这地儿上的泥土忽然变得金贵起来。被"热炒"的时候，有的投资商却将她一块块圈在寂寞的围墙里。狗尾巴草在围墙里头疯长了一季又一季，圈在围墙里的地价，被热炒得"火"了一波又一波。

一夜春风来，泥土终于又找回了一位伟大母亲的尊严。

于是，围墙里头的一枝枝狗尾巴草，在春风里演绎成了一杆杆猎猎彩旗：新工厂建设工程开工了。工地四周，是一片金灿灿的油菜花儿。一群群忙碌而又快乐的蜜蜂，在花丛中飞来飞去。

水　网

恍如从天而降。它硕大无比，把这一块新生的望不到边际的地儿全给网住了。

网线儿，不是原始的棉纱、麻线，也不是现代的尼龙丝、丙纶线，而是液态化、无色透明的水。

网扣儿，那是一座座造型别致、风格各异的桥，抑或下端深埋着大口径水泥涵管的泥坝。那绵绵长长的网线儿，就在这凌空而架的桥下或左右逢源的洞穴里穿越、延伸、流淌、撒欢。

而那网眼儿，便是这地儿上的人赖以生存的土地：农田、宅基地，还有在这地儿上矗立起来的新兴的城镇和工厂。

　　这是一张功能奇特的网。无色透明的网线上也有汽笛声声，舟车来往，音乐流淌。多少年来，它是一张沙地人廉价便捷的交通运输网。而且，这一张密密匝匝、规规整整的网，它于农田既有防洪防涝的功能，又有抗旱灌溉的功利。

　　那网眼儿上的地儿，是大海孕育的结晶体。它最原始的外在表现，是白花花的一片。当初，那地儿是种啥啥也不长的盐碱荒滩。偶有几棵刚出土便一副病秧子模样的青苗苗，也让那张牙舞爪的蟛蜞给咬没了。然而，当沙地人把那一张硕大无朋的网编织起来，年复一年地用引来的长江水浇灌之后，荒滩变成了良田。那原本长着恐怖的白花花盐花儿的地上，终于长出了青嫩嫩的苗儿，开出了碧茵茵的花儿，结出了香甜甜的果儿。

　　这一张水做的网，也能给人以一种安全感。沙地民居原始的宅基地，其实就是那网眼儿里头的土墩子。宅子前后有横河，左右均有丈余宽民沟，四周又有宽阔的宅沟环绕。穷人家宅前，筑有一条泥坝进出。富人家进出宅子，则靠门前那条威严的吊桥起落。

　　那一张水做的网里，自然也养许多肥美的河鲜沟鲜。野生的，圈起来精养的，鱼呀虾呀蟹呀还有能养肾壮阳的鳖呀，啥都有。无论是逢年过节，还是寻常日子人来客往的餐桌上，哪一顿能少了那网里的这一些美味？

　　网系里的每一滴水，都有恩于这一方地，这一方人。

　　生活在用水编织起来的这张网里，头枕着梦里水乡，忽然有一天，这地儿却也拉响了水的警报，亮起了水的红灯——这儿的水质，已经到了再也不能饮用的地步了。

　　网是一面扁扁长长的宝镜。扁扁长长的宝镜里，映着一张拉得扁扁长长愁愁苦苦的面孔，面对这一方儿的父老乡亲，它泪汪汪的，有些自责：对不起，我真的没有过去那么讨人喜欢了。

茅　草

它很低贱，如同其名。

论出身，不是名门望族；讲长相，也是其貌不扬。然而，它却是这一方地儿兴衰的历史见证。若要论资排辈，它也算得上这一方地儿的元老了。

不管它是风中飘来，还是远方飞来的燕子衔来，它也许是这一方新生的地儿上发芽的第一粒种子，冒出来的第一片绿。没给谁打过招呼，发过短信，它说来便来了，显得有些冒冒失失。它祖籍何方，姓甚名谁，没有人知道。也许，有些愚钝的它，连它自个儿也不清楚。名字？入乡随俗，你们随便叫吧。茅草就茅草，挺好，挺贴近大众的。这不，如今许多舞文弄墨的笔名和网名都争相叫茅草、茅草屋啥的呢。

生性随便。海边、江边、河边、沟边、塘边、路边，都是它落脚的好地方。它也不管这地儿的风水如何，肥瘦咋样，是朝阳还是背阴，所有这些，它都觉得无所谓。

它似乎也有弱点。一场缠绵的春雨，即把它鼓捣得心慌意乱的，早早地便吐出鹅黄的芽尖尖儿。它向着路人卖弄风姿，无论是白茫茫的春雾里，还是在金灿灿的春阳下，它都可爱得那么讨人喜欢。

几声惊雷，把它给震清醒了：你以为你是谁啊！给你几滴水，你就把它当酒，醉得不知道姓啥了！其实，你还是你。于是，它开始静下心来疯长。鹅黄的芽尖尖儿渐渐变成了长长的发须，颜色由浅而深，由稚嫩变得老成。渐渐成熟的它，也有属于它的花季。它含苞待放的花蕾，人们管它叫"茅针"。茅针的味道如青枣般甘甜、爽口。

看它成熟起来了，这地儿上的人们也真把它当回事儿了。闲来无事，人们把茅针当成了休闲小吃。劳动之后，手上、脚上、鞋上沾着了泥巴什么的，便十分随意地在它身上来回搓几把，擦拭几下。更有孩子们抓上几把将它盘在头上，扮演儿童团、小八路、敌后武工队什么的，在河边沟边设埋伏、打水仗。

它也有老的时候。几场秋风，把它染成了一身金黄。人们在河边沟边塘边歇息，就把它当成柔软的坐垫儿，一屁股坐在上头，连个"过渡"也没有。已是上了年岁的它却也不吱声，倒还挺乐的——哈，我还有这"天然沙发"的功效啊。冷不丁的，有人刨出它长长的白白嫩嫩的根须，用手就这么简单一抹一撸，然后就往欲解馋的嘴里送——这茅草根儿甜着呢，它便成了这地儿上的人又一道休闲美味小吃。

它就这么"贱"。然而，这地儿上的人们对它却还没有完呢。这不，廿四夜、除夕夜、元宵夜，乡下孩子们燃草堆、驱鬼神，首先想到的就是它，第一把火总是由它身上燃起。一顿闹腾之后，它算百分百地全奉献上了。唯一留给自己的，就是它身边那一堆浅淡的草灰，那一片乌黑的焦土。

它很低贱，但很光荣。

它相信自己的生命力。一场春雨过后，那一片乌黑的焦土坷垃里，又将会冒出一片嫩绿。

它却不相信自己的耳朵：一个贪官在监狱里痛哭流涕，悔恨交加地诉说，自己也曾是"草根一族"。

它为之发了一会儿愣：是贪官想以此沾自己的光，证明其根正苗红呢，还是说咱"草根一族"坚守的卑微和清白也不会永恒不变？

麻 雀

"叽叽叽""喳喳喳"的,这一群天外来客,人类的吉祥鸟,也许打这地儿成陆那天起,它们的先辈就在这儿落脚了。

小小生灵,却是那么坚毅、顽强。从遥远的地方飞来,它们在空中留下的那一道轨迹,成为其生命历程中一次远征的永恒见证。

它们深深地知道这一次远征的意义。柔弱善良的它们,企盼能给这一方地儿带来大自然的和谐之美。但却不知道,这中间会遇到什么麻烦——生活的曲折、坎坷和磨难。

冬日,它们在雪地里觅食,误入淘气的孩子们用砖块和芦苇秆支撑起来的捕鸟陷阱。"叽叽叽""喳喳喳"——它们便给伙伴们打趣地传递着有关信息:是一帮孩子们跟我们闹着玩儿呢,你们就别来凑热闹了。

冬夜,有的雀儿躲进了农家的瓦楞底下避风,不幸被孩子们用手电筒照着抓去。它们对此也未曾有过多大的伤感。毕竟,这都是些淘气的孩子们玩玩儿的,自己当心点儿便是了。这也算不得是什么灾什么祸。

有一天,当它们看到旷野上的人们又是彩旗招展,又是敲锣打鼓的,向着空中飞过的它们,急切地张望着比画着挥舞着。它们原以为,这是人们在以隆重的仪式欢迎它们呢。未料,有侦探报告:别上当,人类拒绝它们着陆。

之后,它们又发现地里头到处都插上了五彩的旗帜,站着一个个扎着头巾裹着衣服、纹丝不动的稻草人。侦探报告:由于人类驱赶我们兵力不足,这儿唱的是空城计。

为此,它们感到伤感和纳闷。终于有一份内部通报透露真情:拒绝它们着陆的起因,是由于它们吃了人类的粮食。

"叽叽叽""喳喳喳"——愚蠢透顶！雀儿们听了通报传达，个个义愤填膺："由咱们吃掉的虫子帮助人类减灾获得的粮食，远多于我们偶尔吃的几粒粮食，简直是只见芝麻不见瓜，只认石头不认山。"

于是，这地儿上空的雀儿渐渐变得稀少了。但它们并没有飞远，有的去了江边的林子里，更多的去了江心岛自然保护区。

它们相信总有一天会飞回来的。

若干年后的一个春天，有信息传回鸟岛：曾经拒绝它们着陆的那一方地儿，正式批准建立国家级绿色食品基地了。人们已经把咱们当成人类真诚的朋友和吉祥的天使。

"叽叽叽""喳喳喳"——雀儿们奔走相告，纷纷向伙伴们传递着这一条天大的喜讯。

码　头

潮涨潮落。

江边码头，时间老人在向我诉说着这一个码头的历史。

它和这一方地儿一样古老。第一拨拓荒者，就是由此登上这一块新生的地儿。当初的码头不是码头，只是江边一个弧形的水湾港梢。

古码头面对的，是宽阔的江面，汪洋一片。对岸是位于江心的崇明岛。崇明岛的南面，过了江就是国际大都市上海。

于是，天长日久，古码头上来来往往的客流物流信息流，便把这一方地儿的人小小的脑瓜子也拨弄得膨胀起来了，一个个都变成了"大头娃娃"。许多人由此而开始做起了都市梦、出国梦、发财梦。

连接古码头与渡船的两尺余宽跳板，恍惚间成了许多人走向成功与希望的通天路。

梦想和信念，在这条通天的跳板上行走、飞翔。

一位年届八旬的老人，从大洋彼岸的曼哈顿回到了故乡。他像一尊雕塑，立在古码头上，透过辽阔的江面，穿过遥远的时空，久久地向着远方凝望。60多年前，他就是从这儿出发，去了一江之隔的大上海，然后又历经半年多时间，远渡重洋，几经周折去了美利坚。如今，他是一位颇具影响的华商巨头，纽约侨领。谁都有一段难以忘却的梦。而当年的这一个码头，便是这位老人的梦里一个永恒的记忆。

古码头曾给老人留下许多苦痛和无奈。

在上海滩闯荡的岁月里，老人几度往返于故乡与都市之间。遇到起雾的日子，抑或起了大风，江上便不能行船。他和聚集在码头上急待过江的许多男男女女只能干着急。你急，你们急，风却不急，雾也不急。风和雾不通人性。

老人心里头多少年来一直藏着一个心愿：江上要是能够建一座大桥就好了。

古码头西侧的白港村江边，真的要建大桥了。消息传得好快——当国家正式立项建设万里长江第一桥——崇启大桥的消息传到大洋彼岸，老人激动得老泪纵横。他不顾年事已高，于大桥开工奠基之日，万里迢迢越洋过海回到故乡。

今天，当我站在古码头上，西望崇启大桥热火朝天的建设场面，想着大桥建成之日，就是脚下的古码头走进博物馆之时，悄然的失落被丰厚的获得和拥有替代，怅然感旋即被喜悦之情所侵吞和淹没。

2011年10月

故乡已觉春心动

故乡春早。

时近春分，南黄海之滨三条港河畔的故乡，早晚温差较大。当到了日上竹梢的辰光，冷气开始溃散，暖人的阳光开始在天地间、在人们的心窝里荡漾了。

走进故乡的春天，眼前的一切都是那样熟悉和亲切。岁月更迭，四季轮回。故乡的春天总是那么富有规律，富有秩序。睡了一冬的大地万物，该醒的都醒了。就像一冬天窝在家里的农家子弟，这些年走进了春天里，在家怎么也待不住了，又要背起行囊闯世界了。世间万物，一旦醒来，走进这一个叫作春天的季节里，用不着谁下达指令，更不用谁来动员，谁来激励，一个个都是显得那么自觉，那么卖力。太阳红扑扑的脸蛋，活像新嫁娘的模样，有点儿害羞。好像那个曾经给人以不爽的冷酷的冬天，全是自己的错。阳光的线条，仿佛质地上乘的丝织品，柔滑地飘落在人们脸上，惬意极了。一觉醒来的泥土，不再那样固执和生硬，无论裸露在地表上的土坷垃，还是被主人翻过身来晾晒的地表下的泥土，都很松软，极富弹性。风儿有温暖柔和的太阳相伴，也变得特人性，由冬日里对人的尖刻还原到了今天的和蔼温顺。河浜里的水，一改冬日结冰后显露出的那种呆滞的神态，而变得活泛、可爱，讨人喜欢了。

走进故乡的春天，欣赏故乡春天的美景，品茗故乡春天的韵味，无处不让人感动。

故乡的花草树木，无一不在这个季节里探头探脑地扎堆儿闹猛，萌动自己最美的青春。好像在这一个季节里萌动青春，从地表下拔起，在枝头上发力，是自己的神圣职责。要不然，就是失职和渎职。于是，一个个就像到春天赶集似的，风风火火，争先恐后地往春天赶，向春天报到。在故乡的春天这个年轮大展台上，竞相一展各自的青春风采，为故乡的春天增色添彩，奉献美丽。

三条港河畔的垂柳，齐刷刷十分规则地绽放了稠密的绿芽，娇贵的三四片嫩叶儿，竟包裹了已鼓得十分饱满的柳絮苞。柳叶儿自然地弯曲着，好像刚刚发力萌芽后还有一点儿倦意，柳絮苞却显得有几分潇洒自在。河边，仍有去岁残存的几丛枯黄的芦苇，模样看似有些高傲，却已青春不再。它们身旁，浅浅的紫褐色中夹带着青涩的芦芽头，已星星点点露出了水面，有的足有半尺余长了。这些宝塔状尖尖的稚嫩的芦芽头，恍若刚刚破了羊水露出母体的婴儿，十分可爱动人。那一层层紧紧地包裹着芦苇主秆的苇壳及其尚未成型的苇叶，无比坚定地护卫着蓄势发力、日日见长、天天向上的芦芽头。其蓬勃的生机，给人以一种生命延续的力量势不可当的感动。流淌的三条港河水清清亮亮的，细长的有规则的波纹，在阳光的照耀下金波点点，分外耀眼。在水泥路面的河岸上优哉游哉地溜达，不时能看见鱼虾戏嬉的身影。两只结伴而来的洁白的江鸥，在河面上起起落落，自由翱翔。这儿南距长江仅二三千米，过去却是难得见到这些小精灵的。也许，那时这儿的河水，无论颜色还是味道，都不那么讨它们喜欢。但见眼前的这两只小精灵，一边在河面上觅食，一边似乎在寻欢作乐、谈情说爱——映衬着美丽春光的故乡这条碧波荡漾的河，也算对得起这一对远道而来的情侣了。

南黄海之滨的故乡，一年四季，花开不断。故乡的春天，却是故乡最盛最美的花季。故乡的春天花团锦簇，美丽的花儿可多了，最亮丽最耀眼的就要数油菜花了。走进故乡的这一个油菜花盛开的季节，那满眼的金黄，满眼的灿烂，到处弥漫着醉人的芬芳，不由人不为之心动。故乡盛产五色豆（蚕豆、赤豆、绿豆、黄豆、豌豆）。蚕豆花不像油菜花开在油菜顶端那么张扬，它颜色清淡，不愿显山露水地躲在宽大肥硕的蚕豆叶下，却又不失其个性特色。它形如展翅的蝴蝶，乌黑的花蕊恍若文静的少女明亮的眸子，可爱也动人。我喜欢故乡的春天里油菜花的热烈与奔放，也喜欢蚕豆花的内敛与文静。

春天的颜色是丰富多彩的。如今的故乡，正在由一家一户的传统农业向规模化产业化现代农业迈进，故乡的春天便多了一些色彩。白色的规模宏大的塑料大棚里，种植着西瓜、甜瓜。瓜儿们绿色的藤蔓，在瓜棚里已遍地爬了。鹅黄的西瓜花、甜瓜花，与绿色的藤蔓相映成趣，已成为故乡的春天里又一处不能不看的胜景。"用不了一百天，第一茬西瓜就可上市。"大棚的主人高兴地告诉我。

故乡的春天里，在和暖的阳光下，家禽们也变得活泼可爱起来。小弟家尚未满月的四只小羊羔，四张小嘴儿拱着母羊的两只大奶子，你争我夺的，让人看了好不开心。

宋代词人李清照在《蝶恋花·暖雨晴风初》中曾如此描写春天：暖雨晴风初破冻，柳眼梅腮，已觉春心动……

阳春三月天，故乡已觉春心动。对于一个有血有肉对故乡有情感的我，又怎能为之不心动呢！

2017 年 3 月

二月初头报春花

——写在父亲陆鸿翔百年诞辰之际

1914年是农历甲寅年，意味春姑娘悄然而至的四个节气，循规蹈矩地一溜儿在那儿垂手而立——立春：正月初十；雨水：正月二十五；惊蛰：二月初十；春分：二月二十五。

我父亲诞生于农历二月初四。那天，正值雨水与惊蛰两个节气之间。过了惊蛰，一抬头，春分即在眼前了。沙地的春天来得早。这不，二月初头，虽然还有点料峭春寒之意，但在故乡南清河，南流入江的村东头三条港河的河岸上，报春花已经开了。

报春花绽放，是春的喜讯。南清河镇河西南小垾上一个男孩的哇哇落地，是祖父陆成彬又为曾祖父陆希圣添了个孙子，也是件喜事儿。在父亲出生前，祖父母于清光绪二十八年（公元1902年）已经生下了我大伯父。祖父母为大伯父取名鸿飞。至于老二，我父亲的名字，祖父母心里似乎也早已有了谱："就叫鸿翔吧。"曾祖父对此连连叫好，说："就让这弟兄俩长成后自由地飞翔吧！"

祖母殷氏，生于启海地界相交的黄仓镇一户书香门第，自幼能识文断字。当她嫁到下沙南清河，做了陆希圣的大儿媳妇，就想着将来一定要让自己的孩子上学念书。她想，虽然这个年月兵荒马乱的，但若往孩子们的肚子里多装点儿知识，日后总不会吃亏。于是，大伯父鸿飞和父亲先后被送进了私塾念书。祖母病逝后，大伯父被外婆家接了过去，继续学业，不久考上了崇明简易师范学校，和启东的赵克明成了同窗。后来，大伯父和赵克明一起秘密加入了共产党，走上了革命道路。父亲则念完初小就不得不辍学了。

祖籍海门三阳镇地区的曾祖父陆希圣，在南清河镇地区是一个大户人家。清朝光绪年间，曾祖父陆希圣和曾祖母黄氏夫妇二人携成彬、成章、成家、成才四子前往下沙启东南清河，是看中了这里的风水。南清河镇时为崇明外沙的重要商埠，水陆码头绵延三华里。通江达海的三条港河，蜿蜒流经南清河，码头上装货卸货，日夜繁忙；宽阔的河面上，不时有威风凛凛的汽船拉着长长的笛声呼啸而过，船尾腾起长长的浪迹，让河两岸的孩子们好一个追逐嬉戏。镇上的繁华里，不仅有大同的裕京货，南振泰的南货，高粮泰、黄成泰的酒店，下沙的邮局，还有卫姓的米行，以及同涵春、泰山堂药店。1928 年，启东设立县治前，崇明县政府在南清河设有驻启东办事处，这一个办事处为启东县政府的前身。与此相匹配，南清河还设有崇明县驻启东警察分局。南清河因此有了启东下沙地区第一辆汽车、第一盏电灯。因了南清河的繁华和热闹，后来参加抗日的陆洲舫，也将他的独立旅司令部设于南清河。这一繁华之地时有"金南清河"之誉，曾排在"银汇龙""铜北新""铁久隆"之上。

·作为当地数得着的大户人家，陆希圣在南清河镇河西南市梢拥有不少土地。按照沙地的传统习俗，长子长孙最被看重。祖父陆成彬是曾祖父母的长子，而我大伯父陆鸿飞便是曾祖父的长孙。被高看一等的大伯父结婚时，曾祖父就分给了他 400 步"长孙田"。经换算，400 步相当于 1 亩 5 分地。我父亲结婚，就没能享受得到这一厚重的待遇。至于念书，除了长孙陆鸿飞，父亲念到初小，在曾祖父母的一大串孙子女中，算是高学历了。

村东头河岸上的报春花，在春光里看上去很鲜艳，却很清瘦柔弱。南清河地区成陆较晚，四周是一片连绵的白花花的盐碱地。这里看上去风水好，但土地贫瘠。白花花的土地上，产盐甚丰，播种却难有如愿的收成。记忆中的这片盐碱地，我曾在父亲的点拨下，用铲刀刮出白花花的泥土。白花花的泥土放在盆里浸泡后，其盐分便渗入水中，然后将咸泔泔的盐碱泥水放在锅里煮盐。

恍若在锅里熬煮食盐，二月初出生的父亲，这一生几乎就在这片贫瘠的土地上煎熬着岁月。

我从记事起就没见过祖父母，也没有见过二叔公陆成章、三叔公陆成家、小叔公陆成才，更谈不上见过曾祖父母。唯有见过的祖辈，是三位慈祥的叔婆——二叔婆、三叔婆和小叔婆。失去了祖父母，三位叔婆就是我们的尊祖。虽然尚为孩童，但我们这些孙子辈在与三位叔婆的接触中，多多少少也能理得清一些祖孙间难以捉摸的情感的头绪来。二叔婆的温厚，三叔婆的亲热，小叔婆的冷峻，我们都能体会得到，并熟记于心。感情热烈奔放的孩子们喜热不喜冷。当我们看见小叔婆时，只是远远地有些尽义务地唤一声"小叔婆"。知子莫如父。所有这些，父亲看得清楚，心里更是明镜似的透亮。对于曾祖父母的尊严，我只在老宅后边垒得高高的祖坟上能够得以体会。这座足有三四米高的曾祖父母的墓地，在南清河镇地区并不多见。

在我们眼前，只有高高大大的祖坟所凸现出的一个大家族曾经的尊严，却未能触及和感知这个大家族在流逝的岁月里留下的伤痛。

大伯父当年配合红十四军为劫狱营救中共第一届启东县委农委委员赵克明，淋着了雨，先致生寒，后致肺痨，久治不愈，于

1940 年农历二月二十二病逝，年仅 38 岁。他生前在毛套河东的鸿北村南约 4 里的南泥段盖起校舍，创办"南泥段初级小学"，以小学教员身份为掩护，任郁家村和大兴村地区党支部负责人。他以南清河镇为中心，以阿舅陈吉余、杨殿英夫妇在南清河镇磨盘街开的商店小阁楼和自己办在南清河镇河东街面上的天天乐酒店两处，作为党的秘密活动地点。大伯父一生做了许多惊天动地的大事儿，可是，祖父曾祖父和我父亲对此都全然不知，甚至连大伯母陈秀英也一直被蒙在鼓里。

大伯父病逝后，给大伯母留下了 4 个子女——二儿子公如（大儿子平郎 6 岁时夭折）、女儿慧如（亚萍）、三儿子正如、小儿子凯如（海平）。祖父便时不时地对我父亲说："孤儿寡母家的，你多去看看！"那一阵子，大伯母常在毛套河东南泥段那里她所添置的地皮上劳作。南清河镇河东街上的天天乐酒店歇业数月后，大伯母陈秀英和大姐陈秀耕征求祖父母的意见，想重新把它开起来。天天乐酒店用的酒，是请老师傅自酿的米白酒，一直被南清河的许多食客叫好。"天天乐酒店重开张！"对于长媳姐妹的主张，祖父母点头称好，并要父亲"帮着一起张罗张罗"。当然，其间也少不了大伯母在南清河有些声望的叔伯兄嫂陈吉余、杨桂英的帮助。酒店正式开张前，算是向镇上的老少爷们打招呼，大伯母姐妹二人摆上酒席，中午宴请镇上每家一个男人，晚上宴请每户一个女人。谁料，那天下午，南清河镇上来了一支号称"中井"的杂牌部队，一闯到天天乐酒店就是又吃又抢。这一个还在襁褓中的酒店就这样被这支杂牌部队搅黄了。大伯母姐妹俩吓得直哭，刚满 8 岁的女儿慧如则吓得躲在母亲身后浑身发颤。祖父和我父亲那天都在现场，目睹一片狼藉的这个场面，又气愤，又感到十分无助。看到那支杂牌部队一抹嘴扬长而去，年近花甲的祖父悲愤填膺地高喊一声："苍天啊，你在哪儿啊！"

祖母于父亲 15 岁时病逝。随着家道的日渐衰落，祖父在曾祖父这个大家族中的发声已不如当年管用。大伯父病逝那年，父亲虽已 26 岁，但在这个大家族中仍然没有话语权。

曾祖父母的墓地，建在当年他们曾经分给大伯父的这一片400 步"长孙田"上。随着大伯父的逝世和其两个儿子——公如、正如的陆续瘫痪，大伯母心里发急，便请来了风水先生。风水先生围着祖坟东瞧瞧，西看看，半睁着眼，板着面孔煞有介事地说："所有起因皆与这块墓地有关。破解办法，唯有迁坟。"对于风水先生的话，大伯母深信不疑。而要动祖坟，那还了得？虽然事关曾祖父母长孙一家的平安与否，可是，这一个大家族中就有人不管不顾他人的利益，从中作梗。大伯父女儿亚萍（慧如）姐回忆说，冷峻的小叔婆当时表现最为坚决，就是不同意。最后，在南清河镇上说话管点用的叔伯舅舅陈吉余出面调解，提出迁坟不要大家出一分钱，所有费用全部由大伯母承担，才化解了此事。这一次迁坟花费了大伯母 200 块银元。当时，银元很值钱，5 块银元能买一担玉米。大伯父生前教书、开酒店，有一些积蓄，大伯母则是积攒了几个钱就置地。即便大伯父逝世后，经历了天天乐酒店一场浩劫的磨难，大伯母家的日子过得还算殷实。然而，哪一个殷实的家庭也经不起一次又一次的折腾啊！

我们看到的高高的祖坟，正是大伯母用 200 块大洋按原标准搬迁修建起来的。

不幸的是，曾祖父母的坟墓白迁了，大伯母的银元也白花了——4 年后的 1950 年夏天，久瘫不治的正如离开了人世。至于公如，直至走到生命的尽头，也没能从病榻上站起来。

是小叔婆反对错了，还是大伯母的风水先生请错了？在这一个大家族的是是非非之间，难以评判谁是谁非，谁对谁错。时年27岁的父亲，在叔婆眼里还是个小字辈。在尊祖的威仪面前，不能有半个不字。况且，祖父也没让父亲代他们发声。

好比二月初头的报春花，在惊蛰之后滚动的响雷里、在铺天盖地的暴风疾雨中，它是默默无声的。年轻的父亲，在这一个大家族中间地位卑微，没有发声的权利，但并不代表他没有思想，没有主见。当一个家的责任压到他肩头的时候，方能看到父亲可贵的本色——恰如二月初头绽放的报春花，不怕料峭春寒，毅然决然以灿烂的生命和蓬勃的生机展示在世人面前。

父亲和大伯父相差12岁。祖母殷氏病逝后，祖父又续了位黄氏女人为继祖母，第二年生下了我小叔——鸿范。父亲与同父异母的小叔便有了上下16岁之差。在埭上人眼里，继祖母与已逝世的知书达礼的祖母是绝然不同的两个女人。好吃懒做、性格暴躁的继祖母，常常无事生非，动不动就和祖父吵得天翻地覆。家事不顺，家庭不睦，与继祖母不断争吵，使祖父终日郁郁寡欢，精神生活处于极度痛苦之中。父亲被夹在中间，难以做人。

适逢有人前来提亲，女孩姓顾，名翠珍，系泰安镇广益村顾家府上的五女，人称五姐，年方二十，长父亲一岁。顾府老宅在崇明，母亲也算位崇明人了。广益村后来连同村头的天主堂一起被坍入了长江，这是题外话。经媒婆牵手，父亲与母亲见过面，就算定亲了。当年即完婚。第二年，虚年龄20岁的父亲与21岁的母亲生下了我大姐慧芳（美珍），3年后的1936年农历十一月二十二，又生下了我大哥慧昌（汉球）。接着，父母又为我添了二哥慧明、二姐慧兰（美琴）。

祖父和继祖母在不断的争吵中，身体每况愈下。1943年农历正月初四、二月二十，祖父和继祖母前后只相隔一个半月相继去世，留下只有 14 虚岁的小叔。大伯父于 3 年前病逝，于是，未成年的小叔就生活在我父母身边。乡间古有长兄为父、长嫂为母的说法，作为二哥二嫂，我宽厚善良的父母，便担当了照顾弟弟的义务。这一担当，直到小叔 19 虚岁，我父母为他操持婚事成了家。

我曾经一直搞不懂小叔家房子的木头，为什么比我们家房子上的木头粗许多；也曾搞不懂父亲为什么宁愿抬高自己的家庭成分，也总要为小叔家的成分打掩护（当年祖父给父亲和小叔均等的土地。划分成分时，我们家人口多，应被划为贫农或下中农，小叔家人口少，应被划为上中农）。现在我才懂得了，作为小叔的兄长，父亲有一颗仁慈宽厚的心。在父亲的词典里，什么是幸福，让弟弟开心就是他这个当哥哥的幸福。后来，每当谈论我们家的成分，父亲总是笑对我说："中农总归也是团结对象，对谁也不影响啊！"可是，中农成分对在社会上经常露脸的我来说，总是不怎么过硬。于是，在当兵政审时，经大队书记沈国范同意，将装进我档案的家庭成分恢复变更为"下中农"。

南清河南小垛的土地虽然盐碱性逐年在减退，但收成一直不好。我们家的日子一直过得紧巴巴的。可是，穷归穷，父母亲的孩子还是养了一个又一个。在二姐之后，父母又生下了我三姐兰芳（送人抚养后，起名黄翠英）、三哥慧冲（汉冲）和老五雪冲（即我本人）。于我之后，又添了小弟冲明（汉平）、小妹慧菊。父母前后生了我们五男四女 9 个孩子。二哥和小妹因病和溺水分别于 6 岁离世。三姐和三哥的出生时间相隔才一年多一点。把三姐"送人"，开始是父亲说着玩玩的，未料要孩子的黄姓人家当真，隔天就把三姐抱走了。父母亲舍不得，毕竟是亲骨肉，孩子生了这么多，也不是就多她一个，有些后悔，欲要抱回来。结果黄姓人家是当真的，不同意父母抱回去。于是，便落下了父亲难以挽回的遗憾。三姐长大成人后，曾经一度想不通——为何兄妹几个唯独只将她送给人家？父亲说，这是为了给你一条活路啊！你怨我们可以，但是你以为我们心里愿意啊？三姐最终想通了，在与三姐夫结婚前，她从紧靠吕四的南星桥那边专门回了趟家，认了亲生父母。

父亲五短身材，对生活始终充满了信心。好比二月初头的报春花，总是迎着春光，在属于自己的季节里，追寻着一片新的天地。

父亲的腰从我记事起就是弯弯的。弯弓似的背，显得他总是挺不起胸来。但生活中的父亲，活出了应有的尊严。

父亲很聪明，写算精通，算盘拨拉得啪啪响，生产队里会计一做就是好几年。父亲管账，账目做得清清楚楚，从没出过差错。他原则性极强，容不得别人贪占一点小便宜。有人对他的工作说三道四，他就把账本往生产队长那儿一摔，扔下一句话："让大队派人来查账，有啥差错我担着。"当查完了账，宣告没有任何问题，击碎了那些闲言碎语，父亲也因此赢得了大家的尊重。

生活中的父亲从不服输。他的弓着的腰，其实是被沉重的生活担子压的。他以那瘦弱的肩膀扛起了几十磅的石头，哼着号子，在吕四港、三条港等地的船闸造闸工地上来回穿梭。他以柔软的臂膀，在通吕运河、红阳河和南运河等地的大型水利工地上，将沉甸甸的河泥甩得如飞燕。他脑子灵活，农闲时，推了部小车子，与西宅上的张秀岐一起往上头海门去贩黄豆。往西再往西，从海门三厂、三阳，到南通张芝山，最远甚至于到小海，直到把黄豆卖完，换回了钱为止。

父亲有一手好活。同样的作料，他掌勺能烧出一桌好菜。20

世纪五六十年代，在农田地干活的男人大多穿草鞋。家乡河岸边、沟沿上的丝草很多，父亲穿的草鞋从来不到街上去买。不仅自己脚上穿的草鞋自己编织，有时候，他也挑了一些拿到南清河镇上去换钱。他编的草鞋做工精细、耐看，因而很受乡人的青睐。家乡启东是一片南黄海滩涂上涨出来的新土，早先的居民都住芦苇茅草屋，农村成片成垄的盖瓦房还是 60 年代中期的事儿。因此，我们家乡出色的笆匠很多，父亲就是其中一位。他也乐意助人，垡上谁要找他编芦笆，他总是有求必应，不讲工钱，有一碗淡水米白酒和一包廉价的烟、管一顿饭就足够了。

一如二月初头绽放的报春花那样明丽，父亲开明。他深知，没有知识就没有尊严。读过 4 年私塾的他，决计要让自己的孩子们读书识字。1949 年，村里的民校一开办，他让已经十三四岁的大哥进民校学习。一年半之后，大哥直接上了南清河小学三年级，直到小学毕业。我们弟兄四个和二姐先后进了学校念书。大哥、三哥和我先后出去当兵。一个家庭出了三个当兵的人，这在四乡八里一直被传为佳话。艰难的生活岁月里，自小懂事的大哥早早成了父亲一个有力的臂膀。他上学时，在民校只上半天学，另半天就是帮助家里干活。大哥从七八岁起，过了正月十五就出去钩蟛蜞了，钩着了蟛蜞就到南清河街上去卖，换回了钱就买玉米。家里快要断顿的时候，总有大哥以卖蟛蜞换回三五升玉米，然后放入磨子里开始牵磨，磨成了玉米糁，熬玉米糁粥。大哥稍大些，家里买了弹花车，他就和父亲一起帮人家弹棉花，挣些钱换玉米。后来，经考试，大哥进了蚌壳镇（东兴镇）供销社，干了一段时间。可是，正当大哥能为家里出大力的时候，父亲将他送到了部队。

父亲热爱生活，人也开朗。他支撑着一个家，日子一直过得紧紧巴巴。但他对于生活的态度，总是乐呵呵的。高兴的时候，父亲也爱唱唱海门山歌，哼哼小曲儿。他有一副好嗓子，如果赶上如今的好光景，也准是个南黄海边上原生态唱法的农民歌手。他喜欢喝点儿米白酒，要是做了一碗红烧鲫鱼，抑或做了什么可口的对心中的菜，他就要摸出二角三分钱，让我到镇上去买一斤米白酒。这一斤酒买到了家，他也总要让母亲和我们喝上一口。他也喜欢到处走走，看看外面的风光。大哥汉球从部队转业安排在上海申新机器厂工作后，他独自去过上海。到了上海，他由大哥陪着，游了外滩，也去繁华的南京路逛了逛。三哥汉冲在浙江嵊泗当兵后，父亲和西埭上徐福元结伴，从上海乘海轮前往嵊泗看望儿子。徐福元的儿子徐文岐也在嵊泗部队当兵。

那个年月的那些日子里，家里根本就没有几个零用钱，可父亲却有一个心肝宝贝似的钱包。那是个巴掌大小的长方形牛皮质料钱包，上边有一个金黄色的铜扣儿，后边有一个也是牛皮质料的搭孔。钱包可以穿在裤腰带上，从身后拉到跟前。包里装着家里的零用钱，还有粮票、布票之类的票证。闲着没事的时候，父亲总爱将钱包从身后转到跟前打开铜扣儿摆弄一下。他会把皱巴巴的几个毛钱整理了又整理，然后，将它包在难得有的几张块钱纸币里边，重新装进钱包。那个牛皮钱包，用得久了，褐红的颜色闪着迷人的光亮。打开铜扣的声音，"啪"——总是那样清脆。父亲似乎喜欢倾听打开钱包时"啪"的那种响声。那个钱包，仿佛就是一个家的生活的储柜，它储藏着一个家的全部，也储藏着父亲的一个梦——哪一天，当这一个钱包鼓起来了，家里日子就再也不用愁了。

担当着一个做父亲的责任，日子再艰难，父亲也要把儿女们的事情打理好，不让我们饿着冻着。在刮"共产风"的年代里，队里办起了公共食堂。上面说要赶超英美，共产主义已经离我们很近了。老百姓问还有多远，有干部说已经相当于到达海门三阳镇了，也就是说只有几十里路就到我们启东了。他们要求家家户户砸锅卖铁支援国家大办钢铁。父亲多了一个心眼，只把原来那口破铁锅砸了，而将那口好锅藏了起来。生产队长来家里检查，锅台是朝天的。队里的公共食堂开始还能管饱大家肚皮，甚至是白米饭。但过后，便是1斤玉米粞做16斤粥，薄得都能照见人影来。那一阵子，父亲就将那口藏起来的锅用上了。家里没有粮食，晚上，他把自己悄悄地种在宅边民沟沿上的芋头、地瓜悄悄地挖出来，然后悄悄地煮给我们吃。为防止被人发现，还让我们到场心里看看烟囱里冒不冒火星。

家里生活再艰苦，父亲也不愿向国家伸手要一分钱。我们弟兄三人先后当兵，无论在生产队还是在大队，都是有名的光荣之家。每年大队、生产队要给军属照顾款时，父亲总是婉言谢绝，他只接受"光荣之家"大红条幅。而那些年月，我们全家的收入也不过百十来块钱。他说："儿子在部队，国家管吃管喝，我还伸手要这要那干什么？我有这军属的名义就够了，这光荣啊！"

父亲也挺"抠门"。1975年我从部队第一次探家，因患急性肺炎，前往县城人民医院诊治，请持有二等车搭客证的大伯父陆鸿鸣带我前往。南清河至汇龙镇20华里路，按照当时标准，一华里二分钱，南清河汇龙镇一个往返40华里，就是8角。我要付一块钱，父亲问我："为啥要付一块钱？"我说："反正部队报销的，也不差这2角钱！"父亲不高兴了："能报销你就乱来啊！"我的血脉里，便有父亲"认死理"的性格。我在部队任管理排长，曾执掌着部队机关中灶食堂的生活物资支配权。我从未利用职务之便，做过丧失原则的事儿，以至于后来被选调进政治机关。

父亲也有烦心的愁事。他是一位很要脸面的人，就怕自己的儿子寻不着娘子。如果自己的儿子因为穷而寻不着娘子，他在村人面前就很没有面子了。在村人们眼里，一个人的面子就是尊严。在几个儿子当中，他最为担心的好像就是我这个老五。他向我提议过，或出去做人家的上门女婿，或者就娶南清河镇上一个腿有点儿瘸的女孩子为妻。"她就腿有点儿瘸，脸蛋还是长得蛮清秀的。"父亲点拨着对我说。我知道，父亲是疼爱我的。看我的身体相对于其他几个儿子比较瘦弱，怕我满了18周岁一旦出征水利工地挑泥筑岸吃不消，就说到时候他顶我去出征。可是，作为儿子，再怎么瘦弱，我怎么能忍心让年近六旬、背越来越驼的父亲为我出征水利呢？

我在大队文艺宣传队做了两年队长兼通讯报道员，大队书记沈国范、副书记金洪才，他们一心要培养我。可是，我想去当兵。是父亲在两位书记面前，最终成全了我当兵的愿望。而且，我能够在部队提干，成为部队政工部门的"笔杆子"，如今成了一位小有名气的作家，全得益于当年父亲的教诲。

1958年秋，不满7周岁的我开始上学了。刚学会几个字，父亲就拿了粉笔要我写给他看。首先写阿拉伯数字，从"0"写到"9"。他一个字一个字地给我讲评。"8"字没写好，他就示范写给我看。他是生产队会计，一串阿拉伯数字写得特优美，就像在我面前跳动着的美丽音符。他然后让我写自己的名字，又是一笔一画地让我练。我的一手字逐渐能拿得出手了。后来，我们生产队仓库场上办黑板报，就是我那一手字。那年我15岁。

父亲是我偏爱写作的启蒙老师。我15岁下半年参加大队文艺宣传队，偶尔也动笔编一些文艺节目演演。一天晚上，我们全家一边吃着晚饭，一边听着喇叭里县广播站广播"启东生活"节目，播音员沈伯先、黄静兰总是用标准的沙地方言说："下面播送某某公社某某大队某某某通讯员的来稿，题目是……"

父亲用商量的口吻对我说："你别光编写文艺节目。能不能学着人家写点稿件往县广播站投投？你的名字也让大家晓得晓得。"父亲边说，边向我投以希冀的目光。

经父亲一点拨，我开始向县广播站写稿了。第一篇稿子寄出去后，我天天关心县广播站的节目广播。好长时间没有动静，我知道这第一炮打了哑炮。我没有泄气，继续写稿投稿。终于，我的稿子通过沈伯先、黄静兰的标准沙地话，在"启东生活"节目里向全县广播了。这一篇稿子的被录用广播，拨亮了我心中的一盏灯，给了我写作的信心。不久，我被大队书记推荐上了公社通讯员学习班，入了新闻报道之门。在后来的岁月里，又通过新闻之门，步入文学创作之路。

父母都希望自己的儿女们有出息。他们关于儿女们"出息"的概念，无非是走出这块生养我们的土地。按这一种想法，我们弟兄三个出去当兵，都算有了出息。而且，如今，他们的儿孙后代似乎都出息了。父亲身后的第三、第四代，先后出了十多个大学生。大哥大嫂的三个儿女，女儿胜利读完医学博士后，考上全科主任医师，已定居美国；大学毕业的大儿子陆星和小儿子陆兵分别在无锡和南京工作。三哥三嫂的两个女儿陆捷、张燕都实现了进城梦。汉平弟夫妇的儿子新春，大学毕业后去了重庆，已在那里结婚成家且生了女儿。我们的儿子陆炜，在东南大学计算机专业毕业后在南通工作，也已结婚生子，我们的孙子陆一睿既可爱又聪明。三姐的孙子尤文博在2013年高考中，以高分考上了位于南昌的一所军校的国防生，四年后就是一位解放军上尉军官。儿孙们能有这样的出息，一定是父亲当年想都不敢想的。当年被人用冷峻的目光斜着看的穷兮兮的陆鸿翔一大家族，如今已成了四村八埭有名的"望族"了。

曾经，父亲为写起来方便，一直将祖父和曾祖父赐给的名字"鸿翔"改成了"洪祥"。其实，鸿翔才是父亲本名。父辈是"鸿"字辈，鸿飞、鸿翔、鸿范、鸿奎（华郎）、鸿驰（小元）、鸿岐、鸿贤、鸿羽、鸿鸣、鸿球、鸿亮、鸿昌……曾祖父传下来的叔伯多，我记不全。祖辈是"成"字辈。祖父成彬，二叔公成章，三叔公成家，小叔公成才，其彬、章、家、才的字义里，一定有曾祖父希圣给出的既浅显通俗而又深邃不凡的道理。

父亲病逝于 1980 年农历九月十一，按虚岁算，享年 67 岁。那年，我还在山东长岛服役。当我获知噩耗，经三天三夜一路匆匆赶到家里，上次探亲时还鲜活的父亲，这时已化成了一把骨灰。未能见上父亲最后一面，成了我终生的遗憾。

父亲死于肺气肿，其实是累死的。父亲一生没能过上一天真正舒心的日子。在父亲离开我们 34 年后的今天，作为父亲的儿女，我们特别怀念他。要是今天父亲还健在，他就是一位令人尊敬的百岁老人了。逢年过节时，二老身边热热闹闹的，满满五桌也坐不下。

存放父亲的骨灰墓地，就在村东头南流入江的三条港河的河岸上。二月初头的报春花又开了。这是父亲生后绽开于二月初头一百度的报春花啊！

那一簇簇生生息息永远也开不败的报春花，是父亲活着的灵魂。

　　　　　2014 年春，父亲百年诞辰前夕，写于启东紫薇湖畔

沙地年味（外两篇）

在故乡过年，品的是沙地的年味。

故乡启东，俗称沙地。这儿原是从长江入海口北端涨出来的一片沙洲，较早成陆的中部地区仅有260余年历史。南部地区大大小小十几个沙洲被连成一片只有100多年光景。这一片新土，曾是漂浮在崇明岛北端海面上的"外沙"，或曰"北沙"。启东中南部的地势明显比其西部的海门、通州低，因此，这儿便被称为"下沙"。在启东北部的吕四人眼里，中南部地区的人即是"沙上人"。中华民族有过农历年的习俗。当年踏进这一片沙地拓荒的先民，十分自然地把原居住地——崇明、海门、通州、常熟、太仓、张家港等地过年的习俗，带到了这一块新生的沙地。沙地的年味便依然弥散着这儿的先民原居住地过年的韵味儿。

沙地上的年味起始于腊月初八的腊八粥。腊八粥是腊月初八晚上煮粥食粥的习俗。沙地人的腊八粥不同于北方。北方人的腊八粥里常用小米、赤豆、黄豆、蜜枣、胡桃、松子等，其味香甜。沙地人煮的腊八粥里边喜欢用赤豆、花生、红枣、莲子、葡萄干或者芋头、松花蛋片儿，掺在糯米中煮成咸味粥。这是腊月里一种上好滋补品。

到了腊月二十三，沙地人俗称廿四夜，沙地上的年味开始浓烈了。不只是能听到那"年"的脚步声，而是能看到"年"的门槛儿了。大伙儿开始购物、备年货。沙地人过廿四夜有讲究，青菜烧豆腐这道菜不能少，那叫沙地人的清（青）白。有鱼最好，哪怕是最不值钱的白鲢。廿四夜食有鱼，与除夕夜一样，那才叫年年有余（鱼）呢。

过了廿四夜，沙地人开始忙着蒸糕了。村民们蒸糕会自发地集中在某一个农户家里。那个农户家里蒸糕的人排起了队，一天到晚热气腾腾，糕香扑鼻。人们品尝着，点评着谁的糕黏，谁家的糕甜，谁家的糕蒸得多。

然后，沙地人开始翘首期盼，在外读书的工作的创业的打工的游子归乡过团圆年了。在电话、手机短信的互动中沟通、等待。在车站、村口的寒风中期盼、等待。那一串诱人的喇叭声里，那一束炫目的车灯跟前，那一个晃动的熟悉身影，都会让期盼中的你心跳加速。一家人的团圆，是沙地人最真实最有价值的年味儿。

沙地人上坟祭祖一年三次，元宵、清明、年三十。无论你有多高贵的身份、身价，只要你年前到了家里，年三十那天，你一定会以一颗极其虔诚的心，和你的族人一起，带上纸钱、糕点、酒水，上坟祭祖。在坟头磕拜、烧纸钱、燃放鞭炮之后，孩子们便兴高采烈地在河边、塘边、沟边，堆集一些干柴枯草，开始燃草堆了。沙地人年三十和正月十五燃草堆，意在驱鬼避邪。孩子们各点各的草堆，看谁燃得红火、旺盛、长久。年三十和正月十五傍晚，沙地的原野上鲜红的火光和飘浮着的一团团白色的烟雾，成为沙地年味的一道景观。

吃年夜饭、给孩子压岁钱、看央视的春晚、守岁，无一不被包裹在开心、喜庆的沙地年味当中。如今，在沙地人"除夕夜欢乐四重奏"中，当属看春晚为"除夕夜欢乐四重奏"之主旋律。

虽然时尚的沙地人有的已把年夜饭订在城里的四星五星级酒店，把远在乡下的老人接到了城里，但大人小孩边吃边惦念着精彩的春晚。那些孩子们平时的零花钱就没有缺过，天天像过年，压岁钱多少也并不那么在乎。至于守岁，大伙儿顺理成章地在欣赏精彩纷呈的春晚节目中度过。

正月十五吃元宵、玩花灯、燃焰火、放风筝——沙地人在保持着这一传统习俗的同时，如今的心气儿也高了：他们将一个个追求和谐、幸福、安康的美好心愿，许给了在空中飘飞的美丽的风筝。沙地上的年味随着元宵的风筝在视野里远去而渐渐淡去。

沙地上的年味并不古老和神秘，却无处不在地飘散着让人颇费思量的悠悠长风古韵。今天，当我们回望中华民族这一个古老的年节的时候，我感觉，沙地上这个传统古朴的年节，似乎已经被省略了许多。

在注重环保的今天，燃草堆的陈风陋俗已悄然在沙地上消失。

沙地婚俗

西部歌王王洛宾的一首《掀起你的盖头来》曾经风靡中国。大花轿、红盖头、大红的喜字……千百年来，凸现中华民族民俗文化的传统婚俗，让国门之外那些金发碧眼的洋人眼睛一亮。沙地的婚俗，既蕴含着华夏民族传统民俗文化的婚俗精粹，又彰显着沙地的许多地方特色和鲜明个性。

父母之命，媒妁之言，是沙地婚俗必不可缺的一条公式。媒人，要么男方或是女方的至亲，再不然就是双方的挚友。有些虽然是男人发挥主要作用，但多数由女眷出面。过去，沙地农村曾有专吃这碗饭的媒婆。媒婆在男女双方间穿针引线，成功与否靠的全是媒婆的一张嘴。因此男女双方便都要巴结媒婆，特别是两方面都不知对方根底的，其中的虚虚实实、真真假假，全要凭媒婆的良心了。媒婆便吃香，在沙地就有媒婆吃十八顿一说。在时兴自由恋爱的如今，沙地仍按照老传统，在成婚之前，也要找一个双方投缘的做个现成的媒人。

当男女方都觉得这桩婚事可以敲定之际，男方就要择日将信物通过媒人交给女方。这在许多地方叫"过帖子"，沙地人叫"给定头"。"给定头"在沙地乡下等于定亲。一旦给了定头定了亲，就不能反悔。毁约的责任，由毁约方承担。这一个定头，在 20 世纪六七十年代，1 斤半毛线、2 双尼龙袜抑或一块上海牌手表，外加 100 ～ 200 块钱即可。进入 21 世纪，定头价位与时俱进，日益看涨。连带装定头的皮箱，彩礼不能少于 8 件，所有金银首饰只能算其中 1 件。而且那厚厚的几叠人民币，还要博一个好口彩的吉祥数。

接下来就是选一个双方都认可的黄道吉日迎娶了。过去，沙地上迎娶新娘，有让坐小木轮手推车的，条件好、有讲究的就坐花轿。"文革"时，小花轿被当作"四旧"禁了，接新娘便改坐自行车。再往后，就坐摩托车和小轿车了。沙地上的新娘出嫁，过去乡下邻里关心的是几床被褥、几只箱子，现在则看其陪嫁的彩电、冰箱抑或电脑是什么品牌。新郎迎娶新娘，要备两个箱子或两个包。如果不是红色的箱包，就在提手上扎一根红丝带。箱包里要装上双份的 8 件礼品。其中有用大红纸包着的 12 份"项款"，包括暖襟、太礼、木匠、漆匠、铜匠、裁衣、弹花、厨师、献寄子、孝弟及其他，其中数暖襟的款项重。暖襟俗称"肚子痛铜钿"，是给丈母娘的。如今有些丈母娘不拿暖襟，而是在暖襟红包里加倍塞钱，算是给女婿的压岁钱。图个吉利，沙地人迎娶新娘的车轿进出，都走东首（上首）。新娘家住得远的，新郎迎娶的花轿必须早走，天黑前赶回来。过去沙地人嫁女，女儿要哭着出门。母亲要盛一盆水泼出去，意为"嫁出去的女儿泼出去的水"。如今，沙地人"嫁女泼水"的习俗比较少见了。

迎娶新娘，出门和进宅都要燃放鞭炮。新娘进宅时，两个童男童女要牵着新郎新娘的手出车（轿）。然后，童男童女上花轿或轿车内坐一坐，这便是"坐床"。接下来，新郎新娘入洞房。在婚床上坐定后，由一对长辈夫妇端上红葡萄酒和糯米团圆，敬一口酒，说一句"甜甜蜜蜜，天长地久"；团圆用筷子成双地夹着，边喂边说"团团圆圆，白头到老"。

热闹的婚礼，新郎新娘要拜天地，拜高堂，拜新友，然后才是夫妻对拜。新郎新娘结婚的第二天为"待招"，招待新郎的长辈。新娘由新郎的父母领着挨个叫长辈，长辈则要给新娘"见面礼"，新娘要给长辈发"台礼"。家里头要摆上香烛、供品敬请老祖宗，用大红纸做上12只红元宝放在案前。新郎的父母要在案前告诉诸位老祖宗，家族里添了新人，要老祖宗保佑这对新夫妇平安幸福。

新郎新娘一起回女方家，许多地方叫"回门"，沙地人称"结满月"，一般在婚后第三天。上午去女方家，下午赶在太阳落山前回来。沙地人有"七不出门八不归"一说，即农历逢七、逢八新娘不回门。所以，也有第六或第九天"结满月"的。这一习俗据说源自土家族。

沙地婚俗，仿佛蒙上了一层薄薄的纱，给人以一种神秘朦胧的感觉。它既飘散着浓浓的沙地气息，又蕴含着悠悠的九州神韵。

沙地冬日暖阳

沙地的冬季，绝对气温绝不比北方低，然而，由于空气当中湿度大，加上没有暖气，这儿的冬季便比北方难熬得多。阴冷的冬日里有一缕融融暖阳，对于我们沙地人来说，弥足珍贵。

就说今天，别看气温一下子降了七八度，达零下4摄氏度——已经进入沙地的冬季最寒冷时段。但那一个久违了的暖阳，还是刺激了沙地人许多兴奋点。伴随着太阳过日子的沙地人，今天有不少人比往常起得早——出门晨练，外出做生意，抑或吃完了饭上单位加班，虽然今天是周日。

不难看出，已经有一周左右时间生活在雨雾阴霾天气里的沙地人，今天在市区公园里晨练跑动的脚步都轻松许多。脚下的路变得干爽利索了，连空气里头都满世界跳跃着快乐的因子。肉眼看不见的那一个个小精灵，在冬日的暖阳下和我们一起快乐着。

昨晚有风，不然眼前的那一湾湖水一定会结冰。清晨，在微风的拂动下，平静的湖面上泛起了一片片带着弧线的文静的水波。那一个暖阳，恍若一张红扑扑、嫩嘟嘟、水汪汪、勾人心魄的女人的粉脸，背衬着密密匝匝的绿树翠竹和青瓦白墙的仿古建筑，挂在那一湾荡着文静的水波的紫薇湖上，成为沙地冬日一道别样的风景。

让我感动的还有湖畔。人造的银晃晃的沙滩，在冬日暖阳的爱抚下，闪着晶亮亮的炫目的光点。那些耐寒的花花草草，无不尽情地展示着各自在这一个季节里的天性和本色。

从紫薇公园出来，我走进了摆着地摊的小商品一条街——沙地人熟悉的城区的长兴路。憋了那么多天的生意人，今天的精神头特爽。路两旁划出的白线内，摆满了小商品的摊位一个紧挨着一个。许多摊主不自觉地把商品摆到了白线外，把本来并不十分宽敞的长兴路挤成了一条细长的缝。车流、人流，在这条缝里头流淌、奔涌。汽车、摩托车、电瓶车的喇叭声，生意人的吆喝声，进城的乡下人和难得一见的城里的亲友同学在一块儿海阔天空地侃大山的声音，在这条缝里头此伏彼起。暖阳下的沙地人脸上，一个个洒满了喜人的阳光。连那些上了岁数的老人皱皱巴巴的脸上，也都绽开了幸福的花儿。

饭后，沙地人恨不得把冬日里那缕稀罕的暖阳搬进屋里，搂入怀中，亲不够，爱不够。我琢磨，今天大伙儿该搬的大概都搬出来了，该晒的几乎都拿出来晒了。小区的草坪上、阳台上，无不被花花绿绿的被褥、毛毯、衣物占领了。草坪、阳台，仿佛成了一个个五彩缤纷的被褥博览大展台。那一些似曾紧紧地包裹着一家一户隐秘的被褥，今天却纷纷无所顾忌地站了出来，一览无余地暴露在冬日的暖阳下。这是冬日暖阳的面子大。这也难怪，那一些被褥，无论是沾着潮湿气味儿，透着吸烟人的香烟味儿，婴幼儿的奶腥味儿，还是裹着新婚夫妇身上的迷人的香水味儿，无一不被冬日的暖阳化解掉了。暖阳的香味儿，一律平等地赐给了冬日里珍爱阳光的人们，不分贵贱，童叟无欺。

临中午，我从单位里下班回家，在小区入口处一个车库门口，看到了一窝正在纸箱里晒太阳的金黄色的猫儿。哦，这位猫妈妈一下子生了6个儿女。小猫咪们紧紧地依偎在母亲的怀里，有两只正在努力地吸吮着母乳。暖阳下的猫妈妈，一副贵妇人的气质，眯缝着眼，日子过得似乎很滋润。我从猫主人那里知道，这是猫妈妈生的头胎，生了才3天，差一点儿冻死。"今天太阳真好。"猫主人自言自语，也像在对我说。

是啊，今天的太阳真好，尤其金贵的是午后的太阳。我一改以往中午小睡的习惯，今天也去户外尽情享受午间的阳光。我出了门，在小区东头的邮政局广场上溜达。有几个农民工从邮局里进进出出，然后三三两两地到邮局东南侧的墙根下晒太阳。他们有说有笑的，都是一口四川方言。有几个人在全神贯注地点钱，点了一遍又一遍。他们在点钱过程中，释放着内心的喜悦之情。

沙地冬日的暖阳，照在这些外来打工的农民工黝黑发亮的脸上，那一种好心情想瞒也瞒不住。什么叫开心和幸福，答案全在他们脸上写着呢。

2005—2006 年

沙地香·麦蚕

　　说起沙地美食，沙地人总有一种自豪感："吃嘛嘛香。""沙地香"便成了沙地人谈论沙地美食的"脱口秀"。绝不是"王婆卖瓜"，你说，咱启东的吕四海鲜、红烧山羊肉咋样？即便是清水煮的启东草鸡蛋，都有一种特诱人的香味儿，更别说在我梦里也飘香的麦蚕了。

　　闻不到麦蚕的清香，曾有些年月。远在北方的海岛当兵，这一走就是近20年。中间偶尔探亲回家，也都是来去匆匆，未有一次能赶上吃麦蚕的时节。可是，儿时闻到的麦蚕的香味儿，在我的记忆深处，始终是美好的。

　　立夏时节，父亲将自留地上已灌浆饱满但尚未泛黄的麦穗摘下来，放在干净的布袋里掼，偶尔也用手搓揉，进行脱粒、去壳。然后放入筛子，颇有韵律地一簸一簸将其扬净。下锅炒熟后，趁热用石磨将麦粒磨成细细的麦条儿。因其形似幼蚕，沙地人便称之为麦蚕。最后一道工序，是用手将其紧紧捏成团。食用前的麦蚕，就是糯米团大小的青麦团子。由于青麦所制，闻起来便有一股麦子的清香。放在嘴里咀嚼，味道清淡，糯而不腻，颊齿留香。在那个饥肠辘辘的岁月里，对一个十来岁正在发育长身体的少年来说，面对麦蚕这样的美食，总是闻香即垂涎了。那是一种挡不住的诱惑。

麦蚕好吃，解馋，但吃麦蚕既费事又不合算。村里头老人有"一顿麦蚕三顿粥"一说，就是做一顿麦蚕的青麦，待其成熟后可以煮三顿粥。这样的美食，在那样的年代，确实显得有些奢侈。

在那举国上下饥肠辘辘的年代，沙地人等不得麦熟，操持点麦蚕，既解决了尝鲜、解馋，又缓解了饥饿。这是由于那个年代的这个时节，正值青黄不接之际，陈粮快没了，新粮又下不来。全国人民饥肠辘辘饿肚子，连北京城里的毛主席也知道。一首叫《毛主席来到咱农庄》的歌里这样唱道："麦苗儿青青菜花儿黄／毛主席来到咱农庄／千家万户齐欢笑呀／好像那春雷响四方／毛主席关心咱／又问吃来又问穿／家里地里全问遍呀……"这个"麦苗儿青青菜花儿黄"的季节，正是立夏前后青黄不接的时候。毛主席走进农庄，问寒问暖，关心老百姓的疾苦，说明他老人家知道那个时节全国人民都吃不饱。歌里的"千家万户齐欢笑"，我想，这并不是"千家万户"衣食无忧后的"齐欢笑"，而是在国家困难时期人民群众对伟大领袖体贴民生、体察民情、体恤民意的一种由衷的感动。人们从中看到了风雨后的阳光和彩虹，看到了国家在经历困难之后人民生活将得到改善的信心和希望。

唤醒我记忆深处麦蚕清香的，是近年在豪华酒店的餐桌上，在菜场、街头的叫卖声中：

"清香爽口的麦蚕要哦——"

问个价，乖乖，5元钱一个麦蚕团！

沙地的麦蚕，从乡下走进了城市，从农民的锅台上走进了都市的餐桌上，从青黄不接时以缓解饥肠辘辘的肚皮，到当作接待贵宾的沙地特色美食，这是改革开放为麦蚕搭建的新平台。这一沙地美食，在金杯银盏中实现了新的价值，在美酒佳肴中凸显了沙地的传统特色。

如今，人们不再为温饱犯愁，生活中什么都不缺。尤其是身居城市的人们，住有高楼洋房，行有高档汽车，通信有移动电话，玩有网络电影电视和电子游戏。人们所缺的，正是当下全球所崇尚的向往的和追求的，比如生态、天然、绿色。于是，沙地麦蚕忽然成了城里人的新宠。听说，亦被称为"冷蒸"的沙地麦蚕，是一种极富营养价值的绿色食品。它含有丰富的维生素 B_1、B_2、E 等多种维生素和十几种人体必需的微量元素。其中 β - 葡聚糖含量最高，具有降血糖、血脂和预防、治疗糖尿病、心血管病的药用功能。

时光流转。曾为人们吃青尝鲜、现做现吃的沙地麦蚕，如今也被颠覆了季节——它可放在冰箱里速冻，到吃时再解冻。沙地麦蚕从而走进了"日日能出镜""天天可飘香"的新时尚。

只是，麦苗儿青青菜花儿黄、池塘春草闻夏蝉的季节，才是沙地麦蚕的故乡。

这一个季节，也是远方的朋友来沙地踏青赏景游农家乐、尝鲜闻香品麦蚕的最佳时节。

2006 年 4 月

海复镇老街：一条不老的长河

寻访启东海复镇老街，我走进了它写满沧桑的历史。

烈民街、逸先街、胜利街、北新街，由南而北绵延三华里多的这条百年老街，在岁月河浪花的冲刷下，早已没有了青石板和它留下的印记。曾经有过的清末状元张謇和垦牧先辈们铸就的繁华，启东第一个马列主义小组点亮的灯火，粟裕将军率新四军一师东进激荡的军号声，也早已随着老街飘逝的烟云远去。然而，这条老街就像一条不老的长河，它泛起的每一簇浪花，无时不在一代代后人眼前闪烁。

流淌在这条长河里的一串串故事，在后人眼里永远是那样的鲜活。

海复最早的地名

"筲箕襻"——海复镇最早的地名。

200多年前，海复镇只有八九间草房。周边有小安沙、文庙公地、狼营兵田和苏营兵田等筲箕般模样的地块。白天，这几间草房里飘有袅袅炊烟；天黑了，这几间草房里亮有温暖的灯火。在那些地块上劳作的人们，渴了，上那儿找水喝；饿了，花不了几个钱，那儿就有可以充饥的粥；对于有烟瘾的人，那儿还有廉价的旱烟、水烟、香烟卖。那儿，便像"襻"一样将周边这些地方联结到了一起，筲箕襻便就成了海复也是这条老街最原始的地名。此地曾于300多年前坍入南黄海，后又复渐涨成陆。清光绪年间，张謇在此创办垦牧公司。为聚民通商，自1904年起，张謇先后花五六年时间建起了一长溜500余间房子，以老街为主框架的海复集镇由此逐渐形成。起初仍沿用筲箕襻，后来才更名为海复镇。"海复，沧海复为田也！"

筲箕襻、海复镇——前后两个地名，彰显此地绵长的文脉和先辈卓越的智慧。

百年古屋老宅

古屋老宅，总是古镇老街无言的代言人。

海复镇逸先街52-6号，为一座与这条百年古镇、百年老街几乎同龄的百年老屋。年逾八旬的龚竹屏、李富民老人都能说得出这座老屋的所以然来。这座由坐西朝东七檩头拔廊正屋和南北两座厢房组成的老屋，主人沈志常夫妇早已作古，老太太活到了100多岁。此屋系其祖上所建，可见年代之久远。但见其粗大的杉木桁料、青亮的甍砖、糯米浆加石灰嵌缝的大号青砖墙壁、雕凿细腻的厚实柱石、雅致优美的窗花格气孔，充分凸显了其古建筑艺术的文化价值。

沈氏老屋已经人走屋空。沈志常夫妇的后代，都散居于外地。据说，通过市场交易，老屋已经易主。新主人似乎懂得这座老屋的价值所在。

廊下青砖铺就的砖街缝隙里绽开着的灿烂的油菜花，恰如这一古建筑开放的生命之花。

走近李素伯故居

走进海复老街，我想从寻访中国小品文研究第一人李素伯（原名李文达）故居开始，去追寻李素伯文学生涯的踪迹。

李素伯出生于海门中和镇（现启东泰安港西南 10 余华里），家境贫困，7 岁丧父。因江坍，他 10 岁那年（1918 年），母亲携他们兄弟二人搬至海复老街——逸先街 72 号。李素伯文学的种子，正是在这条老街、这座老屋播下的。他在这里上了海复学堂初小、张謇办的通师附小——垦牧高小。之后考入通师，并最终回到通师教授国文。走近李素伯故居，门窗都关着。可我相信，李素伯依然在屋里，他正在卧室兼书房里伏案疾书。但见桃花、流水、远山、塔影，微雨、朝暾、坠露、落英、晚蝉、市虎，淡云、暖日，以及与友人的离情别绪，在他温热的勤奋的笔下浮现、生辉。在中国现代史上，既是教师，又是学者、作家的人不多。可侧身于朱自清、鲁迅、叶圣陶、夏丏尊、俞平伯等现代文学史上的名人之列，李素伯凭的是实力。李素伯对古典诗文研究颇具功力，对小品文研究独树一帜，对鲁迅、俞伯平、朱自清、冰心、徐志摩、郭沫若、丰子恺等作品都有恰如其分的独到见解。1932年 1 月由上海"新中国书局"出版的《小品文研究》一书，以其开创性奠定了他在中国现代文学史上的地位，时年 25 岁。他以精湛技艺锤炼出来的小品文精品，是他对中国现代文坛作出的另一份重要贡献。

李素伯从涉足文坛到逝世，仅约十年。他一生未婚、无后，英年早逝，生命短暂，仅活了 29 岁。然而他在中国现代文学史上的影响，正如他老师曹勋阁先生在当时《南通报》发表的《挽李素伯》联上所写的那样："朝暾灿烂暖春潮"。

李素伯居所的门关着。或许他在休息——他太累了，可别惊扰他。

王春安牙科轶事

在海复镇老街，有缘与"王春安牙科"相遇。今年63岁的王春安，与父亲王友山（排行老三，人称三先生）、祖父王贵才，是有名的祖传三代牙医。

他们是盐城建湖县裴刘镇人。为逃避战乱，1940年春，他们摇着橹、拉着纤，驾着自有木船，用了七八个昼夜到了启东汇龙镇。在惠阳港河畔刚刚搭了两间三架头小草屋住了下来，一天深夜，日本鬼子的子弹从熟睡中的三先生盖被上嗖嗖穿过。好险！第二天，三先生就驾船带着全家到了海复镇西的窑湾。渡江战役前夕，三先生将相继仙逝的父母骨灰用船送回建湖老家，随后就将船捐出去支前了。他们便分到了地，在窑湾安了家。50年代中期，他们于海复老街上开了牙科诊所。

曾经的岁月里，为生计，三先生边以木船来往于吕四、三甲等地搞点儿运输，边做走方郎中。经常背着牙车、撑着伞，走村串户，边晃着摇铃，边悠悠地吆喝着"拔牙补牙哦？镶牙哦？"三先生医术好，为人和善，方圆十几里的百姓都认他。我有位家住志良二激镇的战友小时候先后长了两只"尽头牙"，由其父用自行车带着，大老远的两度找他拔牙。适逢顿，三先生又好客留饭。合作化后，三先生进了乡卫生院，直到退休。子承父业。三先生8个儿女3个从医，其中2人专事牙科。二儿子后来还挑起了海复镇卫生院院长的担子。

百年秤号新传

历经百年沧桑的海复镇老街，由南而北绵延三华里多，各种商号店铺一个挨一个，令人目不暇接，其中不乏一些品牌"老字号"。

位于北新街82号的陆荣顺秤号，便是一家于启东手工木杆秤行业中颇有名气的百年老店。秤号主人陆燕菊，是陆荣顺秤号的第三代传人。

传统的手艺人都说传男不传女，丁酉年已年届古稀的陆燕菊，则是一个不让须眉的巾帼英豪。

20世纪初，时为二十来岁的陆燕菊祖父陆海荣就在北新镇开秤号了。"陆荣顺秤号"应运而生——祖父在商号中取一个"顺"字，无疑有一种祈求秤号"顺达繁荣"之意。祖父13岁拜师，经过近10年的磨砺，学得一手制秤好手艺。在父亲陆志良十二三岁时，祖父也开始让他学做秤了。

陆燕菊老家位于北新镇南面的长江边。祖父在镇上开秤号，但乡下老宅一直面临坍江的威胁。到了1942年，长江快要坍到家门口了，可是，家往哪儿搬？海复镇因当年张謇垦牧兴镇，市场被许多商家看好，且尚无一家秤号。于是，那年春天，陆海荣便拖家带口，连同他的陆荣顺秤号，一块儿搬到了海复镇老街。先在烈民街安顿了下来。随着解放后合作化的推进，秤号加入位于老街北首的海复镇铁木业社，父亲就把家搬到了北新街。陆荣顺秤号却始终开着。

陆志良夫妇膝下无子，共生有三个女儿。老大陆燕菊，自幼聪慧，好学上进，从小就对父亲制秤特感兴趣。到了十二三岁，一放学，就爱围着制秤的父亲转，这儿摸一把，那儿搭一把，还不时地问个为什么。父亲十分欣赏女儿这种求知好学的态度。"荒年饿不死手艺人"——陆燕菊从祖辈、父辈身上深谙这一条颠扑不破的真理。到高中毕业时，陆燕菊对木杆秤制作 12 步流程，已经达到得心应手、熟练掌握的程度。

制作木杆秤，从木坯料作做起，至少需具备木工、五金工、秤样工三个工种技术，刨、磨、校需样样精通。

粗坯刨料，至少 3 次，水磨至少 2 次。然后用"步工"，由斤到两，逐一落实分量。接着钻秤星眼子，用不锈钢丝镶嵌秤星，用刀切割后，再用油石打磨数次。然后开始装秤头、秤尾的铜皮和秤钮，烧焊头。最后一道工序，用砝码仔细进行校秤。每一道工序都来不得半点马虎，每一个环节都要以一种工匠精神，全身心投入。

曾经当过海复镇农机厂总账会计、海复镇运输站党支部副书记的陆燕菊，2002 年退休后不忘初心，重新干起了传承陆荣顺秤号的老本行。

陆荣顺秤号之所以能延续百年历史，陆燕菊的心得，便是她所说的三个大写的"心"字：首先做良心秤，做秤先做人，选用紫檀木、老红木等上等材料做秤杆，绝不以次充好。其次做匠心秤，以精湛技术、精细用工，精心打造，经得起检验，绝不粗制滥造。最后做放心秤，确保称重足斤足量，让使用者（商家和老百姓）都放心。

在海复镇老街上坐西向东的陆荣顺秤号，别看它仅有不足 4 米宽的一间门面，门面上挂着的各种规格的木杆秤排列整齐，如同身披铜盔钢甲的一支军队。最大的钩秤，能称 150 公斤的猪；

最小的盘秤系克数秤，能够称数克的中草药。门面的进深很深，如同秤号幽深的历史。秤号有件镇店之宝——1.25米长的银秤。这杆银秤系其父陆志良13岁时和祖父一起打造。这杆秤花秤星用纯正白银镶嵌的银秤，秤龄已近90年，如今却依然光亮如新。细看这宝物，秤头上方：一只栩栩如生的蝙蝠衔着"陆荣顺秤号"的长方形匾额；匾额下方，则是一只活灵活现的千里马；计量符号间，则镶嵌有八仙过海图案。蝙蝠、千里马、八仙过海——无不是希冀秤号自由飞翔、一日千里、跨江过海走向广阔的市场。

历经百年风雨，任凭时世变迁，从16两市斤秤到10两市斤秤再到公斤秤，陆荣顺秤行始终坚持干良心活，做良心秤。如今流行电子秤，随着顾客越来越稀、利越来越薄，做手工木杆秤的店家越来越少，陆荣顺秤号却依然坚持着。

手工木杆秤独特的传统手工工艺，属非物质义化遗产。对店主人的坚持与坚守，我油然升起了一份敬意。

良心秤、匠心秤、放心秤——百年秤号制作的手工木杆秤，称起岁月的分量到底有多重。

2017年5月

曹家镇老堂

那天适逢二十四节气中的雨水，却是一派风和日丽。我们沐浴着早春的阳光，走进了启东合作镇政府所在地曹家镇。

曹家镇是一座历经 300 余年沧桑的历史文化名镇。悠悠岁月中所积淀的深厚历史文脉，已成为曹家镇一笔宝贵的财富。位于古镇中心的德肋撒堂，为曹家镇标志性历史文化建筑。我对此特感兴趣，也特别上心，边听边记，还不断向讲解员提问，以破解其中的一个个问号。

曹家镇德肋撒堂，俗称曹家镇老堂。一个"老"字，说明它年代久远。它始建于 1933 年，至今已有近百年历史。一个"堂"字好理解，就是教堂。

其实，曹家镇老堂不老。解放前，它曾与中国著名的六大教堂齐名。它与 19 世纪中叶建造的广州石室圣心大教堂，前后相距近百年。曹家镇老堂，便只是老堂众兄弟中的小弟弟。

曹家镇老堂不老。这座由德国建筑设计师设计、中国工匠打造，中西合璧的跨世纪教堂，在丁酉年早春的暖阳下，无时不在闪烁着生命的辉光。

小德肋撒，译名即圣女小德兰。1897 年她逝世时，年仅 25 岁。她先后被封为普世传教区主保、法国主保、教会第三位女圣师。为纪念这位伟大的圣女，1934 年，曹家镇教堂落成之际，便取名德肋撒堂。

教堂作为西方传播的宗教建筑，其建筑风格主要有罗马式、拜占庭式和哥特式三种，尤以哥特式为主。哥特式亦称法国式，欧洲文艺复兴后期才有了"哥特式"一词。著名的法国巴黎圣母大教堂，是哥特式教堂最杰出的代表作。曹家镇老堂的建筑风格，便是典型的哥特式风格。但见，耸立在我们面前的曹家镇老堂，青砖红瓦，高耸削瘦，钟楼叠立，尖顶突兀，浮雕清晰，玻璃窗彩绘圣像鲜活灵动。精湛细致的建筑技艺，宏大壮观的礼拜会堂，无不给人以神秘、哀婉、崇高的强烈情感色彩，尽显哥特式教堂的无穷魅力。

曹家镇老堂所凸显的浮雕和玻璃彩绘，给人以深刻的印象。坐北朝南的老堂正面有六幅浮雕，最为显眼的是分别绽放了左右两侧的玫瑰花。玫瑰是爱情、和平、友谊、勇气和献身精神的化身。在希腊神话中，玫瑰既是美神的化身，又溶进了爱神的鲜血，集爱与美于一身。她与老堂上方浮雕上所彰显的圣母马利亚和耶稣的普世大爱理念，一脉相承。玫瑰花语，别有一番意味。浮雕上绽放的四朵玫瑰，即表示为对爱的誓言和对爱的承诺。"你愿意嫁给我吗，无论疾病、贫穷、灾难都不离不弃？""我愿意！"庄严的婚礼上，回荡在神圣的教堂里的新郎和新娘对话，就是他们对爱的誓言和爱的承诺。

曹家镇老堂的玻璃彩绘画，为耶稣从诞生到受难一组完整的故事。还记得 10 年前曾经风靡全球的《耶稣诞生记》（凯莎·卡斯特尔·休斯和奥斯卡·伊萨克分别饰演犹太少女马利亚、小木匠约瑟）这部大戏吗？当你驻足于曹家镇老堂玻璃彩绘画前，这部大戏或许又一次浮现在你的眼前。

十字架为教会标志。教堂平面图大多呈十字形，曹家镇老堂也不例外。一位家住相距十余里外的二激镇的战友说，儿时，农村没有楼房，只要爬上柴草垛，就能望见曹家镇老堂十字架和老堂尖顶了。十字架为一种刑具，耶稣是为世人的罪被钉死在十字架上的。它本是一个羞辱符号，但对耶稣基督来说，却是拯救世人于苦难的一种荣耀。无疑，十字架既是一种宗教信仰，又是一种宗教的荣耀象征。

天主教为基督教三大派别中历史最悠久、人数最多的一支。网络上提供的最新数据，至2014年底，天主教全球信众达12亿多。它自唐代于西方传入中国。1850年左右，法国传教士开始在曹家镇一带传教。随着信众的不断增多，这一带便先后建起了一批教堂。解放后被保留下来的有曹家镇老堂、臣义村教堂。

说起曹家镇老堂，不能不提近代实业家、慈善家郁寿丰（字芑生，1873—1926）。寿丰早年丧父，读了3年私塾后，信天主教，便有机会跟神父学英文、拉丁文。17岁起到上海浦东同昌纱厂谋生，业余攻读英文。后追随清末状元张謇，赴英采购纺纱机，既当翻译，又成功参与谈判。因为清政府南洋大臣端方赴欧考察翻译表现出色，获封朝廷候选道，获授朝议大夫。第二次赴英期间，加入伦敦总商会，成为该商会委员中国第一人。他在英国赚了一笔，回国后在上海兴办实业，并不忘回报故乡。在曹家镇置地开花木行、油米行，创办6所小学，其中1所完小、5所初小，自任校长，学生均免费入学。后辞职，专事公益慈善事业，在上海杨树浦办圣心医院，在川沙重建天主教堂。为改善家乡交通条件，选优质石材，在曹家镇一带建寿丰桥11座。民国十五年七月六日，寿丰在上海突发脑溢血逝世。在曹家镇修建天主堂，是寿丰晚年的一大愿望。1933年，长子郁震东根据父亲遗愿，出巨资在曹家镇购地修建了这一座教堂。

值得一提的是，曹家镇老堂在多个层面享有第一之誉。1934年1月18日，曹家镇老堂开堂仪式，由世界上第一批主教之一的中国籍主教朱开敏主持。1937年，曹家镇老堂得到教宗庇护十一世颁赐"全大赦"恩典。目前在大中华地区，曹家镇老堂是唯一获得罗马宗教颁赐"全大赦"恩典的德肋撒堂。同时，曹家镇老堂还是苏北地区唯一在国际天主教会梵蒂冈注册的教堂。在中国六大著名教堂中，唯曹家镇老堂位于乡村。近百年来，它始终吹拂着乡野和煦的风，历经近百年风雨，遭遇过战乱、"文革"和被工厂占用，今已修缮一新，被列为启东市文物保护单位。

我想，曹家镇老堂不老，是在于它接地气，是在于慈善仁爱的寿丰老人依然活在曹家镇地区百姓的心里，更在于源远流长的中华优秀历史文化永远不会老。

2017 年 2 月

沙家仓 1927 纪事

陆铁强临危受命

1927 年 9 月 14 日傍晚，夜幕渐渐降临。崇明北脚老滧口至江北海门青龙港渡口——长江入海口北支这段宽阔的江面上，阵阵秋风伴着绵绵秋雨。在陆铁强的视线里，崇明岛北侧的大江之上，几条沙船上已亮起的船灯，恍若于江面飘忽的幽灵，在秋风秋雨中若隐若现。

这样的天气，这样的情景，对于经常搭乘着这样的沙船来往于上海与崇明、江南与江北之间的陆铁强来说，早已司空见惯了。

这一回，陆铁强作为中共江苏省委海门县特派员，已化名沈惠农，前往江北海门县所属沙家仓，发展党的组织，开展农民运动。化名黄志清的崇明县农运骨干袁志德随行。

1928 年 3 月设立县治前，启东分属崇明、南通和海门三县管辖：东南部地区属崇明县，西北部吕四一带属南通县，久隆镇、曹家镇一带的西部地区则在海门县版图上。

1927 年，是中国革命多事之秋。陆铁强考虑，傍晚乘沙船过江，有渐浓的夜色作掩护比较安全。

陆铁强深知目前革命的形势有多严峻，我们党面临的任务有多艰巨，自己肩负的责任有多重大。

5个月前的4月12日，蒋介石公然撕破伪装革命的假面具，在上海发动了震惊共产国际的反革命政变，大肆屠杀共产党人、国民党"左"派和进步青年。第一次国共合作破裂，国共两党共同领导的大革命（第一次国内革命战争）随之宣告失败。之后不久，萧楚女、熊雄、李启汉和李大钊等共产党员、革命志士先后在广州和北京被害。六七月间，根据中共五大通过的党章规定，中共江浙区委撤销，分别成立中共浙江省委和江苏省委。而刚刚在上海成立的中共江苏省委兼上海市委，在短短20多天时间里，由于中共江苏省委宣传部长、叛徒韩步先的出卖，陈延年、赵世炎两任省委书记相继壮烈牺牲。

"四一二"反革命政变后的1927年，中国到处笼罩着白色恐怖的阴影。陆铁强作为崇明农运领袖也被通缉。他亲手创建的崇明协平乡农民自卫军被迫缴械、解散。

然而，陆铁强对中国革命依然保持乐观的态度，充满必胜的信念。8月1日，中国共产党成功地领导了举世闻名的南昌起义，打响了武装反抗国民党反动派的第一枪。8月7日，中共中央在汉口紧急召开中共党史上著名的"八七会议"。会议总结了大革命失败的教训，讨论了党的下一步工作任务，确立了实行土地革命和武装起义的方针。他此去沙家仓，就是传达宣传党的"八七会议"精神，贯彻落实省委9月初制定的《江苏省农民运动工作计划》。

该《计划》特别指出："江苏的农民暴动'应特别注意江北方面'"，"凡有可能组织暴动的地方，应尽量发动"。

临行前，省委书记王若飞同陆铁强进行了一次长谈。王若飞同志对他说："通过全党同志的不懈努力，我们将掀起农民运动的高潮，并夺取中国共产党领导的土地革命战争的胜利。铁强同志，省委相信你！"

"省委相信你"，是王若飞同志的肺腑之言。

1907年出生的陆铁强，虽然才20岁，却有着丰富的革命斗争阅历。1926年春，他参加了第六届广州农民运动讲习所培训。在四个多月时间里，聆听过毛泽东、周恩来、萧楚女、彭湃、恽代英等同志的授课，懂得了被压迫阶级要起来革命的道理，参加了广州反帝大游行，前往海丰等地进行了农运实习，在政治理论、阶级觉悟、斗争策略等方面有了质的飞跃提高。特别难忘的是，在广州农讲所学习期间，他有幸与毛泽东同志进行过面对面的交流。毛泽东亲自向他询问江苏崇明复杂的田制和农民受剥削受压迫情况。同年9月9日，他和崇明同去农讲所学习的俞甫才被中共江浙区委批准入党。9月23日，陆铁强任江浙地区农民运动委员会委员，受江浙区委委派回到崇明，参与崇明的党建工作，并组织领导了崇明的农民运动。当时，崇明还在反动军阀孙传芳统治之下。孙传芳与当地地主豪绅相互勾结，穷苦农民受尽压迫。因此，崇明西沙地区的农民运动一时间搞得轰轰烈烈，高潮时参与游行的农民达15万之众。在崇明凤阳镇的万人议租大会上，陆铁强带领穷苦农民通过与担任过崇明县知事的大地主奚侗的坚决斗争，实现了"大租减半、小租取消"的胜利。陆铁强也因此进入了崇明和上海国民党反动派抓捕的名单。

"省委相信你"——王若飞动听的贵州安顺口音，传递的是省委领导同志一种无比的信任。在革命处于低潮的艰苦岁月里，还有什么比组织的信任更为宝贵的呢？

陆铁强紧握着王若飞同志的手，激动地说："请省委和若飞同志放心，我保证完成省委交给的光荣任务！"

中共启东第一个支部——沙家仓支部的诞生

那天晚上，陆铁强和袁志德披着蒙蒙夜色，神不知鬼不觉地到了海门。当晚宿于三厂。

陆铁强对海门并不陌生。1919年秋至1920年夏，陆铁强在海门中学读过一年初中。因参加海中的爱国学生运动，他被学校除名，被迫回到崇明，在崇明中学继续念书。陆铁强幼年，父母为他定亲的岳父沈伯刚供职于大生三厂。陆铁强高中毕业后，沈伯刚为他在三厂谋了份比较好的差事。由于陆铁强心中已有了人生的理想信念，再好的差事也没能拴住他的心。他很快回到了崇明，但对三厂仍是熟门熟路的。

第二天一早，陆铁强和袁志德就离开三厂，前往沙家仓。他们首先结识了进步农民钱文明，并在他家住了下来。

陆铁强出生于崇明北排衙镇（今北义乡）一个富商家庭。父亲陆伯良是位曾经留学日本早稻田大学的进步知识分子。虽然担任过崇明县区长和公安局局长，但他开明，对儿子追求真理、组织和领导农民运动表示理解和支持。陆铁强走乡串村，和穷苦农民打成一片，是良好的家风在潜移默化日积月累中养成的。晚上，他钻钱文明家的破被头；白天，钱文明家里做啥吃啥，还要付铜钿交伙食费，有时间就帮钱文明在租种的田地干农活，让钱文明夫妇十分感动。钱文明便什么话都愿意跟陆铁强说。陆铁强很快了解到了沙家仓的真实情况，掌握了开展工作的主动权。同时，陆铁强通过钱文明，很快与海门从武汉国民党江苏省党务训练班回来的中共地下党员张宝奇和从武汉农民运动讲习所学习回来、家住曹家镇的上海进步学生严大信取得了联系。

钱文明家里来了两个陌生人，很快引起沙家仓佃农们的关注。

听说那个英俊帅气的青年，正是把崇明的农民运动搞得红红火火的陆铁强，一个个向他投以敬慕的目光。

"终于有人为我们穷人撑腰作主了！"

沙家仓的佃农们犹如久旱逢甘霖，暗中奔走相告，无不欢欣鼓舞。

陆铁强在崇明西沙地区开展"田革命"运动的信息，早就在江北的沙家仓地区穷苦农民中间传开了。与恶霸地主进行斗争，实行减租减息，对钱文明他们这些穷苦农民具有很大的吸引力。他们曾以贩稻柴、代耕田等机会，前往崇明实地摸过情况，探听虚实，受到很大鼓舞和启发。

沙家仓既是沙姓地主的天下，又是佃农们受苦最深的人间地狱。从清朝到民国，世代相传已有上百年。沙家9个大粮户，共有四大仓号：洪祯仓、施珩仓、三本堂、六号仓。其中大房沙鉴渠（玉昭），是前清捐班兵部车驾驶，为久隆镇东北一带洪祯仓的大粮户。沙锦成，清末在南洋新军第九镇（相当于师）混过。沙颖侯，对佃农最心狠手辣。从久隆镇东的新开港到二溆镇、石陀港、曹家镇，周围700多户人家都是沙家佃户。地租以"包三担"为主，即每千步田——4亩——一年缴玉米、大豆等谷物3担，连受灾减产甚至失收也不能缺斤少两。到了秋天，还要加缴棉花租和柴租。可恶的是，他们收租时，还要用大斗大秤暗算佃农。第一年租地要先缴"顶首"（押金）。地主恶霸只管自己囤满仓满，从来不管佃农有无收成。沙家仓地区连年灾荒，而沙家仓地主上门逼债不择手段，看见鸡鸭猪羊就捉，见到稍微值点铜钿的东西就抢。甚至还要收回田地，切断佃户生计。佃农们被逼上绝路，稍有反抗，他们凭借县里有人，肆意妄为。稍不如意，就勾结官府把你抓进去。哪里有压迫，哪里就有反抗。1920年，沙姓地主参与勾结盐商哄抬盐价。以邢东兰为首的穷苦农民揭竿而起，一举捣毁聚星镇和二溆镇两个盐行，平抑了盐价。这次暴动，使恶霸地主、不法商人无不为之震惊，也让沙家仓的穷苦农民看到自己的力量。

陆铁强的到来，给沙家仓地区穷苦农民带来了希望。心中有了主心骨，与恶霸地主作斗争就有了方向。

更深夜静时，陆铁强和严大信、钱文明，经常在钱文明家或曹家镇严大信家里，一起研究沙家仓地区农运工作。经反复讨论，决定立即着手发动广大佃农进行"二五减租"，开展秋季暴动。矛头直指沙颖侯、沙锦标、邱秀莲（四粮户小老婆）为首恶的沙家仓地区恶霸地主。

在斗争中，陆铁强发展了严大信、钱文明、朱文元、杨秀兰等农运骨干加入了中国共产党，建立了中共启海地区第一个支部——沙家仓支部，陆铁强兼任支部书记。

紧接着，中共海门县委成立，陆铁强任书记。

开展"二五减租"的消息迅速传开并得到广大佃农的热烈响应。见时机成熟，沙家仓地区农民协会迅速成立，陆铁强任会长，严大信为秘书。农会成立后的第一件大事就是发布《布告》，实行减租。

《布告》明确了减租标准、收租缴租办法，规定不准地主上门收租，否则就联合农会会员和农民坚决阻止；收缴租子由农会负责。

《布告》发出后，陆铁强带领农会会员开始着手实行减租的各项准备工作。

11月初，党支部拟订了15日举行武装暴动的计划。11月7日晚上，陆铁强在钱文明家里召开了有200多名农民协会会员参加的紧急动员会议。他号召大家立即行动起来，举行游行示威，把恶霸地主的嚣张气焰压下去。会议布置了 11 月 9 日集会游行计划。

曹家镇"红楼"点燃革命火种

中共沙家仓支部的成立，沙家仓地区农民运动的兴起，绝非偶然。沙家仓周边地区，有一批觉醒的知识分子，早就酝酿着革命风暴的到来。

被后人誉为"红楼"的曹家镇中心街 10 号，是乡绅严广田的家。严广田夫妇共生有大仁、大义、大礼、大知、大信五子，其中老三严大礼、老五严大信，在上海就读大学期间，先后接受了马克思列宁主义。1925 年将马列主义引入启东的革命先驱，便是严大礼。

1925 年 7 月，严大礼放暑假回到了曹家镇。他联络上海、南通、海门等地的一些进步学生和青年教师，在新民街开明小学组成"青年协会"，他任会长。协会宗旨是，联合有志青年，用全新的科学社会主义思想，开展唤醒民众的工作。中心街 10 号与开明小学在同一条老街上，严大礼便和协会成员经常聚在自家小阁楼上，传阅《共产党宣言》《新青年》《向导》等进步书刊，交流思想。从 1925 年暑假、寒假，到 1926 年暑假，青年协会通过学习交流活动，使众多青年知识分子听到了许多闻所未闻的天下大事和革命道理，看到了国际共产主义运动改造旧世界的进程和希望的曙光。

严大信在上海读书期间，结识了启东早期共产党员顾南洲。1927 年，经顾南洲介绍，严大信赴武汉参加了农民运动讲习所培训，由此走上了革命道路。

严大礼、严大信较早接受马列主义，源自幼年受久隆镇周应时的影响。周应时在他们心中是个大英雄。

早年追随孙中山、参加辛亥革命的周应时（1884—1930），1906 年考入南京陆军学校，后入日本振武学堂、陆军士官学校学习，回国后赴京朝考，录为武举人，任职于南京陆军学校教员（相当于副军职朝廷候差）。他反感于清廷的昏庸腐败，辛亥革命时积极响应起义。孙中山在南京就任中华民国临时大总统，周被任命为保卫首都南京的少将旅长。在讨袁运动中，被孙中山任命为江苏司令官。孙中山在广州成立军政府，周为陆军处中将处长，参赞军务，筹划北伐。周前后跟随孙中山 8 年，一生追求革命，直至 1930 年病故。对周应时投身革命的英雄壮举，严大礼、严大信兄弟二人打心底里佩服。

1927 年 8 月，顾南洲为筹划召开中共江北活动分子会议，对严大信家进行了实地考察。

白色恐怖时期，对于国共合作破裂后转入地下的中共，一个重要会议的选址，必须慎之又慎。

顾南洲（化名周步云，1898—1941），出生于崇明外沙永兴镇（俗称篾箕镇，位于今启东市南阳镇良仁村），1923 年通州师范毕业。1925 年在上海南汇教书期间，结识了共产党人王捷三、侯绍裘，即加入共产党。1927 年赴武昌江苏省党务训练班学习。其间，他便和于上海结识的曹家镇进步学生严大信联系，介绍其前往武汉农民运动讲习所参加学习。8 月，乘学校放暑假之际，顾南洲从上海南汇回到外沙永兴镇老家，并专程前往曹家镇。发现曹家镇中心街 10 号严大信的家，位于曹家镇由新民街、建生街、中心街、建设街四条街组成的老街西首，街道很窄，却幽深绵长，足有千余米，尤其店铺林立，市声喧嚣，十分有利于开展秘密的革命活动。于是决定，中共江北活动分子会议在严大信家召开。接着便和严大信一起，联络泰兴的韩铁心，海门的张宝奇、张冠今，以及南通、如皋的二人，加上顾南洲、严大信他们俩，共7名共产党员、进步学生，就在这座小阁楼上秘密召开了中共江北活动分子会议。会议学习了省委形势报告，讨论蒋汪合流和八一南昌起义后的形势，弄清蒋介石南京登台的反革命本质，确定了在江北地区打开局面、发展组织、开展农民运动等工作方针。这是中共江北地区点燃革命火种的一次重要会议，为10月底、11月初中共沙家仓支部和海门县委的建立，进行了有效的思想和组织准备。1928年4月，顾南洲任中共海门县委组织部部长。

距中共江北活动分子会议一个月后，陆铁强到了沙家仓。严大信家的这一座小阁楼，接下来便经常彻夜亮着微弱的灯光。陆铁强和严大信——一个中共江苏省委特派员，一个进步学生，后发展为一个海门县委书记、沙家仓支部书记、农会会长，一个沙家仓支部成员、农会秘书——在一次次彻夜长谈中，讨论着农运工作，酝酿着农会《布告》的内容、武装暴动的计划……

1927年11月中旬，沙家仓地区农民武装暴动的火种，在这里孕育、点燃。

沙家仓暴动

沙家仓农民暴动，一触即发。

农会要实行"二五减租"，这不是目无王法了——沙家仓的恶霸地主对农会代表农民的正当要求置若罔闻。沙颖侯、沙锦标、沙锦成、邱秀莲（四粮户小老婆）以关押欠租佃户陆寡妇的行为，公然对抗农会《布告》规定，从而激怒了沙家仓广大佃农，纷纷要求农会替佃农做主。陆铁强代表农会与沙颖侯等进行严正交涉。沙颖侯却态度骄横，反诬"陆寡妇常年欠租不缴，关押是千古常规"。陆铁强据理驳斥："你们把穷人往死路上逼，这是谁家的规矩，哪家的王法？"

农民暴动在即。陆铁强在参加中共江苏省委召开的江北农运工作汇报会后，又专程赴上海，向省委汇报 11 月 15 日沙家仓农民武装暴动计划，请求省委给予武器支持。王若飞代表省委对沙家仓地区农民运动给予了充分肯定，并指示："不必等待，不必依靠别地响应……迅即组织暴动。"

11 月 9 日，沙家仓党支部以农民协会名义组织 300 余位佃农在郁宁小学集会。陆铁强在会上发表了精彩的演讲——"农民为什么穷？地主为什么富？"一字字一句句都点到了佃农心坎上。会后，佃农们举着芦苇秆上粘贴着三角形白纸并写有标语的小旗进行示威游行，一路上高呼"实行二五减租""拥护农民协会""农民协会万岁""打倒恶霸地主""打倒恶粮户"等口号。口号声此起彼伏，吓得沙家仓恶霸地主拉起吊桥、紧闭院门。然而，第二天，邱秀莲倚仗海门县府里有人，竟无视农会规定，带着两个狗腿子，闯进佃农范朝宰家进行暴力收租。陆铁强闻讯，立即组织农会会员赶到范朝宰家，对企图暴力收租的邱秀莲和两个狗腿子进行暴力抗租，使狗腿子跟着其主人灰溜溜回去了。

当天下午，邱秀莲赶到国民党海门县政府，向反动县长施述之告状："陆铁强和穷小子们要造反了！沙家仓农会要翻天了！"

邱秀莲一把眼泪一把鼻涕，边告状，边要求县长派兵镇压。然后以犒赏费名义，当面献上了 1600 块大洋："这是我们沙家兄弟的一点心意。"

陆铁强和沙家仓农会的革命行动，引起了施述之的恐惧和警觉——如任其蔓延和发展，这天下不就成了共产党和穷鬼们的天下了吗？

11月11日，施述之即令驻悦兴镇（位于今启东市南阳镇悦兴村）的第六公安分局，派兵封锁沙家仓交通要道。陆铁强自然成了敌人缉拿的要犯。

当晚，陆铁强召开紧急会议，决定在省委支援的武器未到的情况下，于12日提前举行武装暴动，具体行动：

一、攻打悦兴镇第六公安分局，营救陆寡妇；

二、接管下沙行政局；

三、建立农民自卫武装。

12日上午10时许，陆铁强和农会骨干拿着大刀、土叉等在杨秀兰小店集中，准备按计划举行暴动。

沙家仓四粮户邱秀莲家正在大摆宴席，准备招待前来镇压的警察。沙颖侯在厅堂里边踱着方步，边喃喃自语："今天，我倒要看看，沙家仓到底是谁家的天下。"

这时，国民党海门县第六公安分局20多名全副武装的警察在局长钱敏棠带领下，分乘3辆汽车，从悦兴镇到达二激镇，然后步行至洋桥沙家仓，并迅速包围了杨秀兰小店。

杨秀兰为沙家佃农，会木匠手艺，他的日杂品小店也是木匠铺。尤其，他是农会骨干和沙家仓第一批共产党员。

暴动在即。杨秀兰小店聚集了几十个农会会员。面对警察的包围，手握简陋武器的农民迎上前去。钱敏棠边朝天开枪边喊道："带头的快出来，否则我们开枪了！"陆铁强临危不惧，一面安排袁志德突围出去，到曹家镇给国民党海门县党部"左"派人士打电话，请求支援，一面以坚定的目光扫视了一下众人，说："别慌！"然后决定挺身而出。钱文明、朱文元马上拦住陆铁强说：
"你不能出去。"他们决心以生命保卫自己的领导。这时，8 个警
察冲进屋里就开枪，大家开始与警察进行搏斗。朱文元不顾左腿
挂彩鲜血直流，拔刀劈敌。黄作新抢起了刨木凳就砸。徐善岐挥
起单刀砍杀。倪金富紧握土叉戳敌。宋小林挥舞木凳猛打。年近
花甲的杨秀兰凭借一身武功，拿起排门板左右开弓。搏斗中，农
会骨干倪金富、宋小林、徐善岐、龚品元四人中弹牺牲，陆铁强、
曹文明、樊向东、朱文元、钱文才等多人负伤。8 个警察被打得
鼻青脸肿，狼狈逃出门外后，就疯狂地朝屋里开枪。为使农友们
免受更大的牺牲，陆铁强大义凛然地冲了出去，高声喝道："不要
开枪！天大的事由我一人承担！"

敌人押走了陆铁强。

陆铁强脚上的伤口还流着血，却以坚定的步伐、铿锵的话语
向战友们告别："农友们，胜利一定是属于我们的！"

陆铁强被关在海门监狱。反动县长施述之对他又敬又怕，他
于当晚亲自审问，欲以威逼利诱感化他。

"陆铁强，你出身绅士之家，何苦帮穷光蛋说话、为虚无缥缈
的共产主义冒杀身之祸呢？今天，只要你承认是土匪，今后安分
守己，我可以既往不咎，马上释放你。"

"一切背叛革命、屠杀革命志士的人才是土匪。我不是土匪，
而是一名堂堂正正的中国共产党党员！"陆铁强铿锵有力、落地有
声的话语，气得施述之脸色像猪肝一样发紫。

为防止共产党和农会营救陆铁强，担心夜长梦多，1927 年 11
月 13 日凌晨，敌人以"共产分子谋反""煽动穷鬼抗租"等罪名，
将陆铁强绑在独轮车上推赴刑场。陆铁强沿途高呼"中国共产党
万岁"，惊恐的敌人将他杀害于独轮车上。他的遗体被弃置海门茅

镇西市城隍庙的照墙脚下。

沙家仓暴动失败了。陆铁强年仅 20 岁的生命，在这个寂静无声的清晨消失了。然而，陆铁强铁一样坚强的名字永远镌刻在沙家仓和崇启海地区人民的心中。

1928 年 1 月 26 日，中共中央机关刊物《布尔什维克》上发表了俞甫才《悼我们的战士——陆铁强》的纪念文章，对他为实现土地革命，与地主豪绅反动武装作殊死搏斗的牺牲精神，给予了高度赞扬。俞甫才是陆铁强广州农讲所同届学友、同一天入党的战友，中共崇明县委第一任书记。陆铁强牺牲后，接任中共海门县委书记。对于陆铁强的牺牲，俞甫才犹如一种切肤之痛。

2017 年 4 月 20 日，1942 年入党、有 73 年党龄、今年 95 岁的朱士连老人，向我讲述了他小叔公杨秀兰、小伯父朱文元当年参加沙家仓暴动的斗争故事。在曹家镇老街，退休教师严万培，向我讲述了他堂叔严大礼、严大信 1925 年至 1927 年于中心街 10 号传播马列主义、进行革命活动的动人故事。

这些年，在洋桥村杨秀兰小店——沙家仓暴动遗址前，在沙家仓支部——"启东第一个中共支部诞生地"纪念碑前，在曹家镇中心街 10 号"红楼"前，总是不断有人静静地在此驻足、仰望、寻觅、沉思，追寻革命先辈永远活着的魂！

2017 年 4 月

新土挽歌

　　启东，你中国的新土 / 百十年前这里是东海一片汪洋 / 每个清晨，这里欢呼着 / 扬子江一泻千里的波浪 / 受那东方最先的红光爱抚……

　　诗行里歌咏的，是启东第一任抗日民主政府县长顾民元深深眷恋和为之献身的一片新土。这首题为《新土》①的长诗，顾民元才开了个头，只写下了起首的两节，就在罪恶的枪声中倒下了。

　　1941 年 2 月 24 日那个腥风血雨的日子，随着一颗子弹呜咽着划破早春薄雾的忧伤，顾民元的胸口，慢慢绽放出一簇血色的花朵。一个赴任启东抗日民主政府县长才两个多月、28 岁刚出头的年轻生命，就这样悲壮地走了。他没有死在俞福基匪部的屠刀下，而是倒在自己人的枪口下。顾民元是被误杀的。误杀他的缘由，是怀疑他为"托派分子"。误杀他的特殊环境，有史料称：一是当时党的组织还处于地下；二是误杀他的新四军某部新来乍到；三是苏中四分区党组织与新四军某部未能及时通报顾民元的有关情况。

　　这是一部由顾民元以悲剧式人物角色演绎的人生悲剧，更是一部难以让人释怀的中共历史剧中的一曲悲歌。凡是熟悉那一段中共党史的人，无不知道"托派"是寄生于中国共产党体内的一个毒瘤，它严重地破坏和损害了党的健康的肌体。托派，原是苏联共产党组织中以托洛茨基为首，与布尔什维克相对立的一个派别。20世纪30年代在苏联曾开展过大规模的反托斗争，许多人被当作托派而遭到残酷杀害。在中国，陈独秀等人在1931年5月成立托派"中央"，进行党内分裂活动。但在抗日战争时期，中国共产党内根本就不存在一个潜伏着的自下而上的完整的托派组织。可是，王明和康生从苏联一回国，秉承斯大林对托派"从肉体上消失"的旨意，照搬苏联模式，大肆鼓吹"肃托"。尤其是康生，自1938年8月担任中共情报部和中央社会部长后，直接掌管"肃托"大权，滥杀无辜，造成大批同志被错捕冤杀。1939年8月至11月间，苏鲁豫边区许多党政军干部被诬为"托派分子"，先后被逮捕，受审查，被错杀。1940年8月至1942年2月，山东泰山区抗日根据地发生的"肃托"事件中，18个月时间造成大批冤假错案，错杀党员干部240人，其中有些被诬陷的同志甚至连籍贯姓名也没搞清，就被轻率地杀害了。1940年6月，中共诸城县委书记乔志一、宣传部长刘力一、统战部长王圣舆等十余人在鲁东南"肃托"中被错杀。顾民元被误杀的悲剧，就发生在这段时间。

当知道顾民元为误杀的时候，为时已晚。大错已经铸成，一个宝贵的鲜活的生命已经远去，再也不能复生，再也不能回来。顾民元被误杀的消息传来，苏中四分区社会各界人士和人民群众悲痛万分。顾民元牺牲35天后的1941年4月2日，苏中四分区、第四专员公署党政军机关，为顾民元和另一位遭顽匪杀害的郭守信烈士举行了隆重的千人追悼大会，宣布顾民元为革命烈士。

抖落历史的尘埃，顾民元奉命前往苏中四分区、第四专员公署领导机关所在地掘港开会的那个日子，依然是那样清晰——1941年1月29日，时任启东县抗日民主政府县长顾民元，乘坐摩托车从汇龙镇前往100多里路外的掘港。摩托车在当时是个稀罕物。车至南通县同乐镇，即引起了俞福基匪部的注意，他被拦截，遭绑架。这个年月，有谁能乘坐摩托车？逮着了启东县长这样一个共产党的大人物，俞福基匪部岂能轻易错过一次发财的机会？他们企图以此胁迫我党组织用巨额金钱赎取。顾民元在被拘囚之中，以浩然正气，怒斥俞匪绑架勒索之罪，义正词严地向俞匪宣告：宁作人质死，不作叛徒生。顾民元并不怕死。在落入俞匪之手后，顾民元作好了随时可能牺牲的准备。他写下了绝命书《江上吟》托人带出，告慰战友和亲人："莫为江流悲永逝，天光常照浪之花。"他把自己看成一朵浪花。他说："我是不寂寞的。雾，是会被和风拂开，被朝阳驱散的。"表现了一个共产党人坚定的共产主义信仰和大江东去、一去不返的豪迈气概。

拨开历史的迷雾，从1941年1月29日顾民元从启东县抗日民主政府所在地汇龙镇前往掘港参加苏中四分区、第四专员公署机关召开的会议，到1941年2月24日新四军某部追剿俞匪时被误杀，前后长达26天。面对启东该到会的顾民元没有及时到会，苏中四分区的领导是否分析查找过其没有及时到会的原因？对顾民元赴掘港参加会议途中可能会遇到意外，是否作过认真的分析和缜密的调查？倘若知道顾民元已落入俞匪之手，在这26天时间里，苏中四分区党组织是否研究过计划采取什么样的营救行动？如果研究过营救计划，又为什么没有实施营救？在新四军某部追剿俞匪的关键时间点上，如果知道顾民元在俞匪手上，十万火急需要去做的联系工作为什么没有及时去做？新四军某部凭什么给顾民元扣上"托派分子"的帽子？为什么不经向顾民元所在的苏中四分区党组织核实清楚就将其轻率地杀害？这26天里，顾民元将作好牺牲准备的绝命书《江上吟》都送出来了，苏中四分区领导机关怎么就闻不到一点儿顾民元的生命已经处于十分危险地步的相关信息？

这些猜不透、理不清的谜团，至今仍缠绕在人们的脑际。可以破解这个谜团的，似乎只有一句话：当时形势十分复杂。所有的问号，仿佛都可以让人们在这句话中去找到注解。

我试想着，1941年4月2日顾民元烈士追悼大会的场面，该是如何的悲壮。我上述文字里的所有疑问，都可以在这悲壮的场面和无数悲伤的泪水中找到注解。中国共产党失去了一位无比忠诚的好党员，苏中四分区失去了一位年轻有为的好干部，启东人民失去了一个引领他们走向光明的好县长。痛惜、惋惜的情感，在悲怆的空气中，在呜咽的凄风里无处不在。

我试想着，1941年2月24日南通西亭镇以西不远的那块土地上，顾民元在枪声响过之后将要倒下去的那一刻，他的头颅一定执着地向着东方，眼睛一定在遥望着东方。

他从启东临出发前，刚落笔写下的《新土》那段诗句，还留有浓郁的墨香。

　　启东，你中国的新土／这里没有伤感的乱葬，没有森严的丘墓／没有废墟，没有寒树／诗人在这里会发现自己垂着双手的寂寞／前两代的白骨埋在什么地方／你去问白发的老丈／于是他指给你傍着一条条的河边的丛芦／和沿江沿海圩岸的画图／记好，他们活着都是开辟新土的大禹……不用纪念碑，不用凭吊的嗟吁／新土的千万大禹英勇的魂魄／仍然是新土的主人来把新土守护……

顾民元的心里头，怎么也放不下启东这片中国的新土。然而，他就这样匆匆地走了。

顾民元似乎从来就没有怕过死。他出生于知识分子家庭，5岁入学前，就学会了"大江东去，浪淘尽千古风流人物""生当作人杰，死亦为鬼雄"等千古传颂的著名诗句。小学里，不仅熟读了四书及《诗经》《庄子》等典籍，还阅读了各种进步书刊。他在《新青年》《新潮》《小说月报》和鲁迅的小说、杂文等作品中，发现了革命真理的光芒，获得了在追求真理的道路上不断前行的营养和力量。1927年4月12日，蒋介石发动反革命政变。7月15日，汪精卫公开叛变革命，国共第一次合作宣告破裂，同时宣告国共两党共同领导的大革命失败。在中国革命正处于低潮的这一非常时期，就读于南通中学的15岁中学生顾民元，却和通州师范学生刘瑞龙等组织"革命青年社"，积极开展革命活动。经刘瑞龙介绍，毅然决然地加入中国共产党，担任南通城中国共产主义青年团负责人。与刘瑞龙一起，介绍在南通中学读书的进步学生江上青加入共青团。可见，顾民元为了追求革命真理，早已将个人生死置之度外。

1928年炎夏，炽热的阳光里透出了几分恶毒。国民党反动当局的白色恐怖笼罩着江城南通。大革命失败后的南通党组织遭到了严重破坏，许多共产党员被捕入狱。在街面上抓捕共产党的呼啸而过的警车的缝隙里，顾民元离开南通，乘船过江，前往上海。他进了由共产党员彭康、李初梨等同志主办的上海艺术大学学习，即与艺大的党组织接上关系，便开始投入了新的战斗。夜幕降临，他和同志们在夜色的掩护下，开始在黄浦江畔的大街小巷发传单，在电线杆、墙壁上贴标语。那些标语、传单，都是赤色宣传。"拥护共产主义""打倒蒋介石"……他们贴出去、发出去的任何一张标语、传单，让国民党当局看了都会心惊胆战、惊恐不安。他们的行动一旦被发现，后果不堪设想。不怕死的顾民元，也不是一位莽汉，他既勇敢又机智。有时，顾民元他们在行动时碰上巡夜的警察，他就机智地挽起女同志的手，装作一对正在散步、悠闲地观赏夜上海景致的情人，从而巧妙地避过了敌人的搜查。留下的一些蛛丝马迹终于让国民党找到了口实，彭康、李初梨同志被捕，上海艺大被查封，艺大党组织被迫暂时停止活动。1929 年 3月，顾民元又一次与党组织失去了联系。

然而，在与党组织失去联系的那些日子里，顾民元所表现出的是对共产主义的信仰和对党的忠诚，始终不变的一颗赤诚之心。

1931 年，19 岁的顾民元在姐夫景幼南执教的国立成都大学中文系毕业，接着先后在淮阴师范、济南师范、镇江中学、南通中学任教。无论在哪里，他坚持以"韧性的战斗"反对当局"读书就是救国"的荒谬口号。1935 年 12 月 9 日，从北平学联发起的要求"停止内战、一致抗日"的学生运动（即一二·九爱国学生运动）浪潮席卷全国。在山东济南，爱国学生不顾韩复榘的军警和大刀，涌向火车站，接应和声援从北平、天津南下的学生。在济南师范任教的顾民元，以极大的革命热忱，给了济南的学生运动以全力的支持和热情帮助。1936 年，他与友人于在春、江上青、江树峰等合编月刊《写作与阅读》，旨在以这本刊物团结全国语文教师及其读者，共同奋起抗日。《写作与阅读》虽然只存在不到两年时间，却喊出了全国人民强烈要求抗战的心声。1938 年 3 月 17日，南通沦陷。顾民元依靠南通中学这支力量，创办抗敌学校，培养了不少抗日骨干。顾民元深深懂得，每从南通走出一个抗日骨干，就是撒向抗日战场的一粒革命火种。这年夏天，顾民元不顾危险，和进步青年马一行前往上海寻找党的组织。几经曲折，他终于找到了设在上海的地下中共江苏省委机关。这一刻，好像一个孤儿找到了失散多年的母亲，顾民元的心情无比激动。在上海，顾民元以笔作刀枪，写出了《撕掉敌人的老虎皮》《我们的战马奔向前》等诗文，发表在《大众》等报刊上。不久，顾民元被派往江北，任如皋县动员委员会秘书。

1939年2月的启东，清晨，原野上还是一片白白的浓霜。当太阳从东方海面上渐渐升起，这一片中国的新土，就被抹上了令人陶醉的春色。青青的蚕豆苗抖落了身上的霜花，昂起了头颅。沟沿上的茅草，露出了星星点点的鹅黄。农家池塘边的桃树枝头，开始鼓起了饱满的蓓蕾。受党组织的指派，顾民元第一次踏上了启东的土地，他出任启东县政府第一科科长，同时负责启东动员委员会工作。3月，上海党组织派杨进前来启东，组织开展南通地区的"武抗"工作。杨进告诉顾民元，他的党组织关系已被正式批准恢复。得知这消息，顾民元高兴万分——这是他盼望已久的喜讯啊！根据上级党组织决定，这个时期南通地区的"武抗"工作，以顾民元、杨进、沈维岳为领导核心。顾民元满怀激情投入工作，为动员团结启东各界人士开展抗日救亡活动，他日夜奔波。作为县政府一科科长，他动员抗日进步人士、国民党县长董国祯出面邀请中共江北特委委员洪泽率领的抗支政工二队到启东活动。政工二队在启东创办春假修学团、组织学生自治会、举办农民夜校，散布革命种子，扩大党的影响，将启东汇龙地区的抗日救亡运动推向了高潮，从而为在汇龙地区建立党的组织创造了条件。1940年10月，黄桥一战，打开了苏北地区抗日战争的新局面。我新四军三纵随后即马不停蹄，东进通如海启地区。11月中旬，著名爱国人士季方以国民党中央军委战地党政指导委员会指导员的身份，召集通如海启各阶层代表在掘港开会，共商抗日大计。会上，顾民元被委任为启东县抗日民主政府第一任县长。当时的形势，我新四军虽然进军神速，频频告捷，但国民党地方顽固势力未受到打击，大有蠢蠢欲动之势。在时局变化难以在较短时间内逆转的情况下，11月15日，顾民元未带一兵一卒，只身前往启东县政府，通知国民党县长董伯祥办理移交。

父亲顾怡生深知儿子民元此行任重道远，临别赠诗：

　　一车南去疾如飞／老泪无端忽溅衣／转念还为天下哭／课耕未觉此心违／纵观江海多容量／苦揽风云倘忘归／行篚有书事勤读／愿儿充实敛光辉。

顾民元上任伊始，在交接仪式上，国民党县长董伯祥从中作梗，故意刁难。面对四个全副武装的卫兵护卫的董伯祥，顾民元单枪匹马，从容以对。最后以抗日大义为重，决定次日上午10点正式交接。

唐代诗人刘禹锡有诗云："流水淘沙不暂停，前波未灭后波生。"顾民元正式接任启东县长，宣布启东县抗日民主政府成立，以六言布告形式，郑重宣布"十条施政方针"。正当启东的抗日政权建设在顾民元领导下大踏步向前推进的形势下，国民党顽固派江苏省政府主席韩德勤，不久宣布国民党崇明县长孙云达兼任启东县长。孙云达带着几十号全副武装的人马，气势汹汹来到汇龙镇，公然把机枪架在顾民元饮宴的饭馆门口，企图逼迫顾民元交出县印。顾民元成竹在胸，以礼相待，笑容满面，请孙入席，使孙云达无从下手，只得怏怏而归。

两战皆捷，足见顾民元过人的智慧和卓越的才干。

时任中共华中九地委城工部宣传科长，解放后历任南通市委宣传部长、南通市政府副市长的友人曹从坡回忆顾民元时，借用吴天石1946年一篇文章中的话说："我的朋友顾民元，如果人间有天才的话，那么他便是天才。"

顾民元是战士、园丁，又是作家、诗人。对于敌人，顾民元是英勇的战士。对于学生，他是优秀的师长。对于人民，他是勤勉的公仆。

他16岁时就创作出版了《同轨》《东方的太阳》等中短篇小说。19岁在成都大学读书时，和友人杨汁翻译出版了果戈理的《泰赖·波尔巴》，还翻译出版了罗斯丹德的《雄鸡》，契诃夫的《樱桃园》《在路上》。他喜欢话剧，20岁时创建了中国左翼戏剧联盟第一个分盟——南通分盟。他写过许多诗，在抗战前就出版了诗集《雕虫集》。他想过多写点大众化的朗诵诗，最后的诗作，就是歌咏启东的长诗起首两段，题名《新土》。再有就是接任启东县长后宣告"十条施政方针"的那篇六言《布告》。他的师德人品，令人称道。打开他的遗作，我从《关于〈菊〉的订正》到《对于〈菊〉的订正方式的一些补充》字里行间，看到了他认真严谨的治学精神。曾是淮阴师范初中部顾民元学生的北京师范大学教授孙家新，1986年在《师范教育》上撰文《老师，我怎能忘了您!》，此文收录于江泽民总书记题诗②的顾民元烈士牺牲50周年纪念文集《天光常照浪之花》。文章结尾有这样一段文字：老师"还有一首短诗《晚月之歌》，最后一句写道'请把我忘了吧，我愿'，充分表现了老师谦逊的品格。可是，'桃李不言，下自成蹊'。春风化雨，恩重如山。老师，我怎能忘了您!"文章表达了这位当年的学生对顾民元老师的深厚感情，感人至深。

在纪念顾民元烈士百年诞辰之际，我以十分崇敬和无比沉重的心情写下了这段文字。今天我也想说：顾民元烈士，启东人民怎能忘了您！

这是因为，这里是您曾经倾情讴歌、倾心耕耘、倾力守护过的一片新土！

2012 年 3 月 12 日作于启东

注释：

① 启东南部成陆较晚，是中国的一片新土。

② 1989 年 6 月，中共中央总书记江泽民为中共南通市委党史工作委员会、中共启东市委党史办公室编纂的纪念顾民元同志牺牲 50 周年文集《天光常照浪之花》题诗："春翁讲述曾亲近，俊老诗篇我读之，今日元公遗著印，缅怀写读出刊时。"（春翁：于在春，解放后任上海古籍出版社编审；俊老：李俊民，顾民元嫡表兄，中华人民共和国成立前任抗联部队副司令、紫石县长、苏皖九专署副专员，中华人民共和国成立后任江苏省文化局长、上海古籍出版社社长；元公：顾民元；写读：顾民元与友人于在春、江上青、江树峰合编，由新知书店出版的《写作与阅读》）

江海飞虹

你住江之南 / 我住江之北 / 多少相思隔着长江水 /
昨天的小船划过百年梦 / 如今迎来江海彩虹飞……

这是由词作家王晓龄、作曲家印青专为庆祝崇启大桥建成通车而作，著名歌手雷佳演唱的原创歌曲《江海飞虹》。

第一次听到这首歌，是在 2011 年 12 月 18 日晚，由央视著名节目主持人董卿、张泽群担纲主持的"江海飞虹——庆祝崇启大桥建成通车大型文艺晚会"上。韩红的《天路》、蒋大为的《敢问路在何方》、罗中旭的《星光灿烂》、孙楠的《红旗飘飘》等歌曲，都是那么旋律优美、脍炙人口，而真正打动人、将整台晚会推向高潮的，则是雷佳压轴演唱的晚会主题歌《江海飞虹》。

"昨天的小船划过百年梦，如今迎来江海彩虹飞……"舞台上，雷佳那"涵浑大气、灵秀韵致"的优美歌声把我带到了遥远的岁月。

如歌中唱到的，我家住在"江之北"。江边的三条港码头，是启东连接崇明和上海的江上通道之一。三条港与崇明的北堡镇港，小客轮每天一个往返，人来人往，码头上总是十分繁忙。一到长江口的风季、雾季，来往启东崇明之间的小客轮就不开了。家住近边的回去了，住得远的，就在港口上的小客栈住下。有的一住几天总不开船，在码头上干着急。对于江上有座桥的企盼，是可想而知的。只是儿时，我并不懂得这座桥的意义所在。

1975 年冬季，是我入伍 6 年后的第一次探家。一条大江的阻隔，把我折腾得好苦。

我在渤海深处的一个小岛上当兵。少小离家老大回。入伍 6 年后第一次探家那种急切的心情不言而喻。上海，是我 4 天行程中的最后一个中转站。那天，从北站赶到十六铺码头刚过下午 2 点，可是，当天开往启东港的船票已售完。凭着军人通行证，我乘上了 4 点多开海门青龙港的"东方红"轮。船出吴淞口，夜幕已笼罩江面。7 个半钟头的漫长航程，总算把我从江南送到了江北。子夜时分，站在青龙港码头苍茫的夜色里，我和同行的战友小张一脸茫然。

青龙港属海门县，当晚已无去启东的班车。我们只好搭车去了离启东最近的海门三阳镇。汽车不再往东开了，车站旁旅店的门关着。怎么办？三天三夜，从渤海深处的小岛上一路过来，都到家门口了，却又遭遇"车不通路难行"的难题。可是，再大的困难也压不住两个青年军人回家的热情。我和小张决定步行回家。然而，我们想得太天真了——挎在肩上的行囊里，装满了当时家乡奇缺的红枣、食糖、苹果、海米、鱼干之类用来敬孝父母的物品，还有战友托带的东西。肩上的负重，足有四五十公斤。我们走走歇歇，歇歇走走，最后还是累得气喘吁吁。可看看路边的里程碑，一个半多钟头，我们才走了不足 3 公里路。

我们瘫坐在路边。我们想，父母如果知道自己的儿子回这一趟家竟这样艰难，要吃这么多的苦，准会心疼得掉泪。

我们开始尝试拦车。夜深了，过往车辆很少。偶尔有车经过，任我们怎么招手，他们也不停。看看手表，时针已指2点半多了。在我们的耐心等待中，奇迹终于出现——亮着大灯的一台手扶拖拉机终于在我们跟前停了下来。巧，从南通过来的这台拖拉机正是我们公社机管站的，司机和我大哥还是同事。到了公社机管站，大哥不在，我又背着四五十公斤重的行李走了4公里多路，终于在天亮前回到了家里。然而，我病倒了。吐血，连续高烧不退。到县人民医院一查，是急性肺炎。7天假期不够，加急电报拍到部队要求续假。于是，我在家15天，竟住院12天。

6年后的1981年春天，我已结婚生子，妻子带着1岁的儿子在紧靠三条港的一所小学任教。这一次探家，我试着从崇明走。因为，只要小客轮一靠岸，我就等于到家了。可是，那次过江，我从上海吴淞乘船到崇明堡镇，再乘汽车到达北堡镇港，当天的船已开走。我只好在港口的小客栈住了下来。未料，翌日大雾锁江。无奈，我只好在崇明再住一夜。

只因中间隔着一条江，我要回家，却无路可通。一个晚上，又是一个晚上，我在倒春寒的崇明岛小客栈里久久不能入睡。妻儿在江之北，我宿江之南，多少相思隔着长江水——今天，听着《江海飞虹》这首动听的歌，感觉那歌就是为昨天的我而写、而唱的。

"昨天的小船划过百年梦，如今迎来江海彩虹飞……"雷佳的歌声，唱出了长江入海口两岸百姓的共同心声。江海飞虹，百年圆梦，两岸人民谁不开心？

2011年9月30日，中国作家启东采风团成员、老家崇明的上海市作协副主席赵丽宏，一踏上已经建成即将通车的崇启大桥，就异常兴奋地说："我现在就可以从这座大桥上步行回崇明老家了！"

2011 年 12 月 18 日，主持"江海飞虹"大型文艺晚会的董卿十分意外地告诉观众："我奶奶就是启东人。奶奶 10 岁随父移居崇明，老人家直至 93 岁作古，83 年间只回过一次启东老家。""为什么 83 年才回一次老家？"董卿说："就因中间有这条难以通达的江。奶奶仅有的那次回启东老家，在江边苦苦等了整整 4 天。她不是不想回老家，而是过江太难了。我奶奶要是今天还活着，就可以从崇启大桥常回老家看看了！"

于是我想，《江海飞虹》这首拨动两岸人民心弦的歌，歌声中腾起的是一座两岸人民期盼了百年的桥，演绎的是一个延续了几代人的瑰丽的梦。

2011 年 12 月

启东紫薇湖写意

我家住在紫薇湖畔。几乎，四季轮回中的每一天，我都能触摸得到她的脉动，听得到她在东疆大地上回响的天籁。

湖　源

紫薇湖，实为启东紫薇公园内的一个水系，本无其名。所谓紫薇湖，无非是因园名而为湖名罢了。确实，在《启东市地名志》等有关志书上，年轻的紫薇湖至今尚无记录。

启东未曾有过传统意义上的湖泊。域内的水面，除了民沟、河道，就是池塘——宅沟，抑或四汀宅沟。湖是什么？《新华词典》上说，湖是"被陆地围着的大片积水"，如太湖、洞庭湖、鄱阳湖、洪泽湖、青海湖等。"大片"是什么概念？多少面积为"大片"？显然，这只是一个约数，并没有什么国家标准。太湖、洞庭湖、鄱阳湖、洪泽湖、青海湖的面积，都有数千平方千米之广，确实可谓"陆地围起来"的"积水"面积之"大片"。湖泊有天然湖和人工湖之分。人工湖的面积一般都不大，比如北京北海公园的北海，也就是500多亩水面。而相对于北京的北海，面积不足百亩的启东紫薇湖，则是人工湖中的小弟弟了。

启东人是传统的"亲水一族"。启东由一块块沙洲涨成连片的陆地后,一代代拓荒者便在这块新土上编织了稠密的水网,沟河相通,江河相连。启东人用江河之水浇灌改造盐碱地,利用江河抗旱、排涝。启东乡间传统的民居都是依水而筑,东西两侧开有民沟,每个宅院都有东民沟、西民沟,宅前宅后则分别相隔百米左右开有南北横河。有条件的大户人家,在宅子四周建有四汀宅沟(类似于城里的护城河)。四汀宅沟上设有吊桥,与宅沟前面的埭路(村道)相衔接——宽阔的四汀宅沟给里宅人家以一种安全感。

"亲水"的启东人也喜欢湖。如果说启东历史上曾经有过湖,那就是汇龙镇豪绅顾德山(字西樵)于1930年始建中山公园(即人民公园)时开挖的一个大水塘。它明明只是个仅有数百平方米的水塘,顾德山却偏要称它为"湖"——起名"寅阳",湖中筑一"小岛",并在岛上建有一个"湖心亭"。

紫薇湖和曾经的"寅阳湖",不可同日而语——如今的紫薇湖,能装下历史上的几十个寅阳湖。似乎,凡事也不能太当真。其实,北京的"北海"也不大,可它竟被称为"海"。皇帝开金口,他说"海"即"海"。"北海"即为京城"三海(中海、南海、北海)"中一海。可见,顾德山说的似乎也在理,塘也可称其为"湖"。

紫薇湖不仅比寅阳湖大许多,且这一个名字颇诗意,又极具传神。紫薇树属落叶灌木或小乔木,它有许多好听的别名,如痒痒花、痒痒树、紫金花、紫兰花、蚊子花、西洋水杨梅、百日红、无皮树等。在诸多别名中,我最喜欢的是百日红或者紫金花,它的花儿特喜庆。紫薇树亦为一种珍贵的环境保护植物。因而,无论本名还是俗称,紫薇,便隐含了其自然的质朴和诗性的浪漫。

紫薇公园建园之初，想必有关人士对此也是用了一番心思的。

也许，她的名字与她所处的位置有关。这不，紫薇公园正处于启东北城区街道紫薇一村、紫薇二村、紫薇三村数千户居民温暖的怀抱中。

也许，她的名字与公园一期建设过程中，央视热播着的电视连续剧《还珠格格》有关。此剧由赵薇、林心如、苏有朋、张铁林、范冰冰等联合主演。17岁的林心如，因成功出演剧中的紫薇格格一角，深受观众喜欢，一炮走红。"紫薇"便于顷刻之间成了被热捧的家喻户晓的一颗新星。起这个传神的名字，似乎也迎合了许多寻常百姓追星的心理。

也许，紫薇这一个典雅、时尚、质朴、自然的名字，与这一座公园所凸显的绿色、生态、休闲等功能有关。

无论怎样，富有诗意的"紫薇"和富有人气的"紫薇"，便以一种自然天成之美，构成了人们向往中的启东中心城区绿色、生态、休闲的一块好去处。

这一个诗意、传神的名字，似乎也不负这一个宽广、清澈、亮丽、秀美、诗意、浪漫的人工湖。

紫薇湖自她建成那天起，几乎就成了许多市民心中的一个"圣湖"，四季轮回中的每一天，总有不知多少人前往"朝圣"。

波 折

紫薇湖历史很短，一期工程开建至今，还不到20年。距二期工程竣工验收，则仅仅过去了十度春秋。年轻的紫薇湖便鲜有故事。

也许，紫薇湖曾经的波折，就是一个尚未被历史遗忘的故事。

当年，因资金问题，早已规划好的紫薇公园只建了一半，紫薇湖建设也就随之被搁浅了，从而成了一个残缺的半拉子工程。

地，是早有批文并圈好了的。半拉子的紫薇湖，曾令入园的市民喜忧参半。这不，这一片难得的水面给紫薇公园增添了难得的灵气。探问启东园林建设史，启东历史上所建成的公园内还未曾有过这么大的水面。忧的是，环湖行走，只能走半截。当你行至版画院，你就会发现，这是一条断头路。版画院北侧倒是建有一座桥，与待建的那块地皮相接。只是，那块地皮全是荒蛮的杂树野草。那些野生的杂树野草很有蛮力。别看它无人管、没人理，正因为是野生的，它们就那么无所拘束地撒野地疯长着，却也成了一番气候。其茂盛的程度竟让人插不进脚，迈不开步，令人"望而却步"。

一半是风景秀美，令人赏心悦目；另一半是荒蛮之地，令人不堪入目。这样的囧事儿，竟然延续了近 10 个漫长寒暑的坚守与等待。

残缺的紫薇湖，心存期待。无疑，她和每天从清晨到黄昏与她亲近的那些热情的游人，有着同一种心情。

有人对她却另有期待。看着这几年那片荒蛮之地，杂树野草年复一年黄了又青、青了又黄，遍地的野花儿年复一年谢了又开、开了又谢，而对面半截的紫薇湖却是一片煞人喜欢的水灵灵的好风景、好风水，他们就打起了她的歪主意：这一块地荒着也是荒着，不如开发房地产，建一个高档别墅区，以房地产税增加财政收入，岂不是两全其美的大好事？

其间，似乎还有人借助资金问题，给出了一个自诩为颇有些创意的新点子：在这一片公园用地上建设包括文化馆、图书馆、博物馆、影视中心等在内的江海文化园。然后将有关文化建设用地置换成商业用地进行拍卖，以此增加地方的财政收入。

类似的方案，类似的点子，类似的传说，一时间在半拉子的紫薇公园里，在半拉子的紫薇湖畔议论着，流传着。议论和流传中，不时折射出市民们的叹息与不满，甚至愤怒。

多年跻身中国百强县（市）排行榜、正在向基本实现现代化迈进的启东，不缺这么一点钱，也不缺这么一块地！

建设生态、宜居、文化新启东，不能只看眼前算小账，而要放眼长远算大账。

核心价值理念恍若一束耀眼的灯火，为一些近视者照亮了伸向远方的路——城市决策者与主流民意形成了核心价值理念上的一致，好比一对舞者伴随优美的旋律踩到了一个点上，于是，便造就了一场美丽的和谐之舞。

当轰隆隆的推土机开进那块几近原始的荒蛮之地，紫薇公园二期工程启动的那一天，残缺的紫薇湖曾经有过的委屈和市民们心里曾经有过的纠结，便统统被一扫而光。

波折，其实也是一种美。波折里，藏有跌宕起伏的故事。故事的跌宕起伏，构成了事物的曲线之美。

湖　水

美丽的紫薇湖，因水而生，因水而活。她的诗意和神韵，皆因水而生发而灵动。

李白有诗云：黄河之水天上来。紫薇湖水，也可谓之"上天之水"——源自长江之水的紫薇湖水，与黄河之水同源自巍巍青藏高原。

黄河、长江，本是于世界屋脊青藏高原一路奔流向大海的两兄弟。

　　只是，曾为气势恢宏、不可阻挡的浩浩长江之水，由庙港河入紫薇湖后，便失去了她原有的野性。温柔、静雅的紫薇湖水，与奔腾咆哮、一泻千里的黄河、长江之水相比，仿佛一只凶暴的野狼，变成了一只温馨的家猫。

　　启东，不是江南也是江南。对于这一点，并不是紫薇湖的特别赐予，而是缘于启东原本所具有的江南水乡特质。启东古称"东胜瀛洲"，由江海的泥沙、滩涂自然造化而成。它成陆后虽然依附于长江之北，但它新涨成的启东南部地区的地域文化特征却与江南无异。它所使用的语言是江南的软侬吴语，它所传承的饮食习惯为以沪（上海）苏（苏州）杭（杭州）特色为主的江南口味，它所沿袭的许多乡风民俗与江南地区类似。紫薇湖，只是江南水乡于启东的一个经典的缩影。

　　被坚硬的石头堆筑起来的湖岸，将湖水围得严严实实的。其实，柔性的水，并不惧怕坚硬。倒是柔性的湖水依偎着坚硬的石头，自觉有一种特别的安全感。

　　紫薇湖似乎也通人性。你若静，她亦静，她会和你一起静静地思考；你若疯，她亦疯，她会和你一起疯狂地舞动；你若温柔，她也温柔。但见紫薇湖，无风的日子里，湖面明镜似的，静如处子。微风徐来的时候，湖面泛起层层涟漪，恍若挥洒于湖面之上的优美的五线谱，美妙绝伦。你若给她一点阳光，她准会回报你一片碎金般的璀璨的波光。紫薇湖的性格，虽无起伏有定的潮起潮落，却也有阴晴圆缺的变化无常。她喜干净，爱活动。你若保持了她的洁净，她定会给你一湖清澈。她似乎也崇尚当下风行的健康理念，湖水在不断进行着的与外围的庙港河水、长江之水流动的作用下，紫薇湖就是一潭活水，她就不会出现富营养下的蓝藻污染水体现象。紫薇湖也爱美啊——暮春，放眼九曲桥畔、观景台下，蓬勃的荷莲染绿了紫薇湖。初夏，被誉为"五彩天华"的雍容华贵的水芙蓉，或许在一场雷雨、一场夜雨之后，便开始接二连三地盛开了。素白的、青色的、粉色的、紫红的、浅黄的"五彩天华"展现在游人面前，不由人不动心。

美丽的水芙蓉三个月的花期，成为紫薇湖最具人气的季节。在一个花季里，漫步九曲桥、驻足观景台赏花、拍照、写生的游人络绎不绝。

一日，当我将"荷花绽放紫薇湖"的照片发至微信朋友圈，竟有不少朋友发问：这是在江南何处？

湖　畔

当你漫步紫薇湖畔，真可谓一步　景，处处是景。远眺，湖中三座"袖珍型"的绿岛上，足能以假乱真的假山在岛上巍然屹立；双凤亭隐掩在小岛的绿荫丛中；九曲桥、混凝土拱桥和小木桥，将小岛与小岛、小岛与湖畔的园路相接。

沿湖的"紫薇春晓""桂雨胜秋""水乡情思""樟林浴场""寥汀花淑""竹径寻幽""丹霞竞彩""柳浪蛙鸣""桃花溪烟""密林静谧"十大生态、休闲景观，一景一品，构成了一幅长长的自然、生态的诗意画廊。行走其间，无不令人陶醉。

启东版画院、海洋馆、清波馆和公园管理处等建筑，环湖而筑，清一色的青瓦白墙的汉代建筑风格，简约明快。

纷繁多彩的启东元素，于抬头提足间随处可见，足以令你从中触摸底蕴深厚的启东文化脉络。

形似半岛的启东是闻名遐迩的海洋之乡和粮棉高产区。但见"赶海归来"的大型雕塑，以其雄伟磅礴之势，巍然屹立。时尚的乳白色高科技张拉膜，意寓新时期腾飞的启东正在展翅飞翔。浪花奔涌、海上日出、海滩拾贝、海上起网、喜获丰收等浮雕、雕塑和石刻，散见于湖畔仿古墙、中轴线和下沉式喷水池旁，无不凸显海洋之乡的浓浓文化气息。而纺棉纱、选良种的青铜雕像，则凸显了在曾经的盐碱地上创造了粮棉双高产、"金山银山一担挑"伟大奇迹的启东儿女光辉形象。驻足于这组雕塑前，许多上了岁数的老者，就会油然想起当年的启东农家女，围着纺车、布机，纺纱、经布、织布的张张泛黄的黑白老照片；就会油然想起当年启东大批植棉能手走向全国棉区，无私传播先进植棉技术的精彩片断；就会油然想起敬爱的周恩来总理，当年亲切接见来自棉花高产区的启东县女县长秦素萍的珍贵历史画面……

启东是著名的版画之乡。走进启东版画院，你会发现，早在 20 世纪 50 年代，就有启东的"木屑花"版画登上了世界画坛。60 多年来，启东先后涌现出了施汉鼎、李汉平、丁立松、朱建辉、章水雄等一批国家级美术师。启东版画曾有百余件作品在境外 20 多个国家和地区展出，120 多件作品被中外美术馆、博物馆等机构收藏。近年来，许多中外艺术家慕名前来紫薇湖畔，造访被誉为中国版画第一院的启东版画院，无疑是紫薇湖的一大幸事。

紫薇湖不大，紫薇公园也不大，但她所凸显的启东历史和文化，却很宽广、绵长。这些文化脉络，凸显的是普通劳动者在这一片土地上留下的深深历史印迹。

20 多年前，我曾到过北京的北海公园，得知以北海为中心的北海公园，曾是明清时期专供帝后游乐的御用皇家园林。今天，当我走进以紫薇湖为中心的紫薇公园，一种幸福感油然而生——哦，如今的寻常百姓、普通市民，也拥有了属于自己的园林！

氧　吧

以紫薇湖为核心的紫薇公园，流线型的地表上，遍植各种乔木、灌木、地被，间或配以别致的太湖石，给予了艺术化的点缀，从而使这一个植物层次丰富、生物品种多样的紫薇公园，俨然一座高品位的未被授牌的植物园。

那一棵棵高耸伟岸的雪松、银杏、女贞，绿荫如盖的香樟树、广玉兰、马褂树，秀美灵气的紫薇、石榴、垂柳，色彩斑斓的金丝桃、红枫、樱花树，枝繁叶茂的红叶李、冬青、梅子树，还有许许多多叫得出名和叫不出名的树啊、竹啊、花啊、草的，连同紫薇湖这一湖清水，无疑就是一个绿色天然大氧吧。

四季轮回中的每一天，走进这个空气中拥有高负离子的大氧吧，她总是以不一样的风景，给你以不一样的感受。

春天，紫薇湖上碧波荡漾，绿意浸染，映入你眼帘的恍若白居易笔下的"湖上春来似画图""月点波心一颗珠"的美丽风景。

夏天，紫薇湖畔鸟语花香，夏荷竞放，它奉献给你的仿佛杨万里笔下的一幅"接天莲叶无穷碧，映日荷花别样红"的绚烂画面。

秋天，紫薇湖畔桂花飘香，枫叶灿烂，走近湖畔的你恍若走进了杜牧"停车坐爱枫林晚，霜叶红于二月花"的美丽诗行里。

冬天，紫薇湖畔青松傲雪，梅花怒放，你会从王安石"墙角数枝梅，凌寒独自开。遥知不是雪，为有暗香来"的千古名句中，以无穷的想象去领略冬日的《梅花》的深远寓意。

　　四季中的每一个清晨，紫薇湖周边的市民们总是披着晨风，和着鸟语，迎着霞光，踏着晨露，与紫薇湖相拥。到了黄昏，大伙儿又总是牵着晚风，披着星光，挽着月色，迎着灯火，和紫薇湖亲近。住得远一点的，也有骑着电动车或开着车来的。大氧吧，好人缘啊！

　　刮风了，下雨了，起雾了，下雪了，上冻了——冲着这儿空气好，负离子浓度高，该来的，无所谓天好天坏，谁也挡不住。

　　起风的时候，人们无非是将风衣紧一紧，而湖面的风景却是平时难得一见的——细细密密的波纹，绵延不绝，从湖边伸向湖心，伸向湖的对岸。你若驻足湖边，便会激起一番丰富的浮想。

　　下雨了，人们要么撑一把五彩的伞，给微雨中的紫薇湖畔添上一抹流动的五彩；要么，在园路旁的凉亭里、廊榭中暂为一避。这一刻，你或许依然会有心去聆听雨滴富有节奏和韵律的滴答声，遥看雨中别样的湖景。雨滴在湖面上撒着欢儿，显然，雨也开心，湖也开心。

　　湿漉漉的雾天，有人戴上了口罩，更多的人依然如我，大大咧咧，敞开呼吸，或在湖畔散步、疾行、跑步，或在湖边练腿脚功夫，吟咏杜牧"烟笼寒水月笼沙"的诗句，领略"半湖薄雾半湖秋"的奇景。

　　下雪了——对于紫薇湖来说，这可是一个喜讯呵！雪精灵飘飞的日子，往紫薇湖畔集聚的人要比雨天多得多。在暖冬渐成气候的当下，东疆大地的雪变得越来越稀罕了。湖畔的雪景，甚至回首自己留在雪地上的那一串脚印，都觉得那么的珍贵——于是，立马将它摄入手机，然后发往微信朋友圈，让友人一起分享东疆大地的冬日，初雪降临的快乐。

　　上冻了——紫薇湖畔夏练三伏、冬练三九的人不在少数。湖面鲜有结冰的日子，即便最寒冷的三九天里，湖边的冰也薄如蝉翼。冬天的阳光洒在晶亮透明的冰面上，薄薄的冰面好像也害羞起来了——顷刻间泛起了红晕。坚持冬练的人们，没有一个脸红的——他们的坚持无愧于这个寒冷的冬天。

一年四季，几乎天天如此——人们就像赶大集似的，到了那个时辰，纷纷涌入紫薇湖畔。北方农村集镇上的大集，还有个三六九抑或逢五逢十的时间档期，可在紫薇湖畔，每天早晚赶两个趟集，大伙儿却一个个依然乐此不疲。到了节假日和寒暑假，亲近她的人就更多了。人们做着自己喜欢的各种有氧运动——打太极拳，跳广场舞、交谊舞、健身舞，一群音乐爱好者则引吭高歌。也有放风筝的，在湖边堆沙、玩水上遥控飞艇的。有人说最好的运动是走路。这不，在紫薇湖畔，就数散步、疾行或长跑的人多。一支新成立的中青年"微马（微型马拉松）"队，身着微马装，边跑边喊着激扬的口号，俨然一支训练有素的战斗小分队。另一支号称"乐之友"的中老年运动队，自公园一期开建至今健步锻炼已近 20 年。曾经的中年汉子，如今都已变成了花甲和古稀老人。如今，他们又成立"紫薇公园夕阳红微马队"，加盟启东微马。

有氧运动，贵在坚持。风雨之后见彩虹，也许从某一个侧面说的就是这个道理。也有事实可以佐证——这些年，紫薇湖畔有一支近百人的癌友康复队伍坚持活动。他们当中，有的已创造生命延续了 24 年之多的奇迹。坚持环湖疾行的人流中，还有我熟悉的两位健步如风的耄耋之年，他们均无老年人常见的"三高"。如今，从邮政系统退休的 86 岁倪姓老伯，环湖疾行三大圈近 5000 米不歇脚；从汇龙建材厂退休的 91 岁陆姓老伯，走了一大圈，稍事歇息后，便又开始走动了。

伫立紫薇湖畔，我在感叹这些老人"夕阳无限好""晚霞胜晨光"的同时，感叹诗意的紫薇湖神奇的吸引力。

她强大的吸引力，除了她优雅秀美的风景之外，就在于她所特有的空气清新、负离子浓度高的健身养生价值。

2016 年 6 月 25 日撰于紫薇湖畔寓所

劳动中寻觅最美乡村记忆

丁酉年小满那天，启东市作家协会的几位同志相约前往王鲍镇洪桥村劳动——为一个身体残疾的农户收割油菜。赶巧，那天恰好是全国助残日。

春夏之交的气温，正在往30℃及以上的高温方向走。割油菜有个讲究，晌午时分碰油菜，熟透的油菜要炸裂的。为此，我们决定早出工，早收工。只有亩把地的油菜，上午十点半前一准能结束战斗。

本是去农村参加一次劳动，却好像赴一次盛宴。出发前，作协在微信群里对有关事项作了提示：自带防晒装备、水、水果、点心和酒。对此，我的理解是，防晒装备大概包括草帽、太阳镜、长袖衫、套袖、毛巾之类，而其他物品则表明不给农户添麻烦。劳作之后，或许我们就在油菜地里进行一次自助式野餐。毕竟是收割油菜，以防有个什么意外，我还带上了创可贴和止血消炎药。

对于今天这样的活动，好像我们都已期盼很久很久了，对此似乎都有一种激情和急切的期待。与其说去劳作，还不如说去进行一次生活体验，在劳动中寻觅一些已被遗忘的场景或精神层面已经失落的东西。

我们一行9人，有"40后""50后"，也有"70后""80后"。

出生于 1947 年的"大陆人",与 1983 年生的"种田的",年龄整整翻了个倍。我们分别来自市直机关企事业单位,又都是生于农村长于农村,即使"大陆人"有城镇户口,他也曾插队农村 9 年。然而,对收割油菜这样的劳动,不仅我这个"50 后"为人生第一次,更有那几位"77 后""78 后"女同胞,从农村里的家门到校门,又从校门进了城里的机关、学校、医院等单位的大门,连镰刀也从来没有摸过,鲜有汗滴洒在庄稼地里的生活体验。

牵头今天这一活动的"种田的",既是市作协会员,又是启东市委派驻洪桥村的第一书记。他先到了油菜地现场。油菜地主人陈兵(母亲姓陈),是位智残病人,今年春节又遇车祸,生活全靠父母支撑。母亲又是个重症糖尿病患者。年近知天命的儿子不能下地,但见佝偻着腰、行动迟缓的沈老伯夫妇已在地里忙活开了。见此情景,我们不禁生出了同情心——他们生活如此艰难,理当伸一把援手。纯朴憨厚、今年 75 岁的沈老伯满脸笑着迎上前来连声道谢。工具已为我们准备好了。这时我们才知道,收割油菜原来可以不用镰刀,而是能用铁锹铲的。

我们说干就干,一幅壮美的劳动画卷由此铺展开来。戴着米色的棕色的粉色的草帽、毡帽、遮阳帽,身穿白色的米色的蓝色的红色的衣裤的我们,在金黄色的油菜地里一字儿展开,躬着身、弯着腰、撅着腚,以各种自然的舒展的优美的劳动姿势,用铁锹将挺拔的油菜放倒,将放倒的油菜有序堆放。"大陆人"不愧插队 9 年,他那个架势十分老到。"阿勇"和他那口子,夫唱妇随,配合默契。"萍绿"巾帼不让须眉,"嚓、嚓、嚓"一往直前。年届花甲的我,也不甘落于人后。"种田的"边铲边吆喝:"要铲到油菜根啊!""知道了——"我们异口同声地回应着。同志们铲得快,搬运得也快。搬运这活儿,其实不比铲的活儿轻松。我们接着进行了工种轮换。

　　谁也没有想到，原计划两个半小时的工作量，我们竟然不到半个小时就结束了战斗。我们这才发现，我们是怎样的一群作家，怎样的一群文人——来自启东市中医院的"淡如水"，因患有皮肤阳光过敏症，原本白嫩的面孔这一下变得血红。而那讨人厌的缠人草（亦称麦知草）的绿色的草籽儿，几乎侵袭了我们中的每一个人。"淡如水"的全棉针织汗衫上，启东实小"快乐的苦楝树"的风衣上，沾满了一粒粒草籽儿。"阿勇"面对沾满了草籽的毛巾，笑着说："回去用它擦地板。"戴着毡帽、来自北京阎岭舞蹈培训学校启东分校的"成柔"惊呼："不好了，草籽儿都沾在我颈脖子上了，和汗水搅和到一起了！""成柔"是内蒙古人的媳妇，我战友的女儿。我便逗她："好啊，今天这样的汗水可是富营养的好肥料啊，草籽儿要在你身上发芽、孕育新的生命了！"她真的被逗乐了："我到底叫您老陆呢，还是叫您叔好呢？"

　　今天这样美好的场景不能不留个影啊——我便对带了单反相机的"大陆人"说："快，给我们在这儿留个影吧！"沈老伯见状欲躲闪开。我说："我该称您沈大哥。来，站在我们中间，您和我们一起照！"于是，"大陆人"的相机镜头便对着我们，不停地"咔嚓、咔嚓"。

　　午餐，我们于附近的一个农家乐，以 AA 制替代了原计划油菜地里的自助野餐。

　　洪桥村之行，令人回味无穷。我们这些平时少有在庄稼地里劳作流汗的人，今天真的到了地里，活儿也都是拿得出手的。我们没有一点儿作家、文人的架子，都很卖力。使出的力气，全是源自内心的动能。流淌的汗水，也称得上淋漓酣畅。如今有个带点贬义的流行语叫"作秀"。可是，我们没有带着一点儿"秀"的意识前来，我们的劳动也没有一点儿"秀"的色彩。如果硬要说这是"秀"，那么，这样的"秀"，也许我们过去做得太少。我们只是将这一次劳动，当作一次真诚的心灵旅行。"阿勇"的爱人"若非尘景"著有一部书名为《彼岸温暖》的长篇小说。我想，我们今天的劳动，何尝不是一次以抵达心灵的彼岸，去乡村寻找一种温暖的记忆、寻找一幅过往最美生活画卷的遥远旅程？

2017 年 5 月

第二辑　梦·人生

　　人生如梦，当你回到激情岁月的记忆里，又将是一次青春的绽放。

该为生命的旅程留下点什么

当我迈上了知天命的岁数之后，不知哪一天，对自己的年龄忽然敏感起来。18 岁那年当兵时，总觉得在这之前自己还没有真正进入生活。如今，回过头来才发现，那时候的故事还是那么鲜活、明亮，饱和在遥远的记忆里。

挂在墙上的日历，每一天，我们会去一页页地翻开，然后又一页页地扔掉。我们的年龄，在这中间悄无声息地生长着。偶尔翻翻当兵前和刚刚当兵时的旧照片，我会惊愕：那一对带着稚气的眼睛和那一张充满青春的脸蛋，曾经属于我。2006 年元旦前夕，某杂志社要为我撰写的一篇《新年寄语》配发一张照片，因无令我十分满意的近照，我便以电子邮件发去了一张 10 年前的照片。对此，编辑在电话里赞叹不已："陆老师，你真年轻。"冥冥之中，我忽然生出了一种意识——许多东西在我们的不经意之间已经永远地湮没了。湮没在一片茫茫黑暗中，我们谁也无法将她找寻回来。我们在快乐地获得成长着的年岁的同时，却又痛苦地失落了渴盼成长的那一种心情。我们似乎就生活在生命旅程的这一堆矛盾里。

人的生命旅程有多长？用天计算，大概也就是两万多天。有人为此叹息："人生怎会如此短暂？"然而，这是不争的事实。这一客观规律，谁也无法逆转，无法改变。

那天，我坐在电脑前，手指在不停地揿着键盘，方块字一个一个跃上了显示器荧屏，文章渐成雏形。抬头看看墙上的挂钟，秒针在嘀嗒嘀嗒不停地跑动。分针和时针也在有规律地跑动，只是它们跑得没有秒针那么快，我们并没有明显地感知而已。我们的生命如同时间，每一刻都在有规律地悄悄向前流淌。恍惚之间，我仿佛在聆听米兰·昆德拉老人说："我讨厌听我的心脏的跳动；它是一个无情的提示，提醒我生命的分分秒秒都被点着数。"我们无法拒绝发自这一位老人心底的声音，无法拒绝，正如无法拒绝两万多个日子从我们身边一个个悄悄地溜走一样，因为我们的心脏无法停止跳动。如果有一天停止，那一天便是我们生命的末日。

我们该为生命的旅程留下点什么？我们怎样才能在生命走向坟墓之前，没有什么遗憾和遗恨？这样的"经典语录"，我们似乎已耳熟能详。有人在书上就这么写着，也有人在会上就这么说着。写书的人，有在写给别人看的同时自己也能认真地看的。在会上说这番话的人，有在说给别人听的同时，自己也能认真地加以琢磨的。但也有人只写给别人看，只说给别人听。更有人从来也不看不听并且不信这些"经典语录"。他们往往热衷于比吃比穿比背景比享受，就是不比事业心强弱贡献大小。在风传"良心多少钱一斤"的时候，社会上不乏人出卖自己的良心换几个铜板。光天化日之下，一些人的灵魂便被铜锈腐蚀得只剩下了一具可怕的骷髅。他们似乎以此证明，他们不相信灵魂。因为，他们是唯"物"主义者！

生命短暂，我们该怎样活着？这便是人们所说的"活法"。英雄是一种活法，懒汉也是一种活法。无所事事、饱食终日者，总是嫌太阳走得太慢，美好年华被他们白白地虚度、浪费。在一个物欲横流的年代里，为赶时髦，一些人在抛弃了英雄之后，继而又抛弃了英雄所具有的精华。于是，一边，各级在呼唤进行效能革命，一边，有人却在那里追求着一种"无可无不可、无为无不为"的境界。为人民服务，"人民"只是一个名义，为"人民币"服务才具实质内容。有所为有所不为，没有利益就"不为"。若想拿他们说事，你听他们怎么说："何必那么认真呢？你们活得累不累？"而生活中的许多英雄，总觉得一年365天不够，希望一年成为500天甚至1000天。他们便在那儿争分夺秒地工作，一年干着两年甚至三年的活儿。更有人以残缺的身躯，书写着美好的人生。

于是，我想起了一位高位截瘫的建筑界朋友。他在一篇短文里这样写道："人来世上一遭本就不易，留在尘世的时间又十分短暂，与其说永远进入那无尽的黑暗隧道，不如多争取点眼前的光明春天。"他就是那位"轮椅上的强者"——通州建总党委办前主任吴红军。致残后躺在病榻5年多来，他每一天都在与生命抗争。8000多字的一篇报告文学，他用那双常常出现强肌痉挛的手，整整花了一年多时间才写成。而这5年多，他就在病榻上就用这双手写作并发表了20多篇散文、随笔。他在用他的信念和努力验证着什么是不朽！

这时候的夜，已经很深了。抬头看看墙上的挂钟，依然在嘀嗒嘀嗒地走着。我也听到了自己心脏跳动的声音。

呵，这是生命的动感——我们的生命在往前流淌。当新的一年正向我们迎面走来时，我们该做些怎样的打算？迈上了知天命岁数又怎么啦？有崇高追求的人，青春年华将永远与他相伴。精神的花朵，她会在生命的春天里永远绽放、永不凋谢。

2001年12月

真情拥抱 365 个太阳

想守住我 2007 年的最后一刻寂寞。

西风萧瑟，一缕阳光穿过新城区密密匝匝、高高耸立在建筑工地上的井字架，我的目光却不敢去碰。目光有些锐利，怕伤及了她。这是一缕刚刚露头、我们期待许久的 2008 年的阳光，好鲜好嫩好柔好美。

想守住我 2007 年的最后一刻寂寞，是由于那一刻的珍贵。生命中的又一段美好时光将永远地消失了。

然而，那一刻的消失，却是那样不慌不忙，从容不迫。她仿佛做好了充分的准备，远走历史的那一端。她似乎也在坚守自己的最后一刻。她也在等待。她仿佛听到了朋友和着时间节律的脚步声。与之相伴而来的是 2008 年的阳光。

2008 年的阳光下，是新一年哗啦啦涌动的长江口外的大潮，是满世界悬挂着的广告招贴画和街头露天舞台上莺歌燕舞场景的轰轰烈烈、热热闹闹，连空气中每一个分子都在欢乐蹦蹦跳。

2008 年的阳光下没有寂寞的影子。

我也想轰轰烈烈、热热闹闹，欢乐蹦蹦跳。我想守住 2007 年的最后一刻寂寞，只是想独自安静地倾听自己生命的钟声，体会荡漾在生命钟声里的一种感恩和惆怅。

心里头一阵阵起雾。朦朦胧胧的雾气中，升腾起了对过去一年许多往事和许多人的遥想和感激之情。

熟悉的人，陌生的人，在我困难的时候帮助过我的人，在工作中一直给予我支持的人。哪怕一句感人肺腑的叮咛，一缕关爱的目光下微微一笑抑或轻轻的那么一个点头，亦如一股三九寒冬里的暖流，令我铭记一生。

那些熟悉的陌生的朋友的脸上，都刻写着诚挚与善良。那些支持和帮助当中，都激荡着良好的品质与素养。

感谢生活，是生活赐予了那些熟悉和陌生的面孔与我交往。是生活赏赐给了我那些诚挚与善良，那些品质与素养，从而使我的生活里充满了阳光。

我不知道是什么成就了我的今天，是勤奋、执着，还是艰苦生活的浸泡与历练：没上过几天学，却吃上了专职文字饭。头上拥有作家、记者等文人的些许光环。搬弄文字，就像建筑工匠搬弄砖瓦钢筋混凝土。对此，有人欣赏，有人赞美，有人羡慕。然而，大伙儿看我好像活得很轻松，我有时却感到活得很累。堆在我面前的方块字恍若一座山峰，高大挺拔，气势压人。我每天挖山不止，可是山峰还是那座山峰，它绝没有因为我的挖山不止而感动，而矮下去半截或那么一点点儿。身后的那座山在我的努力下不断见长，而我面前那座连绵不断的山长势更猛。于是，我便只有成就感，没有幸福感。

条条道路通罗马。有时我后悔自己不该走吃文字饭这条道，便云里雾里地羡慕那些比较悠闲的人的生活。这时，我神经错乱地嫉恨起了生活，认为生活对自己不公。我曾想，我什么时候把生活给得罪了，我让生活给折腾了，所以我才活得这么累。

我真的需要有一刻寂寞的时光，静下心来好好反思一下生活：

到底是生活没有厚待自己，还是自己没有正确认识生活。也就在这一年最后一刻的寂寞时光里，让我明白了我如今所有的一切，都是生活给予我的最高奖赏，包括自己的知识与智慧，品质与素养，事业与成就，婚姻与家庭，还有熟悉的陌生的朋友们的帮助和支持。

2008 年有 365 个太阳。365 个太阳，就是对生活的 365 个祝福。如同过去的 2007 年，每一个太阳都那么新鲜、温暖、和谐、蓬勃。

与每一个太阳衔接的，是每一天的最后一刻寂寞的时光。在那一刻寂寞的时光里，总结和反思人生的这一天，然后以饱满的热情，拥抱新一天的太阳，你便会珍惜生命中的每一天。

2008 年 1 月

敬礼，英雄的要塞！

——原内长山要塞区采访散记

序：历史，无情亦有情

历史的车轮，总是在不可抗拒的前进中，无情地改变着什么，又悄悄地留下了什么。

历史，无情亦有情。被历史悄然留下的东西，便是历史有情的回声。

我们英雄的要塞，正是以曾经的一段光辉历史，为要塞区创建以来的数十万老兵及其后人，留下了一抹永远也挥之不去的光荣岁月记忆。

2017年6月12日至18日，我们前往济南、淄博、烟台、蓬莱、长岛等地，采访为原内长山要塞区建设奉献了青春和热血的老首长、老前辈、老英模，聆听他们在要塞区曾经的激情岁月里，书写着光荣与梦想的精彩故事和心灵感悟。

一、长岛海防园畅想

要塞区被撤并，但其首都东大门的战略地位没变；要塞区番号消失了，但"老海岛"精神已被老海岛们铭记在心；要塞区老兵"常回家看看"的平台缩没了，但他们对要塞区思念的激情始终不减。

事物总是在生生灭灭的新陈代谢中，不断发展变化着的。此消彼长，是历史的必然。

长岛海防园的应运而生，正源于此理。

2016年10月初，这一彰显现代军民融合的大戏，在北京鸿府大厦徐徐拉开帷幕。

那天，朱剑锋、孙进、孙茂杰在那里开始探讨建立长岛老兵接待站的可行性。他们都有一份老兵情结。孙进少将为上海警备区原副政委，朱剑锋、孙茂杰是要塞老兵，都有一份海岛情结。

周卓维的加入，是在春节期间。他们在微信里经反复讨论，拟定将长岛老兵旅游接待站和国防教育基地融合在一起。周熟悉原济南军区副司令员沈兆吉中将，即致信并取得将军的热情支持。沈兆吉曾任原要塞区副司令员兼参谋长，他表示可牵头原要塞区首长听取汇报。

"大戏"进入市场考察阶段，虽戏份不多，然不能忽略。

三月初的江南，已春暖花开。渤海深处的长岛，也渐渐转暖。朱剑锋、孙进、周卓维、苏州文旅集团副总等一行，与孙茂杰分别从上海、北京出发，对蓬长旅游市场进行考察。然后兵分两路——孙进和苏州文旅集团一行回沪；剑锋、茂杰、卓维与沈兆吉在济南会合，向原要塞区首长和1985年整编后的内长山守备师首长作汇报，获一致认可。山东省军区原政委、内长山守备师首任政委赵承凤少将说："早认识你朱剑锋，也许已把这件事搞成了！"他建议剑锋和长岛县进行对接，以取得他们的支持。

已回到上海的孙进，建议将该项目以"海防园"名义立项或许更具内涵，迅速得到剑锋、茂杰认同。于是，利用蓬长自然风光、戚继光故居和抗倭遗址、解放长岛战役遗址和部队闲置的老营房等优势资源，建设集"要塞区纪念馆、国防教育和退役军人就业创业培训基地、红色旅游走廊"为一体的长岛海防园项目设想渐渐浮出水面。

历史总有许多相似之处。

初春的一个黄昏，孙茂杰散步时，发现国防大学二号院对面的铁道兵纪念馆霓虹闪烁，心里不禁一动——该馆系当年铁道兵被改编为中铁建后所建。今天的内长山要塞区，就是昨天的铁道兵。要塞区纪念馆，就是浓缩的要塞区历史。于是，更加坚定了他参与建设长岛海防园的信心。

4月，剑锋、茂杰再赴长岛，与长岛县达成合作意向。

5月，中国退服会领导听取汇报后，表示全力支持。

6月，项目筹建组致信烟台海防旅，争取他们的支持。

首长们说朱剑锋力推的长岛海防园项目，对于巩固国防、传承"老海岛"精神、推进军民融合、发展海岛旅游和地方经济是一件"利在当代、功在长远"的大好事。对于利用和发掘原要塞区文物和史料，尤其具有抢救性意义。

我们将要采访的，都是年事已高的原要塞区老首长、老前辈、老英模，将他们留下的声音、视频和文字资料，通过要塞区纪念馆播放或展示，对今人和后人都将是一笔不可复制的宝贵财富。

二、老将军的国防和军事战略新思考

首先接受采访的王云芳，系原内长山要塞区参谋长。1988年获授少将军衔，离休前任济南陆军学院副院长。

1932年11月出生的王云芳，身材魁梧，思路清晰，声音洪亮。79 岁的夫人尤桂英，精瘦干练，反应敏捷。他们都是江苏涟水县陈师镇人，1958 年于龙口教导营结婚，育有二子一女。明年是他们结婚 60 周年"金刚钻婚"婚庆年份。

王云芳戎马一生。1946 年 10 月参军时，他还不满 14 岁。解放战争中，他先后参加过著名的济南战役、淮海战役、渡江战役、上海战役。

当穿越了三年战火的硝烟，毛泽东在天安门城楼向全世界宣告中华人民共和国成立的那一天，他还不满 17 岁，恍若新中国英雄的人民军队一叶绽放的新绿。

也许，王云芳就是一位可造之将才。他于 18 岁那年编入海军，先后被选送海军海岸炮校、大连海院、海军文化学校、解放军长春师范学校等军队院校深造，学习文化和专业军事理论。中华人民共和国成立之初，以整整 7 年军事院校学习生涯打下的基础，使他逐步成长为既有作战经验，又有专业军事理论和文化知识的我军中高级军事人才。

1957 年进岛后，他从作训处参谋做起，先后任作训处处长、第六守备师师长、要塞区参谋长，除了作为中国军事专家赴坦桑尼亚和上国防大学学习外，没有离开过要塞区，对要塞区的那段历史烂熟于心。

他的发言提纲，一笔一画、密密麻麻写满了两张纸，其用心劲儿不减当年。他从要塞区的历史沿革、战略地位、"老海岛"精神的历史和现实意义、战备工作、部队生活保障、同守共建等方面，向我们清晰地立体地描绘了一幅他所亲历的 28 年间要塞区建设与发展的壮丽画卷。

"我们的要塞，是一个英雄的要塞。"他指着摆放在茶几上的《内长山要塞区大事记（1949.8—1993.12）》和《长山战役》两本书说，"这就是咱们要塞的历史"。

讲到激动处，王云芳有力地打起了手势："这一回撤并降改中，要塞区不像上一次由军缩编为师，而是连番号也没了。但列岛的战略地位依然是保卫首都的海上东大门。过去我们落后，没有强大的海军、空军，更无先进的导弹，只能依靠陆军以重兵固守海岛。现在我们不仅有强大的海军和空军，而且有强大的战略部队火箭军，我们可以将海岛和近海防御的战线，向外推至远海和境外。这就是说，我们要塞这次撤并降改为某海防旅一部分，是历史的必然。现在咱们的防区不是小了，而是向前延伸了。咱们英雄的要塞，是一艘永远击不垮、打不烂的航空母舰！"

将军对要塞战略地位的新思考，无疑是对党中央、中央军委国防和军事战略全新布局的一种权威解读。

将军对要塞的感情，无疑比我们更深，不舍之情比我们更甚。然而，将军的权威解读已跳出小我的圈子，具有军事战略家的远见卓识。他对党中央、中央军委决策部署的支持和拥护，不仅仅是一种机械的表态，而是出于一种具有基本理论支撑的高度自觉。

将军庭院里绽放着的一片新绿，映入了我的眼帘。趁茂杰和将军聊他们在作训处共事时的陈年旧事，我便由将军夫人陪同步入庭院。但见这巴掌大的庭院里，竟别有一番天地——黄瓜、茄子、韭菜、芸豆、辣椒应有尽有，黄色的黄瓜花、紫色的茄子花、白亮的辣椒花竞相开放。刚才我们品尝的黄瓜，正是夫人今晨在这黄瓜架上摘的。

联想到将军于读书看报中推出的国防军事战略研究新成果，我不禁油然生起无限的感慨：将军的书房，不就是将军离休生活中勤奋耕耘的一片沃土、竞相绽放的一片新绿吗！

三、英雄的要塞从艰难岁月走来

从 1949 年 8 月 12 日长岛解放，到 2017 年 4 月此轮军队撤并降改，原内长山要塞区近 70 年的历史，就是由几十万守岛建岛官兵谱写的一部跌宕起伏的英雄史诗。

我们采访的老首长、老前辈中，有 1953 年 2 月进岛的原要塞区司令员王化金、原大钦守备区通信科科长史杰，1955 年 10 月进岛的原北长山守备营营长李永锦，1957 年进岛的王云芳少将，60 年代入伍的山东省军区原政委、原内长山守备师第一任政委赵承凤少将，山东省军区原副司令员、原内长山守备师第一任师长秦江昌少将，山东省军区原参谋长、原内长山要塞区（师）司令员金培昌少将和 70 年代入伍的山东省军区原副政委、原内长山要塞区（师）政委孙显宁少将。他们都是要塞区历史的见证人。

1949 年 8 月 12 日长岛解放后，我华东警备区 5 旅 13 团、5 旅炮团野炮营、胶东北海军区长岛大队首先进岛，合编为长岛海防团。次年 9 月，海军长山列岛巡防区在南长山成立。两个月后，长山列岛海岸炮兵团成立。1951 年 3 月，巡防区和炮兵团合并，仍名海军长山列岛巡防区。同年 8 月，巡防区与海防团合编为山东海军长山列岛水警区，后又名海军长山列岛水警区，归海军青岛基地建制。1954 年 11 月，陆军第 26 军 78 师进岛，与水警区合编组成海军长山要塞区，直属海军总部领导。1960 年 5 月 4 日，海军长山要塞区改为陆军内长山要塞区（军），归济南军区建制。1985 年 11 月，内长山要塞区缩编为内长山守备师，归山东省军区建制。1993 年 2 月，内长山守备师恢复内长山要塞区番号，仍师建制。2017 年 4 月，内长山要塞区番号撤销，与胶东某部合编为烟台海防旅，归北部战区陆军建制。

要塞区近 70 年间的发展变化, 恍若一部耗时近 70 载的电影, 在我们面前一个个镜头飞快地走过。

时任 26 军 78 师 234 团三营副营长的王化金, 1953 年春节前, 率领披着战火硝烟、风尘仆仆刚从朝鲜战场上回国的 1000 余官兵进驻南长山岛。那年, 他才 27 岁。

"1954 年 11 月, 78 师全部进岛, 要塞的架子为 8 个团。北隍城、南隍城、大钦岛、砣矶岛依次为一、二、三、四团; 北长山、南长山、大黑山、蓬莱依次为五、六、七、八团。"王化金、史杰对此都记忆犹新。

此时, 王化金已调任北长山五团守备营营长。

"北隍城一团团长王希圣, 南隍城二团团长张希春……"王化金、王云芳对此印象深刻。

"部队刚进岛时啥也没有。"王化金说, "蓬莱和各岛都没有码头, 从蓬莱乘船, 只能乘着小舢板摆渡至停在外海的大船上; 没有营房, 我们就住渔民家和帐篷; 没有电, 就点油灯; 没有淡水, 水井有限, 我们不与群众争水喝, 边喝苦咸水, 边找水源边打井。没菜吃, 口粮也紧。1955 年授衔后, 规定战士每天半斤、尉官 1 斤, 校官每月 32 斤。干部战士饿着肚子, 还要搞军事训练和基本建设。进岛后, 部队首先是准备打仗, 基本建设先阵地后营房; 先搞前沿工事, 再搞能打能藏的纵深坑道。建码头是 1959 年的事, 蓬莱码头是由八团承建的, 各岛码头同时开建。"

"部队从 1954 年进岛后开始投入大量兵力打坑道, 一直打到 1975 年。"李永锦说。从 78 师 234 团防化连战士到防化连连长, 再到北长山守备区作训科参谋、守备营营长, 于泰州高港入伍的李永锦, 前后打了近 20 年坑道。4 年参谋任上, 也经常深入坑道工作面。

"出现过塌方等险情吗？"我问。

"哪一条坑道施工没出现过险情！好在我经历的坑道施工没死过人，但得了矽肺病的却有七八十人。有些老兵后来死了，还不知道是得了什么病死的。他们大部分是 1955 年至 1958 年入伍的平度、文登、荣成、蓬莱、黄县、牟平籍战士。后来施工条件改善了，患矽肺病的情况就少了。"

我所掌握的有关资料显示，1953 年至 1986 年，要塞区在国防施工中共伤亡 1870 人，其中牺牲 48 人。加上矽肺病死的，远不止这些人。他们为守岛建岛洒下了最后一滴血。

令李永锦一辈子也忘不了的是，1966 年 10 月 1 日，他作为"四好"连队的代表，进京参加国庆观礼，先后受到毛主席和周总理的亲切接见，并一起合影留念。那天，面对墙上挂着的两幅照片，李永锦洋溢着一脸的幸福感。

守岛建岛任务艰巨而光荣，与要塞区的重要战略地位密切相关。长岛列岛，古往今来皆要塞。近百年来，帝国主义列强曾 9 次从这片水域入侵我国。中华民族的屈辱史，在这里写下了沉重的一笔。

孙显宁将军向我们讲述了建国初期毛主席曾经说过的一句话："我最不放心的是蓬莱方向。"为此，毛主席专门作出批示："蓬莱（1956 年 5 月长岛设县前归属蓬莱）方向的防务要加强。"

蓬莱方向，就是咱们要塞区方向。从"不放心"到"防务要加强"，足见要塞区的战略位置，在毛主席心中有多么重要。

1961 年 8 月入伍的赵承凤将军对此体会颇深。他说："我们入伍后上的第一堂课就是长山列岛的重要战略地位和作用。指导员把我们带到阵地上，遥望大海，近看地图，使我们懂得了长山列岛是扼守'京津的门户'，是'渤海的咽喉'、辽东半岛和胶东半岛的'铁门闩'、全军海防要塞之一。岛上的每一座营帐和每一个哨位，都关系着祖国的安危。有了这神圣的使命感和责任感，我们吃点苦、受点累也是一件很光荣的事情。老一代守岛官兵'以岛为家、以苦为荣、苦中求乐'的精神，无时不在激励和打动着我们。"

他接着讲述了解放长岛后就留在岛上的原大钦守备区政治部副主任邢桂增的一个故事："刚上岛时，邢桂增是连队指导员。部队第一次发蚊帐，他和连长坐在同一个蚊帐里，看着在蚊帐外嗡嗡叫的蚊子，别提有多高兴了。那一夜，他和连长彻夜长谈，谈过去，谈现在，谈将来，感到无比幸福和快乐。"

老一代守岛建岛人的革命乐观主义精神，是"海岛为家，艰苦为荣，祖国为重，奉献为本"的"老海岛"精神——要塞区"军魂"最完美的注解。

"那时，装备也十分落后，要塞区最大口径火炮——北隍城152岸炮是参加过二次世界大战的苏联装备。船运大队的运输艇，开始只有 50 吨、75 吨，82 吨级大头船还是后来服役的。"王云芳说。

通信装备落后程度令人咋舌——1953 年，要塞区当时只有北隍城、砣矶、大竹山和蓬莱山后初家 4 个观通站。时任大竹山观通站（之前称防空站、观通哨）站长的史杰说："当时通信工具就是一个 50 倍望远镜，一个 15V 电台，通信电缆还是 30 年代日本人铺设的。1959 年要塞区成立水线连后，才开始铺设新的电缆。50 年前，我们的梦想是能实现雷电气象条件下和山谷之间的正常通信。如今，激光通信和手机、微信，终于使我们当年的梦想变成了现实。"

不愧是老通信兵，1927 年 4 月出生、1945 年 3 月入伍、1982

年离休的史杰，竟然也能用时尚的微信进行交流。

海岛艰苦莫过于交通。要塞区设防15个岛，其中5个为无居民岛。驻岛部队给养全靠大陆供应。

"活猪运到最远的北隍城岛，常常就成了死猪。"王化金司令员说，"遇上风季，十天半月不通船是常事。报刊书信送不上，日报成周报旬报半月报是小事，部队给养送不上，直接影响部队生活。没菜吃他们就吃咸菜、煮黄豆、喝酱油汤。无居民岛部队有时淡水断了，战备水又不能动，生活更加困难。在这个季节，部队家属进岛探亲，一个礼拜的假期，没等进岛，假期就到了。这样的事太多了。"说到动情处，司令员的眼角湿润了。

邢桂增在大钦医院当兵的女儿邢燕云讲过这样一个故事：一位老大爷到大钦医院看女儿，由于风大，在蓬莱一等就是9天，进岛一看，硬是拖着女儿要回去，说是这么苦的地方给个县官也不干。

赵承凤将军在海岛近30年，他说最恼头的是怕晕船。听说嘴里嚼块糖能缓解晕船。由于经常乘船来往于各岛，久而久之，糖吃多了，年纪不大，牙却多松动了。

这些都曾是要塞真实的故事，没有丝毫夸大的成分。

三年前，我和原内长山守备师副政委盛范修主编的《我们的长岛岁月》一书中，有原守备30团参谋长王照明讲述的一个真实故事：1974年冬，驻车由岛守备八连小岛断航长达42天，淡水告急，每人每天定量供应3杯水——1杯刷牙、2杯洗脸，洗脸水留至晚上洗脚。炊事班为节约淡水，就用海水蒸馒头。海水蒸的馒头又硬又涩，无法下咽。连长下令：为了保持体力，再难吃也要吃。他们坚持到补给船进岛，硬是没动一滴战备淡水。

时任驻车由岛守备八连指导员江立赞讲述的故事更动人：

1979 年，他原计划五一回青岛老家举行婚礼，然而，五一那天，一封"部队有紧急任务，婚礼推迟举行"的加急电报，使这场只等新郎回来的婚礼，成了一场"没有新郎的婚礼"。寒假爱人进岛，连队将为他补办婚礼。然而，从爱人到达蓬莱那天起，一连刮了 13 天大风。第 14 天，风力渐弱，要塞区值班首长王法山副司令员亲自向船运大队下达命令，动用抗风浪能力最强的 2148 登陆艇，欲将滞留在蓬莱的官兵家属和部队给养送上岛去。然而，当登陆艇在距车由岛码头还有不到 100 米，江立赞都能看到甲板上心爱的妻子，妻子也能看到码头上心爱的丈夫时，由于风浪太大，登陆艇经多次努力均无法靠上码头，最终只能返航。这一个动人的故事，后来被编成文艺节目上了央视春晚。

承载着崇高的理想和信念、光荣与梦想的一代代守岛建岛人，正是这样从艰难岁月一步步走到今天。

我们的要塞，无愧于英雄的要塞！

四、一代代守岛建岛人的青春之歌

铁打的营盘流水的兵，一茬茬一代代，寒来暑往，年复一年。他们在要塞在海岛，短者几年，长者十几年几十年。当年，他们个个年轻英俊。而当离开海岛离开要塞时，曾经乌黑的两鬓，都染上了岁月的风霜。要塞区官兵近 70 年的守岛建岛史，就是一代代守岛建岛人唱响的一曲奉献第二故乡的青春壮歌。

在原内长山要塞区区史馆和新编某海防旅北长山炮兵一连，我们见到了海防旅管理科 2002 年入伍的副营职管理员封金亮上尉，通信连 2006 年入伍的启东籍副连职排长吴帅燕中尉，炮兵一连 2009 年入伍的连长刘然上尉和 2007 年入伍的指导员韩振上尉——一溜年轻人。在烟台，我们与要塞区的军二代马素平、朱炳山相聚时发现，军二代们对长岛感情之深，不亚于老一代守岛建岛人。缘于他们出生于海岛，在父辈耳濡目染的熏陶中长大。马素平是金融系统作家。这几年，她通过文学作品，不遗余力地在军二代中传播"老海岛"精神，令人感动。

第一代进岛的老首长、老前辈，当年进岛时的年龄，和我们面前这些年轻人年龄相仿，甚至更年轻。他们，有的从进岛第一天起，就把一生交给了海岛；有的奉献了青春献子孙，一家两代三代甚至四代，扎根海岛、奉献海岛，以二重唱、三重唱、四重唱形式，唱响了海岛青春接力之歌。

赵承凤政委多次提及的邢桂增，就是其中的代表。

邢桂增于解放长岛后就留在岛上了，那年他27岁，任华东警备区5旅13团连指导员，之后又担任过营教导员，团政治处主任、副政委，师政治部副主任，在岛上一直干到1986年离休。他是山东海阳县人，1945年入伍时才23岁。他从27岁进岛直至1999年12月逝世，在海岛整整50年，对第二故乡的感情胜于生养他的第一故乡。他的骨灰就安放在长岛公墓，长眠于为之奋斗了一生的海岛。生前，他把守岛建岛的接力棒交给了儿子、女儿、外孙女，继续他所从事的守岛建岛事业。

邢树恩，邢副主任的大儿子，是我于北隍城岛服役时的战友。1973年12月23日，时任守备25团七连副连长的邢树恩，在执行施工任务中，面对哑炮，奋不顾身排险情，光荣负伤。团党委为他荣记了三等功。1978年转业至长岛县民政局直至退休。2017年6月16日，我们在采访中获悉，如今，邢树恩外甥女的儿子也在岛上当兵，现任指挥排长。这便是接过邢桂增接力棒的第四代守岛建岛传人了。

王化金司令员《两代守岛建岛人》的故事，我早在 30 多年前就听说了。今天，当我与王化金司令员和他的大儿子明海零距离接触，亲耳聆听他们父子两代守岛建岛的动人故事，所给我的是一次次的赞叹和感动。

王化金司令员自 1953 年进岛直至 1989 年离休离开海岛，在海岛 36 年。他 1953 年 7 月出生的儿子王明海，从几个月大进岛至 2014 年办退休，一生都在海岛。而他出生于海岛的孙子王春涵，也已在原要塞区医院工作十多年了。

王化金司令员是 1941 年入伍的老八路，参加过抗日战争、解放战争和抗美援朝战争，其间包括异常残酷的孟良崮战役、上甘岭战役，经受过无数次战火烽烟的洗礼和考验。他始终不忘初心，对党忠诚，对子女要求十分严格。

1969 年，正在砣矶岛读高一的王明海，看到有同学当了兵，就让时任守备某团团长的父亲王化金打打招呼，也去当兵。王化金说，你小小年纪就懂得动这些歪脑筋了！这年 4 月，王明海听说要塞区船运大队船修连内招初高中文化学徒工，趁父亲赴京接受毛主席接见之机，便和几个同学上了船修连。王化金从北京回来后只说了句："自己找工作好啊！"1970 年 12 月，王明海和那批学徒工在船修连征兵时，一起穿上了梦寐以求的军装，终于圆了他的参军梦。这时，王化金已是某守备区（师）副司令员了。同王明海一起入伍的新兵，都是军队干部子女。当他看到战友们的父亲利用到要塞区开会、出差之机，到船修连看望他们，并和连队干部亲密接触时，也曾盼望父亲能来看看自己。可是，当兵 5 年多，王化金就没到过连队看过明海一次。他后来当了要塞区副司令员、司令员，与船修连近在咫尺，也从未专门来连队看过明海。前几天，我在济南干休所采访他谈及此事，他笑道："我把儿子交给这个连队了，有什么不放心的！"

　　在王明海的潜意识里，父亲对他的前途似乎不大关心。1975年冬，他跟父亲打电话说起今年可能退伍的事，王化金只说了句："退伍好啊，有几个能在部队干一辈子的，到了地方好好干。"当连队忽然发现，这批服役五六年、并有学徒经历的老兵一旦都走了，或将出现技术骨干断层，王明海这批技术骨干又意外地被留下了。王明海在入伍第八个年头终于提干了，任船运大队2107号艇机电长。

　　在王明海的直觉里，父亲在他这位儿子和部队之间，更看重后者。1979年12月29日0:48的那次夜航，2107艇在大钦岛触礁遇险，艇撞出30多个洞，最大直径1.3米，艇渐渐下沉。关键时刻，王明海扯起缆绳，让8名战友一个个顺着缆绳滑落到海滩安全脱险。最后一个离艇的他将缆绳绕在身上跳入大海，后被海浪冲上海滩获救。有传说王明海已失踪、牺牲了。消息传到时任要塞区副司令员、正在作战室值班的王化金那里，他首先询问的不是"王明海怎么样？"而是"艇上的同志们怎么样？"显然，王化金心里首先装着的是2107艇全体指战员，而自己的儿子只是2107艇一员。当根据王明海处置险情的突出表现要给予表彰时，王化金却一笑置之："这是明海应该做的。"后来在表彰大会上，王明海也这么说："这是我应该做的。"

　　王明海不依赖父辈的荫护，铸就了自立自强的性格。

　　王明海对海岛怀有深深的感情，作为王化金司令员唯一的儿子，他曾在矛盾中徘徊。王化金司令员离休前，入伍17个年头刚晋升至正连职的王明海，曾流露出随父去济南承担为子之责的想法。王化金司令员却对他说："济南有船修吗？如果当领导的都把自己的孩子往城里调，怎么去教育干部战士扎根海岛？我有你两个妹妹照顾呢。"王化金一句话，就将明海欲离开海岛念想的火苗给浇灭了。

王明海知道，父亲是爱自己的。只是，他将这种特别的父爱始终埋在心底。1989年春，王化金正式进济南干休所之前，真诚地征求儿子意见："你若同意就一起去济南，你毕竟已在海岛奋斗20多年了。"而这时，王明海正全身心地投入"船用柴油机维修工艺流程、设备、工具配套"课题攻关和制作任务，且思路成熟、顺风顺水。他放弃了也许是最后一次离开海岛的机会，这一干又是25年。

我钦佩明海的执着和顽强。当初只有高一文化的他，经过不懈的努力，如今已成为济南军区专业拔尖人才，教授级高工，军队技术4级军官，船艇修理专家。退休前夕，他和两名研究生徒弟编纂的5本船艇修理工教材，由黄河出版社正式出版，其中钳工、坞台工、船机修理3本教材由他一人以3年时间独立完成（另2本为车工和焊工）。3年前他正式办理退休手续后，又不计报酬带研究生徒弟。船修所领导觉得亏待了他，他却说："我无怨无悔，我拥有的一切都是部队培养的结果。"

今年92岁的王化金司令似乎从没考虑过利用自己的权力或影响为子孙留一条后路，他也从没考虑过自己的后路。在孟良崮战役围歼国民党军王牌师师长张灵甫时，在上甘岭战役向联合国军发起冲锋时，他没有考虑过自己的后路。甚至在和平年代组织部队演习时，也没有考虑过自己的后路。

这是一次陆海空三军封锁砣矶水道军事演习，王化金时任要塞区副司令员，演习导演部由他负责。

这是令他最难忘的一次军事活动。他在采访中对我们说："那次演习，军区和军委总部首长都来了。演习正在进行，参演飞机已从胶东某机场起飞。忽然接报,一艘渔船进入了演习区域海域。面对这一突发情况,是否请示首长暂停演习?首长们都在演习观摩现场,当面请示很方便。但请示首长的结果,肯定是停止演习——首长不可能同意演习继续进行。如果请示首长,也就是我将责任推给了首长。而这一场准备了半年多的演习,也就付之东流。而且,这时参与演习的飞机将马上飞临演习海域上空。演习必须按计划进行。我随即下达'避开群众渔船,演习按计划进行'的指令。随着我的指令,各岛炮兵和空军密切配合,对海上目标进行了精准打击,没有伤及渔船,演习获得了圆满成功。曾经为我捏着一把汗的演习指挥所参谋人员,这时才定下了心来。"

如果这次演习伤及了渔船,王化金将要承担多大的责任?等待他的是继续升迁,还是撤职查办、军事法庭审判?他似乎根本就没有考虑过这些。

他们也曾年轻过,却从未考虑过自己的得失。他们的英雄气概,成为英雄的要塞宝贵的精神财富。

五、要塞是座军中大学

丘吉尔曾经说过:苦难是一所最好的大学。

海岛环境艰苦,要塞区的一代代守岛建岛人,把艰苦的环境当作一笔财富,去享受艰苦,锤炼品质。

长岛总面积 8700 平方公里,其中陆地面积只有 56 平方公里,却出了许多名人、名家、名将——许多英雄模范人物,王海鸰、黄国荣、刘静等一批著名军旅作家和 60 多位共和国将军,其中 1 位上将、6 位中将。

2011 年 8 月 28 日,张文台上将在要塞区为我所著《长岛岁月》举行的赠书仪式上讲话指出："长岛能涌现出这么多名人、名家、名将，正是由于长岛远离大陆，条件艰苦，环境寂寞。小岛的空间越是狭小，越能激发人自立自强的精神；小岛的条件越是艰苦，越能锤炼人的意志；小岛的环境越是寂寞，越能腾起理想的翅膀。"

2015 年 6 月 11 日，赵承凤将军在要塞区"'老海岛'大讲堂"首场报告会上，作了题为《"老海岛"精神代代相传》的精彩演讲。在 2017 年 6 月 13 日下午的采访中，将军满怀深情地向我们讲述了其中的第四部分——《谈谈我这个长岛老兵的收获与感悟》，使我们深受教育和启发。

将军说，我当兵 47 年，仅在长岛就是 29 年。应当说，是要塞区这支部队和长岛这片热土培养了我，锻炼了我，造就了我。要塞区不仅是我的第二故乡，更是我的军中大学。在这所大学里，我实现了六个学会：

——学会了吃苦受累。将军说，我当兵时正值三年自然灾害，饱不饱就是一个馒头或一个饼子，菜也没油水。我是电话兵，经常进行 1500 米收放线，每天背着三拐子线、一部 0743 胶木盒电话单机和一支冲锋枪，负荷 70 多斤，有时还要戴防毒面具、穿防毒衣训练。苦吗？是苦。可是，"流血流汗不流泪，掉皮掉肉不掉队"成了我们的口头禅。

——学会了吃苦奉献。将军说，吃苦奉献是老海岛本色，海岛就是奉献的岗位。我们在吃亏奉献中也有收获。当年，我和 1000 余新兵同乘一列火车入伍，到 1985 年大整编时，就剩下了我和时任守备师政治部主任盛范修。而到最后，成长为共和国将军的唯我自己。

——学会了团结容人。将军说，老海岛都有大海一样的胸怀，心里能容人，肚里能容事，耳里能容言。老干部处李耐和处长教给我两句话：一是把别人的缺点当优点来吸取；二是把别人的优点当财富来继承。张文台上将曾在给我的一封信中说："搞好团结，一要讲感情，二要讲原则。不讲感情没有凝聚力，不讲原则没有战斗力。"我当团政委与三任团长共事，当师政委与两任师长搭班，当军政委和省军区政委先后与两任军长、两任司令员相处十年之久，尽管性格各异，脾气不同，但我们之间始终没有不和谐之声。

——学会了任劳任怨。将军说，任劳任怨说起来容易，真正做起来却不易。任劳，就是做事不辞劳苦；任怨，就是不怕别人埋怨。要做到任劳任怨，必须具备四种精神，即吃苦精神、吃亏精神、屈己精神、宽容精神。

——学会了读书学习。将军说，我在要塞区最大的收获，就是学会了读书学习。养成了读书看报和随手摘记的习惯，并使我尝到了甜头。1988年，我在国防大学学习时，撰写《党委领导艺术浅谈》一书，80个题目，每题8个字，如"抓铁留痕，踩石踏印——谈谈抓落实的作风"，就是在一周内翻阅这些平时称之为"零玉碎金"的小本子想出来的。

——学会了自我修养。将军说，我曾在船运大队一次干部大会上讲过，要学习大海的五种品格：一是海纳百川的胸怀；二是自我净化的功能；三是无私奉献的品格；四是排浪进击的精神；五是坚如礁石、屹立不动的特质。长山列岛有两座著名的岩礁。一曰宝塔礁，位于小黑山东北方，高21米，直径约5米，上尖下粗，巍巍独立于碧水之中；一曰弥陀礁，位于南隍城东，壁立水中，水深流急，舟不能近，此礁高75米，挺拔陡峭。我们的许多老海岛，不就是经过要塞区这座军中大学的锤炼，成为扎根并巍然挺拔于渤海前哨万顷碧波之中的英雄礁岩吗！

英雄的要塞，名副其实的军中大学。

1978 年入伍的要塞区江苏南通籍老兵朱剑锋，入伍后，守的是列岛最前沿的北隍城岛，喝的是苦咸水，吃的是窝窝头。在零下十几度的冬季，冒着凛冽的寒风进行艰苦的训练。"三八线"以北的那个冷，是浸骨的冷。他在艰苦的环境中磨炼了不屈不挠的意志，为日后成就一番事业打下了坚实的基础。他在新兵中第一个入党，并被推荐经考试进入军校。退伍回乡后，他进了乡镇司法所。他不满足现状，攻读法律专业，通过全国司法考试，取得律师资格证书，调任通州市律师事务所专事律师工作，不久被上海一家知名律师事务所挖走。在上海滩，面对不断冒出来的商机，朱剑锋毅然决定辞职下海，选择自主创业之路。他将要塞区部队的优良传统引入到企业管理之中，建立了规范的企业管理制度，为做大做强企业奠定了基础。他很快在上海滩打出了品牌，在承建外高桥第三、四期港口建设项目中，积极参与上海市重点工程实事立功竞赛活动，荣获"上海市建设功臣"称号。

从要塞区走出来的朱剑锋，始终不忘军人本色，心系国防事业。近年先后成立上海音源投资发展有限公司、安军（上海）实业有限公司，从事实业开发建设、工程项目管理和军民融合产业发展，为军队自主择业干部和退役士兵就业创业提供发展平台作出了贡献。2016 年 4 月，在中国退役军人就业创业服务促进会一届三次理事会上，当选副理事长。理事长为曾担任过济南军区副司令员、原总参谋长助理杨志琦中将。朱剑锋觉得，能和将军们共事，是一种荣耀，也是一种责任。这些年我听他说得最多的一句话，就是"没有那几年在北隍城岛当兵的磨砺，就没有我朱剑锋的今天"。

英雄的要塞，不是军中大学，胜似军中大学。我们的《校训》就是为人民服务和"三八"作风；我们的《校歌》就是《中国人民解放军进行曲》：向前、向前、向前……

六、英雄的要塞英雄多

要塞区部队是一支在战争烽火中经受过血与火、生与死考验的英雄部队。战争年代，先后涌现出张希春、秦建彬、杨立荣、雷宝森等战斗英雄。在长期的守岛建岛中，要塞区部队无处不有英雄的身影，到处都能听到英雄的赞歌。

宗树坤烈士的英雄事迹，我于 1969 年冬入伍后就有所了解。这次有限的采访活动，有幸前往英雄的故乡，寻觅英雄的足迹，聆听英雄的故事。

宗树坤，原大钦守备区直属防化连二排排长。1968 年 9 月 19 日，他组织手榴弹实弹投掷。当轮到新战士赵泽民投第二颗手榴弹时，手榴弹意外地摔到右后方离其仅 7 米远的一块巨石后面，离弹着点 11 米处有 14 名等着投弹的战士。手榴弹这时正哧哧地冒着白烟，直接威胁着 15 名战友的生命。在这千钧一发之际，宗树坤一个箭步冲上去，抓起手榴弹就往外扔，手榴弹刚出手就爆炸了。宗树坤年仅 24 岁的生命，就定格在那一天那一刻。

在英雄的家乡——淄博市淄川区查王村，我们在原内长山守备师副政委盛范修等战友陪同下，前往宗树坤烈士陵园进行瞻仰，向英雄墓敬献了鲜花。缅怀英雄事迹，我们无不为之崇敬与动容。宗树坤牺牲后，骨灰暂存蓬莱殡仪馆，1985 年移至淄川烈士陵园。2014 年，查王村党委和村委会出资 40 万元，修建了占地 1365 平方米的宗树坤烈士陵园，并请英雄生前所在部队 10 位首长为英雄题词：

"渤海铸英雄　浩气传千古"——总后勤部原政委、原守备七师政委张文台上将；

"忠心耿耿为革命　奋不顾身救战友"——济南军区原副司令员、原要塞区副司令员兼参谋长沈兆吉中将；

"继承烈士遗志 建设美好家园"——山东省军区原政委、原内长山守备师政委赵承凤少将；

"浩气传千古 英名留人间"——原要塞区司令员王化金；

"舍己救人 无私无畏"——原要塞区政委孟兆瑞；

……

在"将军题词墙"前，我们深深感到，宗树坤舍己救人的英雄精神，是英雄要塞"军魂"的生动体现。

查王村党委书记、山东山川集团董事长车献梁对我们说："树坤精神一直激励着查王村在集体化道路上不断发展壮大。如今，村办的山东山川集团年经济总量达20亿元以上，村里每年为村民支付新农合等福利费用达1000多万元。"车献梁书记表示："我们是英雄的故乡，决不辜负英雄遗愿，把查王村建设好！"

在英雄的故乡，我们见到了英雄的弟弟宗树刚。1969年1月，树刚经批准在树坤生前任排长的防化连二排当兵。刚满16岁的树刚，立志做个像哥哥那样的人。一次，在部队紧急集合拉练途中，右脚不慎在坑道施工路面踩着了模板钉子，疼痛难忍，他坚持一只脚跳着跑到集合地点。入伍6年他先后入了党、当了班长，退伍回乡后进了铁矿，并被推荐上了大学，之后进了公司机关。无论在什么岗位上，树刚始终以哥哥为榜样，以一颗仁爱之心助人为乐。一次，村里一少女遭遇车祸，正路过的树刚发现后，立即拦车将她送到矿务局医院救治，直至其家人赶到才离开。

英雄的要塞英雄多。采访中，原要塞区老首长多次向我们提起在守岛建岛中涌现出的许多英模单位和个人的名字，如：

一等功臣：原"老四团"120迫击炮连指导员孟宪修、舍己救战友身负重伤的小钦守备营班长景文潘、舍己救战友牺牲的大钦防化连排长宗树坤、在坑道塌方舍己救战友牺牲的原27团副班长李景德、1985年赴滇参加轮战于1986年"12·8"战斗中英勇牺牲的李丰山。

全国三八红旗手——原要塞区通信营话务班班长王来娟。

被济南军区授予荣誉称号的单位和个人：

"无私无畏的好战士"——原军备27团战士赵春华（舍己救群众，同时荣立一等功）；

"海上钢钉"——原守备31团守备八连（车由岛）；

"守岛建岛模范"——原守备29团后勤处副处长兼海上生产队队长、一等功臣马玉福；

"模范指导员"——原守备一团炮二连指导员成育进；

"雷锋式好干部"——原守备33团五连指导员郝玉德。

被中宣部、国办、总政、团中央表彰为"学雷锋活动先进集体"的原船运大队船修所工程师王华堂等9名老兵。

我们还知道，1985年整编后的要塞区（师）涌现出了一批具有新的时代特征的英模单位和个人，如：

被济南军区授予"渤海前哨好二连"荣誉称号的原海防一团一营炮兵二连；

被总政治部授予"全军优秀地方大学生干部"的原海防一团政委梁彦平；

被四总部授予"全军爱军精武标兵"的原海防二团排长张茂春……

七、军民融合共筑海上长城

英雄的要塞，以"军民联防、同守共建"著称。

毛主席曾经说过，"兵民是胜利之本""军民团结如一人，试看天下谁能敌"。

1960年8月，叶剑英元帅视察要塞区时，为要塞区题词"依靠军民团结，建成海上长城"。

1979 年 8 月，时任副总参谋长兼国防部长张爱萍在视察长岛后题词："军民团结，保卫海疆。坚如磐石，固若金汤。"

在和平建设时期，要塞区部队和长岛人民发扬战争年代的双拥传统，坚持军民融合发展，携手共筑海上长城，双双总结出的"双拥共建、双向奉献、富民强兵、同心报国"的十六字双拥经验叫响全国。

我不禁想起张文台上将曾经说过的，"双拥发明权在咱要塞区和长岛县"这句话来。

正是鉴于此，长岛县和乐园村分别成为全国第一个拥军模范县、全国第一个拥军模范村。蔡大禹成为全国拥军模范，1984 年分别受到民政部和总政治部表彰。1988 年，蔡大禹进京受到时任国家主席杨尚昆的亲切接见，并应邀出席了央视春晚。

采访中，我们聆听了"神枪姑娘"刘延凤，全国拥军模范县——长岛县原常务副县长冷述根，全国拥军模范村暨全国拥军模范——乐园村原党支部书记蔡大禹的动人事迹。

在烟台市委大院，我们见到了已 80 高龄的刘延凤。想不到，她还是北隍城山前村人。"我当兵就在山前啊！"我们的采访便多了些话题。

采访刘延凤，我们就听她讲述她的精彩故事。

1958 年 10 月下旬，济南军区在南长山岛召开民兵工作现场会。那天，海上刮着 6 级北风。可是，刘延凤不到两分钟全部命中海上 5 个移动靶标。济南军区副司令员杨国夫中将对着话筒喊道："真是一位了不起的神枪姑娘！"

次日，杨国夫中将在总结大会上宣布军区党委决定：授予长岛女基干民兵排排长刘延凤同志"神枪姑娘"称号。

没过几天，《人民日报》头版发表了《神枪姑娘刘延凤》的长篇通讯。那一年，刘延凤刚满 20 岁。

"神枪姑娘"真是有点儿神呢——

1957 年初冬，刘延凤参加山前村女基干民兵班后的第一次实弹射击，3 发子弹从靶心密集穿靶而过。

1959 年，刘延凤参加济南军区部队（民兵）比武，首先 10 发子弹命中 99 环；接着 100 米胸环靶 2 分钟 50 发子弹速射全部命中目标；冲锋枪对空中和水上运动目标射击又是 10 发 10 中和 5 发 5 中。这次比武她以大满贯一举夺魁。

1960 年 4 月，中央军委在京召开全国民兵代表大会，刘延凤在会上三次见到毛主席。

在挂于客厅墙壁上的长幅照片上、在珍藏于书房里的相册里，刘延凤向我们展示了当年毛泽东、刘少奇、朱德、周恩来、叶剑英、贺龙、罗瑞卿等党、国家、军队领导人和她的合影，在驻岛部队官兵指导下参加训练和参加重大射击表演活动时留下的珍贵历史照片，真实地记录了她辉煌的人生轨迹。她先后荣膺全国社会主义建设积极分子、全国三八红旗手标兵、全国民兵代表大会奖章、济南军区五好民兵、山东省劳动模范等称号。

刘延凤说："我曾梦想当兵，八一射击队点名要我，可省里就是不同意。冷桂英、沈秀爱后来就进了八一队。我对此无怨无悔。我是一个渔家姑娘，党和人民却给了我很高的荣誉，28 岁当了长岛县副县长，后来又先后任烟台市委常委、市妇联主任、市政协副主席。1964 年作为中国妇女代表团成员，访问阿尔巴尼亚等 9 国，周总理亲自为我们送行。我对毛主席、罗总长和杨得志司令员奖给我的 3 支 7.62 半自动步枪怀有深厚的感情，1998 年 7 月捐给了军事博物馆。虽然心存不舍，但捐给军事博物馆，也算作出了最后一份贡献。"

如今，对于刘延凤来说，曾经的光荣岁月的那些往事，只能留作一份美好的记忆。

海岛民兵，是要塞区海防力量的重要组成部分。"神枪姑娘"刘延凤的光荣，是英雄的要塞的光荣。

部队上岛以来，要塞区部队和驻地群众始终保持并肩战斗、同守共建、军民融合的鱼水关系。

"中华人民共和国成立之初，岛上供销社没有车。进货后，都是部队派车派人帮着运帮着卸。"王化金司令员回忆说。

"无论三夏割麦子的时候，还是岛上抢险救灾和抗旱，哪一次都少不了要塞区部队全力以赴的支援。"长岛县原常务副县长冷述根在采访中对我们说。

在南长山岛，展现在我们面前的是满目的青山、宁静的港湾、繁忙的客轮、穿梭的游艇、闹猛的渔家乐、美丽富饶的渔村、新潮时尚的海滨休闲广场……

曾经的荒岛，如今正在打造可与海南媲美的北方国际休闲度假旅游岛。面对几十年来长岛所发生的翻天覆地的变化，冷述根感慨万端：

"没有要塞区部队在这儿，长岛不可能有今天这么大的发展变化。岛上老百姓对部队都怀有很深的感情，长岛人都将自己视为咱要塞的人。建国以后出生的长岛人，都是在要塞区部队雄壮的军号、军歌和出操时'一二三四'的队列口号声中长大的。这一段时间，听不到这些声音了，大伙儿心里就觉得空荡荡的。

"那时，我们地方上急需什么，要塞区全力支持。1992 年 9 月那次海上遭灾，部队出动了四五条登陆艇，其中一条连续三天三夜帮我们打捞沉船。我当时还是南长山镇党委书记。部队需要地方支持时，我们也把它当作自己的分内事来办。那时部队生活也苦，驻南长山所有连队的水、电费，我们乐园村全给包了。"

曾任南长山镇乐园村党支部书记 29 年之久的蔡大禹，对我们说:"乐园村过去很穷,改革开放让我们富起来了。我就想,富了咱海边的,可不能忘了戍边的。这些年轻的战士,他们离开亲人大老远到这艰苦的海岛来,还不是为了咱老百姓过上幸福安宁的日子!我是原29团特务连名誉指导员,我们乐园村因此创造了全国拥军多项第一:为连队盖了全国第一幢拥军楼,送去了全国第一台22英寸金星牌彩电,安装了第一部地方电话等。我们还积极为连队培养军地两用人才,村里27个专业向连队战士开放。有的战士复员回乡就业有困难,我们先后安排了25名复员战士留在乐园村工作。"

长岛具有光荣的双拥传统,砣矶岛后口村是著名的支前模范村。1945年9月,为从海上抢占东北战略要地,中共胶东特委在后口村设转运兵站,向东北转运了包括罗永桓、肖华、吴克华、杨国夫等在内的6万余将士。时任山东军区十团团长、原要塞区翟毅东司令员率该团班以上战斗骨干经砣矶岛前往东北战场。解放长岛战役中,长岛人民冒着炮火,向许世友将军率领的解放大军传递情报、救护伤员,为长岛解放作出了贡献。刘延凤"神枪姑娘"的荣耀,并不是从天上掉下来的。她在接受采访时对我说:"没有老一团(25团前身)官兵的精心指导,就没有我那么好的训练成绩。"

呵,"神枪姑娘"的成长心得,也离不开毛主席所说的"兵民是胜利之本"这一条。

八、要塞区的历史颇具炽热的温度

内长山要塞区,英雄辈出。无论时光如何流转,我们的要塞区英雄之师的性格始终不变;威武之师的特质始终不变;文明之师的素养始终不变。

完成采访，我漫步于南长山岛的滨海大道、明珠广场。我远眺大海，觉得眼前的大海比过去更宽广深远；我仰望太阳，觉得眼前的阳光比过去更灿烂鲜艳；我遥看烽山，觉得眼前的山影比过去更高奇玄妙。

我们的采访，仿佛是在穿越历史。我们注视着昨天——如眼前飘过的流云一样的历史，进行着带有温度的对话。史诗般的要塞区历史，颇具炽热的温度。采访中，巧遇一个叫吴帅燕的年轻女兵，她是我的启东同乡。面对连队将移防至一座美丽的海滨城市，即将离开艰苦的海岛，她向我们流露出了真挚的不舍之情。这位荣立过二等功、荣膺军委四总部"全军优秀士官一等奖"的中尉军官，海岛仿佛是她深情的初恋。

我以一颗真诚的心，信马由缰地和要塞区的历史对话。我一次次被它那炽热的温度所感染，沉醉其间。

英雄的要塞，亲爱的第二故乡，无论你我相距有多远，不管你如今有没有番号，我永远会朝着你的方向，致以一位要塞老兵最崇高的军礼！

撰于 2017 年 7 月·启东

本文写作过程中，得到了朱剑锋、孙茂杰、盛范修、王明海、宗树刚、邢树恩等战友的帮助，参阅了《长山列岛史话》（54928 部队政治部宣传处 1982 年 9 月编）、《海岛战士的足迹》（内长山守备师政治部 1986 年 12 月编）、《我们的长岛岁月》（盛范修、陆汉洲主编，南京出版社 2014 年 8 月出版）、《中华儿女"神枪姑娘"寻迹》（田野著，黄海数字出版社 2012 年 9 月出版），在此一并致谢。

相约启东，燃烧的战友铁血情怀

　　曾经，这是一个具有团结战斗光荣传统的边防海岛连队。虽然她从诞生那天起到百万大裁军，随着成建制团队番号的消失，连队的历史只有短短25年，其间，既没有经历过血与火的战争硝烟的洗礼，也没有经受过生与死的艰难抉择的考验，然而，这个连队的一茬茬干部战士，在日复一日极其平凡的连队生活中凝结而成的战友情结、老兵情怀，如一束束炽烈的火焰，始终在老兵们的心中燃烧着。

　　2016年五一期间，这个连队的40多位战友及其家属，分别从山东的济南、烟台、威海、淄博、莱芜、日照、滕州、邹城，江苏的南京、徐州、常州，河南的郑州、焦作和上海等地来到江苏启东，与启东的20多位战友相聚，莫不是这一种燃烧着的战友情结、老兵情怀迸发出的一簇最美礼花。

　　已经分别了40多年的通信连老战友们聚会启东，从而使启东成为这一次来自四面八方的战友们出行的目的地。

壹

　　启东，这座滨江临海的小城有什么好看、好玩的吗？

毋庸置疑。启东好看好玩的地方多了去了——圆陀角、恒大威尼斯、黄金海滩、吕四渔港、水果小镇……

启东是一处闻名遐迩的令人神往之地——长江、黄海、东海三水相交于此，是江苏最早能够看到日出的地方；启东空气清新，到了启东可以品吕四海鲜、数星星、深呼吸……

醉美启东——对此谁都清楚。进入信息化时代的当下，启东的风光风情风景全在网上传播着呢。而通信连战友们相约启东，主要目的不是为了玩——聚的意义远大于玩的意义。

凡事开头难——60多位战友聚会启东，这么大的活动，总得有一个发起的平台。

谁曾想，通信连这一次聚会启东活动发起的平台，竟是由连队的几个女兵在战友们支持下建立起来的微信群。

如果说当年的通信连是浩瀚宇宙中的一个星河系，那么，时任连首长、排长、班长都是屈指可数的璀璨的星星，而这几个女兵，则是星河系边缘几颗暗淡的寂寞的小星星。

这个多彩的世界，无时不在演绎着沧海桑田的精彩。当年的这几颗小星星，40多年后其璀璨的亮度，不亚于当年的连首长、排长、班长们在通信连这个星河系中的亮度。在这一次聚会启东活动的发起上，就连老连长时维华对她们都刮目相看了。

哦，这几个女兵，真不简单！

把时光拉回到1969年——40多年前的那个寒冷的冬季。位于渤海深处长山列岛最北端的北隍城岛驻岛守备某团通信连，迎来了连队创建以来的第一批女兵：张少英、李丽、刘建萍、李淑霞、王琦、邹冬红、刘华。7个女兵，恍若7朵艳丽绚烂的"军中绿花"，在通信连绽放。她们中间最年长的刘华，虚年龄也才18岁。而生于1956年10月的邹冬红还不足14岁。她们在通信连待的时间并不长，最长的也才两年多一点。她们先后被调入某要塞区第二医院、直属通信营通信连或守备区（师）通信连。她们因此成为该连历史上唯一的一批女兵。7个女兵，1人在医院里提干、转业，其余6人均以战士退伍。她们在该连的时间只占服役时间总长度的三分之一或四分之一。然而，这一个光荣的连队，是其人生转折第一站。在她们的感情上，这个连队是她们生命历程中最值得珍藏和回忆的一段美好时光。

40多年后，当年的七朵"军中绿花"，以其卓尔不凡的才情，创建了北隍城岛通信连微信群。而这个微信群的群主，则是当年寡言少语的载波站女兵张少英。为此，今年75岁的通信连老连长、团司令部通信股老股长时维华乐了——今后可以通过微信视频电话，直接和当年的老战友们面对面地交流了。

"2016，到启东去"的动议，正是通过这个微信群平台逐渐形成的，并由此而最终成为付诸实际行动的"长岛守备25团通信连老战友启东行"。

贰

通信连有24个启东兵。1969年冬，他们先于张少英、李丽等7个女兵踏上北隍城岛，迈进了通信连的营门。

启东位于长江入海口，是共和国一块最年轻的土地，南部地区只有200多年成陆的历史。这批启东籍战士，便是拓荒者的后代。别看他们说着一口北方战友一时听不懂的软侬吴语，"彩普"（彩色普通话）也时常闹得战友们捧腹大笑，然而，他们的血脉里流淌着先辈不屈的性格。面对海岛艰苦的环境，他们一个个不皱眉头不叫苦，以惊人的速度和融合度，很快融入了通信连这个革命大家庭火热的生活当中。连队的篮球队、乒乓球队、文艺宣传队，都有启东兵矫健的身影；连队技术比武的光荣榜上，总有启东兵响亮的名字。启东兵刚强刚毅不服输的性格，很快得到了连首长和山东籍、河南籍战友们的喜欢。

如果说通信连是一块沃土，那么，这24个启东兵，就是这块沃土上由幼小的树苗逐渐成长为伟岸挺拔的24棵青松。24棵青松和7朵"军中绿花"相映成趣，成为这个时段通信连一道美丽的人文风景。

"2016，到启东去！与分别40多年的启东籍战友聚一聚。"

启东，有他们经常联系的先后在通信连担任过无线排报务主任、副指导员、团通信股参谋和海防一团通信股股长的陆云飞，有他们熟悉的无线排电台台长虞建一、电台报话员黄圣贤，有线排架设班班长张品新，无线排电台10年老兵杨建新，机务站发电班的龚士飞，等等。

启东，老连长和战友们都想去。可是，有的听说陆云飞刚刚痛失爱女，目前还在悲痛的感情的阴影里，就在电话里悄悄地说："将心比心，我们怎么忍心在这个时候再去打扰他？"

王历珍说："到我们滕州来吧！"

王历珍，通信连微信群里的"熙珍"。朋友，你可千万别误读了他的性别——他可是一个真男人。自退伍回乡以来的40多年里，不论规模大小，他每年都要牵头组织通信连的战友活动一二次，从而成为通信连战友中颇具影响力的"活动家"。2002年国庆节这一天，他和滕州战友邀请蓬莱的李丽和济南的刘建萍几个女兵前往滕州聚会。令李丽她们意想不到的是，王历珍已提前将老连长时维华、副指导员毛启荣请到滕州，给了李丽她们到滕州后一个莫大的惊喜！听说张绍田指导员患脑梗。第二天，王历珍派车，与时连长他们一起，前往徐州看望、慰问张指导员。

显然，王历珍的邀请是真诚的；他的组织活动能力也不用怀疑；滕州地处山东、江苏、河南的中心位置，京沪高铁在此设有滕州站，交通便捷。可是，启东方面，陆云飞他们于3月中旬，对战友们"2016，聚会启东"的计划，也表示了真诚的欢迎。4月初，具体的接待方案已初步形成。

时连长的想法，最好还是到启东去。战友们深知老连长对启东兵的感情。于是，已从启东邮储银行行长岗位上退下来的陆云飞，便于4月22日代表启东籍战友，通过通信连微信群，向散居于苏鲁豫等地的战友们发出了"欢迎来启东"的正式邀请。

叁

这一次活动能有多少战友来？曾说约二三十人，又说可能三四十人。陆云飞发出的邀请函在微信群里传着，没有入群的战友通过手机或手机短信，也很快知道了战友们将要聚会启东的活动计划。战友们离开连队都已40多年了，谁不想借此机会在启东见上一面！虽然，这个面尽量掌握在当年的连首长以及1969、1970年入伍的战友这个层面，但这个层面的战友也已经有相当的规模了。且邹冬红、刘华后来去了某要塞区第二医院，李丽在某守备区（师）宣传队《沙家浜》剧组待过一年多。她们在医院和宣传队期间曾经相遇相识的非通信连启东籍战友，也有近十来个。她们到了启东，这些战友也不能不见。

可以预料，这一次通信连战友聚会启东，肯定规模空前。

老连长时维华要来，王凤桥参谋也要来，张绍田指导员听说了，心情也很激动。其他连首长，曾经担任过通信连副连长的李克顺、丁全福、陈大恒，副指导员毛启荣、康延章、呼顺功，连长梁作明、指导员王卫东，等等，无不一一随之而动。他们谁都没有到过启东。与老连长时维华、张绍田指导员也是几十年没有见过面了。尤其是时维华连长，他从 1969 年 9 月到 1979 年 8 月，前后在通信连当了 10 年连长，接着又在团司令部通信股当了 4 年多股长。通信连这些山东、江苏、河南籍干部战士，都是老连长看着成长起来的。1970 年底从日照入伍的梁作明，在时维华到通信股任职时，接任通信连连长。1969 年冬季入伍的陆云飞，先后任通信连无线排报务主任、连队副指导员，接着上了团司令部机关，任通信股参谋，成了时维华的得力助手。1969 年入伍的王卫东，由团司令部警卫工兵排排长先后任通信连副指导员、指导员，成为梁作明连长的亲密搭档。

对于战友们前来启东相聚的热情，陆云飞他们十分高兴。接待能力不是问题，主要是担心战友们的安全。战友们的入伍时间从 1959 年冬到 1978 年春，前后相隔近 20 年。年纪最大的王凤桥 78 虚岁，最小的邹冬红 61 虚岁，平均年龄超过 66 岁。且王凤桥因患冠心病身上装了 10 个支架，陈大恒身上也装了 4 个支架。陈大恒经医生同意，才实现了他的这次启东之行。

陆云飞曾经担心，患过脑梗的张指导员行走是否方便？时连长对陆云飞说："张指导员听说连队老战友们要去启东聚会，非常激动。专门从徐州跑到丰县，向我了解都有谁去，有多少人去。"

起初，他怕给战友们添麻烦而迟迟没有作出决定。从丰县时连长那里回到徐州家里的当晚，他终于作出了要参加启东聚会的决定。他给时维华回电话说："我还是要去。以后可能就再也没有这样的机会了！"

为确保此次聚会启东的活动圆满成功，让连首长老战友们个个高兴而来，平安返回，曾任要塞区第二医院手术室护士长的邹冬红特意带了一个急救包。还是女兵心细——有备方能无患啊！

在正式报到前，除了刘华多年没有联系，其余6个女兵都希望能在启东见面，唯王琦因事未能如愿。

河南修武的石宗臣，曾是手把手地带几个女兵的守机班班长。当听说他这次不能前来启东，邹冬红、刘建萍和马凤泰等战友，轮番把好话和难听的话都说尽了，他最终才答应了下来。其实，他也很想来启东，只是有事脱不开身而已。这下就好了，希望能见到的战友，大多数都能在启东见面，就皆大欢喜了。

肆

40多年后相约聚会启东，战友们不知有多少话要说。

7个女兵，都是军人子女，家庭生活条件与农村入伍的战士相比要优越得多。可是，摆在她们面前的是，与农村兵同样要面对这个远离大陆、只有2.537平方公里的小岛的艰苦环境。岛上的水苦咸苦咸，第一次洗头发，头发怎么洗都梳不开。她们只好将心爱的辫子剪了。当时，简直还是个孩子的邹冬红，对着镜子眼泪哗哗地直流。苦咸的水不好喝，她们就只喝稀饭。几天下来，她们的嘴唇都干裂了。时连长发现后，心疼，便一边叮嘱炊事班多给她们熬些稀饭，一边又十分严肃地对她们说：在海岛当兵不是一天两天，不喝水怎么行？这个水再不好喝也得喝，就把它当作连队交给的一项任务必须去完成。让连长这么一说，这几个女兵喝水时，再也不觉得有那么苦咸了。女兵们在海岛艰苦生活环境一步步的锤炼中不断成长成熟。她们用实际行动证明，女兵不比男兵差。挑水、种菜、挖大粪，样样干。李淑霞个子矮小，挑水时连水桶都挨着地了，她就将担钩上的链子卸了两节。冬天上冻后路上泼了水打滑，一不小心摔倒了，水泼了一身。她也不吭一声，回到井台重新挑水回营房。女兵们参加训练、执行任务也不含糊。当兵第一年炎夏的一个深夜，北隍城岛电闪雷鸣伴随着瓢泼大雨。忽然，守机班班长田广杰说，团发电班的电话机电池没电了，必须马上要换。谁去？班里当时有3个男兵4个女兵。田广杰看没一个吱声的，就对李丽说："李丽，你去！"李丽心里虽然犯嘀咕：这电池明天换不行啊？再说，黑灯瞎火的，又是雷又是雨的，为什么不叫男同志去？但班长的话就是命令。李丽便二话不说，带上电池，披着雨衣，拿着手电筒就出发了。16岁的李丽不怕走夜路，就怕一不小心踩着软绵绵的蛤蟆。去发电班有两条路，或从连队营房后边的盘山公路走，或穿过团部，从部队菜地东的那条路上走。可是，李丽却从卫生队南侧的乱坟岗穿了过去——这条路，能节省三分之一路程。当她完成任务回到班里，班长简直不敢相信李丽做事这么神速，这么干脆利落。李丽说，我跟架设班训练时，曾经走过这条路。那晚，李丽因为兴奋而久久不能入睡——"我为女兵们争气了！"

通信连，在战友们的心中，始终是个温暖的家啊！

1971年深秋，一个周日的下午，守机班李淑霞因重感冒诱发直立性休克而晕倒。消息立即惊动了整个连队，也惊动了团卫生队。连队卫生员侯来运闻讯带上卫生箱，直奔女兵宿舍。一看李淑霞的病情，决定立即施行针灸治疗。当卫生队军医赶到时，李淑霞已经缓过气来了。在一旁的时连长、张指导员为李淑霞捏了一把汗。面对一双双关爱的温暖的目光，李淑霞落泪了——那一双双关爱的温暖的目光，不就是一个个亲人的目光吗！

1976年7月，唐山发生7.8级强烈地震后的第二天，连队接到团里预防地震的命令，全连干部战士晚上提高警惕，不脱衣服睡觉。随军家属和临时来队家属，撤到团作战室西侧空地上的防震帐篷里睡。只有30多平方米的那个帐篷里，要安排11对夫妻住，实在太挤。尤其是对康延章副指导员而言，今晚可是他的新婚之夜啊！张绍田指导员和时连长合计了一下，决定马上给康副指导员另建一个"小别墅"。于是，战友们支帐篷的，接电源线装电灯的，抬双人床的，抱被子的，"小别墅"很快在连队操场东侧的空地上建起来了，洞房也很快布置完毕。康副指导员就是在这具有特殊意义的洞房里，度过了他们的新婚之夜。

对这样的事儿，放在谁身上不感动？

对这样的连队，放在谁身上不忠诚？

对这样的战友，放在谁身上不思念？

战友之间的战斗友谊，连队的战斗力、凝聚力，正是在海岛艰苦的环境中凝成的。

即便是当年不经意的一句话，马凤泰至今仍耿耿在心，觉得对不起启东籍战友徐德昌。他要利用这次来启东战友聚会的机会，当面向当年的小徐说一声"对不起！"

当年的班长、老兵们，哪怕只是早当你一天兵，在新兵面前都是很"牛"的。

1972年初，马凤泰任架设班班长。某一天晚上，通往岸炮九连的电话线路出了故障，他要战士徐德昌马上前去排除。外面黑咕隆咚的，伸手不见五指。徐德昌不敢正视班长，只是嘴里嘀咕了一句："我没电池了！""没有电池就不打仗了？"此话虽然不无道理，但口气比较生硬。在严厉的班长面前，徐德昌没有顶嘴，但马凤泰发现徐德昌在偷偷地抹泪。徐德昌那晚完成任务回到连队，已经是深夜了。

40 多年来，马凤泰总觉得对徐德昌好像欠了点什么，但似乎总是找不到机会，要对他说一声"对不起"。

到启东去——哦，机会终于来了，马凤泰心里说。

伍

启东距上海市中心直线距离 70 公里，距上海浦东机场 90 公里，距南通兴东机场 90 公里，距上海虹桥机场和虹桥高铁站 110 公里——到启东去方便吧？方便！

6 日上午，河南、济南、烟台、徐州、南京方向的各路战友，分别在上海火车站、上海虹桥机场、虹桥高铁站、上海火车南站等站点到达上海。正在上海的朱剑锋、张品新、薛山虎分工负责接站。中午，朱剑锋借座浦东梅赛奔驰文化中心海逸海鲜酒家，为已经到达上海的时维华等 20 多人安排午餐。下午两点，老连长一行乘坐租用的旅游公司豪华大巴，穿越长江隧道，经长兴岛、上海长江大桥、崇明岛、崇启大桥，一路风尘，前往启东。

山东莱芜的毛启荣副指导员夫妇，乘坐的是由泰安开往上海虹桥的 G211 次高铁，预计到达上海虹桥站时间为 13:44。这一时段已赶不上时连长他们前往启东的大巴了，陆云飞便通知他，提前从无锡东下，由从常州驾车出发的邹冬红夫妇在高铁无锡东站接站，然后一起前往启东。

如此多批次、多站点的对接，竟然做得如此完美、天衣无缝，不愧是从通信连走出来的启东老兵。

下午 4 时前后，各路战友陆续到达启东，下榻三星级的汉庭商务酒店——启东东珠宾馆。战友们下车后相见的那一刻，互相叫着、喊着，热烈地拥抱、亲切地握手。分别几十年的战友重逢后的那个热乎劲，那个激情澎湃的场面，再高明的写手恐怕也难以用文字给予精准的描述。"啊呀呀！哦，老了，老了，都老了。""啊，你还行，还行，看上去不老！""指导员，你可好？""我还行，还行！""哦，40多年了，你还是那个声音，可容貌变了啊！""噢，她比过去胖了，你过去比她胖，现在却瘦了，但还能认得出来！"战友们互相对望着，说道着，紧握着的手就是放不下。是吧，40多年了没见面了。最短的，与老连长他们几个在滕州见面至今，也已过去14年了。马凤泰在迎候的启东籍战友的人群里，一眼认出了徐德昌，说了声"德昌"便疾步走上前去。几乎同时，徐德昌迎上去，热情地叫着"马排长！"两个战友的手紧紧地握在一起。女兵们的眼泪多。她们见到了老连长和老战友们，心情异常激动，一会儿便背过了脸去，偷偷地抹泪。然后，扭头，破涕为笑——走，咱们到外边照个相去。

欢迎晚宴设在东珠宾馆三楼会议厅兼餐厅。大厅背景墙上，红底黄字的"长岛25团通信连老战友启东聚会"的横幅分外醒目。陆云飞感情真挚的简短致辞后，晚宴就开始了。

晚宴十分丰盛。但围坐在一起的战友们，在不断的举杯之间，更多的是交流，不断地照相。照相的背景，就是那个横幅。不时有人提议："山东的战友们来一下。""江苏的战友们到这里集中了。""河南的战友们也来一张。"山东与河南的战友们——江苏和山东的战友们——河南和江苏的战友……"哈哈，要不，咱们就一起来一张吧！""来，咱们有线排的战友、无线排的战友来一张。""对，老连长、指导员，咱们几个来一张。"……

坐在主桌上的老连长、指导员，不断地被来各地的各班排的战友们请去合影留念。或者，战友们分批次地簇拥在老连长、指导员夫妇身旁——"来上一张""再来一张"。

战友们的一个个精彩瞬间，一会儿就被发到了战友微信群里与大家分享。因事不能前来启东的娄马华、王琦他们，不停地在群里为战友们聚会启东那个热烈的场面点赞、喝彩！

陆

这次活动，专门安排半天时间，组织战友们追忆通信连的光荣历史、难忘岁月，畅叙友情。

对通信连的历史，老连长时维华如数家珍。通信连始建于1961年，之前曾经是海军守备一团司令部直属通信排。建连后，通信连下设有线、报话、无线三个排和一个机务站。1977年7月，团司令部直属警工排划归通信连，连队改称特务连。1983年10月，警工排回归团司令部建制，通信连原建制和番号随之恢复。这25年当中，通信连干部战士以心血、智慧和汗水，为这个光荣的连队铸就了一段辉煌的历史。通信连的篮球队在团里是出了名的。在全团篮球比赛中，第一名总是非通信连莫属。让通信连在全军区出彩的事儿，是1978年军区组织的那次报务技术大比武。通信连启东籍战士杨建新以每分钟179码的总分，夺得了发报第一名，比第二名的军区通信团报务员成绩高出7码，轰动了整个济南军区。战士们在球场上的搏杀和报务员在赛场上的搏杀，都需要有一种使命意识和责任意识，有一种勇往直前的拼劲，有一种为团队、为连队争光舍我其谁的精神。所不同的是，球场上的搏杀，需要一种嗷嗷叫的压倒一切对手的强大声势和惊人的爆发力。而在报务竞技中的搏杀，除了做到坚韧和顽强，还须保持从容和淡定，做到心有定数，临阵不乱。

这25年里，通信连的干部战士一茬茬地来，一批批地走。连队就像一条奔流不息、日夜奔腾着的大河。一批批朝气蓬勃、奋发有为的干部战士，就是连队这条大河之上那一簇簇永远奔腾着的激越的浪花。

让老连长感到荣耀和欣慰的是，从通信连走出去的，一个个都为连队争了光。他们中间，有一位 1969 年从河南修武入伍的卫生员，后在要塞区第二医院干到了技术七级（副师）；一位 1971 年从江苏南京入伍的文书，退伍后一步步走上了交通部一直属单位公安厅副巡视员（副厅）领导岗位。

战士最精美的诗行，永远在远方。

一个农家子弟，只要在部队大熔炉待上了几年，就是块好料。身在熔炉，焉能不化？1978 年入伍，在通信连电台当了 6 年报务员的许超，退伍后从做羊毛衫生意起家，发展到从事国际贸易。他先后来往于俄罗斯、乌克兰、罗马尼亚、南非等多个国家。后因在南非几遭歹徒抢劫和绑架，使日渐看好的事业受到重创。许超深知，是战士，挫折面前就不能趴下。于是，他重整旗鼓。三年前，他又在赞比亚独立注册成立了一家中资公司。

朱剑锋，1978 年入伍的通信连电台报务员、守机班班长。当年，时连长就认准他是一块好料。他在同一批入伍的战友中第一个入党，被推荐上了军区陆军学校，后因军队干部制度改革而未提干。退伍后，他自主创业，成立上海音源投资发展有限公司，在参与上海外高桥港区建设中作出重要贡献，被授予"上海市建设功臣"称号。近年来，心系国防建设事业，热心投身公益事业，成立安军（上海）实业有限公司，重点研发军民融合产品，为军队自主择业军官、退役士官创业提供发展平台和职业支撑，由此当选中国退役士兵就业创业服务促进会第一届理事会副理事长。该会理事长是原济南军区副司令员、总参谋长助理杨志琦中将。

在身名显赫的共和国将军麾下做事，也是一种荣耀。

薛山虎，1969 年入伍的通信连文书，上过团通讯报道组，连队篮球队主力。正缘于此，这个曾经的农家子弟，当了四年兵退伍回乡后，先在乡镇打篮球。因在县里篮球比赛的突出表现，被一家国有企业录用。入伍 4 年，在连队培养出来的这些显著的特点和特长，使他的好事接踵而至。在离开连队 10 年后，薛山虎竟然又被武汉军区后勤部政治部任命为某军工厂一名不穿军装的干部——工会组织干事。从军工厂转到地方后，薛山虎任一街道办司法助理，其间，帮助一家公司打赢了一场在当地颇有影响的官司，他的事迹上了《法制日报》。之后，他被提为行政正科职的街道办主任，进入了公务员行列。

战士最精美的诗行，永远在远方。你只要有一颗"匠心"，有一种"工匠精神"，执着地去做你所从事的事业，精心地雕琢你所要追求的作品，你才能走得更远，人生才能更精彩。

回顾走过的历程，战友们无不感到，这一次聚会启东，无疑是对通信连这段光荣的生命历程的一次重要检阅。

半天的战友聚会座谈安排十分紧凑。老连长时维华发言后，张绍田、毛启荣、丁全福、李克顺、陈大恒、呼顺功、王凤桥、康延章、王卫东、朱剑锋等先后发言。战友们热情洋溢的发言，除了感谢启东战友的热情接待，就是重温连队的好传统、好风气，畅谈友情，互致祝福。李克顺的一首题为《会战友》的打油诗，说出了战友们的共同心声："朝思暮想会战友，千里江城一日还；时空跨越几十载，当年容貌不再现。子孙满堂福禄寿，苍天再借五百年；启东战友搭平台，情深意长胜似海。当今有了互联网，以后想见就能见；互敬美酒共祝福，人生圆满更精彩。"

这首打油诗，经薛山虎整理后，发到了通信连战友微信群。

柒

在启东的观光、浏览活动，主要安排于恒大海上威尼斯和吕四港两个景点。恒大海上威尼斯比邻闻名遐迩三水相交的圆陀角。两处景点都是看海。战友们都在海岛当兵，时间长的时维华、王凤桥他们都是20多年的老海岛，对一年四季、日出日落的大海太熟悉了。然而，战友们发现，启东这边的海，却有着别样的韵味。恒大海上威尼斯外侧的这一片海域，是由人工围筑的过水性堤坝内总面积约12000多亩的一片人造海域，水清、沙软、景美。她虽与南黄海相通，却又像一个蓝色的静湖。而启东北部的吕四港外海域，它所展现出的南黄海浩瀚、苍茫、大气的气派，令人震撼。吕四古称鹤城，传说中的八仙之一吕洞宾，曾由长岛的庙岛四度云游于此。这一座仙鹤曾经落脚过的鹤城，便被后人改称为吕四。这一座千年古镇，也由此沾上了些许仙气。战友们在恒大威尼斯海滨和吕四港海滨尽情地照相，在风情万种的南黄海边流连忘返。

当晚安排于吕四东郊海鲜酒店的吕四海鲜宴，又令战友们一饱口福。那些来自山东威海、烟台、蓬莱、龙口、日照的战友们，哪个地方不靠海？即使是河南的，还有徐州、济南、滕州、南京的战友，在海岛上当了那么多年兵，哪样的海鲜没品尝过？可是，恰恰吕四东郊海鲜酒店的这一顿吕四海鲜宴，令战友们连连啧啧称道。连退休前任龙口市工商局副局长的原守备区干部科科长呼顺功都说："有几道海鲜，都是第一次吃。"

到启东去，观日出、数星星、品海鲜、深呼吸。由于天气原因，前两条未能如愿。而最重要的此次战友聚会，获得了圆满成功，堪称通信连史上一绝。

捌

哦，明天就要离开启东了。

那晚，从吕四回到启东市区下榻的宾馆已经很晚了。战友们拿到了聚会启东的集体照、战友通讯录。还是那样，依然有牵着了放不下的手，仍然有拍不完的照，唠不完的嗑。回到房间还是不停地唠，不知还有多少说不完的话，诉不完的情。

相聚也难，别也难。

这是战友们离开启东将要分别的动人一幕：

清晨的启东，开始断断续续下雨了。多情的缠绵的小雨，也仿佛在为多情的通信连战友们送行。薛山虎握别王历珍、鲍德海等滕州战友的手，就去拉老连长的手。面对老连长夫妇，他不想说再见，只是祝福他们老两口幸福安康，多多保重。老嫂子却紧紧地拉住山虎的手，哽咽着说："虎子，你也是六十好几的人了，你也保重！"这时，薛山虎再也控制不住自己的感情，泪水哗哗直落。邹冬红走出酒店，欲和山虎握手，见状，一句话也没说，泪水在眼眶里直打转，急忙捂着脸扭头就跑。

但见，微雨中的邹冬红，一身粉色的外套，撑着绿色的雨伞，一步步走向停车场——战友们泪眼蒙眬。

龙口的王凤桥参谋、南京的丁全福副连长要和时连长、张指导员夫妇一起到徐州看望一位老战友。陆云飞为他们派了辆商务车直送徐州。时连长他们在院子里等车。张少英夫妇、丁长松夫妇和李丽、李淑霞陆续走出宾馆。马上就要分别了，看到老连长他们都这么大岁数了，不知下次何时再能相见，李丽、李淑霞她们别样的滋味涌上心头，便和老连长夫妇、老指导员夫妇一一难舍难分地一边落泪，一边久久地拥抱在一起。接着，李丽、李淑霞又和王参谋、丁副连长、丁参谋夫妇、张少英夫妇拥抱、握别。大伙儿都是动情地哭得泣不成声。陆云飞和在场送行的启东战友，也搂着老连长、老指导员、王参谋、丁副连长他们一起哭。连长他老伴眼含热泪亲切地搂着李丽，两个人的热泪融汇到了一起。老嫂子如诉如泣地对单身过的李丽说："老时有我照应着呢，你们尽可放心。丽啊，你也要好好的。你好好的，嫂子才放心啊！"当嫂子说到这里，李丽再也控制不住内心的激动，背过了脸放声大哭。

泪水里，流淌着战友们之间深厚的情谊。这是一种在海岛艰苦环境中久经考验凝聚而成的战友之情。

泪水里，流淌着战友们之间不舍的情感。这是一种纯朴厚重没有功利不是兄妹胜似兄妹的战友之情。

泪水里，流淌着战友们之间绵长的情义。这是一种对战友夕阳下的生命之旅牵挂中生发的战友之情。

在启东相聚了两天的通信连战友们，一个个走了，踏上了回程的旅途。启东汉庭商务酒店——东珠宾馆门口，顷刻一片冷寂。

而踏上归途的战友们，心里在燃烧着新的憧憬和期待——10年以后我们再相聚。

2016 年 6 月 15 日，定稿于启东紫薇湖畔寓所

结缘海岛的启东女兵

一个"缘"字，是如何的神奇，怎样的了得！它竟能在一张白纸上，成就了我笔下一个颇具传奇色彩的故事。

八一建军节前夕，我因负有采访任务回了趟老部队，意外地和一位叫吴帅燕的启东籍现役女兵相遇。在遥远的渤海前哨这一座小岛上，他乡闻乡音，于我于她都是一场惊喜。

我之惊喜——长岛怎会有启东籍现役女兵呢？

据我所知，长岛的启东兵，最早要数 20 世纪 50 年代末进岛、离休前任某守备区副政委的启东原合丰人陆庭贵；其次为 1952 年春从抗美援朝战场回国先在蓬莱老八团、后于 1965 年进岛，在要塞区工区任卫生所所长的启东原志良乡人陆献文（原 26 军 78 师 233 团卫生员）；再就是我们这批 1969 年冬入伍、在"北五岛"服役的 1500 多名启东老兵。自 1993 年入伍的原海防某团后勤处处长、启东寅阳镇人龚海涛于 3 年前离开长岛后，这里就再无启东籍现役军人的身影了。

帅燕之惊喜——居然见到了早就想有机会能得以一见的我。

3 年前，帅燕在某军校学成回到连队，看的第一本书就是我那本《长岛岁月》。当她发现作者竟是启东老乡，自豪感油然而生——盼有机会与我当面切磋"老海岛"精神的 ABC。

在吕四海边长大的吴帅燕，从未想到，此生能与海岛结缘。

10年前的那个冬季，正在启东大江中学就读高三的吴帅燕应征入伍。让她大开眼的绿色军营，每天，军号军歌嘹亮，连队出操训练时威武雄壮的"一、二、三、四"的队列口号声，每一次都会让她热血沸腾。她是山东省军区某部通信一连话务班首长台话务员。平时只能在电话里听到声音的首长们，见面时都那么和蔼可亲。几年下来，美丽的泉城包括趵突泉、大明湖在内的名胜景点，她几乎游了个遍。她渐渐地爱上了这座美丽的省城、哺育自己成长进步的第二故乡——她在这里入了党，当了班长。

当了5年兵的她，那年准备退伍回乡了。退伍也不错，她才22岁呢。家乡启东吕四，物阜民丰，父母在镇上开有一家餐馆，双胞胎妹妹在一家医院工作⋯⋯

忽然使她人生轨迹发生转变的，是那年6月济南军区那场通信兵技能人比武。强手如林，赛场就是战场。吴帅燕在脑功、耳功上与竞争对手过招，恰如棋逢对手，难分伯仲。而在手功比赛中，吴帅燕可谓技压群芳，最终夺得个人总分第二名。赛后，省军区为其荣记二等功一次。

于是，帅燕喜事接踵而至：荣膺军委四总部授予的全军士官优秀人才奖一等奖。按规定，因技术过硬、荣立二等功的她，如在艰苦边远地区，就可破格提干。

驻长岛某要塞区是省军区所属唯一的艰苦边远地区。于是，吴帅燕便开始了结缘海岛的新的军旅人生。

临走前，战友们为班长即将前往的海岛，描摹了一幅"恐怖图"——岛上荒凉，艰苦，刷牙用的都是海水。对此，曾经不怕挑战的帅燕似信非信。当了5年兵的一个女孩，片纸不留地被调动，衣物、书刊一大堆。她把能寄的都拜托了邮局，只身乘着大巴从省城来到了在她矛盾的心里不断犯嘀咕的长岛。

进岛的第一感觉，不是热血沸腾，而是心里凉而不爽——帅燕甚至有些后悔，就是退伍也比进岛当兵强。岛上虽然并不那么荒凉，但其繁华怎能和省城比？刷牙虽然不用海水，但苦咸的水一口也咽不下去。那天晚上，她躲在储藏室里偷偷地哭——

"这一个光荣的二等功，到底是奖赏还是惩罚？"此时的帅燕，并不懂得"考验"和"历练"的真正内涵。

她坚持了三天不喝一口苦咸的水。第四天，照照镜子，发现嘴唇都干裂了。看着战友们每天都有滋有味地这样吃这样喝，忽然感到：自己是否太矫情了？这一关总算闯过来了。

"从省城空降了一个女兵"——吴帅燕曾被连队一簇簇异样的目光猛烈地扫射过。她所面对的一切都是陌生的，俨然一个刚入伍到军营的新兵，唯有军旗、军号、军歌和"一、二、三、四"威武雄壮的队列口号声是熟悉的。她曾设想过，初来乍到的，也许有人会给她出个难题啥的，且已有了这方面设防的心理准备。可是，后来什么也没有发生。1.67米身高，每天总是笑眯眯的这位阳光女兵，很快融入了这个陌生的团队。

"进岛后不久，连队组织武装两公里奔袭拉练，途中不断出情况的连长命令全连：无论如何都不能把五个女兵撇下。战友们自己扛着枪、背着背囊，还拉着我们，不让我们女兵掉队。这一种拼搏、奉献的团队精神深深感染了我——'老海岛'精神原来如此让人感动。"帅燕对我说。接着，她代表要塞区直属通信连参加军区技术比武，又以优异成绩荣立三等功一次。

经过海岛近两年的磨砺，帅燕终于被破格提干了，接着上了某军校深造。帅燕兴趣广泛，她喜欢阅读，喜欢诗歌，喜欢朗诵，喜欢站在舞台中央做节目主持。从士兵成长起来的帅燕，更有她的爱兵之道。7月21日，为送排里一位疑似脊髓疾患的女战士去百里外的部队医院诊治，她冒着高温酷暑乘船、坐车，奔波了一天，仅徒步就行走了10余公里。途中，还要做这位战士的思想工作，以缓解她的心理压力。

一晃，帅燕已在海岛待了6年。面对连队即将移防胶东某美丽的海滨城市，帅燕却对海岛流露了真诚的不舍之情。这位28岁的副连职中尉排长尚未恋爱，海岛仿佛是她深情的初恋。

2017年7月

歌乐山下红岩魂

喋血红岩写忠诚

红岩是出了名的一种山岩。重庆歌乐山下的红岩村和嘉陵江边的红岩嘴因此而得名。红，代表的是热烈奔放、激越奋进、忠诚坚定、憧憬希望、收获喜庆、事业成功。而红岩出名，不仅在于它的颜色，更在于它的坚硬。这一种坚硬，象征革命者坚强的意志。

1962 年夏，我是个即将就读小学五年级的学生。那年暑假，我从村里一个初中生那里借读了一部长篇小说《红岩》，即对红岩怀有一种无比崇敬之情。当歌乐山下这一片被烈士鲜血浸染的山岩，被作家寓于如此深长厚重的意义，直至今天，我始终认为，它无论于红色经典文学，还是于红岩革命史，怎么比拟都不为过。

50 年后的这个炎夏，当我到了重庆，第一个想去的地方就是歌乐山，想亲吻一下被无数革命先烈鲜血浸染的那一片红岩。

歌乐山是重庆著名风景区和避暑胜地。炎炎夏日，当我走进歌乐山，一下子就感觉山里边要比被誉为"火炉"的山城重庆市中心凉爽许多。这一处避暑胜地，于是就成了当年许多军阀官僚们的聊以逍遥之地。这里有四川军阀白驹建造的郊外别墅——白公馆，还有戴笠为蒋介石修建的别墅（戴笠死后被改称为戴公祠）。那天，当我从曾经阅读过的《红岩》小说里，走进现实中的白公馆、渣滓洞、松林坡——中美合作所集中营囚禁和杀害革命志士的地方，我心里一阵阵发紧、发酸，始终处于一种扼腕叹息、悲愤填膺的情绪之中。

白公馆、渣滓洞，一处曾是军阀官僚们的逍遥地，一处曾是以渣多煤少而得名的小煤窑。当其成了中美合作所集中营的监狱后，这里便四周院墙高筑、电网密布。墙外制高点上，更有岗亭和碉堡，戒备森严。曾经的军阀官僚们的天堂，这会儿成了迫害革命志士的地狱；曾经的渣多煤少的煤矿，这会儿成了忠诚多于背叛的血与火的战场。白公馆原来用于储藏物品的地下室，这会儿成了关押"重犯"的地牢；曾经的防空洞，这会儿成了对"政治犯"进行严刑拷打的刑讯洞。

难以置信，白公馆20间牢房，渣滓洞18间牢房，从1939年到1949年的10年间，共关押了革命志士上万人。在白公馆被杀害的革命志士有2000余人，而在渣滓洞被杀害的革命志士多达数以万计。他们当中，被捕入狱时间短的三个月，长的半年抑或一年，也有在这儿的牢房里已被关押了十年八年的。许多革命志士牺牲时连姓名也没留下。

在白公馆监狱，被关押的革命志士，在国民党特务机关眼里，都是些重量级人物。他们中有抗日爱国将领杨虎城、张学良、黄以声、周从化，爱国人士廖承志，同济大学校长周钧时，中共四川省委书记罗世文，中共川西特委军委委员车耀先，杨虎城将军秘书宋绮云、徐林侠夫妇及他们的小儿子宋振中"小萝卜头"，中共重庆新市区区委委员许晓轩，等等。

从白公馆、渣滓洞到松林坡，从一幅幅珍贵的图片、一尊尊巍峨的雕塑，到一首首激扬的诗句，歌乐山下的红岩魂，无处不闪光、不动人。

被关进白公馆、渣滓洞监狱的革命志士，他们随时作好了牺牲的准备。

车耀先烈士有诗云："愿以我血献厚土，换得神州永太平。"

"兴亡匹夫志，仗剑虎山行；失败膏黄土，成功济苍生"——这是周从化将军一笔一画刻在囚室墙上一首诗。

爱国人士黎又霖于牺牲前两天，在草纸上写下了荡气回肠的两首"绝命诗"。其一："卖国殃民恨独夫，一椎不中未全输。琅珰频向窗前望，几日红军到古渝。"其二："革命何须问生死，将身许国倍光荣。今朝我辈成仁去，顷刻黄泉又结盟。"

1949年11月27日夜，是山城黎明前最黑暗的一夜，红岩上绽开了血色的红梅花儿——国民党特务机关在白公馆和渣滓洞制造了震惊中外的"11·27"大屠杀，罪恶的枪声和火光划破了歌乐山静寂的夜空。白公馆监狱许晓轩（《红岩》中许云峰原型）、黎又霖等近200人在惨烈的枪声中倒下，仅有罗广斌等19人越狱脱险。渣滓洞监狱的男牢房被国民党特务纵火焚烧，仅有肖钟鼎等15人脱险成功。

壬辰年的这个炎夏，在重庆歌乐山下的红岩广场上，我看到一辆辆豪华旅游车满载着一车车游客朝歌乐山涌来。一拨拨南腔北调的人们，分别来自天南地北。我相信，他们此行的目的大致和我一样：为了一种缅怀！

难友狱中绣红旗

透过小说《红岩》，走近歌乐山中美合作所集中营旧址，我们发现，在白公馆和渣滓洞监狱，每一个坚贞不屈的革命志士早已将个人生死置之度外。同时，身在狱中正处于生死线上的这些革命志士，也始终不变地有一种纯洁的对生的憧憬和向往——他们无时不在憧憬革命胜利的景象，向往能活着走出牢房，去迎接山城和全国的解放。

虽然，高筑的院墙、密布的电网，还有戒备森严的岗哨和碉堡，将白公馆和渣滓洞封锁得水泄不通，但仍挡不住革命胜利的消息通过各种渠道不断传来。

1949 年 4 月 21 日，毛泽东、朱德发出了《向全国进军命令》，命令："人民解放军奋勇前进，坚决、彻底、干净、全部地歼灭敌人！"是日，我百万雄师渡过长江。4 月 23 日，人民解放军以风卷残云、摧枯拉朽之势，一举攻占国民党反动统治中心南京……每有革命胜利的消息传来，难友们总是异常兴奋地通过各种渠道进行秘密传递，互致胜利的祝贺。

1949 年 10 月 1 日，当新生的中华人民共和国成立的消息传到白公馆，难友们的那一种激动和兴奋之情喷发到了极致。多少革命志士为之奋斗和梦寐以求的新中国，今天终于成立了！难友们为此相互拥抱，甚至忘情地在牢房的地板上打滚——视牢房为庆祝新中国成立的喜庆的广场。这一刻，每个难友都在努力想象着新中国成立的热烈场景，每个牢房里都发出了一片高呼声："新中国——五星红旗！五星红旗——新中国！"这一刻，"平二室"牢房里的罗广斌脑海里忽然闪现出一个念头。他即动情地对同室的难友们说："同志们，我们也应该做一面五星红旗，去迎接重庆的解放！"罗广斌说完便把自己一床红色的绣花被面取下，难友们悄悄拿起一把偷偷藏起来的剪刀，将黄色的草纸剪成了五颗红星。然而，难友们却谁也不知道正在天安门广场上空飘扬的五星红旗到底是啥样子，这五颗星应该怎么个摆法。大伙儿对此进行了认真讨论，最后一致认为：红旗中间应该是一颗大星，代表我们党；

红旗四个角上是四颗小星，代表四万万中国人民，紧紧围绕在党的周围。于是，他们按照基本形成的统一意见，便用饭粒将草纸剪成的红星贴在红色的被面上。

紧接着，由罗广斌执笔，兴奋中的"平二室"牢房的难友们，开始你一言我一语地集体创作一首题为《我们也有一面五星红旗》的诗歌：

> 我们有床红色的绣花被面 / 把花拆掉吧，这里有剪刀 / 拿黄纸剪成五颗明亮的星，贴在角上 / 再找根竹竿，就是帐竿也罢 // 瞧呀，这是我们的旗帜 / 鲜明的旗帜，猩红的旗帜 / 我们用血换来的旗帜 / 美丽吗？看我挥舞它吧 // 别要性急，把它藏起来呀 / 等解放大军来了那天 / 从敌人的集中营里，我们举起大红旗 / 揪着自由的眼泪 / 一齐出去……

无疑，这是罗广斌所在的白公馆"平二室"牢房难友的心声，也是整个白公馆和渣滓洞监狱难友们的共同心声："等解放大军来了那天 / 从敌人的集中营里，我们举起大红旗 / 揪着自由的眼泪 / 一齐出去……"

可惜，难友们在狱中绣制的这面五星红旗最终未能扛出去。红旗制作好后，难友们把它藏在牢房的地板下。1949 年 11 月 27日深夜，国民党保密局下令对关押在白公馆、渣滓洞的革命志士实行屠杀。解放后这面红旗才被人发现。

难友狱中绣红旗的动人故事，后来陆续被写进了长篇小说《红岩》和歌剧《江姐》里。文学源于生活，又高于生活。发生在白公馆"平二室"男牢房的这个故事，后来在文学作品和舞台剧中，演绎成了发生在江竹筠所在的渣滓洞女牢房的故事。经过艺术加工的这个真实故事，便显得更加扣人心弦，更具艺术感染力。那首由阎肃作词、羊鸣等作曲，脍炙人口的歌剧《江姐》插曲《绣红旗》，通过彭丽媛情真意切的演唱，从此传遍了大江南北：

线儿长针儿密／含着热泪绣红旗／绣呀绣红旗／热泪随着针线走／与其说是悲／不如说是喜／多少年多少代／今天终于盼到了你／盼到了你／／千分情万分爱／化作金星绣红旗／绣呀绣红旗／绣呀绣红旗／平日刀丛不眨眼／今日里心跳分外急／一针针一线线／一针针一线线／绣出一片新天地／新天地……

磅礴天地气节歌

在重庆白公馆监狱旧址展厅，我抄录了陈然烈上《论气节》中的一段文字：什么是气节？就是孟子所说的"富贵不能淫，贫贱不能移，威武不能屈"的这种磅礴天地的精神。也就是《礼记》上所提出的"临财毋苟得，临难毋苟免""见利不亏其义，见死不更其守"的这种择善固执的精神……在我们的历史上，有许多先贤用头颅、热血、齿、舌，在是与非、黑与白、真理与狂妄、正义与罪恶、善良与暴戾之间，筑起了崇高的界碑……

陈然和他的战友们，正是以这样一种凛然正气，在中美合作所集中营谱写了一曲曲磅礴天地的气节歌。

中美合作所训练的特务多达上万，他们学会了用140余种美式刑罚来对付革命志士，其中有古老的老虎凳，现代的电刑。他们还发明了一种叫"披麻戴孝"的刑罚。用刑时，敌人首先把革命志士的衣服脱光，然后用一根扎满了钢针的棍子进行鞭打。革命志士被打处就是一片针眼，一片鲜血。然后敌人用酒精或盐巴涂在革命志士遍体鳞伤的身上，再用纱布一条条贴在其身上，让鲜血和纱布凝结在一起，粘在一起。你若再不开口，不低头，他们就把一条条纱布从你身上撕下来。这时，血、肉已和纱布连在一起了。凡受此刑罚的人几乎没有一个能活下来的。而为此牺牲的先烈们，也没一个低头的。江竹筠烈士说："毒刑拷打对于真正的革命者那是太小的考验！"敌人的残忍的屠刀，甚至连年幼的"小萝卜头"宋振中，左绍英烈士和彭灿碧烈士在监狱中生下的襁褓中的"监狱之花"卓娅、苏菲娅都不放过。

为了让革命志士低下高昂的头颅，敌人费尽了心机。除了毒刑、诱惑，还洗脑。他们在渣滓洞监狱内院的高墙上写着："青春一去不复返，仔细想想；认清此时此地，切莫执迷""迷津无边，回头是岸"。

集中营监狱是个检验忠诚与背叛的特殊考场。面对敌人的毒刑、诱惑和洗脑，坚定的革命者表现出了始终不渝的高风亮节，但也有经不起毒刑、利诱和洗脑考验而变节投敌的。走进白公馆监狱旧址我才发现，《红岩》中叛徒甫志高的原型，原是中共川东临委委员兼重庆市委书记刘国定、重庆市委副书记冉益智和出卖江竹筠的中共川东特委副书记兼下川东地委书记涂孝文等。这些市委书记、地委书记们，一旦变节投敌，其破坏作用可想而知。

为防止出现更多的刘国定、冉益智式变节分子，集中营中共地下党组织制定了《红岩"狱中八条"》：一、防止领导成员腐化；二、加强党内教育和实际斗争的锻炼；三、不要理想主义，对上级也不要迷信；四、注意路线问题，不要从右跳到"左"；五、切勿轻视敌人；六、重视党员特别是领导干部的经济、恋爱和生活作风问题；七、严格进行整党整风；八、惩办叛徒特务。无疑，《红岩"狱中八条"》不仅在当时具有重要意义，且于今天的反腐，同样是一种不可多得的"清醒剂"。在新时期，不乏一批经不起各种利益诱惑的蜕化变质分子，站到了人民的对立面。

无论古今，凡变节者，都没有好下场。重庆解放后，曾经贪生怕死、投敌叛变的刘国定们一个也没有逃脱法律的制裁。而革命志士的浩然正气光耀中华，千古垂范，代代相传。

写在渣滓洞牢狱墙壁上的叶挺的《囚歌》，今天依然为人称颂：

　　为人进出的门紧锁着／为狗爬出的洞敞开着／一个声音高叫着／爬出来吧，给你自由／我渴望自由／但我深深地知道——／人的身躯怎能从狗洞子里爬出／我希望有一天／地下的烈火／将我连这活棺材一齐烧掉／我应该在烈火与热血中得到永生！

宋绮云烈士就义前写于狱中的诗，今天依然受人敬仰：

　　我不能弯下腰／只有怕死才求饶／人生百年终一死／留处清白上九霄。

年仅28岁的许建业与战友李大荣在赴刑场途中一起高唱《国际歌》，高呼"中国共产党万岁！"白公馆监狱的许晓轩闻讯即写下祭奠英烈七律一首："噩耗传来入禁宫，悲伤切齿众心同。文山大节垂青史，叶挺孤忠有古风。十次苦刑犹骂贼，从容就义气如虹。临危慷慨高歌日，争睹英雄万巷空。"

先烈们的每一篇诗文、每一个壮举，无一不是一曲磅礴天地的气节歌。

2012年6月

风雨人生著华章

——记第四届茅盾文学奖获得者王火

中国作协名誉委员、著名作家王火（即王洪溥），祖籍如东。他于20世纪40年代开始文学创作，50年代以小说《赤胆忠心——红色游击队长节振国》享誉中国文坛。90年代以史诗性长篇小说《战争和人》三部曲，在海内外引起轰动——作品1994年入选《世界反法西斯文学书系》，同年获"炎黄杯"人民文学奖，1995年获第二届国家图书奖，1997年荣登第四届茅盾文学奖榜首，1998年获"八五"期间优秀长篇小说奖，2008年入选"中国新文学大系"。1997年任中国作家代表团团长，出席在贝尔格莱德举行的第34届国际作家会议，并访问了捷克、南斯拉夫。1999年春任大陆作家代表团团长，率团访问台湾。

这位文学大家，却又是那样虚怀若谷。2010年5月10日上午，在成都寓所与我们见面时，热情地称我等晚辈为"乡兄"。

漂泊人生

王火1924年农历七月十七生于上海，人生的大部分时间在漂泊不定中度过。1983年10月，从山东调任四川人民出版社副总编辑时，已年届花甲了。他生命经历中的头25年，始终在上海、南京、香港、重庆、上海之间漂泊。

这 25 年，旧中国军阀混战，日寇入侵，官僚腐败，民不聊生，国共和谈破裂爆发内战，中华民族正处于风雨飘摇中剧烈动荡的年代。所幸，王火最初的漂泊生涯中，有其父亲的悉心呵护。

王火父亲王开疆，是位被清末状元张謇先生看好的学生。父亲后考入中国公学，参加辛亥革命，并东渡日本入早稻田大学法政科攻读。回国后先后在中国公学、南方大学、上海大学、暨南大学等校任教授，并创办上海政法大学、南京文化学院……

1929 年，5 岁的王火随父迁居南京，先后在卢妃巷小学和中央大学实验学校读小学。1937 年抗战爆发。10 月，王火随父前往南陵、武汉、广州、香港等地，并在香港住了一年。1938 年冬，王火回到上海。1940 年春父亲在香港不幸逝世。1937 年 8 月，淞沪会战失利，上海沦陷，复旦大学 5000 师生迁往国民政府陪都重庆。在失去了父亲的日子里，为了完成学业，少年王火继续漂泊。1942 年 7 月初，由上海到南京再往合肥，冒险穿越日寇封锁线，步行 1700 余里进入河南洛阳，经陕西入川，9 月底在江津进国立九中。1944 年夏，考入重庆北碚复旦大学。1946 年抗战胜利，复旦大学迁回上海江湾原址，王火回到上海。1948 年复旦大学新闻系毕业后，他被聘留校任教。

1949 年 6 月，王火参加了上海市总工会筹委会工作。接着又参与创办上海劳动出版社，先后任编审部副主任、主任、副总编辑。上海劳动出版社创办的《工人》半月刊，发行最高时达十几万份，在全国颇有影响。1953 年春，中华全国总工会决定集中力量办好中央一级出版社，劳动出版社大部分同志被调往北京，《工人》（后改为《中国工人》）作为全国性刊物在京继续出版。王火到京后任《中国工人》编辑组长兼通联组长，不久任主编助理兼编委。1961 年初，习仲勋副总理组织对刘志丹的宣传，被康生诬为"用刘志丹思想代替毛泽东思想"。毛泽东在《中国工人》封面上批了"拆庙搬神"四个字，《中国工人》被中宣部解散。于是，在京待了 9 年的王火被下放山东，一待就是 22 年。

执着耕耘

王火喜爱读书，喜欢写作。20 世纪 40 年代，他先后在《时速新报》《文汇报》《大公报》《万象》杂志等报刊发表小说、散文、特写等作品。从 20 世纪 50 年代起，无论工作多忙，政治运动干扰多大，身心多累，王火在文学创作的广阔田野里，始终在执着地耕耘着。他创作的作品逾 700 万字，先后出版长篇小说 12 部：《血染春秋——节振国传奇》《战争和人》《外国八路》《浓雾中的火光》《雪祭》《流萤传奇》《王冠之迷》《禅悟》《女人夜沙龙》《霹雳三年》《东方阴影》《英雄为国——节振国和他的特务大队》；电影剧本 4 个：《平鹰坟》《明月天涯》《外国八路》《绿云寒》；中篇小说 21 部和短篇小说 80 余篇；散文 40 余万字，结集出版有 4 个散文集；回忆录 2 部。同时编写出版过各类读物十多种。

王火的代表作是荣膺第四届茅盾文学奖的《战争和人》三部曲。创作长达 167 万字的这部鸿篇巨制，王火所经受的磨难、付出的艰辛，在中国文学史上是罕见的。

中华人民共和国成立之初，王火工作很忙。但作为中华全国文学工作者协会上海分会会员，在这豪情万丈的激情岁月里，他心里总是奔涌着创作的冲动，常感到手有些发痒。抗战期间，独特生活形成的创作题材（作为复旦新闻系学生，1946 年至 1948 年，曾采访过南京大屠杀及审判汉奸），已积累在胸中酝酿发酵，并有一种不吐不快的感觉。他决定要写一部百万字以上的长篇小说，反映那段可歌可泣的历史。于是，他铺开了稿纸，开始了《一去不复返的时代》（即《战争和人》前身）的写作。他在构思中决定将这一巨著分成三部写，用三句古诗作书名，即《月落乌啼霜满天》《山在虚无缥缈间》《枫叶荻花秋瑟瑟》，从西安事变写到抗战胜利、内战爆发。1950 年到 1953 年，政治运动不断，占用了王火大量宝贵时间，使刚刚起步的《战争和人》三部曲创作进展缓慢，但他依然对此雄心勃勃，劲头十足。

王火 1953 年春调入全国总工会。20 世纪 50 年代的北京，接二连三的政治运动，使许多作家不敢动笔了。但王火仍然抽空进行《战争和人》等作品的创作，他要求自己"下笔小心"。然而，这时，他因一部反映上钢三厂工人生活的中篇小说《后方的战线》，差点被打成"胡风分子"。按说，王火该洗手不干了。全总张修竹书记这时偏偏要《中国工人》发"工人喜欢看的故事性强"的小说连载。这一任务最终落实到了他身上。无法摆脱写作的王火通过深入采访和体验生活，创作了中篇小说《赤胆忠心——红色游击队长节振国的故事》。小说在《中国工人》连载的同时，由工人出版社出单行本。作品在社会上反响强烈，电台连播，著名评书艺人袁阔成广为说讲，在上海被改为评弹说唱，唐山京剧团改编为京剧，后又拍成电影。1961 年被译成外文向国外发行。"文革"后，他又补充材料，重新创作了 40 万字的长篇小说《血染春秋——节振国传奇》，1982 年由花山文艺出版社出版，并被改编为电视连续剧《节振国》。《节振国传奇》成了王火成名作。

这一段时间，虽然有全总和《中国工人》赋予的任务压着，为创作《节振国传奇》奔波、熬夜，在大跃进年代里下厂与工人同吃同住同劳动，他也没有停止过《战争和人》三部曲的思考和写作。1961年在"拆庙搬神"、个人前途未卜的情况下，他觉得这个三部曲必须告个段落才好。那些日子，他起早睡晚，不管如何艰苦，常常空着肚子，每天给自己规定任务，不完成不离桌，终于突击完成了120万字的三部曲初稿。经过12年的努力，他终于为三部曲画上了句号。

离京去山东前，他将《战争和人》三部曲初稿以《月落乌啼霜满天》为书名送到了中国青年出版社。几个月后，已任山东临沂一中校长的王火接到出版社通知，让他去改稿，说这部长篇是"百花园中一朵独特的鲜花"。他从北京取回原稿，在临沂修改后又寄去北京。谁知，这时各出版社均已得到"利用小说反党是一大发明"指示的传达。他的《战争和人》三部曲也就被搁浅了。

"文革"开始后，王火作为专政对象被囚禁、批斗。后又批他的小说是"文艺黑线的产物""为国民党树碑立传的反党反社会主义反毛泽东思想的大毒草"，稿子被拿去展览。又一次次被批斗，受尽折磨，甚至要被定为死罪。他被抄家、关"牛棚"、殴打、游街、夜审，扬言要"活埋"……1972年，是支左的六十军副政委刘相点名下令解放了他，恢复原职，不久又入了党。

然而，那篇三部曲书稿已被化为灰烬。

中共十一届三中全会召开不久的1980年春天，王火突然收到中国青年出版社一封挂号信，索取当年的那个长篇稿子。信是黄伊建议写的。可这时书稿已荡然无存，他不禁一声长叹。不久，黄伊调到人民文学出版社，又谈起这部三部曲长篇。责任编辑于砚章来信鼓励他重新把它写出来。于是，王火于1980年开始另起炉灶，动笔重写《战争和人》三部曲。

重写是十分艰难的。一个字一个字写出十多斤重的稿子，要摒弃多少生活乐趣，损害多少健康，增添多少白发？他熟悉明清时期的史学家谈迁的故事：谈迁花 20 多年完成了卷帙浩繁的编年体明史《国榷》。大功告成不久，不料一个夜晚全部手稿竟被一个撬门入室的小偷窃去。这时，谈迁已经 55 岁。经历这一横祸后，谈迁发愤重编《国榷》，经过近十年奋斗，终于完成了 108 卷的《国榷》。而王火重写《战争和人》三部曲的时候，也正是 55 岁。他坚信"太阳下去了还会升起来"。1983 年秋，王火在复旦大学新闻系的同班好友马骏（张希文），邀他去四川人民出版社担任负责文艺方面的副总编辑，他便带着已完成初稿的《战争和人》第一部《月落乌啼霜满天》的手稿去了成都，并决心在四川完成三部曲的后两部。

到四川后不久，他就任新成立的四川文艺出版社党委书记、总编辑。1985 年 5 月，他为了救一名掉进深沟里的小女孩，致左眼失明。其右眼玻璃体混浊，又有白内障。靠这只昏花的老眼写后两部长篇，实在太苦了，看和写都不方便，写作时间长了，眼前就模糊一片。他冒右眼失明的风险，在那儿拼命。又是 10 年拼搏。1990 年 8 月，当他完成第三部 56 万字的《枫叶荻花秋瑟瑟》的那一刻，如释重负。他累得真像大病一场。

他的《战争和人》三部曲，是写一部由人民文学出版社出一部的。第一部《月落乌啼霜满天》出版后，15400 册书很快销售一空。上海、北京、南京、成都、重庆、武汉等大城市都脱销。"三部曲"出齐后，四川省作协和《当代文坛》编辑部在成都，人民文学出版社在北京分别召开研讨会，《人民日报》《文艺报》等全国几十家报刊先后发表近 70 篇评论、专访、报道，给予热情评价。四川人民广播电台在两年多时间里，应听众要求连播了三次。有评论家认为，王火的作品闪烁着人道主义的光辉。他用自己的诗心和雄浑的艺术风格解读和表达历史，使作品达到了历史的诗化，史诗般的个性化，征服了读者。

他在《战争和人》三部曲创作谈中有一句话：未花时间完成的作品，时间也不会尊重它的。《战争和人》三部曲的创作，他前后历经 40 余年。《战争和人》三部曲的成功，他说同时间的淘洗有极大的关系。那部被毁于"文革"的 120 万字第一稿，由于框框多清规戒律多，束缚了手脚。重写第二稿时，思想解放了，这个题材也就比过去更广阔了。他便写了过去想写但不敢写不能碰的题材，真实又生动地反映那一段历史，能使今天的读者走进作品如同走进这段惊心动魄的历史。

难舍乡情

王火一生四处漂泊，他爱他待过的每一个地方。山东临沂，是他落脚四川前居住时间最长的地方。尽管"文革"时期在那里受尽了磨难，但他深爱着这一片土地。2008 年 1 月，王火被评为 2007 感动临沂年度人物。他在让女儿王凌代他出席颁奖大会带去的感谢信中说：沂蒙系我梦，山水常相依。感情上，我人离沂蒙远，但心离沂蒙近……

王火特重感情。"沂蒙系我梦，山水常相依"，是王火难以割舍的第二故乡情。

王火难舍乡情。他把家乡当作父亲给他留下的一份"遗产"。他在《心存乡情》一文中深情地写道："我住过的地方是第二故乡、第三故乡，但真正的故乡如东北坎，那是第一，这个位置我一直给了您。"

2010 年 5 月 9 日晚 10 时许，他已经休息了。当南通市文联副主席陈建华打电话过去，说第二天要去拜访他时，他即从蒙眬的睡意中醒来，对家人说："这个电话让我接。"他高兴地对陈建华连连说："欢迎！欢迎！"并问得十分仔细："你们一共几个人？"陈建华说："一共三个人，还有海安县作协主席蒋琏、启东市作协主席陆汉洲。"他又连连说："欢迎他们一起来。"

第二天和他见面后才得知，这位从江海大地上走出来的文学泰斗，因年事已高，也为照顾病中的爱妻，近年已谢绝一切社会活动，闭门谢客。听到南通老乡要来看望他，他说："老乡们来，这是一定要见的。"我们深感这是王火一种难舍的故乡情结。他给我们每人赠送了近年创作出版的《风云花絮——红色记忆60年》等几本新作。签名时，他热情地称我们为"乡兄"。

他生于上海，总想要回一次家乡去看海。他知道掘港北坎靠海，他说："从小父亲就把乡思乡情播在我的心田里了。父亲告诉我，我们是苏北如东县掘港北坎人，那地方离黄海很近。家乡的亲属带些海味到南京送给父亲，有虾米，有鱼干，有紫菜。吃着家乡的海味时，父亲就会谈起他童年的往事。"

王火从来也没有回过如东北坎老家。1936年放暑假时，这个高小六年级学生，随父亲从南京坐火车到上海，然后乘船去了一回南通。船行一夜，在天生港上岸。后来去了狼山游玩，爬山看江。父亲说："到了南通也就是回到家乡了。"他从父亲的话里，忽然有了一种回到家乡的亲切感和光荣感。然后告诉他人："我回过家乡了……"

看到"乡兄"来了，那天他特别高兴。打开了话匣子和我们讲他的父亲，讲他的漂泊人生，讲他曾经的苦难和快乐，讲他的《节振国传奇》和《战争和人》三部曲，讲他的创作心得，讲作家一定要谦虚。听说我从启东来，他说启东有他的亲人。当年，他奶奶将他的五伯送给一户启东人了。他说五伯家的老大王洪渔从部队转业后曾在石家庄华北制药厂任党总支书记，现已退休。

　　我送给他一本 2010 年第一期《沙地》杂志，告诉他这是启东历史上第一本纯文学杂志，江苏省作协副主席赵本夫是我们《沙地》杂志的顾问。他笑着说："赵本夫我认识，1999 年大陆作家代表团访问台湾时，我们在一起。"那次访台，他是大陆作家代表团团长。我请他为《沙地》题几个字。他低头凝思了一会儿，然后写下了："祝愿沙地杂志绿草茵茵，鲜花盛开。王火。二〇一〇、五、十，于四川成都"。

　　离开他家时，他执意要让大女婿开车陪我们出去喝茶。我们说要赶飞机，他便让大女婿送我们到楼下，他在门口和我们一个个紧紧地握手告别。我回望他时，发现他戴着浅色墨镜的眼角湿润了……

2010 年 6 月

龚德：永远的沙地文学先辈

2016 年 6 月 4 日上午，南通阴沉沉的天，断断续续的雨滴，和钟秀路公墓内一曲低回婉转的《送别》，一起为我们永远的沙地文学先辈龚德（枫亚）送别。

长亭外／古道边／芳草碧连天／晚风拂柳笛声残／
夕阳山外山／／天之涯／海之角／知交半零落／一壶浊酒
尽余欢／今宵别梦寒……

清新淡雅、情真意挚、凄美柔婉的音符，不禁将我记忆的闸门缓缓打开——哦，龚老，您还记得吗，4 月 23 日上午，南通也是阴雨绵绵，我和新勇前来看您。我们拉着您温暖的手，祝福您早日康复。您乐呵呵的，依然对自己信心满满。那天，我们相约，等您康复了，我们再在一起切磋、交流，聆听您的教诲。可是，我们怎么也没有想到，您竟然走得如此仓促，如此突然。今天，我和新勇又看您来了！

龚老，您还记得吗，我们相识于 20 年多前的南通市六届文代会上。我们真是有缘哪！您是我敬仰的文学先辈，没想到您竟然那么平易近人。会议期间，您主动到启东代表团桌上来敬酒。哦，原来您就是龚老，笔名为枫亚！我知道您是启东人，我们就是老乡。您是新四军老战士，我也当过兵。无论从军，还是为文，您都是我的先辈。您 1929 年冬出生，我生于 1951 年冬。无论年龄，还是阅历，您都是我的前辈。尤其是，我今天才知道，您还是启东原海东区东进乡人，我和您那就更近了——东进乡后改为向阳乡东进村，我爱人就是东进村人。向阳乡出了两位著名作家，一位是您龚老，另一位是您熟悉的启东抗战老英雄王德祥的女儿、上海市作家协会理事王周生。

龚老，您是苦出身。自小跟着正义乡（解放后改称新义乡）老宅上的爷爷奶奶过日子，是爷爷奶奶将您带大，并就读正义乡小学。1942 年粟裕率新四军东进，其一师三旅八团驻扎东进乡。那年暑假您到东进乡看望父母，第一次看到新四军，就喜欢上了新四军。3 年后，您在台北县（现东台市）台北盐垦中学读书时还不满 16 周岁，就参加了新四军，开始了您的革命生涯。您是新四军战士中难得的文化人，是新四军首长眼中的宝贝。您便很快由部队文化教员转任战地记者。解放后，又先后任解放军报编辑、记者，逐步走上了支撑您一生的文学之路。

龚老，您是中国作协会员，江苏省作协的专业作家，著作等身。作为家乡的文学新人，我们以您为荣为豪。自从认识您以后，我们便常有联系。每到南通出席市文联或市作协有关会议，我们见面总要相互问候一番。与您在一起，熟悉的乡音，暖暖的乡情，总是令我难以忘怀。

2005 年 4 月 2 日，我的长篇报告文学《聚焦中国民工》作品研讨会在南通举行，您和周溶泉、徐应佩、徐景熙等文学前辈悉数参加。这是我的第一部长篇报告文学，作品存有颇多不足。然而，您对我于当下中国面临的农民工热点问题所表现出的创作勇气和社会责任担当，给予了充分的肯定。您对一个文学晚辈的关爱与呵护，令我感动。您说，这本书在提高全社会对农民工历史地位的认识上能发挥很好的积极作用。所以，这是"一本政治、思想含金量很高的书"。在这本书的创作中，作者"冲破了条条框框，随意酣畅地写，体现了文学创作上的思想大解放"。作品"字里行间处处洋溢着为农民工权益呐喊的强烈的思想感情，这正是这本书能打动人的一个重要因素"。看得出，您对这本书是熟读过的，所以才有如此生动精准的评价。可是，那年您老已是一位76岁的古稀老人了。记得，于此后不久，我去了您位于学田新村的寓所，进一步聆听您的教诲。您嘱咐我，在已经具有如此丰富的生活积累的基础上，可以小说、影视等艺术形式，塑造出一批当代农民工的艺术形象来。

龚老，您是从沙地走出来的著名作家。您的作品除了军旅生活题材，就是沙地生活题材，两大题材相互融汇，自成体系。您的百万字的四卷本长篇巨著《扬子百年》（《大脚雾》《大脚风》《大脚潮》《大脚雷》），反映的就是长江口大脚沙岛人民的百年生活故事。这一套书，填补了南通文学史上首创江苏省精神文明"五个一"工程奖的荣耀。

龚老，在您的思想深处，始终不忘自己的根在沙地。

2006年，启东市文学工作者协会筹划创办一本沙地文学杂志，拟组建一个顾问班子，我首先想到了德高望重的您。那天晚上，我一个电话打过去，您在对家乡的这一文学创举表示祝贺的同时，欣然表示："好啊，我同意！我也谢谢您，汉洲！"

沙地文学杂志创办了3年之后，沙地文学在周边的上海崇明、南通的海门、通州等地和省、南通市文联、作协层面产生了较大影响。为打造沙地文学品牌，促进沙地文学的交流，进一步繁荣沙地文学创作，推动沙地文学的发展，2009 年 4 月，中共启东市委、启东市人民政府主办，启东市委宣传部、启东市文联承办的沙地文学创作与研讨会在启东隆重举行。您和江苏省、上海市的许多名人名家都来了，其中有赵本夫、汪政、晓华、王周生等。而对于研讨沙地文学的渊源、现状和发展趋势，龚老，您是最有发言权的。

那天，您的《谈谈启东的"沙地文学"》的精彩发言，从沙地文学的界定、历史回顾和期待与展望，无不令人心头一亮。您在发言中幽默诙谐地将山西的山药蛋派和沙地文学作了比较，进一步增强了我们繁荣沙地文学的信心。聆听您的发言，让我们从启东沙地文学的奠基人施子阳，到从启东走出去的著名作家章品镇、施燕平、王周生等文学创作生涯中，比较清晰地触摸到了沙地文学发展的基本脉络。

龚老，您对启东沙地文学如此如数家珍，熟稔于心，令人感叹！而龚老您呢——您是沙地文学一面鲜红的永不褪色的旗帜！

龚老，当年，您参军打仗从没有怕过死。从事文学创作后，您也一直在拼着命地工作、工作，创作、创作。我手捧着您生命中的最后一部长篇小说《远方的云》和结集出版的《一路走来》，读着读着就掉泪。前者出版于 2011 年 8 月，后者出版于 2014 年 7 月，无论是前者还是后者，您都已年届八旬了啊！尤其是后者，距您生命的灯火熄灭不到两年时间。

龚老，您生命的灯火虽然熄灭了，但您通过作品迸发的思想火花将永放光华！

龚老，您虽然走了，但您是我们永远的沙地文学先辈！

龚老，您虽然走了，但您的精神永驻！

2016 年 6 月

为当代文学导航的一盏明灯

——记著名文学评论家雷达

在文学批评领域，似有"南陈北雷"一说。这"南陈"，就是上海的陈思和，而"北雷"即北京的雷达。陈思和、雷达是我涉足文学创作后久仰的两位大师。他们似乎均与我有些缘分。近几年，每当我见到启东籍著名学者宋炳辉老师时，总会不由得想起上海复旦大学的博导陈思和教授，因为陈思和是宋炳辉教授当年读博时的导师。而著名文学评论家雷达，则早已是我心中一座巍峨的山。2011年上半年，启东优秀青年作家李新勇就读于北京鲁迅文学院高级研修班。其间我出差北京专程到鲁院看望他时，听说雷达是他在研修班上的导师，我便由衷地向他表示祝福。

生活就是一部书。不经意间，雷达这一座令我仰慕已久的巍峨大山，于2012年5月4日上午10时30分许在上海浦东国际机场T2航站楼2C出口处，巍然耸立于我的面前。

雷达这一次是应邀为南通市文联"五月风"活动第32期"文联大讲坛"作《当前文学精神生态及内在变化》专题讲座而来。我与李新勇相约前往接机，并参加有关接待工作。于是，就有了与雷达老师零距离接触和交流的机会。

文学之路上奔跑的一个草根作家和文学高地上一座巍峨大山的有幸相遇，仿佛是上苍的安排。我为此而感到庆幸。

雷达在中国文学界的位置，似乎用一段简短的文字即可概括：在中国作家协会的 10 楼会议室里，雷达有一个几乎固定的位置，即主席台右手的头个位置。多数研讨会步入专家讨论的正题时，雷达总是第一个发言（2009 年 9 月 28 日《中华读书报》）。

著名文学评论家白烨在《批评的风采》一书中，评价雷达是名副其实的"雷达"。白烨的这一评价十分准确而生动。事实正是如此。数十年来，雷达扫描纷至沓来的新人新作及时而细密，探测此起彼伏的文学潮汐敏锐而快捷。仅此两点，雷达在评坛乃至文坛上就有了无可替代的一席地位。2009 年 9 月 28 日，《中华读书报》以《探测当代文学潮汐的"雷达"》为题，以访谈形式，展示了雷达数十年文学评论生涯的卓越成就。今天，当我走近雷达，发现雷达老师不仅仅是个名副其实的"探测当代文学潮汐的'雷达'"，而且是始终执着地为中国当代文学导航的一盏明灯。

30 多年来，雷达老师已发表三四百万字的文学评论文章，先后结集出版过 9 部评论集。其中，一批活跃在中国文坛的当代作家的第一篇评论或最早的评论都出自雷达老师之手。

当谈起结缘文学评论的经历，雷达不无感慨地说："我走上评论道路，与当时在《文艺报》工作有直接的关系。"1978 年 8 月，《文艺报》复刊。作为委托中国作家协会主办的中国文联机关报，《文艺报》复刊号刊发了"中国文联二届三次扩大会专辑"，发表了茅盾的开幕词，郭沫若的书面讲话《衷心的祝愿》，黄镇、周扬的讲话和巴金的《迎接社会主义文艺的春天》等文章。特别是巴金的文章深深触动了当时在新华社工作的年轻的雷达。如果文艺真如巴金先生所说的那样，他愿意成为这文艺之春乐章中的一个音符。他即毛遂自荐，向《文艺报》主编冯牧、罗荪写信，表达了他想去文艺报社工作的意愿，并附上了他的一些文章。雷达早在兰州大学读书时，就写过一组杜甫诗歌的阅读札记。这组初涉文学评论的读书札记在甘肃人民广播电台连续播出后，电台编辑原以为文章出自兰大老师之手。显然，雷达是位颇具潜质的文艺评论人才，冯牧、罗荪主编慧眼识宝。连雷达本人也未曾想到，写给冯牧、罗荪的那封信发出一个星期以后，他即顺利地从新华社调到了文艺报社评论组。

雷达似乎对文学评论有着与生俱来的兴趣和责任。新时期文学诞生之初，雷达就表现出了独有的敏感，对新的文学现象和潮流作出及时的反应。而这种及时的反应，为当代文学导航所必需。

正是由于雷达的这种敏感和作出的及时的反应，新时期文学便很快呈现出了一派满树新枝、鲜花竞放的喜人春色。

刘心武的短篇小说《班主任》(《人民文学》1977 年第 11 期)，是一篇散发着新时期文学芬芳的代表作。1977 年的文学作品被载入文学史的为数不多，而《班主任》就是其中之一。雷达早在 1978 年初就对这篇作品进行了评论。他在《人民的心声——赞〈班主任〉等作品的出现》一文中指出，尽管《班主任》等短篇小说在思想深度特别是人物塑造上都存在不同程度的弱点，但它们的可贵之处在于踢翻了"三突出"之类的清规戒律，思想解放，敢于大胆地看取人生真实的血和肉，写出人民群众的爱与恨，喷射出人民感情的炽热岩浆，回荡着时代精神的铿锵旋律。

"伤痕文学"是新时期出现的一种新的文学现象。1978 年 8 月 11 日，上海复旦大学中文系江苏南通籍学生卢新华的短篇小说《伤痕》在《文汇报》发表后，雷达含着眼泪读完了这篇小说。雷达感到，这篇小说对"四人帮"法西斯专制给民众心灵上留下的伤痕的把握，具有相当的典型性，作品同时也具有强烈的艺术感染力。围绕《伤痕》这部典型作品，《文艺报》和《文学评论》联合组织一次大规模为"伤痕文学"鸣锣开道的会议。《文艺报》将这一大型报道的任务交给了雷达和同为兰州大学中文系毕业的雷达的师兄闫纲。雷达熬夜连续奋战，写出了一万多字的第一稿。雷达和闫纲合作的这篇以《短篇小说的新气象、新突破》为题，用"本报记者"名义发表的长篇报道，成为中国文学史上具有标志性的新时期"伤痕文学"一篇文献性报道。

当代著名作家王蒙，1978 年还在新疆，尚未完全平反。立志为文学的春天放歌的雷达，到《文艺报》工作不久，即以《文艺报》记者身份前往新疆采访王蒙，随后在《文艺报》1979 年第 4 期发表了《春光唱彻方无憾——记作家王蒙》。这是新时期的第一篇作家访谈和评述。文章立即引起文坛内外的极大关注。于是，王蒙这位沉寂了 20 余年的著名作家再次成为中国文坛热点。那时的雷达相对于王蒙虽年轻，但他具有拥抱文学的春天的伟大抱负。他不愿看到王蒙们的宝贵青春和文学生命被如此无端耗掉。

对一篇新时期标志性文学作品、一种新时期文学现象、一个新时期焕发创作青春的当代著名作家的倾情关注，雷达就像一盏为当代文学执着导航的灯火，倾其所有的能量，将温暖的光芒发挥到了极致。

从《文艺报》评论组负责人、《中国作家》副主编、中国作协创研部主任、研究员，到茅盾文学奖第四届以来评委、鲁迅文学奖多届评委、中国作协全委会委员、中国当代文学研究会副会长、中国小说学会常务副会长、兰州大学博士生导师，雷达老师由风华正茂的青年，步入了年届七旬高龄。导航当代文学数十年，雷达成就卓著。作为文学高地上高耸的山一样的重量级评论家，雷达有着独特的成长经历。他三岁丧父，母亲守寡一生将他抚养成人。母亲是位音乐教师，在雷达上小学前，母亲就逼他每天认三个字，记不住就不准吃饭。母亲性格忧郁敏感，对古典文学和书法都有很好的感悟力。无疑，母亲的性格、气质和爱好，在岁月的轮回中，潜移默化地融入了雷达的血脉。

搞文学评论要讲真话。雷达的评论总是那么真诚坦率，既视野开阔，又实实在在，如同导航的灯火总是那么真诚坦率。这就是雷达的性格和气质。雷达老师对我说，如今人们都喜欢听好话，喜欢听恭维的话。一些地方将他请了去，就是要他去说些好听的，因为雷达的评价将直接影响当地的作品能否获得"五个一工程奖"和有关文学奖。可是，雷达有雷达的原则。雷达老师说，我不怕得罪人。他坚持正反两方面的话都说。他说，不然，就是不负责任。当然，有些问题可以用探讨的方式进行交流。尽量将复杂化为简单，有些问题点到为止即可。

做事的原则，就是雷达做人的原则。雷达的真诚和坦率，体现在文学奖的评奖上，他坚持他的评判标准。从不隐瞒自己的观点，不跟风，不随大流。好比第八届茅盾文学奖最后一轮，明知某作者作品已不能进入前五，但他仍按自己的评判标准给这部作品投了一票。如此的真诚和坦率，正是雷达的与众不同之处。

雷达的真诚和坦率，还体现在对他所带的学生上。他先后带过十几个博士生，在鲁迅文学院也带过三四十个学生。他以他的真诚，爱他的每一位学生。2011年4月初，李新勇和上海的徐则臣、山西的李金桃到鲁院后，雷达老师要求这三位学生每人交三篇小说给他。一周后，他开着自己的别克凯悦从潘家园到鲁院贵宾室给三位学生"开小灶"，对作品一一进行点评，指出作品的长处、潜力和标志性所在。也指出哪些方面需要突破，哪个地方是突破口。这样的小灶，前后开过好几回。有同学听说后，纷纷前来旁听。雷达老师的真诚，令他的学生十分感动，总想找机会请他吃个饭。但到最后，总是雷达老师做东请学生。在浦东机场前往启东的路上，我问雷达老师："您为什么这样爱您的学生？"他对我说："师生的人格是平等的，我也是从学生过来的。"轻言细语，经典而朴实，未加任何修饰，但却深深地打动了我。

我将雷达老师比作当代文学导航的一盏明灯，其光源来自他不断汲取新的知识的营养。马、列、毛的文论对他的影响较深，19世纪俄国著名文学批评家别林斯基、车尔尼雪夫斯基和杜勃罗留波夫以及后来的泰纳对他的影响很大。新时期以来，雷达注意吸收国外先进的文学理论成果。他喜欢读斯宾诺莎、叔本华、尼采、萨特、加缪的论著，也喜欢读本雅明、巴赫金、福柯、伊格尔顿、杰姆逊的论著。文学高地上耸立的山一样巍峨的雷达，靠的是山一样厚重的知识的积累。雷达是重量级著名文学评论家，也是著名作家。他除了著有9部文学评论集以外，还出版有散文集《缩略时代》《雷达散文》《雷达自选集（散文卷）》。他的美文《天上的扎尕那》上了博客后，吸引了南通籍中国摄影家协会会员吴强前往甘南的扎尕那风景区采风。这次听说雷达老师前来南通，他因出差北京，便托南通市作协主席冯新民带来了他在扎尕那采风创作的摄影作品，还有一本他从书店买来的《雷达自选集（散文卷）》请雷达老师签名。

年届七旬的雷达，如今还是那样忙忙碌碌。这不，5月上旬，中国作家协会吸收新会员小说组开会，他得参加。为扶植文学新人，中国作家协会和人民文学联合组织每年从各地推荐的数百部书稿中遴选出10部出版一套《21世纪文学之星丛书》。5月上旬的《丛书》2012审稿会议，他也得参加。5月4日上午，一家报纸的编辑电话里说要用他一篇在博客上的评论。他觉得有几处需作修改，中午便顾不上休息，在李新勇办公室的电脑上迅速将这篇评论改好，并发给了那位编辑。那一刻，我发现已经满意地交了差的雷达老师，好像一位出色地完成了一项战斗任务的战士那样，神采飞扬。为文学导航，雷达作风严谨。

雷达老师刚从广东"导航"归来。4月22日，雷达做客华南农业大学，在广州市委宣传部主办的"广州讲坛"上发表了《当代长篇小说的审美经验反思》的演讲。他系统讲述了长篇小说的状态、文体、传统、经验、现实和发展趋势，同时也谈到当代小说只有阅读快感没有阅读记忆等不足。但他说他"对中国文学的未来感到乐观"。4月23日是"世界读书日"，雷达寄语华南农大学子："多花些时间看书，为心灵多保留份诗意的栖居地。"

5月5日上午，雷达老师为南通作家的演讲，也是为中国当代文学远行导航一个颇有分量的动作。

雷达老师在演讲中说，当前，纯文学刊物发行量较少，根本原因在于现在是泛文化时代。20世纪80年代初，全民看几部小说，今天大家都在看理财、炒股、养生、国学、名人传奇、谍战等，关心的是官场、情场、职场题材的作品。文学，过去表现为精神的锻造，现在表现为肤浅的抚摸。当前，长篇小说有一种文体危机。别以为文字写多了故事编长了就是长篇小说。"万顷荒山不如良田几亩"。《水浒传》的成功，在于它开创了英雄传奇，作品凸显了"忠义"二字；《西游记》的成功，在于它开创了神话传奇，作品传播的是佛家的慈悲为怀；而《三国演义》的成功，在于它开创了演义小说的先河；《红楼梦》则通篇充满了理想和追求。文学离开了传统就不可能创新。雷达老师说，中国作家必须要有"三气"。一是作家要接地气，就像司马迁说的那样，要"读万卷书，行万里路"；二是作家要通过不断吸氧获得文学创作的新鲜空气，这个新鲜空气就是新的创作思想、创作信息、创作方式；

三是作家要有正气，就是对人类社会的未来充满信心，作品要体现忠贞、坚强和人生价值观。

"文学不会消亡。因为人类是文化动物，人类语言的存在，就决定了人类文学的存在。文学的标高，标志着人类精神的高度。"雷达老师的精彩演讲，恍若一盏导航的明灯，点亮了南通作家坚守文学的信心。被点亮的文学信心之光里，有一片来自南通大学文学院的青年学子。互动时，他们争相提问。雷达老师乐了，他从中看到了南通文学乃至中国文学的未来和希望。

台下一张张充满文学青春气息的脸庞，仿佛是一张张鼓满了文学理想的风帆。来自台下的阵阵掌声，仿佛是文学之船上众人的奋力划桨声。台上，为当代文学导航的那盏灯总是那么的鲜亮。

2012 年 5 月 8 日写于启东紫薇湖畔

掌声响起

> 黄昏我站在高高的山岗，看那铁路修到我家乡。一条条巨龙翻山越岭，为雪域高原送来安康……

2012年4月25日上午，韩红的一曲《天路》，以其天籁般的嗓音、荡气回肠的演唱，在"中国·启东第五届江海文化节暨国际经贸洽谈会开幕式"舞台上，被全场观众报以经久不息的掌声。

这是我第二次亲临现场倾听韩红演唱《天路》。第一次是在2011年12月18日"江海飞虹——庆祝崇启大桥建成通车大型文艺晚会"上。观众们的热烈掌声深处，有对她的祝福和演唱成功的祝贺，更多的是对她的真诚所流露的感动。

冠名《江海飞虹》的那台大型文艺晚会，舞台设在可容纳万人之众的启东中学体育场。那晚，一股来自西伯利亚的强冷空气，好像有意要考验一下来自京城的韩红他们似的，以近年冬季难得一遇的零下五六摄氏度的低温光顾江海大地。南黄海之滨的启东湿度大，相对于干燥的北方，同样气温条件下的寒冬，启东的寒冬更难熬。加上今夜又遇这股寒流，台下的观众一个个将自己包裹得严严实实的，唯恐被冻着。我虽然曾在三八线以北的北方小岛上经受过十八个寒冬的考验，也曾在新疆的工地上经历过极端低温达零下三十几摄氏度的考验。但这夜也不例外，羽绒服、羊毛裤、皮暖鞋全副武装，脖颈上还围了条羊毛围巾。生怕耳朵冻着，皮帽子的半截里层也翻将出来将耳朵珍藏保护起来。这台由央视著名节目主持人董卿、张泽群主持的晚会，打头阵出场的是韩红。她演唱前的开场白就说："启东这地方特冷，别看我长得胖，我特怕冷。"接着，她又十分风趣地说："我没有董卿那么好的身材，我要穿件貂皮坎肩上台，就像个熊猫了。"于是，台下一片掌声。掌声使这个哈气成霜、滴水成冰的冬夜里的文艺晚会注入了活跃的气氛。韩红然后说："可是，这天再冷我也得来啊。崇启大桥建成通车，对于百万启东人民来说，也是一条天路啊。我应该来祝贺！"随着音乐响起，韩红在浪漫、舒缓节奏的渐进中，放声高歌："清晨我站在青青的牧场，看到神鹰披着那霞光……"台下又是掌声不断，此起彼伏。掌声里，有对她大冷天真诚付出的感谢，也有对她奉献精神的褒奖。

韩红从此结缘启东。在启东人民热情的掌声里，她荣幸地被启东市委、市政府授予"启东荣誉市民"称号。她因此也被启东人民热情的掌声所感动。

那晚，韩红一连为热情的启东观众献演了四首歌曲，除了《天路》，还有《共和国不会忘记》《众里寻你》和由她作曲的《家乡》。

"我的家乡在日喀则，那里有条美丽的河……"韩红演唱的《家乡》，声情并茂，委婉动听。

韩红祖籍山东德州市德城区，生于西藏昌都地区，她的藏文名字叫央金卓玛。父亲是下乡知青，到西藏后参军。在韩红很小的时候，父亲在一次前往前线慰问演出时不幸因公殉职。母亲是位藏族金嗓子姑娘，曾以一曲《北京的金山上》而闻名于世。

韩红热爱她的故乡。由韩红作曲的这一首《家乡》，曾获中国原创歌曲总评榜 1998 年第二季度十大金曲奖，江苏文艺台 1998 年度原创十大金曲奖，上海东方台东方风云榜十大金曲奖。

　　当韩红一踏上启东的土地，她说她喜欢启东的蓝天碧水，喜欢勤劳智慧、热情好客的启东人民。作为启东荣誉市民，无疑，启东也成了她深爱的一处家乡。韩红唱歌音色很美。她说，她的歌都是用心来唱的。我相信，她在启东演唱这首《家乡》时，一定也倾注了对"新认门"的"家乡"启东的一片深情。

　　这一回启东举办江海文化节暨国际经贸洽谈会，韩红应邀率空政文工团前来助阵演出，真是倾注了全力。4 月 25 日上午 9 点 45 分正式演出，启东电视台和启东人民广播电台现场直播。可是，韩红和由她率领的空政文工团演出团队，25 日凌晨零点三十分才从全国各地到达启东，其中包括演唱《变脸》和《当这一天来临》的陈小涛远从成都赶来。这时，离演出只有九个小时。一到启东，韩红他们就开始熟悉场地，进行系统彩排。当他们躺下休息，已至凌晨三点半，这时距演出只剩下五个半小时。我没学过声乐，不懂得发音器官的有关功能，更无从知道歌唱演员发音的声带，在开启后五个小时还不能完全闭合。而没有完全闭合的声带一旦要重新开启，抑或发音要上升到一定的高度，演员就要经受破嗓的风险。嗓子是歌唱演员的艺术生命之本。一旦嗓子破了，就等于断送了一个歌唱演员宝贵的艺术生命。许多艺术家将艺术生命看得比自己的生命还要宝贵。在许多艺术家眼里，一旦艺术生命不能绽放绚烂的花朵，他的生命也失去了鲜艳生动的色彩。可是，韩红和她的空政文工团赴启演出团队，像战士冒着生命危险冲进枪林弹雨那样，他们将舞台当战场，李君、阿斯根、纪敏佳、刘和刚、曲丹、林萍、郑莉、邓建栋、陈小涛……一个个不顾一切地勇敢地冲上去了！

尤其是韩红的中耳炎正发作，且在化脓。显然，今天的演出，韩红他们确实要承受担点风险的考验。压轴演出的韩红面对台下的观众说："为了今天的演出，我的嗓子今天就破了也值，也算对得起启东人民了！我不是还没破过吗？"

经受考验的，尤其是韩红演唱的那首《天路》。这首由著名作曲家印青作曲、词作家屈塬作词的女高音独唱歌曲，2001年面世之初，令北京的许多歌星不敢接招。最后，印青和屈塬便免费将首唱权交给了西藏军区文工团的独唱演员巴桑。巴桑以她那天籁般的嗓音和独特理解演绎出来的意境，使这首《天路》取得了意想不到的音乐效果。但由于地域限制，这首歌一直没有在全国流传开来。2005年春节前，韩红正为上春晚找不到好歌发愁，有人给她出主意："巴桑几年前曾演唱过歌颂青藏铁路建设者的歌曲《天路》，还获得过大奖。你何不去问问印青和屈塬，《天路》的演唱权卖了没有？如果没卖，你赶快买下来，立即送春晚剧组，说不定有戏。"韩红闻讯立即向印青、屈塬打听，听说至今还没被买断演唱权。她即要来曲谱，小声哼唱。哼完，韩红一下子激动起来，以一口价10万元人民币买下了《天路》演唱权。报送后被春晚剧组负责节目审查的朱彤、郎昆一听，当即准予过关。在春晚亮相后，《天路》一下子火遍了全国。韩红唱火了《天路》，《天路》也唱火了韩红。

"清晨我站在青青的牧场，看到神鹰披着那霞光……"歌声跌宕起伏，音乐深邃辽阔，韩红充满激情的演唱，博得全场阵阵掌声。今天的韩红，虽然身为空政文工团副团长（技术五级，副军职待遇），在声乐界是颗耀眼的明星，但她深知通往艺术圣殿的"天路"有多长有多远。她因此并没有陶醉在深爱着她的观众们的掌声里。

听说这一回韩红率团赴启东演出，启东方面到上海浦东机场接机时，专门为韩红安排了一辆别克商务车。她问："文工团其他演员乘什么车？"回答："大巴。"韩红即说："我就和大伙儿一起坐大巴吧！"看着接待人员有些为难的样子，韩红马上笑道："大巴好，我喜欢坐大巴！"韩红的低调出行与在对接待用车上"耍大腕"，非奔驰、宝马不坐的个别明星形成了鲜明的对照。

在阵阵掌声中，演出即将结束。"启东，今后我们会常来常往。因为，我们空政文工团将在启东建立艺术中心！"韩红的话音刚落，台下又是一片掌声。

掌声里，有家乡父老乡亲对来自京城的女儿真诚的喜欢，也有美好的祝愿。既然是启东荣誉市民，韩红当然就是启东父老的女儿了。哪有家乡父老不喜欢自己女儿的道理！

2012 年 5 月

倾听百灵鸟的歌唱

——读陆华丽《遗落的旧时光》

读陆华丽的散文，就像在倾听一只美丽的百灵鸟的歌唱。

百灵鸟天性热爱生生不息的大自然，钟情繁华四季的好风景。无论是一片白云、一缕清风，还是一滴春雨、一枚秋叶，都是陆华丽以文学的语言，纵情歌唱的对象。

陆华丽这样写春雨："细细的雨，轻飘飘地落下，悄悄地落在眉宇间，湿湿地掉在心尖上。""春天，想来不再遥遥无期了。因为春雨来了，它牵着春天的手走来了。春的脚步，终究是越来越近了。"（《春雨》）

陆华丽这样写浮云："浮云，飘动于淡蓝的天空中，那般美，那般静。耳畔回荡着空灵的音乐，将心洗得一如天空的纯净。没有去想什么，这样的音乐也容不得自己思量什么。远望那抹静止的蓝，浮动着迷离的白，只体会出空气中渐渐弥漫的慵懒……"（《人生若只如初见》）

陆华丽这样写初冬的风："清冷的风飘荡在和煦的天空中，倒吹暖了原本低沉的温度，在空气中游荡得久了，便停顿下来暂且休憩，静静地聆听着时间远去的脚步声，不言不语。那些时光在匀速地滑落，随着那些细沙的流逝而悄然无踪。"（《初冬的风，温柔地吹过》）

陆华丽这样写难得一见的雪："在这不够寒冷的城市，真难得与这雪天相遇。我静心地欣赏着天空里的舞动，享受着这种极致般的空灵。""亲爱的雪花，你哭了么，你带着让人心疼的泪而来吗？还是你只是狂奔而来，那些潮湿只是流下来的汗水呢？"（《雪轻轻地飘》）

像百灵鸟爱它的爱巢一样，陆华丽对故乡寄予一片深情。她说："终于注定我这样长期居住在另一个城市，便开始越来越觉得故乡如此亲切。"她将故乡刻在了"心底最柔软最温柔的地方"。（《江的那端是我的故乡》）言及乡音，她说：这"注定是我最喜欢听的语言，它是跳动在我心灵深处的音符"。（《乡音，柔化了我在异乡漂泊的心》）那个冬季，当大街上已经到处弥漫着"圣诞的气息"那一刻，她"思乡的情绪"，开始"追着这漫天飞舞的雪花在这漆黑的夜里继续飘动，直钻进梦里。"（《雪舞归乡情》）

像百灵鸟有一颗美丽的心灵一样，陆华丽以文学的语言，对亲情友情的歌唱总是那样委婉动听。作为女儿，陆华丽深深懂得母亲对自己的感情："清晨醒来，就接到妈妈的电话，知道她这时间打来电话，并无他事，只是惦记着我的头疼了。当告诉她我已无恙后，明显地感觉到她语气间的欢愉转变。""回望长大的路上，那些磕磕绊绊，那些欢颜笑语，都浓化成了心底最真的亲情。爱极，才会情绕于心，意牵心尖！"（《四月未央》）作为女儿的母亲，陆华丽对女儿的每一个细微进步都是那样高兴。她坚持为女儿写日记。一天，刚满10岁的女儿向她提议："妈妈，我们从今天起开始写交换日记吧！""什么是写交换日记？"陆华丽对此犯迷糊。原来是女儿看到漫画中有这样一种方式，相互写日记给对方看。当陆华丽看完女儿写的日记，"真感动"了。女儿写的是学校的趣事，无论字迹还是内容都很认真，尤其当看到开头"写给最最爱的妈妈"、结尾写着"爱着你的女儿"时，陆华丽说："我的心一下子满足了"。（《岁月如歌》）"做家长了，才发现其中有很多细节需要自己努力"。陆华丽说，"我并不是苛求的家长，我想我也可以保持良好的心态，慢慢地看着我的孩子成长，只需要每一天进步一点点"。(《新学期，我们一起努力》) 陆华丽十分珍视友情。她说："友情，我一直认为是生活中不可缺少的精神财富""情感，是相互的，在你们把我当成朋友的时候，你们也成了我的朋友。"(《给同济同学的一封信》)"远处的光传来暖暖的温度，在冷意四起的日子里，更加思量那种光那种热""亲情也好，友情也好，那是贴近我灵魂的热量。"(《让幸福成为生活的重点》)

像百灵鸟每天清晨迎着朝阳歌唱那样，在陆华丽的文字里，到处弥散着乐观向上的情绪："即使有过悲伤，也有过遗憾，有过失望，但我们拥有的快乐远胜于那些""生活的本质缘于简单""给自己找个理由，祝福我们都是快乐的，在这个洋溢爱情的日子里，因为我爱着，也被爱着，因此，我们都有理由幸福着！"(《七夕，我们都有理由幸福》)"我想，如果心的方向，是朝着更快乐的心境而行，想要得到的快乐就可以伸手而及。"(《快乐满怀》)

像百灵鸟那样温厚善良，陆华丽的大爱大美之心在其文字里俯拾皆是。她倾情于所从事的建筑业。她这样写混凝土："泵车开动了，轰隆隆，沿着长长的泵管，向柱子开始播种。蕴含生命的种子，沿着柱身急速生长。混凝土，悄无声息地填满柱的胸膛，慢慢地生根、发芽。振动棒跟着韵律跳跃，舞出了生命的活力。"(《聆听建筑的语言》) 她喜欢农民工演唱的《春天里》："在听到他们歌唱之前，我不曾喜欢得这样纯粹。而某一夜，在静谧的黑暗里，我看到了这样一种方式的歌唱，我可以说被感动了。不能言及的震撼，跟随着他们忘我的演绎，让我感受到了歌声之外的拼搏精神，也让我感受到了心灵之内的盈盈泪光。"(《〈春天里〉的农民工》)

陆华丽的散文集《遗落的旧时光》，可用两个字来概括。

一个是"真"。陆华丽的散文，都是其真情实感的流露。无论写人写物写景，写生活写工作写故乡，都倾注了她的真情、真心和真诚。作者真情实感的流露，是散文的基本特征。用真情、真心和真诚去反映事物，也凸显了一位作家的良知。作品唯有其真，才能赢得读者。

一个是"美"。陆华丽的散文，都是神来之笔的美文。擅长散文和诗歌写作的她，每一篇散文，都有诗的意境，诗的语言，诗的文采。读陆华丽的散文，还能品味到一种质朴的美感，在其字里行间可闻到沙地的泥土芳香。每一个文字，都是那么生态自然，没有半点矫揉造作，生搬硬套。无处不体现自然之美，性灵之光。读陆华丽的散文，还能领略其成长成熟之路上一道美丽的风景，及其比文字更美丽的心灵。作品唯有其美，方能征服读者。

余光中先生说过"作家功在表现，不在传达"。对于"表现"方法，近读著名散文家王充闾先生关于散文创作的一段文字，颇有感触。王充闾先生说："应该强化心灵的自觉和精神的敏感度，提高对叙述对象的穿透能力、感悟能力、反诘能力，力求将富于个性、富于新的发现的感知贯注到作品中去；感情应该更浓烈一些，要带着心灵的颤响，呼应着一种苍凉旷远的旋律，从更广阔的背景打通抵达人性深处的路径；要从密集的史实丛林中抽身而出，善于碰撞出思想的火花，让知识变成生命的一部分；进一步增强可读性，突破散文的华严世界，努力使自己的思考融入大众的接受心理，使读者易于产生共鸣。"我想，王充闾先生的心得，对每一个散文写作者都有裨益。

文学，是条漫无边际的长路，是座高耸入云的山峰。刚上路的陆华丽，正在努力前行。对于追逐的文学梦，一如她说："我会更用心地去雕琢我的文字""在文学的天空里遨游。"（《我的文学梦》）

致上深深的祝福。

2011 年 10 月，紫薇湖畔

一缕清香若薄荷

出差东北，挚友曹君牵头小聚，不经意间，结识了辽阳市广播电视台新闻评论部主任。她有个文静的名字：宁。

对这个行当略知一二的业内外人士都知道，这个角色不好干。何况，宁还是位文文静静的女子。纵观央视的《焦点访谈》《新闻调查》《新闻1＋1》等直面社会的热点节目，就是典型的新闻评论类节目。这类节目聚焦舆论热点，社会关注度高，影响面广，老百姓爱看。老百姓爱看的节目，有些人却不爱看。爱，十分阳光。凡是阳光的东西总是十分暖人。而恨则深藏不露，怕见阳光。怕见阳光的东西，总是带着一袭冷飕飕的逼人的寒气。

于是，制作这一类节目，就增加了采编人员的风险系数。相似于央视，宁领衔的新闻评论部所制作的《特别关注》《政风行风热线》《舆情聚焦》等栏目，宁必定承担着一些风险。

你见过在酒店附近的下水道里掏地沟油的人吗？宁倒是碰上了。这是宁难忘的一段采访经历：

在送儿子上学的途中，宁遇一掏地沟油者。这样的机会，宁如何能轻易让它在自己眼前溜掉？宁毅然对在读初二的儿子说："你自己打车走，妈有急事！"儿子还没来得及领会母亲的意思，就被宁拉开车门，莫名地甩到了马路边上。确实，眼前的情况不容许宁去考虑儿子的感受和安全。根本就没时间考虑。此时，宁只有一个想法：不能把目标给弄丢了。于是，宁马上调过车头，加大油门，奋起直追。穿大街，过小巷，七转八拐，当宁跟踪到几乎无法辨认的地理方位时，终于追踪到了对方的老巢。这是一处狭窄而偏僻的胡同。胡同里的一些人，见有陌生车辆开进来，以一种警觉而防备的眼神紧盯着。宁自我感觉，好像在出演一部富有悬念的惊险的反特片。宁似乎已完全进入了这部影片中一个战士的角色。透过挡风玻璃，宁机警地打量着车外那些人的神情和举动。为防不测，宁于车内将车门锁好。趁对方不注意的间隙，迅速用随身携带的微型摄录机，将证据简单地摄取了下来。得手后，心里喜滋滋的宁，便佯装走错路的样子，边倒车边大声打电话，以此给自己壮胆，几经周折逃离险境。这场惊险的代价，是她的爱车两侧车身以及底盘伤痕累累。而宁此时已顾不了这么多了——决不能给对方一点儿喘息的时间和空间。一个小时后，宁即带着工商和公安部门的执法人员，将这个加工地沟油的黑窝点成功端掉。

这一档节目播出后，有人夸宁是智勇双全的奇女子、是勇敢的记者。对此，宁反问自己，我勇敢吗？我是一位勇敢的记者吗？"在很多同行眼里，我也许是。"可是，宁在微博上自嘲："抓到掏地沟油者和追踪到地沟油加工现场的激动与孤身一人身处于完全陌生的险境所带来的恐惧交织在一起时，我深深感到自己的渺小与乏力，平素的浪漫情怀在那一瞬间闪现：彼时，若有一'侠客'突然从天而降，上演一场'英雄救丑'（宁自认为是'丑女''灰姑娘'，其实并非如此），未尝不是一件幸事。"

有网友看完宁主持的《舆情聚焦》：《峨嵋林场原木被毁事件调查》节目后，强烈地向宁表示了三点想法：一、我想打林场场长田某某；二、期盼能有续集，看到相关责任人实际处理和对整个事件的深刻剖析；三、你真不容易，但却帮不上你。

许多观众和网友都是她的忠实观众和粉丝。一台节目播出后，网友在微博或QQ上鼓励她说："不错啊，刚看完，你出镜现场报道很有央视风范，语言干净利落，问题挖得很到位，有看点。结尾意味深长。""这一套休闲衣服，没见你穿过，现场穿很好看，朴素、亲切、自然、大方，采访时可尝试这种风格。喜欢看你的节目，能感受到你的用心和敬业。"

市纪委的一位领导在短信中说："我以一名普通观众的视角观看了本期《舆情聚焦》节目，总的感觉体现了敢于碰硬、为民作主的宗旨，彰显了主流媒体记者的睿智与风采，同时也提升了本栏目的影响力和公信力！真的十分感谢你们。我们将继续支持并做坚强后盾，一方面在现场采访时增加人手，解除你们的后顾之忧；另一方面，加强协调和督办，促成一些问题尽早妥善解决，使你们的工作更有价值、更有意义！"

观众们的喜欢，来自各方面的支持，成了宁主持这些栏目的恒久动力。为了赶片子，宁连续三五天只睡两三个钟头是常有的事。虽然一身疲惫，但宁和她的团队总是在收获成功的喜悦中相互加油鼓劲。宁说："我喜欢这个有点风险的岗位，喜欢这个充满活力的团队。当某一天组织上要让我去干别的工作，如征求我意见让我选择，我还会选择我喜欢的这个岗位、这个团队。"

喜欢宁主持的节目，记着宁的好处的，还有大山里的乡亲们。

宁担任制片人的栏目中有一档《政风行风热线》直播节目。2011年10月26日，是《政风行风热线》的第566期直播，市水务局局长走进《政风行风热线直播间》与百姓交流沟通。一位叫李德文的老人反映其居住的吉祥村有一条让人烦心的大茨沟河，一到汛期，山洪就泛滥成灾。1995年那场几十年一遇的山洪，引发了平时少有人理睬的温驯的大茨沟河水发怒，直接导演了一场村毁人亡的悲剧。这位70多岁的老人希望通过栏目组跟市水务部门领导作一些沟通，帮助解决大茨沟河汛期的安全隐患。作为制片人兼导播的宁从老人朴实诚恳又急切的语气中看到了一个小山村无数期盼的目光。直播结束后，在宁的协调下，水务局长前往百里之外的吉祥村勘察，当场承诺来年春季拨付资金建堤坝。

宁担纲的这一栏目热线，从此成了栏目组和吉祥村村民的"连心桥"。当年腊月二十七，宁带着栏目组驱车百里，按照农村的传统习俗带着用心为老人一家采购的年货，带着部门记者和热心观众为帮助吉祥村尽早修成安全、稳固的防洪护坡的捐款，给李德文大爷和吉祥村的村民们拜年。那天，山里头显得特别冷，可是，宁和栏目组同事围坐在李大爷热烘烘的炕头上，品尝着大娘和她的女儿、儿媳精心烹制的一大桌香色味俱佳的农家菜，心里觉得特别温暖、特别欣慰。

2012年4月一开春，李大爷高兴地打电话告诉宁："大茨沟河护坡工程开工了！"于是，宁和她的栏目组第三次前往吉祥村。在大茨沟河畔，宁看到了护坡工程热火朝天的施工场面，看到了李大爷和村民们一张张从内心绽开的笑脸。宁十分用心地将这些生动而珍贵的镜头一一摄入《特别关注：未雨绸缪——300米护坡保吉祥》这档节目中。今年汛期，特别是七月间的苏拉、达维"双台风"波及当地，对大茨沟河和吉祥村有何影响？8月14日，《政风行风热线》栏目组第四次驱车前往吉祥村采访。李德文大爷和吉祥村主任毕垒兴奋地告诉宁："要不是这道300米防护大堤保驾，这一次吉祥村就惨了。"

面对镜头，李大爷说要感谢的第一个人就是宁。李大爷说：

"没有宁和栏目组的沟通和协调，没有这300米护坡，这场'双台风'，吉祥村准会出大事儿。"大爷无比真诚。可是，节目后期制作中，宁坚持将同期声中李大爷提到的她的名字删掉。

宁的这种坚持很真诚，体现了她的善良、纯朴、清爽。而宁做起事来的那种专注和泼辣，更深刻地凸显了宁为人做事始终如一的真诚性格。

今春，李大爷乘车从百里外的山里给宁和栏目组送来了大茨沟河开河后的第一茬鸭蛋和宁爱吃的山野菜。老人说，开河后的第一茬鸭蛋营养好，能补身子。"双台风"过后的8月中旬，大爷又给宁和栏目组送来10箱土鸡蛋。宁将这些鸭蛋、鸡蛋和评论部同事一起分享了，然后买了大爷喜欢的烟酒饮料等作为回赠。大爷真诚感谢，宁和她的栏目团队真诚以对。

宁喝酒也很真诚。那晚，宁就在隔壁包厢的餐桌上。许是曹君事前已向宁介绍过我的缘故，席间，宁端着半盅近二两白酒过来敬酒，和我一点也没有陌生感。与我碰杯后，二话不说即一饮而尽。出乎我意料，宁还将她的工资卡放到了酒店总台，要给今晚曹君为我接风的这桌酒菜买单："让我尽一回地主之谊吧！"曹君说："这怎么行？"宁说："我懂你们，出门在外都挺不容易的。你们大老远的从江苏来，参与这座城市的投资、建设，人生地不熟，社会风气又有点'那个'，往前走哪一步都不容易。"

宁的真诚、善良、纯朴、清爽，还有那么一点点泼辣，特别是那种即使如今已身处繁华喧嚣都市，依然可以拒绝诱惑、依然具有在心中修篱种菊的农村女孩的本色，着实已深深地打动了我。当宁在我对面坐定，真诚地问我对她的印象，我指着餐桌上那盘凉拌的芳香四溢的薄荷，真诚地对宁说："您好似一片薄荷！""呵，陆老师，您也这么说。我的好姐妹就是这么叫我的。"

千里遇知音的感觉不禁油然而生。

薄荷多生于山野、湿地、河谷旁、沟塘边，根、茎、枝、叶，全身青气芳香袭人，是一种辛凉性发汗解热的上佳中草药。生吃薄荷在南方似乎不多见，而在东北，薄荷是餐桌上一盘清爽可口、受人欢迎的佳肴美食。

宁的真诚、善良、纯朴、清爽、泼辣，哪点不像薄荷？

宁说她喜欢好姐妹给她起的这个名字，而且她喜欢薄荷。太子河畔父母家的小院里就种有薄荷。也有喜欢宁的山里乡亲知道宁喜欢薄荷后常送宁薄荷的。

辽阳是一座拥有 2400 年丰厚历史积淀的文化名城。宁，这片薄荷弥散的清香，无疑与这片具有悠久历史文化的黑土地有关。

2012 年秋

长寿密码

甲午年初夏，启东市政协文史委、市民政局偕市文联作家协会、摄影家协会，组织了一次百岁老人大型采风活动。这几年，我退而不休，文字工作较多，作协组织的采风活动一般不参加。可是这一次采风是探寻百岁老人的长寿密码，对于已步入老人行列、正欲研探长寿之道的我来说，具有直接的现实意义。接获作协通知，我便欣然允应。

2012 年末，启东拥有户籍总人口 112.38 万人，其中百岁老人 207 位，2013 年被中国老年学学会评定为"中国长寿之乡"。长寿之乡的人口长寿标准第一条：区域现存活百岁及以上老年人占总人口 7/10 万以上，而启东百岁及以上老人占总人口 18.4/10 万人，远超这一标准。本次活动计划采访 100 位寿星。启东作协可圈可点的优秀中青年作家不少，年轻人还可以多写几个。我自告奋勇：负责采访三四个。

于是，我先后走进了寅阳镇裕丰村、汇龙镇彩臣三村、吕四港镇通兴镇村、近海镇黄海村的 4 位百岁老人家里。她们都为女性，最小 100 岁，最长 105 岁。虽因中风或摔倒，其中三人生活不能自理，腿脚不便，耳聋背驼，一人卧床，两人离不开轮椅。即使如此，她们却一个个都显得很有精气神。

采访中，我仔细倾听老人讲述自己的生命经历，倾听其子女、左邻右舍讲述老人的生活故事，并用心于老人写满了沧桑的脸上、挂着拐杖蹒跚的步履中、炯炯有神的目光里，探寻其长寿的奥秘。布满了老人面部的那些沟沟坎坎，好比一棵棵百年老树面部呈现的一道道龟裂纹，都是岁月的印记。然其纹路的深浅、走向和色彩，却各不相同。正如一万片树叶所展示的一万种形态那样，她们的生命经历不同，其长寿密码也绝然不同。

但凡百岁老人，有长寿遗传基因，其父母兄弟姐妹长寿者居多。而我在采访中发现，也不全是如此。寅阳镇裕丰村 101 岁的施秀贤幼年先后失去父母，她于 9 岁那年就成了孤儿，做了人家的童养媳。

都说喜烟酒者不利于健康，然而，吕四港镇通兴镇村 105 岁的朱玉英已有 65 年烟龄，如今她三天两包烟是基本数。她也喜欢喝酒，虽然喝得不多，黄酒小半茶碗，啤酒一瓶三顿，但一天两顿酒雷打不动。

循着寿星们的生命轨迹，不难发现，尽管她们的生命经历不同，生活环境各异，但她们却具有许多值得一提的共同点：阳光心态、随遇而安、不惧困难、热爱生活。

做过 10 年童养媳的施秀贤老太过日子从来不犯愁。平时，三邻四舍心里有啥苦楚和解不开的疙瘩就找她倾诉，她就把自己如何对待生活的心得告诉大家：你老是这也愁那也愁，日子还过不过了？人还活不活了？

朱玉英的男人是独生子，可朱玉英结婚时，拥有 4000 步（约 16 亩）土地却十分吝啬的公公只分给了他们 300 步地和一副泥涂灶。不计较公公分给多少，不苛求上苍赐予了什么，婚后，朱玉英夫妇全凭自己的打拼，撑起了生活一片天。苦日子再苦也得过吧，没有条件就创造条件咀嚼生活的好味道。共产党来了，土改分到了两亩多地。生活一天天好起来，她感恩共产党。上了年纪，儿女们做什么就吃什么，她荤的素的稀的黏的都吃，从不忌口。

黄士珍于86岁那年摔了一跤。住院35天后，褥疮的伤口有茶碗口大，人已气息奄奄。医生都摇头了，说："回去准备后事吧！"没想到，13年后，老人因摔跤再次上医院就诊，医生不禁惊呆了——当年被判不治的这位老人，今天竟然还活得好好的，且，各项健康指标均正常。如今已步入百岁寿星行列的黄士珍的长寿心得，就是"困难面前咬咬牙"。那天，黄士珍从床上坐起来照相，我看她的气质，活脱脱一个中国南黄海边上的"铁娘子"——撒切尔夫人！那健康红润的脸色，恍若黄海滩上生命力极其顽强的灿烂的红蒿枝。

勤劳、勤奋、勤俭，是寿星对生活共同的爱好。只要能动，哪怕到了100岁，她们一个个都是手脚不停，做起事来利利索索、了了当当。采访那天，看101岁的施秀贤坐在灶口头往灶膛里添柴，在锅台上洗碗，拧揩灶布，擦灶台，那一个麻利劲，谁也不相信她是一位百岁老人！去年镇村干部都来为老人庆贺百岁华诞，孙子沙春风看着奶奶硬朗的身体，就半开玩笑半当真地说："亲婆，我给您找一个老伴好哦？"老人一边拧孙子的胳膊，一边笑着说："乌小蟹，拿亲婆寻开心！"

生活中的寿星都爱动，即使有的已经以卧床为主，有的已离不开轮椅，但她们个个都喜欢到外边晒晒太阳，呼吸一下新鲜空气。还有，儿孙们对她们都像老孩子似的一个个爱着宠着呵护着，以及镇、村、社区志愿者服务队流水般不间断的爱心活动……如此这般和煦的乡风、村风、民风、家风营造的温馨氛围，无不为寿星们对生活的那一份爱、对未来的美好憧憬又增添了不竭的动力。

2014 年 5 月

《建筑》：人生追梦彩虹飞

——写在《建筑》创刊 60 周年之际

一个缘字，寓意简单又深邃。人与人、人与物之间，或许总有一些命中注定，恍若茫茫人海中的相遇、寂寞旅途中的牵手，结缘《建筑》，是我人生之幸。

每一个人都有自己精彩的人生。我人生凸显的精彩为"人生三部曲"：

一曰军旅人生。我有近 20 年的军旅生涯，它铸就了我坚韧和执着的性格。铁血儿男的执着追求，影响和成就了我的一生。

二曰文学人生。青春年少时的作家梦、文学梦，一做 40 余载。一个 13 岁辍学的农家子弟，60 岁前叩开了中国作家协会的大门。作家梦、文学梦，成为我一生的精神家园。

三曰建筑人生。从部队转业至建筑企业，在高耸的脚手架下穿行了近 30 年。建筑业苦、脏、累、险，可它成为我幸福一生的职业支撑。

"人生三部曲"，军旅人生是山石一样坚实的基础，文学人生是叮咚不竭的山泉，建筑人生是绚烂瑰丽的彩虹。没有军旅人生和文学人生的铺垫，就没有我建筑人生的精彩篇章。结缘《建筑》，牵手《建筑》，与我的"人生三部曲"不无关系。

故乡启东，是闻名遐迩的中国建筑之乡。我转业后从业的建筑企业，是享誉中外的"南通建筑铁军"的一支劲旅。即便中途曾有几年在市建筑行业协会负责秘书处日常工作，接触的也是建筑铁军。铁军将士可敬可叹的那些事儿，工地上处处凸显闪光点的那些事儿，抑或建筑企业老总及其农民工兄弟憋在心里头的那些事儿，在一个憧憬着文学梦的我眼前，都可以"秀"成令编者和读者都喜欢的鲜活灵动的文字。

我结缘《建筑》，从结识贾衍邦总编辑开始。这十多年来，以文会友，与建筑杂志社的许多编辑、记者老师在文字交流过程中建立了深厚的友谊，如张波、居吉荣、金香梅、汪法频、李国彦、张娟、李小燕，还有马红、欧阳东、肖华文、黄荔、要清华、张静、童雅琴、洪鸿，等等。有的虽已离开建筑杂志社多年，但我们至今还有联系。

我从 16 岁在地市级报上发表新闻稿，24 岁在省报副刊发表文学作品处女作始，笔耕已近 50 年，其中在逐梦文学的道路上跋涉了整整 40 年。前后创作各类文学作品 300 多万字，出版文学专著 11 部，参与主编纪实作品集 1 部。大部分内容不是军旅题材，就是与我从事的建筑业有关。而文学创作的爆发力是在结缘《建筑》之后，推出有影响、有价值的作品，也是于结缘《建筑》之后。颇具影响的长篇报告文学《聚焦中国民工》和论著式报告文学（这一提法为南通大学文学院教授徐应佩提出）《聚焦中国建筑业》，都是在《建筑》的阳光和雨露的沐浴与滋润之下结出的文学硕果。《聚焦中国民工》获评南通市政府文学奖二等奖。

缘于这一部《聚焦中国民工》，我被誉为"中国农民工问题专家"；缘于那一部《聚焦中国建筑业》，我也成了业内的"名人"和"名家"，由此成为一家都市文化报专栏作家——为我专辟了撰写农民工故事的《走天涯》专栏。

在贾总的关注和关心下，2004 年第 2 期《建筑》发表了我的《被"拖欠"施工企业老总们的难言之痛》。对这篇文章，当初曾有些争议。2003 年 12 月下旬，我首先将它发给了《瞭望》周刊。该刊面对全国媒体一哄而起的为农民工维权呐喊的舆论潮，认为发这篇有些不合时宜：人家都在呼唤为农民工维权，你怎么在这个时候讲老总们的难言之痛呢？于是，我后来将此稿给了《建筑》和《中国建设报》。贾总看后当即认为，这是一篇好稿子。由于 2004 年第 1 期《建筑》已经排定，便决定第 2 期发。戏剧性的变化是，作为周六报的《中国建设报》，决定于 2004 年 1 月 5 日（周五）三版头条发。《瞭望》编辑听说后，对我说，能否与《中国建设报》商量一下，让我们《瞭望》发了以后他们再发。《瞭望》是每周一出刊。如果让《瞭望》周刊先发，《中国建设报》就得在下周二以后再发。《瞭望》周刊同意发当然是好事，因为《瞭望》周刊影响大，尤其是该刊出刊后要在第一时间送达中共中央总书记和国务院总理办公室。但我总觉得如果这么做了，我怎么去面对《中国建设报》的编辑老师？一晃十年多过去了，我敬佩贾总的好眼力，好稿一眼能相中。

缘于这篇稿子，贾总发现了我的潜力。那天，在贾总办公室，他和我一起探讨开了中国建筑业当前面临的诸多问题。譬如，农民工问题、包工头问题、招投标问题等，当前，无论是行业还是社会，这些都是关注的热点。如果以独特的视角去反映和解读这一系列的问题，就能在业内和社会产生不同凡响的效果。

于是，我以笔名"北沙"署名的《我眼中的民工》《我眼中的业主》《我眼中的招投标》等一篇篇稿子陆续发给了《建筑》。贾总和时任《建筑》主编马红、副主编张波面对严肃的政论式的评说和灵动的文学的语言所构筑的这些精彩文字，连连称好。于是，从 2004 年第 6 期起,《建筑》开辟了《第三只眼》。这一栏目,几乎全是登的《我眼中的······》系列。《第三只眼》这个栏目,从 2004 年第 6 期开辟到居吉荣任主编后的 2005 年第 10 期改版时撤销,共发稿 14 篇,其中发署名北沙的《我眼中的······》系列 13 篇。改版后的《建筑》不再设《第三只眼》栏目,类似的文章后来在新设的《观察》《关注》《热点评说》《记者析评》等栏目发表。2007 年 4 月由中国经济出版社出版的 32 万多字的论著式报告文学《聚焦中国建筑业》43 篇文章,绝大部分是那几年《建筑》的首发稿件。《聚焦中国民工》一书由贾衍邦总编辑作序,《聚焦中国建筑业》由中国建筑业协会副会长张青林作序。

《聚焦中国民工》于 2005 年 1 月出版后,深受广大农民工的欢迎,被许多农民工视为维权的指导性读物。河北籍的一个农民工群体,为了维权,争讨多年被拖欠的工资未果,便在位于西单的北京图书大厦买了这一本书。看到序作者是《建筑》杂志社总编,就直接到杂志社找贾总,终于使这一例原为遥遥无期的拖欠很快得到了解决。当然,这是题外话。

中国浩瀚的汉字堆里有"慧眼识宝"这个成语。对于贾总和建筑杂志社团队的眼力、眼光,可称"慧眼",毋庸置疑。我只不过是一块糙劣的山石,是经贾总和建筑杂志社团队的雕琢,才成了值得一看的精美玉石。

建筑杂志社为"一社两刊"。除了《建筑》,还有一份《城乡建设》期刊。《城乡建设》2004 年 11 期,破天荒地以 15 个版面的篇幅,发表了我 3 万多字的论著式报告文学《聚焦政府工程款拖欠》。2004 年 11 月 5 日,《城乡建设》出刊当日,该文即在中央人民广播电台早上 6:30《新闻和报纸摘要》和中央电视台 7:15 的《媒体广场》节目分别进行了摘播。第 12 期《城乡建设》对该文在行业内和全国引起的反响进行了跟踪报道。

2005 年 11 期《建筑》，一期发了我撰写的 4 篇稿子。这样的情况可能不多见。感谢《建筑》对我的如此看重和信任。

《建筑》不仅是我人生追梦之旅中的一道瑰丽彩虹，也是凌空腾起于建筑企业发展之路上的一道瑰丽彩虹。

2008 年起，我办完退休手续后二次就业供职的江苏南通二建集团，在集团内部实行了以项目利润分红为实质、以项目模拟股份制为实施载体、以绩效考核为特征的项目公司化管理新模式。2010 年 17 期，《建筑》在《关注／特别报道》栏目，发表了我撰写的南通二建集团九公司《股份制·文化力——项目管理的战略创新》一文。并在《卷首》以《经济文化双支撑、项目管理创奇迹》为题，发表了"建筑时评"。此稿即在行业内引起强烈反响。2013 年 6 月 28 日，中施协在北京召开南通二建集团项目公司化管理研讨暨现场观摩会。会后，陕西、宁夏、浙江、山西、江苏、辽宁、广西、内蒙古等省、自治区有关协会和企业纷纷前来观摩或请南通二建领导前往介绍。

源于《建筑》发表的这篇项目公司化管理经验性稿件，经中施协推动，在业内引起较大反响。《建筑》为放大这一项目管理成果效应、实现行业效益的最大化，担当起了行业主流媒体的应有责任。2013 年 19 期《建筑》，《观点》栏目主持张娟策划并推出了由我撰写和组稿、占 12 个版面的南通二建《项目公司化管理续写创效神话》这组稿件。南通二建集团项目公司化管理经验通过《建筑》这个平台，在业内得到了进一步推动。

这些年来，作为读者和作者，我为《建筑》做了一些微不足道的事情，《建筑》却给了我很多很多。我多次获评建筑杂志社优秀记者，并于 2005 年和 2013 年两度荣获优秀记者"突出贡献奖"。《建筑》是我的良师益友，我在文学上的许多创作成果，得益于《建筑》的历练和提升。尤其我退休后在南通二建集团从事企业文化工作，《建筑》给力我倾情的事业，始终在发挥不能用简单的语言能够表达的宣传效应和品牌效应。2013 年，我荣膺"全国工程建设行业报纸十佳主编"称号，无疑有《建筑》的功劳。

缘是金，黄金有价缘无价。

缘是福，《建筑》之福我之福。

在《建筑》创刊 60 周年之际，我衷心祝愿《建筑》的未来更美好！

2014 年 9 月

血色晚霞

那年，珍宝岛烽烟腾起，我作为一名热血青年，积极报名应征入伍。于是，曾经的农家子弟便有了近20载的戎马生涯。远离大陆的海岛，橄榄绿色的军营，最能历练人。于是，曾经的热血青年，经过革命熔炉的锤炼，成长为一名铁血男儿。

海岛苦吗？苦。有位青年画家到海岛体验生活，3天没有喝一口苦涩的水。7天体验计划，第4天他就当了逃兵。可是，这样的水，我在岛上一喝就是6000多天。海岛是苦；可是，当教师的爱人那年带着不满3岁的儿子，毅然离开鱼米之乡的老家，跟我在岛上安了家。这一住就是4年，直至部队精简整编随我转业。

戍边好儿男，铁血铸忠诚。18岁参军，36岁转业，我把最好的青春年华留给了海岛，留给了军营。然而，包裹着艰苦与寂寞的海岛生活，承载着光荣与梦想的军旅生涯，使我受益一生。我人生的梦之舟，在这儿起航。

儿时，父亲和母亲教会我在故乡的泥巴路上蹒跚学步。我也由此迈出了人生之路的第一步，离开故乡，走进了梦中的绿色军营。而经过革命熔炉的锤炼，我才真正懂得了人生之路该怎么走。铁血男儿，永远昂首挺胸，气宇轩昂，精神抖擞，勇往直前。即便在风浪和诱惑面前，也挺直腰板。立功、受奖、入党、提干，成为我人生旅途中值得骄傲和回味的一个个亮丽符号。

我识字不多，13岁便辍学在家。入伍前上的最高学府是公立启东县南清河小学，最高学历完小。我却喜欢读书。《三国演义》《水浒》《西游记》《红楼梦》《青春之歌》等文学名著，一到我手里，就爱不释手。有时人家催着要，我真到了废寝忘食的地步。边吃饭边看书，看到精彩处竟忘了往嘴里扒饭。爱唠叨的母亲就说："这书能当饭吃？"当有了写作的冲动，我就抢着家里唯一的一盏美孚罩煤油灯，挑灯夜读。母亲一觉醒来，发现我还在那儿写，就说："还不睡？识了几个狗笔字，你做什么梦？"哦，母亲说得不错。不经意间，写作还真成了我由浅而深憧憬的一个美丽的梦。24岁那年，散文《团长的铺盖》发表于《新华日报》副刊。这篇处女作由此成了我文学梦和作家梦的一个标志性起点。30多年后，我以300多万字的创作成果，使梦想终于成真——我被批准为中国作家协会会员，成为从内长山要塞区部队成长起来的包括著名作家王海鸰、黄国荣、陶泰忠等在内的长岛战友作家群中的一员。47岁那年，破格获评高级政工师，退休时享受副教授级职称待遇。

岁月不饶人。一晃，一个豆蔻年华的热血青年，成了一位当了爷爷的花甲老人。

我老了吗？我时常对着镜子，自说自话。看头顶日趋稀疏的头发、眼角日趋稠密的皱纹、脸颊日趋增多的色斑、脖颈日趋松弛的皮肤，不用人说咱岁数，老了就是老了。

我又时常这样想：看我依然直挺的身板、风采依旧的额头、目光炯炯的气质、精力旺盛的状态，我老吗？不老。

老兵不老。因为我的血脉里奔涌着军人的血，浸润着"海岛为家，艰苦为荣，祖国为重，奉献为本"的"老海岛"精神。

血总是热的。老兵的血，永远是一腔铁血儿男滚烫的血。

我在长篇散文《长岛岁月》（解放军出版社 2011 年 3 月第 1 版，解放军总后原政委张文台上将、江苏省作协主席范小青分别作序）一书结尾中写有这样一段文字："我想对我亲爱的长岛战友说，不管你今天生活在城市还是乡村，是领导还是平民，是富有还是贫穷，即便是到了中年甚至晚年，也要无愧于一个战士的称号，无愧于长岛岁月那一段光荣的历史。激扬你生命的活力，将瑰丽的夕阳，燃烧成最绚丽的晚霞，然后，将这一道美丽的风景，奉献给孕育我们生命的血地——故乡启东！奉献给抚育我们成长的摇篮——第二故乡长岛！奉献给生命中至亲至爱的父老乡亲和我们的战友，奉献给引导我们永远向前向前的八一军旗！"

这是我的心里话，也是我退休生活实践的真实写照。我要让退休生活演绎的那一道晚霞，燃烧成天边最具老兵色彩的瑰丽无比的血色晚霞。

按照企业军转干部可以提前办退休的规定，我于 57 岁那年从某省级企业集团党委领导岗位上办理了退休手续。接着受聘于一家中国 500 强企业，负责企业文化工作。我把职业当事业——不仅仅以职业谋生，把职业当作事业来做方有追求。我们这一把年纪的人，家里事情少。于是，我有更多的时间倾注于工作，每天提前半小时四五十分钟上班是常事。到工地一线采访，三点一线：工地、住处，然后便是返程的机场或者车站。工地周边，有不少我从未亲近过的名胜景点，但我总是来去匆匆。到了海南，没去天涯海角看看，吃住在工地。从机场直抵工地，又从工地直达机场。2013 年最紧张的一次，12 天走了东北、华北、华东地区 9 座城市的十多个工地。我倾注了多少心血的企业报，便从 2008 年起，连续七年获评全国工程建设行业报纸最高荣誉"金页奖"和江苏省建筑业十佳报纸；2013 年，个人荣膺首届全国工程建设行业报纸"十佳主编"。每年总有十数篇甚至数十篇有质量的稿件被省级以上媒体录用，先后 8 次获评建筑杂志社优秀记者，两度荣膺建筑杂志社优秀记者"突出贡献奖"。

老兵的性格，心里总是装着一份责任。我是连续几任的市作协主席（原为文学工作者协会理事长）。县级作协是"三无"社团组织，无人员编制、无活动经费、无办公场所，但它承担着培育和造就文学新人、发展和繁荣一方文学事业的责任。55 岁那年，在各级领导和社会各界的支持下，我和我们的团队自筹资金，主持创办了启东历史上第一本纯文学期刊《沙地》。在杂志社编辑团队的全身心投入和倾力打造下，《沙地》目前已走过了 9 年历程，成为省内外富有影响和特色的一本纯文学期刊，文化启东的一道独特风景。60 岁那年，我成功地完成了从作协主席到名誉主席、《沙地》主编到名誉主编的角色转换。退下来这几年间，我欣喜地看到，年轻人比我干得好。

铁血儿男，总是激情涌动。即便到了几近花甲的岁数，工作始终充满激情。奔涌的激情里，有对事业的追求，对弱势群体的同情，对公平正义的呼唤。建筑业是农民工聚集最多的一大产业。我本是一位农家子弟，身在建筑业，便喜欢和农民工交朋友。有机会就和农民工一起吃工地食堂，一起上三块钱的澡堂，一坐下来就和他们聊天拉家常。当我有了农民工的许多动人故事，一家都市文化报便为我开辟了《走天涯》专栏，一家杂志社为我开辟了《第三只眼》专栏。于是，我便先后出版了《聚焦中国民工》《聚焦中国建筑业》两部集政论性和文学性为一体的报告文学，并有了"中国民工问题专家"的雅称。2008 年，四川汶川发生特大地震，我满怀激情，以一个月时间创作出版了一部 5300 行的长诗

《汶川长歌》，400多本近万元图书赠送灾区和抗震救灾英雄所在单位，作品获评第五届南通市政府文学奖一等奖。灾后恢复重建过程中，我和文友一起走进重灾区，走进灾后恢复重建工地，采访南通市援建队伍，写出了两万多字的报告文学《南通情——江苏南通市援川恢复重建实录》（载《文学界·中国报告文学2010年9月号》，作品获第六届南通市政府文学奖三等奖）。2011年，我又将价值一万多元的250多册弘扬"老海岛"精神的长篇散文《长岛岁月》赠给曾经战斗过的老部队官兵，总后原政委张文台上将亲自出席赠书仪式。之后又给部队官兵作《激情岁月铸就无悔人生》的现场演讲，部队反响强烈。南通《江海晚报》作了《〈长岛岁月〉唱响长岛——访启东籍作家陆汉洲》的长篇专题报道。从2011年底起，我和原内长山守备师副政委盛范修一起，用近3年时间，策划和主编了《我们的长岛岁月》，出版资金由我负责筹集。这本书由总后原政委张文台上将题写书名，山东省军区原政委赵承凤少将作序，来自全国九省、直辖市的70位长岛战友71篇文章结集而成。作者当中有将军和士兵，有部队原军政一把手、院校教授、老红军后代，还有部队家属代表，师团职干部达50%以上。每一篇文章，都是传递"老海岛"精神、培育当代革命军人核心价值观所需的正能量。当许多战友在电话和短信里期待这本近40万字的"红色记忆"面世时，对于在900多个日日夜夜里所付出的艰辛，我觉得值！这本书已在今年8月由南京出版社正式出版。

时间都去哪儿了？

血色的晚霞会告诉你——每一天，我都没有让它白白流过。我始终在忠诚地坚持和坚守着所挚爱的事业和崇高的信仰。

铁血铸忠诚。当年，艰苦的海岛军旅生涯，考验了我的坚持和坚守。我也在坚持和坚守中铸就了铁血般的军人性格。

人生的晚霞多壮美，是因了厚重的铁血作底色。铁血不仅是一位花甲老人的晚霞底色，更是一位海岛老兵的生命底色。

2015 年 10 月

第三辑　梦·远方

　　远方，是他乡一道美妙绝伦的风景，或者是一处生命与自然对话的心灵栖所。

世博之旅

壹

本届世博会办到了家门口的上海，不能不看。但面对排队等候游世博的诸多负面消息，心里头不由得发怵。

听说最热门的国家馆沙特阿拉伯馆，最长排队等候时间要 8 小时；位于浦西比较热门的企业馆石油馆，最长排队等候时间也要 6 小时；尤其想一睹以城市发展中的中华智慧为主题，表现"东方之冠，鼎盛中华，天下粮仓，富庶百姓"的中国文化精神和气质，以传统的"中国红"为主色调的中国国家馆的风采，仅有世博园入园门票还不行，还得有预约券。有消息说，截至 9 月 28 日，已有 2114.9 万人参观了中国国家馆，约占开园以来参观世博 5700 多万人总数的 37%。人数如此之多，必须预约。领预约券必须排队，而预约券每道门每天均为限量发放。

上海世博会是一个浓缩的世界，方圆 5 平方公里面积的会场，有 200 多个国家和地区设立了展馆。无疑这是一次世界博览盛宴。那一张张精美的门票，即是主人一份份热情的请柬。有人怕喝酒，怕应酬，便发怵赴宴。但人情难却，到了这份上，再发怵也得去。我始终不相信网上流传，被许多人视为经典的那句语录：不去世博，终生遗憾；去看世博，遗憾终生。我想，游世博，肯定很累，但一定会有收获。轻而易举、坐享其成的收获，世上少有。如果有，坐享其成者决没有多少绝对拥有的归属感和成就感，因而，也没有收获后的那种激情和快感。因为，其间没有你的任何付出。我觉得，长时间排队等候累是一定的，但，哪怕只是看一道"排队等候中的上海世博之旅人流"的风景，也是一种收获。因为，在这一道风景里，你能看到人们的期待，人们的热情，人们的憧憬。

想去，但要尽量避开人流高峰期。五一、十一黄金周不能去，暑期、双休日不能去。于是，我们瞅准了日历上的 2010 年 9 月 28 日。9 月 26 日给上海的朋友打电话预订 9 月 27 日的房间时，他说："我老早就跟您说过的，世博期间上海住宿紧张得不得了啊，订房没有一个礼拜的提前量就有点儿悬了。您知道吗，前天参观人数都达到 63 万人了！"还好，他不一会儿来电话说："你们明天的住宿问题落实了，但只能在商务酒店将就一下。"

9 月 27 日下午，我和老伴前往上海。在朱桥卡口查验了身份证，一会儿就收到上海世博局两条短信。一条："昨日排队时间超 3 小时场馆：石油馆、日本馆、沙特阿拉伯馆、德国馆和上汽集团馆。请合理安排参观路线。"另一条："游园劳累要休息，劳逸结合心舒畅；自带食品需卫生，园内点餐应适量；常用药品随身带，如有不适速就医；随行同伴要跟紧，电话地址贴身放。"

两条短信十分及时，颇有人情味。

贰

凌晨 4 点，夜上海还在沉睡中。为能赶在人家前头排队，我们早早起来了。这是一席百年难得一遇的世博盛宴，再发怵也要为之一搏。我军人出身，把这次上海世博之旅当作一场战役来打。老伴儿曾教过中学语文，懂得什么叫一搏。

4点半的上海街头，路灯昏黄，车辆稀少。车上南北高架，一会儿又下去了。哦，前面被封堵了。一过延安路，我们的车又跃上南北高架，一转眼便到了卢浦大桥。司机徐师傅说，如果是上半夜，这里能看到五彩缤纷的灯光映照下的整个世博园区壮丽夜景。虽然眼前卢浦桥下的世博园区，灯火闪闪烁烁、星星点点，不很显眼，更谈不上壮观，但从徐师傅传递的信息和早先在电视里看到的画面中，我已领略了世博园区的壮观场面。无疑，这无与伦比的壮美世博景观，也是吸引世界各地特别是国内数千万游客，涌来上海看世博的一大亮点。排队的时间再长，等候的过程再累，人们也乐此不疲，图的是什么？不就是到这里来追逐一种美，享受一种美吗？当一个人通过追逐获得了一种美，怀揣着一种美，虽然追逐得很累，但他获得了享受后的心里头一定是美滋滋的。在自然美与心里美的交融中，他一定会有一种生动流畅的幸福感和快乐感。

车到耀华路，前面是世博道路交通管控区，社会车辆不让进。这里离7号门不远，我们就拿着《中国2010年上海世博园区导览图》，边问路边往前走。当我们发现7号门标牌，同时也发现了一溜厕所。我便对老伴儿说，咱们先方便一下再去排队。

看到人们往7号门方向涌，老伴儿便跟着我一阵狂奔。我们终于在7号门外围第一道入口排上队了。看看排在我们前面的人，估计不足300人，还好。看来，都是像我们一样想拿预约券的。哦，还有4点钟就有来排队的呢！真是辛苦大家了。看看手机上的时间5:05。相比之下，他们起码比我们少睡了一个多钟头。路途比我们远，少睡的时间就更多。

前头有人说，每一道门，每天发放预约券1000张。有人接着纠正说是1500张。无论1000张还是1500张，我想，里头应该有我们的份儿。只是，等一会儿入园安检，队伍又将打乱，又要排队。我已经作好了500米冲刺准备。

天渐渐放亮，由若干个S型护栏间隔组成的排队序列，开始渐渐见头不见尾了。连绵的S型护栏像一条长长的蛇型通道。不断涌进来的游客，在这一条长蛇的肠子里缓缓蠕动，蜿蜒而行。人们一个个行色匆匆，像是去赶集，为争抢一个好的摊位，或为看一台街头露天舞台好戏抢坐头排。但看其情急之势，又不至于如此浅薄。倒像赶着赴宴，生怕去晚了，落在了人后，抹不开主人的那份情面。显然，这是对主人的一种尊重。要不然人家会说，你看你，主人以5年时间，精心准备好了这一席盛宴，你却手持请柬，姗姗来迟，这不就怠慢主人了！我发现，人们抱着"不出国门，看遍世界"的心情，个个喜形于色，精神饱满。他们步履匆匆，从后边一拨拨涌来，衔接已被我们甩得老远的队尾的人流。

当"排队等候"成了世博的一道风景，"景区"便引来了叽叽喳喳的一群生意人。他们贴着排队等候区的S型护栏，热情地向游客们推销折叠式彩色塑料小凳："排队等候时间长着呢，就是年轻人也挺不住啊，10元钱一张小凳，花钱不多，可以解除你排队等候中的疲劳！"面对这样的宣传和确实存在的实际困难，游客中就有不少买的。经讨价还价，8元钱亦能成交。老伴儿问我买不买，我说买一张吧，两人交替着坐坐就可行了。并不是在乎几块钱，关键是游世博多一张小凳也多一个拖累。

后边一阵骚动。嘈杂的人声中，有人大声地喊正在一旁执勤的警察。哦，是有人跨越护栏欲插队，且是一大帮人。原来，他们说是同一单位的，共20多人。然而，他们投机取巧只是先来了两个人。眼看时针指向北京时间 7 点整，园区外围通道就要放行了，突然有那么多人插队，后边就不愿意了，因而立即引起了公愤。执勤的警察立即予以制止：都给我下来，后边排队去！

于公愤面前灰溜溜地开溜的人，在众目睽睽之下，丢掉的是人的尊严。人的尊严是什么？是人的面子。她是伟大的，**巍峨的**，因而她受人敬仰。她又是阳光的、朴实的、清爽的，因而她会受人尊重。人的尊严是人的生命中最为宝贵的东西。

叁

不同肤色、不同语言、不同民族的世博游客，来自世界各地。世博会办在中国，国人热捧，情理使然。开馆以来每天几十万人，从城市乡村，五湖四海，或飞机或火车或汽车或自驾车，或由单位组织或通过旅行社团或朋友相约或夫妻相伴或扶老携幼，近者百里数百里，远者千里数千里，披星戴月，一路风尘，汇聚黄浦江畔看世博，抱的是同一缕热情，为的是同一个目的，找的是同一种感觉。

看世博的心情很美。你能从一张张喜气洋溢的笑脸上，看到大伙儿这一刻美丽的心情。不要大惊小怪，喜气盈盈的沃土上，开出的一定是喜气盈盈的美丽花朵。前不见头后不见尾潮水般涌动的人流里，一张喜盈盈的脸庞，就是一簇喜盈盈的浪花。即便有不少人倦容满面，也掩饰不住心里头那一股美丽的高兴劲儿。

排队等候中的风景里，任何一个镜头和片断，都能从中咀嚼出许多美的味道。我身后有个四十上下的中年人靠着那硬邦邦的护栏席地而坐，打了一个长长的哈欠，歪着头就睡过去了。他穿着一身已经泛黄的旧军装，领口敞着，脸色黧黑，脸上有些肉嘟嘟，头发很厚，脚上也是一双泛黄的解放鞋。看样子，他是独自一人。他好像是个退伍老兵，也许来自遥远的西部，拖拉机、汽车、火车，连续几天一路奔波，一定很累了。他也许一到上海没有住下，就往这儿赶了。哦，他已经打起了呼噜。那长长短短还算均匀的呼噜，如同中秋过后，西部大山里舞动的爽爽秋风。

我相信，在排队等候的过程中，一定有许多可以用来阅读的时间。尽管这一过程中声音嘈杂，环境不雅，影响注意力的诱因很多，但我想总能读一点东西。于是，我把当月的《散文》带在了身边。老伴儿在临离开酒店整理旅行包时，说包里的东西太多了，背着沉，帮你清理一下，她便把《散文》给拿了出来。我说，宁愿少拿一个苹果，也要带上这本《散文》。最终，我把《散文》重新装进了包里，苹果也没有少拿。我想，在漫长的排队等候过程中，咱们精神的物质的东西，一个也不能少。

我喜欢朱以撒的散文，不久前看了他的《远影》。这一期上的《被注视的时光》又是头条。靠在通道S形排队等候区不锈钢护栏，我翻看着《被注视的时光》："百闻不如一见——通常是生活经验之一，口口相传，可以成为运用的法则。""相信自己的眼力是一种本能，经过亲睹而决定，往往是事态进展的一个过程。而道听途说往往是经不起追问的，甚至孔子就认为'道听而途说德之弃也'。可是，依靠自己的眼力就那么有力量吗？现在我越来越不敢如此自信了……"我一边欣赏朱以撒的美文，一边沉浸在朱先生散文富含深邃的哲理思辨之中。

无所事事，坐在那里排队等候的老伴儿，跟旁边几个女人拉起了家常。一对母女，女儿今天是第三次游世博了，这次是陪母亲而来。不过，她今天还有一项任务：到有关展馆为《世博护照》补盖几个章。她说，盖全了章的世博护照，更具纪念意义。这位母亲亦是退休教师，和我老伴儿无形中多了个话题。哦，她的外孙女都已3岁了！靠老伴儿跟前的那位女子，外孙8个月大，比我们孙子大半岁。她家在浦西。她说，站在卢浦大桥上，都能看得到她那片小区的楼房了。尽管距世博园那么近，她却是第一次来看世博。她说，是可爱的小外孙让她忙得脱不开身。今天，她为老公和女儿女婿准备好了可口的中晚两餐才出门的。

有道是三个女人一台戏。想不到，几个女人在一块儿拉拉呱，闲聊聊，忽然冒出了一个启东媳妇来。家住卢浦大桥旁那位叫杨锦巧的女子，忽然听出我老伴儿好像是启东人。老伴儿像发现了新大陆似的说，是啊，我们就是启东人。接着问，难道您也是启东人？杨女士听罢，马上将手放到了我老伴儿的手上，高兴地说，难怪口音那么熟，原来是启东人啊。我是启东人的媳妇，我老公就是启东人。怕我们不信，杨女士还说出了许多关于启东的细节来：汇龙镇、永阳村、汇龙镇的花园路菜场等。她大伯哥还是启东橡胶厂的退休工人。

天下无奇不有，总有这么巧的事在眼前发生。"阿拉这是有缘！"杨锦巧笑道，"今天我就跟着你们走了。""我们主要想看看中国馆和德国馆。""行，我就跟着你们。我还要陆老师您帮助照相呢！"杨锦巧，我尊其为巧姐，显然已看到了我随身携带的专业相机。我合起了手里的《散文》，说："好啊，既然有缘，我们今天就互相照应着点儿，开开心心一起游世博。"

佛家有云：世间万物皆因缘合和而生，因缘聚则物在，因缘散则物灭。又云：缘不可求，缘如风，风不定；云聚是缘，云散也是缘。数千万之众，为世博，从遥远的天南海北相聚在黄浦江畔，尤其是在排队等候游世博过程中巧遇同乡，更是一种缘分。这大概就是"世博缘"。

有了与巧姐的约定，我们在排队等候过程中，便多了个说话的伴儿。在流动不居的目光里，也多了一个驻足停顿的地方。

肆

7时整，从园区外围排队等候区前往安检等候区，需要重新排队。原来的排队等候顺序，将被这一次转场重新排队打乱。当外围排队等候区出口的门一打开，排在第一道护栏内的游客像决了大堤的洪水，直向300米左右开外的安检等候区方向倾泻。游客们"噜噜噜"的脚步声，如同轰鸣的水声，在开阔的过渡区上空弥漫。

巧姐人高腿长，身上又无大的行包，她快步如飞，很快冲到了前头。我注意到了，她一边跑，一边笑着回头观察我们的速度。

安检排队等候区的钢结构大屋一字排开，十分宽敞。巧姐和她前面的游客，以排山倒海之势，边冲刺边展开。

往后看看，老伴儿显然拖后腿了，但她也在拼命跑。她拼命跑动起来的时候，脸总是涨得通红。我得等她一下。她看我放慢了速度，却在那儿对我说："你快走吧！"大有一种"不要管我，抢占有利地形要紧"的英雄气概和壮志豪情！

"我可不能把你落下，等会儿到哪儿找你去？"我等到了老伴儿，拉起她的手，又是赶紧往前冲。当发现有不少标有序号的口子，我当机立断，不跟在巧姐后边跑了，另辟捷径占领有利位置。又是无休止的 S 形通道。我们仿佛又开始在这条长蛇的肠子里缓缓蠕动，蜿蜒而行。

终于到了安检排队等候区的卡口跟前。还好，我们前边只有6个人。若按4人一组进行安检的话，我们就在第二组。而我们面前卡口的序号为24号，如果跟前依次放行安检发预约券的话，我们应在200名之前。我和老伴对目前所处的有利地形比较满意。说明刚才这一仗打得十分漂亮。这时，我发现了巧姐，她就在我们旁边的23号卡口内。可是，她位于卡口内的位置在10名以后。

巧姐也很快发现了我们，她远远地向我伸出了一只大拇指。事后，她当面夸我不愧当过兵，关键时刻就是过得硬。

9点钟才进行安检。又是漫长的等待。

安检等候区要比刚才的外围排队等候区空间大得多。看看还有近两个小时将在那儿排队等候，闲着也是闲着，于是有人结伴玩起了扑克。哦，这是一种叫"干瞪眼"的扑克游戏。有人净剩一张大王也无法出去，真是"干瞪眼"了！看那伙人的高兴劲儿，旁边看的比手里拿牌玩的还有不知高出多少倍的情致。

玩"干瞪眼"的旁边，有位穿着蓝工装的师傅在那儿打起了瞌睡。旁边再闹哄哄的，他自不为所动。你们玩你们的，他睡他的。

陆续有向把守卡口的工作人员打招呼上厕所的，有些人显然已经憋不住了。刚才这两小时，现在又将有持续近两小时的排队等候，即便是年轻人，肾功能再好也吃不消啊！方便了回到队伍里的人们，好像比刚才活泼轻松多了。是啊，一泡尿也是能憋出人命来的。

喇叭里广播找人。无疑，这一回从外围转场入园后的重新排队，有人走散走失了。这里头，有甲找乙，也有乙在找甲的。志愿者和大喇叭，这时成了他们相互找寻的最好媒介和桥梁。

两个小时的漫长时间，在我们看得见的等待中悄然而过。志愿者一队队从我们跟前经过，安检人员在我们的注视下陆续就位。把守卡口的工作人员向我们发放着园区导览图，并用沙哑的声音不时对游客提出的问题作这样那样的解答……

终于开始安检了。真如所料，安检分为4人一组。于是，我们毫无悬念地拿到了中国馆预约券。从另一道安检口出来的巧姐，也如愿拿到了预约券。我们开始结伴而行。她带来了一个好消息：她刚结识了一位浙江大姐，她丈夫来过德国馆，今天他将陪着老婆、孩子一起游德国馆。跟着他们走，我们参观德国馆就不走弯路了。

于是，我们商定，中国馆安排下午时间参观。

跟随浙江大姐丈夫，我们很快找到了世博园区公交车，一溜烟直奔德国馆旁边的车站。接着往德国馆又是一路狂奔。巧姐与浙江大姐跑在前头，浙江大姐将她老公也甩到了我们后头。老伴儿还是在我后边拼命地跑，她还是气喘吁吁，脸涨得通红。有人吆喝，这20秒冲刺，争抢的就是三四个小时的时间效益啊！果然，在我们后头不远处，一道卡口将后边的游客挡在了外头。旁边被挂上了一个红色的牌牌儿，上面写着"四小时等候区"。

好险！老伴儿不由向我伸了一下舌头。

在德国馆排队等候区的S形通道里，我们又开始缓缓蠕动，蜿蜒而行。与巧姐在通道中相遇，她和浙江大姐绽开了笑脸，隔着栅栏向我们频频招手，并甩过话来："在前面等你们！"

"前面等"三个字，让人听起来很温馨，很满足。我们毕竟今晨才于排队等候区中相识。之前，我们谁也不认识谁。

伍

经过从5点左右到9点近4个小时排队等候的考验，在德国馆排队等候区一个多小时的缓缓蠕动算不了什么。好比清晨看日出，都已经看到太阳浸染的红云了，日出还能有多久？德国馆就在眼前咫尺之间，这时，我们的情绪比较放松。我时不时拿起机机，将缓缓蠕动中不同表情的旅客摄入了镜头。

其实，参观德国馆的时间，也才一小时多一点。走出德国馆时，我手机上显示的时间：11:44。

凌晨4点半出门前，往肚子里匆匆填了些东西。这7个多小时里，基本没吃过东西。偶尔喝口水，也不叫喝，而是湿润一下嗓子。排队等候过程中，这个水也不能多喝。喝多了，就会给你招来麻烦。一旦憋不住的时候，那就惨了。而且，在排队等候区，男女都一样。不像在马路边上，男同胞们一旦憋不住了，背着人就可以方便。

下一个目标是去浦西，看两个企业馆。中国馆压轴，这是世博盛宴上我们计划的最后一道菜。巧姐提议："我们就在黄浦江的渡轮上吃点东西。"

坐船过江，先看"城市足迹"——上海世博会主题馆，再看日本产业馆。城市足迹馆排队情况还好，中间基本上没有等待，缓缓蠕动前行的速度虽然慢，但还是属于流畅的。即使是缓缓蠕动，似乎也能听得到其间流水的叮咚声。流畅地行进中的游客，心理上就没有任何被堵似的那种压抑感。

城市足迹馆出口对过，是日本产业馆。巧姐对日本产业的先进技术情有独钟，参观欲望挺强烈。出城市足迹馆，天忽然下起了雨来。是老天不守诺言，还是气象预报不准确，原来说今天阴，现在这雨便给我们来了个突然袭击，下得还有点儿劲道，雨点子滴滴答答、噼噼啪啪的。日本产业馆排队等候区，人挤人，队伍已经排成了长龙。两道口子，一道口子跟前挂着一个提示牌：看电影排队区，需等候3小时。另一道入口跟前挂着的提示牌上写着：不看电影排队等候区，等候时间至少40分钟。

等候3小时肯定吃不消，因为，参观中国馆是我们今天的最高目标。这个日本产业馆3个小时等下来，我们什么时候过江去浦东？我们和巧姐设定过江时间不晚于3点，不然就要耽误参观中国馆。关键是我们对参观中国馆心里还没有底：不知道排队等候到底需要多长时间。于是，我们确定不看日本产业馆电影。那个至少40分钟的排队等候区还好，最终排队等候的时间基本没超我们预期。我们在焦急无奈的等候中，前后用了约一个小时。参观时间也没有等候时间长，也就 40 来分钟。好像是天公很人性化地为我们精心安排好的，出日本产业馆，雨停了。偶有稀疏的那几滴，已不影响我们情绪了。我们抓紧时间去渡口排队。

看世博，乘船乘车排队等候的时间，是最为潇洒的。这一段时间里，你是最风光的，绝没有被时间奴役和压迫的那种感觉。

好多在预料之中的事情，我们都像被沉重的石碾无情地碾过了一样，我们无奈但也很坚强地经受和接受了。就好比没完没了的无休止的排队等候。许许多多的人，在同一个时间段内欲获得同一样东西，排队等候就成为一种客观规律。客观规律的石碾你不接受也不行。否则，就没有了秩序，就要乱套。

有一件事情却在我们的预料之外。9 月 28 日那天，是俄罗斯国家馆日，俄罗斯总统德米特里·阿纳托利耶维奇·梅德韦杰夫也来到了上海。更没想到，这位俄罗斯总统，在出席了俄罗斯国家馆日活动之后，又要参观中国国家馆。他参观中国国家馆本不要紧，要紧的是，他是一位外国总统。他参观的时候，中国国家馆清场，里头的游客都被请了出来。当我们走进中国馆区的时候，中国馆外边站满了人，马路上拉起了禁止通行的黄带子，旁边站满了警察。

中国馆外的游客七嘴八舌，议论纷纷。有人不知道梅德韦杰夫是谁，一说俄罗斯总统，就以为是普京，甚至还要跟人打赌。天下真是无奇不有。

由于梅德韦杰夫总统的光临，我们在中国国家馆的排队等候区足足等候了三个小时（不包括之前参观中国各省自治区直辖市联合馆）。这时，夜幕徐徐落下，浦江两岸已经华灯齐放。中国红装点的中国馆，在泛光灯的映照下，气势如虹，分外壮观。

参观中国国家馆，是世博盛宴最亮丽的一道中式佳肴。有道是"好菜不怕晚"，尽管那么晚了，肚子里开始咕咕地叫，两条腿有些不太听使唤了，我们还是如醉如痴地在中国国家馆内流连忘返。仅一幅动感的《清明上河图》，就让我们百看不厌。

粗略算算，这一天我们排队等候的时间，远超参观游览的时间。晚间有报道说，当天参观世博会的游客总数达 38.3 万人。

这 38.3 万游客中，我想这一天没有排队等候的，也许只有俄罗斯总统一行。总统时间宝贵。一天排队等候十小时再耗时五六小时参观三四个馆，加上宾馆与世博园来回途中一个半小时，只有我们这些平民百姓赔得起。我们的时间虽然也很宝贵，但一定没有一个大国国家元首那么宝贵。

这一天，17 个小时多的世博之旅，尽管有搏击一番的思想准备，但还是把我这个花甲之年的老兵给累垮了。

为了争时间，抢速度，拿一张稀罕物似的参观中国馆预约券，几度狂奔出汗，在静静的等候中又几度受凉，我终于没能抵挡病毒的侵袭而感冒了。曾试图挺一下。结果一拖出问题了，一周后，出乎意料地发起了 38.5 度高烧。见此情形，便开始挂盐水。刚有些效果，接着去苏州 4 天，出席一个全国性行业会议。其间咳嗽不止，呼吸困难。会议结束一回到家，又开始挂盐水，且用的是 960 万单位的青霉素，6 天下来，未见缓解。接着又是做胸透做 CT，在网上寻找呼吸内科专家，改换治疗方法，经过前后 20 多天的折腾，终于有所好转。这次由世博之旅引发的感冒，并由感冒引发的急性支气管炎，着实让我吓了一跳。一连几天喘不过气来的那种感觉，让我深深体会到人的生命是何等的脆弱！

写到这里，我想，游世博要是当一天总统不排队等候，该有多好！

2010 年 10 月

长白山朝圣

遥远的圣山

从长江入海口北岸的故乡启东，到东北的三江（松花江、图门江、鸭绿江）源头长白山，无论是想象，还是在地图上比画，都显得十分遥远。也许是央视几个频道每天"轮番轰炸"的"休闲养生地，大美长白山"的广告语所起的作用，这些年，长白山已成了我心中一座遥远的圣山。

登临长白山的冲动，缘于对这座圣山的崇拜。那天，当我乘车前往长山白，心中忽然生出了一丝虔诚的进山朝圣之感。

虽说7、8、9三个月是游长白山的最好季节，但凡总有许许多多千里迢迢前来欲一睹长白山天池风采的游客不能如愿，于是，便有了坊间一种"长白山，常白来"的顺口溜。相传，某位国家元首前些年曾三度登临长白山，天池却始终板着一副脸，不给元首一点儿面子，总是云气笼罩、白雾缭绕，未露一丝尊容。这便应验了长白山的"神秘、神奇、神圣"之说。它的"神圣"，决不会因你的位高权重或富贵贫贱而另眼相待，你若生气也没用。它与你的距离，不会因你的靠近而缩短。那一片云气与雾气的阻隔，无意中使你对它产生了遥远的距离感。

长白山脉绵延东北辽、吉、黑三省数千里，说它"长"，确实够"长"的。海拔 2691 米的主峰白云峰及其周围海拔 2500 米以上的 16 座山峰，冬季白雪皑皑，夏季白岩裸露，终年皆白，说它"白"，这便是"白"的"引子"。谒拜、朝圣长白山，似有一种"长相守、到白头"的深长的意味。

我们的车在轰轰隆隆地往天池所在的长白山主峰进发，车上的人在尽情地享受长白山赐给的轻盈的蓝天白云、明媚的灿灿阳光和道路两旁原始森林浓浓绿意带来的清新空气。是啊，长白山湛蓝的天空，恍若用纯净水冲洗过的那么干净；长白山上飘动的朵朵白云，恍若天仙织就的哈达那么圣洁；长白山满目苍翠的原始森林，恍若画师挥洒于天地间的巨幅油画那么迷人。

而往长白山历史的远处看，我们的车轱辘正一路向前滚动的地方，原来是一片浩瀚的大海。如今山道旁原始森林荡漾的绿浪，亿万年前曾经是海上涌动的碧波。眼前静静地安卧于广袤的黑土地上的长白山，它亿万年来的孕育与形成，历经坎坷与磨难。是沧海桑田的无数次变迁，才得以成就今天作为一座圣山的伟业。

这一座圣山，亿万年前曾被一片汪洋大海所淹没。它仿佛是地壳母腹中一个熟睡的幼婴。当某一天熟睡的幼婴苏醒，它便在母腹中开始躁动不安，不断地发出呻吟与呼唤，甚至还有类似于伸伸懒腰、打个哈欠之类的一种生长过程中本能的情绪宣泄。然而，这一种本能的情绪宣泄，直接导致了地壳的隆起、上升和海水的隐退。当幼婴似的长白山地表露出水面，探出头来贪婪地呼吸着外面的新鲜空气，十分张扬地欣赏外面的精彩世界之际，炽热的阳光、无情的风雨，便一次次地给它以下马威。于是，地表岩石不断遭受风化和破坏。

而这时的长白山仍然处在孕育阶段。这一地区地壳的演化过程，经历了约32亿年"十月怀胎"的漫长岁月。接下来，尚不成熟、欲想出人头地的长白山又积极参与了3000万年前的喜马拉雅造山运动，先后经历了4次恍若母腹孕育的阵痛中口吐鲜血似的火山喷发活动。血色的玄武岩浆从"上地幔"出发，无可选择地沿着地壳中的巨大裂隙不断向上翻涌、流淌。携有强大冲击力的岩浆，将原来的岩石及岩浆中先期凝固的岩块及其火山灰、水蒸气，恍若庆祝长白山即将诞生的绚烂的礼花喷向空中。这些无所适从的岩块及其火山灰、水蒸气，之后在重力和风力的作用下降落至火山口周围。于是，一座圣山隆重诞生——玄武岩台地就是长白山阔广的胸襟，形态各异的火山地貌就是长白山历经沧桑的不朽尊容。

相对于长白山数十亿年漫长的地质演化史，长白山几千万年的火山爆发史无疑是短暂的。然而，长白山火山还没有死去，如今只是处于休眠状态。也许，这一座圣山从遥远的岁月走来，它走累了，怎么也得停下来歇歇脚，喘口气儿。

长白山是大自然鬼斧神工之作。它是圣山，也是神山。你说，谁能将一座座高海拔群峰组织安排屹立于这里？谁能将一湾深不见底的火山口湖泊勇敢地搂入怀中？唯有天力、神力！难怪，人们将这一湾火山口湖称之为"天池""神湖"。而这天池之水，亦被誉为"神水""圣水"。

山、水、人是大自然的完美组合。大自然孕育了长白山，长白山孕育了长白山的历史和文化。《后汉书·东夷列传》载：公元前82年，长白山就首度上了中国正史。而以游猎、采集、捕鱼和农耕为生的满族先世对长白山的崇拜，是长白山最早的文字记录。当年，长白山是渤海国的疆域。渤海国文化遗存，流传千载的《红罗女》称：长白山为"一座圣山""在太白顶上，有一位出世真人，是满族崇拜的祖先神——白山圣母"。

长白山的"原始、源头、元气"，从此有了新的注解。大自然原版的长白山，不仅是东北的三江源头，也是满民族精神的源头。而元气，就深藏于民族精神之中。

当长白山被视为满族发祥的"兴王之地""龙兴之地"，从取代契丹建立金王朝的女真（今满族祖先）兴起后，先后有称帝的金世宗完颜雍于大定十二年（公元1172年）册封长白山为"兴国灵应王"；金章宗明昌四年（公元1193年）又封长白山为"开天弘圣帝"。到了清代，满族人一统天下，对长白山的崇仰更是到了登峰造极的地步。康熙、乾隆、嘉庆皇帝都亲赴东北祭礼其祖先发祥地长白山。康熙帝"敕封'长白山之神'，礼典如五岳，应高于五后岳，与五岳同祭"。其在《祭告长白山文》中说："惟神杰峙东，维协扶景运。疏江汇海，荐瑞凝祥。著灵异于万年，溥蕃滋于庶类。"乾隆帝所写的祭文云："奥我清初，肇长白山。"

于是，长白山飘荡的风里，从此仿佛增添了一缕皇气。

于是，长白山鸟儿的鸣唱，从此显得格外卖力、动听。

于是，长白山的名气越来越大，登长白山、游天池的游客越来越多。每到旅游旺季，登临长白山"朝圣"的人流车流挤满了弯弯曲曲的山道。即便到了白云峰极顶，天池不给脸儿，不情愿撩开它神秘的面纱，而"朝圣者"那种崇仰一个民族精神家园的虔诚之心依然。即使"长白山、常白来"现象时有发生，但上山的游客依然络绎不绝。

2012年8月中旬的这天，我们在一睹长白山天池风采乘兴而归时，听说今天上山的游客多达15万之众。游客多可是一件好事啊！人逢喜事精神爽——作为长白山旅游公司车队的一员，开车的小马哥边开车，边高兴地给我们唱起了潘长江演唱的那首《东北人·二人传》：

> 哎来哟……
> 黑土地作根，
> 长白山为魂，
> 冰雪铸风骨，
> 江河融精神。
> 那彩扇扇起来，
> 扇起来火辣辣的情；
> 那唢呐牵动着，
> 牵动着滚烫烫的心！
> 二人转，东北人，
> 打断骨头连着筋！
> 九腔十八调，
> 越唱越有劲，
> 唱到山花烂漫时，
> 笑看神州处处春。
> 哎来哟……

复活的森林

这是长白山地区一处因造山运动或火山活动，造成大面积地层下塌，形成的一个巨大山谷。整片整片的森林于地层的大面积塌陷过程中被沉入谷底。《长白山旅游图》上称其为"地下森林"，亦称"谷底森林"。

大自然鬼斧神工的神力小试，即令人叹为观止了。

　　这无疑是这一片原始森林古今两道风景两重天的极妙颠覆。原本高耸于长白山之巅峰峦之上的这片原始森林，忽然于沧海桑田的变迁之中悄然沉寂于谷底。大自然梦呓似的磨牙咀嚼之际偶有的牙与牙碰撞导致的地质变化，使它的地位忽然从天上跌到了"谷底"。依附于它的这片苍苍莽莽的原始森林，思想上毫无准备地随之陷落。大自然的这一种突变，说来就来，说到就到。一方没有通知，另一方没有应急预案。一方也许已提前释放了某种信息，但另一方因无法解密而难以获得相关信息。于是，天崩地陷，该来的就来了，该到的就到了。原始的地层，原始的森林，好在都有一个"哪方山水不养人"的好胸襟——山巅之上有山巅之上的风光，幽谷之下有幽谷之下的幽静，各有各的好处。

　　在那一阵阵轰轰隆隆的巨响之后，陷落的山谷里，唯有相互依存的原始地层和原始森林，在同遭不幸之际，相互牵挂，相互呵护。

　　曾经平坦或呈流线型的地层，虽具一定的抗摔抗碰抗跌能力，但由于灾难来得突然、来势凶猛，还是受伤了，有的地方被扯碎了，甚至撕裂了。而紧紧依附于原始地层的那片原始森林，受的伤近乎惨烈：有的哗然倒下，有的断成数截，有的竟被独立的巨石托起，粗壮肥硕的根须缠绕于岩石四周，唯恐岩石支撑不住而将它甩手不管，几枝根须在与巨石缠绕后，仍保持了与落差较大的地层的联系，以维系它残存的生命。

　　进入这片塌陷的谷底原始森林，我仿佛在领略一个植物园于劫难余生后乐观向上、奋发有为的精神家园。我们前行的姿势，总是前倾着身子，一步步地下行。越往下走，天光越暗淡，越显潮湿阴冷。而面前的景象，却总是那么的阳光，给人暖意，令人振奋。曾经塌陷的这片废墟上，在数百年之后的今天，铺满了地表的厚厚的枝蔓树叶，间或还有残露的树根，散发着原木味的阵阵清香。一棵棵参天的岳桦树、白桦树、美人松、落叶松、云杉、红松、雪松……早已将当年的伤痛甩到了脑后，以空前的自信和自尊，高高地耸立于断崖残壁跟前，谷底之中。各种低矮的灌木，地表上的花花草草，无不张扬着生命的活力。栈道边沟通长白山二道白河的清澈的小溪哗啦啦地流淌着。蹲下细看，竟然还有鲜活的小鱼小虾游弋其间。无忧无虑的雀儿，还有许多我叫不上名的鸟儿，在林中跳上跳下，飞来飞去，叽叽喳喳，轻吟浅唱。即便已经倒下的树木，腐朽的躯干上沾满了绿色的鲜苔，鲜苔上寄生了彰显生命的各种野花野草还有地衣。几只彩蝶，在这些花花草草之间一会儿轻盈驻足，一会儿展翅腾起。前头忽有我们的会友惊喜地嚷嚷着："啊，梅花鹿——""啊，野猪——"……

塌陷的长白山谷底森林，并没有因地表的塌陷而湮没，而且，活得十分惬意、自在，甚至活出了新的境界，新的价值。也许这正是其塌陷的经历磨砺的结果。

塌陷的长白山谷底森林，恍若一个宏大的动植物学博物馆。走进谷底森林，但见到处挂有各种动植物的标牌。这些标牌会告诉你，什么是长白鱼鳞松，什么是唢呐草，什么是金雕鸟，还会告诉你它们的别名、习性和分布的地域。一截断面的沙冷杉上，标着这棵树的年轮：它生长于1739年，砍伐于2011年，已有272年树龄。旁边挂着的一块标牌写有"奇特年轮"。走近细看方知，年轮原来是树的一部活档案，树干里的年轮就是历史的记录。科学家可以通过年轮的密度，测知过去发生的地震、火山爆发、森林生态、大气污染、季节性气候变化。利用年轮中同位素含量，可以分析研究二氧化碳增暖及肥化作用……当你走进这座"博物馆"，倘若要细细琢磨个一二三个来，恐怕一时半刻就出不来了。

走进长白山谷底森林景区，我们不仅发现了树木在灾难后复活、延续生命，甚至蓬蓬勃勃、生机盎然的奇迹。而在二道白河的左岸崖壁上，竟然发现了排列有序的树化石遗迹，并在沿谷底森林的河岸崖壁上也发现有多处树化石遗迹。导游说，那是长白山地区的原始森林在火山喷发或地壳运动过程中将其埋入地下，由于与空气断绝木质不易腐烂，而在漫长的地质作用过程中被二氧化硅替代了木质的纤维结构，并保存了枝干的外形。几经地质变迁，沧海桑田，陆地上升，使这些埋藏地下的树干重见天日。树化石穿过岁月的时空，以斑斓的色彩，向我们传递着长白山远古的信息。

面前的树化石，与其说是已经死去的古树的化身，倒不如说它是亿万年前长白山原始森林活着的灵魂。

走进长白山谷底森林景区，无疑是对长白山"朝圣者"一次心灵的洗礼！

松花江之水

水是万物之源。长白山的魅力，在于有水的滋润，水的滋养，水的滋味。

长白山"朝圣之旅"，与其说是看山和原始森林，倒不如说是览水。这不，我们看完了天池，就看长白山的瀑布、温泉，还有就是浏览松花江。

那晚，用完晚餐，我从吉林市国际大酒店打的直奔松花江边。当我乘坐游船在朦胧的夜幕里，穿梭于五彩缤纷的河灯映照下的松花江上时，不禁呆了——几乎天天摆弄文字的我，脑子竟于突然间变得那么笨拙，仿佛是一把生了锈"不开窍"的锁，已无法用语言解读什么叫作"美轮美奂"和"妙不可言"。我曾于黄浦江上观赏过上海外滩的美丽夜景，在"南山一棵树"下欣赏过嘉陵江畔的山城重庆迷人的"中国夜巴黎"的韵味，在古城南京品读过秦淮河上的桨声灯影，也在天堂杭城领略过月光下的西子湖畔流虹销魂的夜色。而今夜，面对这一湾妩媚圣洁的松花江水别样的风情韵致，我却找不到一个合适的词儿给她打个比方。我想说，如果说长白山是黑土地上一位雄挺伟岸的汉子，那么，松花江便是白头山下一位清纯灵秀的女子。可是，这个比方也许太过单薄、浅薄、轻薄。浩浩数千里的松花江，岂止是一个清纯灵秀的女子可比？她分明就是东北父老乡亲的一个家的所在、所依、所有。

松花江对于东北父老乡亲的意义，等同于黄河、长江对于中华民族的意义。当年，日寇犯我河山，保卫黄河、保卫长江，就意味着保卫家乡保卫全中国。自小生长在长江边上的我，知道松花江，首先是在那一首名叫《松花江上》的歌里。凄婉悲怆的《松花江上》，我在小学念书时就会哼唱：

> 我的家在东北松花江上，
> 那里有森林煤矿，
> 还有那满山遍野的大豆高粱。
> 我的家在东北松花江上，
> 那里有我的同胞，
> 还有那衰老的爹娘
> ……

这是人民音乐家张寒辉在日本关东军大举进攻东三省，东北父老被迫流亡关内，有家不能归，有仇不能报，倾吐郁积于心中的悲愤的大背景下创作的一首思乡、怀故、抒情歌曲。

在松花江边用大理石铺就的景观带上溜达，你会发现，这儿就像上海外滩晴朗的夜晚，有那么多的人，是那么的热闹。对于这座城市的市民，这儿就是家门口一座全天候开放的滨江公园。而对于来自天南海北的游人，畅游长白山下的松花江，就是体验一张"养生休闲"的时尚名片。

一方山水养一方人。毫无疑问，没有这一条美丽的松花江，就没有这一座美丽的城市。"如果有几个闲钱，在这儿买套房，安度晚年，倒也未尝不可。"倚着江边的大理石护栏，面对身旁的一对老夫妇，我不禁对这座依江而建而兴的城市生出了几分动情的感慨。

"你也有这个想法？"

一来二去的唠嗑，我忽然发现，这对家在北京的老夫妇，正是前些年到这儿来旅游产生了和我同样的想法。后来，他们的儿子即为其在这里买了一套九十多平方米的住房，将他们曾经的想法变成了掷地有声的现实。这一阵子，老夫妇正是在这座城市消夏度假，尽享安适惬意的晚年生活。

"还记得发生在 2005 年的那起松花江污染事故吗？"

"那当然！"老夫妇旁边一位年轻的女士循声应答。显然，她是当地市民，对当年的那起事故记忆犹新。

这是令松花江沿江各地惊魂的一起严重污染事故——

2005 年 11 月 13 日下午，随着中石油吉化公司双苯厂新苯胺装置一个接一个（先后六个）天崩地裂般的爆炸声，浓重的蘑菇云迅即在双苯厂上空腾起。

人口稠密的吉林市区不是西部荒漠中的罗布泊，这里的蘑菇云，不会是搞核试验产生的蘑菇云。

听到爆炸声，双苯厂附近的居民便知双苯厂准出大事了，却不知道事情的性质到底有多严重，事情的程度到底有多大。更不会知道，这将是一起载入当年新华社评选的"国内十大新闻"、震惊中外的"松花江污染事件"。

中石油吉化双苯厂距松花江只有 500 米，并有排污管道与之联通。爆炸产生的苯、苯胺、硝基苯等污染物，将其混入总量达百余吨的废水中侵入松花江，很快形成长约 80 公里的污染带，以每小时 3 公里的速度顺流而下，从吉林市区，流过舒兰、松原、双城……直逼拥有 900 万人口的哈尔滨。松花江是国际河流黑龙江的支流，黑龙江流经俄罗斯的河段被称为阿穆尔河。如果污染带不断前行，松花江的污染将可能危及俄罗斯远东地区黑龙江沿岸哈巴罗夫斯克、共青城、阿穆尔斯克等多个城市。

苯及其衍生物，是生命的杀手——致癌、致畸形、致基因突变，并会伤及人的中枢神经、组织器官及造血系统……

这一回的松花江，不只是东北父老的家乡，而是关乎东北几千万同胞的生命。保卫松花江，不仅仅是保卫家乡，更是保卫生命。

因为关乎生命，但见这一起松花江污染事故调查后问责的严厉、严肃、严正——有人受到了刑事处分，有人获受党纪政纪处分，有人悄然下课——即便过去是"环保功臣"，这一次也没被"抬抬手"，以某种潜规则给予变通放过一马。

……

我与这位年轻女士和这对来自京城的老夫妇一起琢磨，对这一起事故的严厉问责，不就体现了松花江的尊严？生命的尊严！

今夜，面对夜幕下流光溢彩的松花江之水，一种"朝圣"之感油然而生。

　　仔细琢磨，清纯的松花江水，是一湾富有灵性的圣水。她容不得你等所谓的潜规则，更不会变通放你一马。不然，就玷污了松花江之水圣洁的名声。

　　当松花江之水从我们身边悄然流过的时候，需要我们用心去倾听和感受她于悄无声息之中流淌着的无私的爱意。其实，她也需要我们给她一份真诚的呵护。

　　从长白山飘然而至的松花江水，天性纯洁无瑕。谁也不能对她的这一天性有丝毫的疏忽和不敬。否则，必将付出惨痛的代价。

2012 年 9 月 9 日，写于启东紫薇湖畔

灵动的那拉提草原

天山深处的绿宝石

十几年前曾经在新疆待过，亦曾知道天山深处富有许多宝藏，却未曾晓得有一枚叫作那拉提草原的绿宝石在天山深处深藏着。自责似乎多余。每一件珍宝的发现其实都有一个过程，况且，在那些封闭的年代里，天山深处的牧民也许和那个年代的许多国人一样，还身在宝山不识宝呢。

岁月的风云，轻轻地撩开了那拉提草原神秘的面纱。

当那拉提草原一面世，便让世人惊呆了。原来，她是全国屈指可数的几大最美的草原之一；也是世界上少有的高原牧场之一；她还是世界上聚居着哈萨克民族人口最多的草原。于是两年前，她十分幸运地跨进了上海大世界吉尼斯的大门。

车过伊犁哈萨克自治州首府伊宁市，我们走进了闻名遐迩的伊犁河谷。蜿蜒的伊犁河、巩乃斯河清澈的流水，滋润着河谷地区的一块块农田，一片片牧场，一寸寸土地。面对碧盈盈的草场、金黄色的向日葵、墨绿色的原始森林，背衬着雄伟的天山雪峰、忽舒忽卷的碧空白云，又有身旁哗啦啦的流水相伴相随，在赞叹叫绝之余，我唯一能够做的，就是不停地举起手中的相机"咔嚓""咔嚓"。什么叫美妙绝伦，什么叫美不胜收，答案全在相机里装着呢。

我们来自遥远的长江之尾、南黄海之滨，却一不小心于公元2007年夏日的这一天夜幕降临前，踏进了这一片古乌孙国的领地。2000多年前的乌孙古墓就在那拉提山下，近在咫尺。

无须猜度古人的心思。其实，爱美之心古人今人皆有之。那拉提不仅是古丝绸之路天山道的要冲，也是当年草原帝国相互拼杀争夺的风水宝地。无疑，这一枚原始的绿宝石沾染有历史的尘埃。

拾捡起历史的碎片，触摸那拉提历史的脉络，那拉提草原已有3000多年的文明史。这里先后经历过塞人、乌孙人、匈奴人、突厥人、蒙古人文化时期。乌孙人是哈萨克人主要的祖先。西汉时期，汉武帝为联合乌孙国抵御和遏制匈奴，应乌孙王的请求，选江都王刘建之女细君公主，作为汉朝的和亲公主，远嫁乌孙国。细君公主被乌孙王册封为右夫人，乌孙王为其修建了一座汉式宫殿。在这一座汉宫里，细君公主常"置酒饮食，以币帛赐王左右贵人"。由于体质纤弱、水土不服，细君公主在乌孙国只生活了短短5年就与世长辞了，但她却是最早以江都公主、乌孙公主的名字在中国史书上留下英名的和亲公主。

是夜，我们就在当年乌孙王为细君公主修建的那座汉宫的地方，一边听导游古丽·夏提娓娓诉说细君公主远嫁乌孙国后，作为汉民族的友好使者，在乌孙国播撒中原汉文化的动人故事，一边欣赏着一场独具哈萨克民族风情的篝火晚会。古老的传说和现代民族风情的晚会，无一不是那拉提这一枚天山深处绿宝石闪烁的亮点。

夏夜的那拉提清凉宜人，哗啦啦啦的巩乃斯河流水，恍如细君公主以楚歌诗体创作的《乌孙公主歌》（又名《黄鹄歌》）彻夜唱个不停："吾家嫁我兮天一方，远托异国兮乌孙王，穹庐为室兮旃为墙，以肉为食兮酪为浆。居常土思兮心内伤，愿为黄鹄兮还故乡。"作为细君公主的江北老乡，我们听得懂她催人泪下的思乡之情。

最先见到太阳的地方

无论在 10800 米高空从上海飞往乌鲁木齐的航班上，还是在乌鲁木齐经独山子开往那拉提的旅游包车上，我几乎在不断地思考着同一个问题，是什么吸引着许许多多的游客，不辞辛苦地从大老远往那拉提草原跑，其中还有许多远涉重洋跑来的老外。在热情追捧那拉提的人群里，有许多人包括我在内却不知道那拉提的原意。

车至那拉提镇，胖墩墩的哈萨克姑娘、导游古丽·夏提跳上了车。她上车后做的第一件事，就是首先让我们知道她的名字，她同时告诉我们，那拉提在蒙古语里就是最先见到太阳的地方。

这一片汉时乌孙国的领地，哈萨克人的主要聚居地，怎么生出了一个以蒙古语命名的如此大气、响亮、豪放的地名？

于是，在那拉提镇开往草原景区的车上，一个美丽的古老传说，把我们引领进了一代天骄成吉思汗西征的年代。当年，成吉思汗二太子察合台率蒙古大军由吐鲁番出发沿天山北麓向伊犁集结。时当仲夏，然天山山麓却仍是风雪弥漫，寒气袭人。未料，大军翻过一道山岭，眼前竟是一马平川，莽莽草原百花怒放，宛若锦毯，清泉密布，流水潺潺，令将士们心旷神怡。更让察合台和众将士欢欣的是，天空忽然云开日出，艳阳高照。由于这是一路上最先见到太阳的地方，于是，察合台和众将士不禁齐呼：那拉提——那拉提！

古老的传说引发了我对那拉提太阳的兴趣。尽管故乡启东位于长江入海口北端，是江苏最先能见到太阳的地方，然而，同一个太阳，到了天山深处的那拉提草原，却另有一番意义。

夜里，我在那拉提胡杨林风景区的别墅里睡着，那拉提的太阳没睡。她在那拉提东头的山里边从容却并不轻松地往上爬着。她要按时向那拉提草原及其来自远方的客人致以新的一天真挚的问候。她也要向那拉提草原和来自远方的客人展示自己，今天的太阳已经不是昨日的面孔：新！鲜！

仿佛是与一位久未相见的情人的约会，我拿起相机，早早地起来上了巩乃斯河边。我以一种急切的心情在大桥上等着她的出现。性急的我，过了一会儿，又走到桥下边满是鹅卵石的河滩上等待。大桥上，河滩上，欲与那拉提的太阳亲密约会的人不少。有三三两两扎堆在一起的，也有像我自个儿待着的。我不知道他们来自何方，却知道他们的心思一定和我一样：今天，要在古人最先见到太阳的地方最先见到太阳。

我们在耐心地等待着，身旁的巩乃斯河、身后的胡杨树和远处的那拉提山、哈萨克毡房与我们一起耐心地等待着。

仿佛为迎合我们急切的心情，那拉提东边的山峦也缓缓地矮下去了一大截。被称作鱼肚白的那一片白亮亮的光，首先在那处低矮的山峦与天体的接合部显现。鱼肚似的白光渐渐地演化成了淡黄和金黄色的光，一块条形的长长的灰白色的云朵悄然飘浮过来，金黄色的霞光穿过云朵，光芒四射，东方的天际于一瞬间变得分外瑰丽壮观。太阳终于一点点地露头了，天空开始由深蓝变成了浅蓝，巩乃斯河由闪动的金波点点变成染红了一片，身后的胡杨树也顷刻披上了一身金黄。远处碧绿的那拉提山、山下白亮的哈萨克毡房，还有河滩上色彩斑斓的鹅卵石，纷纷被金色的阳光送进了一个会说话的美丽童话世界。我无法用语言描述那拉提清晨最先见到太阳时的心境，只能以相机为我代言。

一位慈祥的裹着黑头巾的哈萨克老大娘站在巩乃斯河大桥上，静静地眺望着东方缓缓升起的太阳。我从她身边经过，她侧身扭过头望着我微微一笑。我回敬她，报以微微一笑，然后举起相机"咔嚓"一下——嘿！好一个一脸阳光的哈萨克大娘！

纵马在空中草原

空中草原？乍听是个新名词儿。然而，它却已经真实地载入了中国国家地理杂志。当然，它是以那拉提草原的名义。具有1800米海拔高度的那拉提草原，青山叠青山，草原连草原，一层草原一层天，辽阔的那拉提夏牧场恍若悬在空中。空中草原，恰如其名。

古丽·夏提导游告诉我们，那拉提草原为亚高山草甸植物区，它的名气已经远涉重洋，超越了国界，如今享有世界四大高山草原之誉。

那拉提草原是一处人见人爱的诗境家园，人间天堂。虽然它一步一景，处处令人叹为观止，然而古丽说，若要真正领略那拉提草原的绝色风光，还得上山。

上山的途径很多，步行、乘卡丁车、租用自驾的越野车，抑或上马队租一匹马儿骑着上山。

我们这一个50多人的庞大团队，有的就地钻进了蒙古包似的哈萨克毡房歇息。凡是愿意上山的，一个个凭自己的兴趣爱好、体能或者技能，纷纷各取所需，各显其能，各得其所，乘兴上山。而在上山者中间，骑马上山者为最。没有真正骑过马的我（曾经骑马照过相），没有理由不加入骑马上山者之列。古丽说，没有骑过马不要紧，每一匹马都有专人驾驭呢。

于是，我结识了那匹驮着我上山叫哈雷的枣红马和那个驾驭哈雷的哈萨克女孩加佳拉。

8岁的哈雷毛色鲜亮，肚圆体壮，是我们这一组10匹马中间最漂亮、耐看的一匹。17岁的加佳拉胖胖的，也许是常年在高原上受紫外线的影响，她粗糙的脸上红里透着些许紫色。她似乎不爱说话，嘴里不停地嚼着口香糖，唯一能够听到的就是她跟哈雷交流的"唏——唏"声。上山的路是"之"字形的，坡度不大，膘肥体壮的哈雷却走得很慢，有点儿漫不经心似的。有时甚至不愿放过跟前一棵新鲜的草，低下头，咬住不放，然后像加佳拉嚼口香糖那样，嘴巴磨蹭个不停。哈雷便落在最后。在加佳拉的"唏——唏"声里，哈雷的脚步稍有加快的表现。于是，我也不停地向哈雷发出了"唏——唏"声，哈雷却不为所动。加佳拉笑了。我问："你笑什么？"加佳拉说："它不听你的。"哦，这个不爱说话的哈萨克女孩终于说话了。于是，我们的交流多了起来。原来，加佳拉是新源县第二中学的高二学生，她的家就在山下。她有两个哥哥一个姐姐，二哥大学毕业后留在了乌鲁木齐，姐姐高中毕业后就上了二哥那儿。加佳拉的成绩也不错，她已经作好了考大学的准备。加佳拉家一共养了200多只羊5匹马，这5匹马儿全在镇上旅游景点的中心马队挣钱呢。暑假里，加佳拉晚上做功课，白天出来当马夫挣钱。上山下山一个来回3个小时，每小时40块。像哈雷这样的马，一天能跑4个来回，加佳拉能得到其中的一半。为什么不让哈雷跑得快一点儿？加佳拉嘴里嚼着口香糖，笑而不答。当前面的马飞奔起来，马蹄嘚嘚，尘土飞扬，我们在人家后头吃沙尘的时候，我发现加佳拉用衣袖掩脸，一副狼狈相。我便提醒她，不想吃土，咱们就冲到前面去。加佳拉真的不想吃土，她动心了。"你两腿把马夹紧了，两只脚往马肚子上踢蹬。"加佳拉一边提醒我，一边有节奏地吆喝哈雷"驾——驾驾，驾——驾驾"。哈雷终于在草原上狂奔起来了，加佳拉"咯咯咯咯"不停地笑着，我腾出一只手，不停地向我的骑友们挥舞着，我们的哈雷转眼间冲到了最前头。

我和加佳拉勒住马头，借助于哈雷高耸的脊背，我们昂首挺立于空中草原1800米的制高点，那拉提草原的美景尽收眼底。远方，我们入住的胡杨林风景区红色彩钢板屋顶的别墅，隐掩在金灿灿的胡杨林中，美丽的现代建筑和古朴的自然风物相得益彰，相映成趣。蜿蜒的巩乃斯河横贯整个河谷，河谷中的村庄和零散的哈萨克毡房被一片宁静、安详和惬意呵护着。山道上，以枣红色居多的马儿驮着游人来来往往，白亮的盘山公路上，色彩斑斓的卡丁车、越野车像美丽的巨大甲壳虫在蠕动。山坳里，墨绿的针阔叶混交林与阳光映照下的山坡上的青翠的草场浑然一体，清澈的山泉的轰鸣声，在我们的耳畔回响。我不禁在马背上呆呆地想，这是一幅那拉提空中草原风景梦中的写意画吗？"走，咱们到下面的大氧吧歇息去！"我跟加佳拉一边说，一边吆喝哈雷"驾——驾驾"，哈雷即驮着我和加佳拉向山坳里的原始森林飞奔而去。后边几匹并不被我看好的瘦马却很快冲到了我们的前头……

体验巩乃斯河漂流

那拉提草原温差大，别看昨晚穿着汗衫不能坚持把一场精彩纷呈的篝火晚会看完，我们这一拨人上午骑马上山，却已经领教了这儿白天的太阳特有的那种火辣辣的味道。中午尽管在山下，那拉提的太阳仍然很火很烈。然而用过午餐，听导游说要去漂流，便又一次触动了我神经上的兴奋点。漂流，正如纵马那拉提草原，是我有生以来的第一次。更何况，这是在天山深处闻名遐迩的巩乃斯河上的漂流。

穿过一片又一片高耸的胡杨林，我们来到了巩乃斯河边。河上连续架着四座木板铺就的钢索桥，桥下分布着互相独立却又显十分紧凑的四道河汊。清澈的河水，由东向西奔腾直下，水声哗哗，如雷贯耳，让人心跳、振奋。

钢索桥上的动静大了，它就晃荡。我们这个团队的许多年轻人，难得一遇这样走起来晃荡的钢索桥，上桥以后便寻开心，在桥上来回晃着，使没有思想准备的人在桥上行走左右摇摆，站立不稳，然后引来一阵开心的笑。当我发现前面一位哈萨克老大娘在女儿的搀扶下，经不住晃荡干脆蹲在桥上不动弹的时候，几乎要笑破了肚皮。走到大娘跟前，我们跟大娘赔不是。大娘的女儿直说没关系，大家开心嘛。说话间，大娘母女俩望着我们也是不停地笑。桥上的笑声，融进了桥下哗啦啦的巩乃斯河流水里。

兀立于主桥墩一隅，我望着那始自安迪尔山雪山之巅的滚滚清流，在我们的视野里渐行渐远，心里不禁一动，它是向着何方？人们都说江河千里奔流，它的目标是寻找大海，而面前的巩乃斯河呢？它尽管也很努力，努力地向着山石冲击，努力地向着前方奔流，然而，它只能启于内陆，殁入内陆，最终未能实现其与大海同呼啸共奋进的夙愿。巩乃斯河边，有高高耸立的生机勃发的胡杨树林；钢索桥的尽头，有一棵独立的已经没有了生命却依然昂首挺拔的胡杨树；河床上，还有零零散散的几棵已经倒下，裸露着不屈身躯的白亮亮地光着膀子的胡杨树。新疆人都说胡杨树是英雄树，是缘于胡杨树千年不死，死了千年不倒，倒下千年不朽的英雄本色。巩乃斯河畔，就是当年清政府流放林则徐的地方。不屈的流水，不屈的胡杨，不屈的英雄豪杰，演绎了巩乃斯河的千古传奇。

巩乃斯河自我的漂流，胡树杨生命的漂流，英雄豪杰人生的漂流，他们的漂流，在一丝丝悲凉中，显得是何等的激怀壮烈！

把目光投向漂流渡口色彩鲜艳的皮筏艇，我便倏地回到了现实。呵，我们今天的漂流，是在闲适中寻找一种刺激，是在紧张的工作之余寻找一种情绪的释放方式，是在平淡枯燥的生活画面中寻找一种新鲜的色彩。

漂流的河面不阔，最阔处不过 50 ～ 60 米。河水也不是很深，最深处不过 2 米。但这一段约 7 公里的河段上下落差大，水流很急，它便具备了漂流的基本条件。

漂流前，服务人员提醒我们把手机、相机等怕水的物品存放起来，把皮鞋脱下穿他们提供的塑料拖鞋，同时穿上防水衣裤。"有这么大的浪吗？"在犹犹豫豫之中，我存放了手机相机，穿了条防水裤，皮鞋没脱，只在其外边套了一只塑料袋当防水鞋套就上了艇。

我们六个人乘上了漂流第一艇，哈萨克小伙赛尔江、艾买提一前一后"护驾"。他们十分卖力地或划桨，或在浅滩处以桨当撑杆，不时掌握、调整着皮筏前进的方向。流急，浪大，我们感到刺激。我们以一种极大的兴致，在皮筏上唱起了"小小皮筏向西流，巍巍天山两岸走……"。我们发现第二只艇距我们不远了，就向赛尔江、艾买提高喊："加油！"皮筏在与涌浪激烈的碰撞中掀起的一个又一个浪，顷刻把我们全身给打湿了。皮筏内灌进了半仓水，塑料袋鞋套内全都进了水，皮鞋顷刻变成了"皮筏"。一个漩流，把我们的皮筏在河中央打了个惊险而漂亮的旋儿。在我们一惊一乍之际，漂流在后面的第二只艇被河湾处一块巨大的卵石挡住了去路，我们便有些幸灾乐祸地喊着："谁英雄谁好汉，水上漂流比比看！"不料，一个涌浪劈面打来。这一个涌浪非同小可，冰凉的河水从防水裤的上口一直往下灌，浸透了我的内裤……

2007 年 10 月

湿漉漉的山城

　　重庆，对我来说一直是个谜。重庆多雾，年平均雾日 104 天，远高于素有"世界雾都"之称的伦敦的年平均 94 天雾日。更有甚者，重庆市所辖的璧山县的云雾山全年雾日多达 204 天，堪称"世界之最"。重庆又与南京和武汉并列为长江沿岸"三大火炉"。于是，当水与火两种互不相容的自然现象，硬生生地将这座谜一样的山城纠缠在一起的时候，重庆便更加令人神往。

　　公元 2012 年 6 月初的重庆的这个雨天，我终于走进了这座湿漉漉的山城。从上海浦东国际机场飞往重庆的 CA158 航班飞临重庆江北机场的上空，我发现白色的一团团云朵在机翼下极其放纵地游荡着，并且尽其所能飘落着几许雨滴。重庆阴有阵雨的这个日子，机场上空的雨滴虽然下得不够稠密，有些羞涩，但总是于远道而来的客人一踏上山城的土地之际，初夏的山城就慷慨地赐给了我一种湿漉漉的雾都的感觉。

　　机场附近绵延的山林层层叠叠的绿意，在星星点点的雨滴中，像抹上了一层墨绿的油彩，显得更加天性的深沉和成熟、耐看。在星星点点的雨滴的浸染下，机场高速的黑色路面变得更加鲜亮，黄色的白色的画线更加明快。无论是黑的黄的白的颜色，高速路面在湿漉漉的氛围里，也比平时多了几分诗意。尤其是那些白色的云朵，远的，近的，空中的，山坳里的，或独立成片的，或连绵不绝的，都是那么不慌不忙悠悠然地朝着同一个方向流动着。这些白色的云朵，是湿漉漉的山城的吉祥物。吉祥的云朵里包裹着珍贵的雨滴，赐给了山城雾都的美誉，也在缠绵中为山城弱化了火炉灼人的锋芒。

翌日，重庆的天气预报还是说阴有阵雨。清晨，窗外没有一点暖色，也没有一缕风。酒店门前悬挂的"热烈欢迎高考学生入住本店"的大型横幅，纹丝不动。也许是刚刚睡醒的缘故，门前大道上川流不息的车流和人流，没有一丝儿倦容。间或有些雨滴，行人中有打伞的，也有手里拿了伞而没打开的。骑摩托车、电动车、自行车的，有的已经披上了彩色的雨披，有的似乎还没拿这些雨滴当回事。校车过来，母亲将女儿送上车。母亲对女儿说："路上当心点！"背着缤纷色彩书包的女儿回头微笑着向母亲摆摆手："妈妈回去吧，要下雨了！"

真要下雨了，且正在下着，只是这稀疏的雨滴下得有些心不在焉似的。我似乎也没将它当回事，径直往前走。重庆是座名副其实的山城，我入住的酒店就建在这座名叫金凤山的山上。横亘于门前的这条大道，就是一条宽阔通畅坡度很大的山路。透过一片树荫的空当，我已能看到滨江的护栏了，便加快了脚步。没带伞没带相机，我只想到江边走走看看，速去速回。这阴有阵雨的天气预报，有点忽悠人。谁知道这雨什么时候下，下得会有多大。

到了江边，我开始后悔没带相机。长江正值枯水期，脚下的这段江面既狭窄，又瘦小。对于一个从浩瀚的长江入海口而来的我来说显得有些失望：万里长江的浩然之气和魅力活力在哪儿呢？然而，我很快发现我错了。远处1160米长的长寿长江大桥，隐没在浓重的雾气之中。薄雾笼罩的江上，无处不是湿漉漉的。渡轮、货轮、驳船在江上来回穿梭，狭窄的江面显得十分忙碌。江的两岸，伸向江中的栈桥随处可见，停靠江边的船舶也随处可见。重庆是一座依江而建的山城，也是一座因港而兴的都市。当我看到脚下滚滚而下的湍急的江流，不禁怦然心动。大江的浩气和浩瀚，大江的生命的活力和魅力，看似在水上，其实在水下。如果没有这日夜奔腾的江流，万里长江的浩瀚和浩气、活力和魅力从哪里来？好比这座山城的气质，不在她外在的表象，而在她深富的内涵。

我决定马上回酒店取相机。可是当我取了相机打着雨伞回到江边，这雨滴已经串成了实心密实粗壮的雨珠，且有了富有节奏感的"噼里啪啦"的声响。一转眼，我面前的这条大江、这座大桥、这座山城，便被这场雨水浸润得通体湿漉漉的了。山道两侧很快形成了由上而下一波波欢乐的水流。我虽然打了一把折叠伞，可膝盖以下的裤脚管全被飞溅的雨滴作贱得湿漉漉的了，那双原本干松的皮鞋简直就成了一对水陆两用坦克。临街的一排大屋的长廊下，一群起得早的老者悠然地坐在靠背小椅上，平静地观赏着大街上的车辆和路人于雨中行色匆匆这道风景。在这些老者眼里，疾行于雨中的我显得有些狼狈。而他们在我眼里，却是一幅不可多得的烟雨山城风情图。

2012 年 6 月

寻觅汾河流水

未曾去过山西，但一曲悠扬缠绵的山西民歌《汾河流水哗啦啦》，却早已让我领略了山西秀美的自然风光。

仿佛，我这一回去山西，就是奔着汾河水去的。

我喜欢江河欢畅的流水、湖海灵动的波光。这不仅缘于我的故乡滨江临海，并在远离大陆的第二故乡，被湛蓝湛蓝的大海拥抱着的一个小岛上，有过近 20 年的军旅生涯，关键是我在生命的历程中感知到了水的重要。是水赋予了大地上的万物以生命和灵气。无论城市和乡村，高原还是平川，水是它无尽的魅力之源。

没见汾河水，我便首先在泛黄的故纸堆里和新潮的网络上了解汾河，熟悉汾河——为亲近汾河水做一些必要的准备。

呵，这是怎样的一条河唷？被称之为三晋大地母亲河的汾河，是山西最大的河流，也是仅次于渭水的黄河第二大支流，发源于晋北宁武县管涔山脉。汾河四周九山汇聚，林海茫茫，溪流淙淙，亭台楼榭，风光旖旎，自古被载入名山大川之列。《山海经》载，"管涔之山，汾水出焉。西流入河（黄河）"。全长 716 公里的汾河，流经 6 个地区的 34 个县市，在晋西南的河津市汇入黄河，流域面积 39741 平方公里，约占山西全省总面积的四分之一，养育了全省 41％的人口。史料记载，汾河水资源曾经十分丰富，战国时有秦穆公"泛舟之役",汉武帝乘坐楼船溯汾河而行,从隋到唐、宋、辽、金,山西的粮食和管涔山上奇松古木经汾河漕运至长安等地,史书上曾有"万木下汾河"之称。汾源和汾水是三晋灿烂文明的摇篮和发祥地。直到 20 世纪 50 年代,在《人说山西好风光》的歌里,依然鲜活地跳动着"汾河流水哗啦啦"的生动画面。

那天到达太原已经很晚。在闪烁的霓虹和亮丽的街灯装点着的夜幕里,我一个对太原十分面生的南方人,很难分辨得清陌生的太原真实的模样和我所在的具体位置。我不知道我所下榻的这一家酒店,离汾河大概有多远。从商务中心买了一张太原市交通旅游图,我方知,酒店离汾河不远。看着地图上标着的浅蓝水色的宽阔的汾河,由北而南纵贯太原市城区,我一边为筑城的先人的智慧叫好,一边又为太原的市民百姓庆幸。我由此而联想到了流经上海市区、南京市区、天津市区,被这一些城市的市民称为母亲河的黄浦江、长江和海河……于是,我开始用在上海外滩、南京大桥公园和天津海河解放桥畔的水色风光,在心里头仔细揣摩着神往中的哗啦啦的汾河流水和以汾河水为主色调构成的太原滨河风光。

临睡前,我打电话给总服务台,询问去汾河边的最佳路线。我准备利用晨练的机会,明天一早就去一览汾河流水梦幻中的美妙景致。想不到总台小姐在电话里轻声细语地对我说:"汾河其实没啥看头,如果你是晨练,还不如去迎泽公园呢。"我没把这话当回事儿——我自以为小姐大有"不识汾水真面目,只缘身在此水边"之故。

我已有 10 多年的晨练历史,加上欲要亲近汾河水的急切心情,那天起得特别早,带着相机,5 点钟刚过就出了酒店大门。

按总台小姐的指点，出门拐了两个弯，不到 10 分钟，就到了汾河东岸的滨河东路。宽敞的滨河东路，它那高高的路基，一看便知，这条大道就建在汾河的防洪大堤上。60 多年前，汾河曾经发过大洪水。天幕还是灰灰的，河边不见一个行人。这儿是汾河吗？这儿是汾河边吗？我不禁向自己打起了问号。朦胧的河床里没有一滴水，全是密密匝匝、整整齐齐的庄稼。这与我在上海黄浦江边晨练时所看到的那一种江潮和人潮同时涌动的画面，真可谓天壤之别。别是搞错了——我在那儿发了一会儿呆，终于壮着胆子拦住了一位骑自行车的中年汉子，问："请问大哥，这是汾河吗？""没错，是汾河。"没等我回过神来，中年汉子伸腿蹬车急匆匆就走。

哦，没错，是汾河！我定了定神。但我对此感到十分失望。我真希望他能告诉我，这不是汾河。哪怕是假话，我也要感谢他。我真心希望，真正的汾河不在这儿。

天还早，汾河河床上的景物还十分模糊，随身带的相机没能派上用场。我折转身便去迎泽公园。一个小时之后，我又返回了汾河边。我不死心。我决意要真真切切地看一回汾河水。这时天已大亮。我看清了高耸在汾河河床上的整齐的玉米，绽开着一张张笑脸的向日葵，还有几棵大概有数十年树龄的高大的老槐树。那些玉米、向日葵、老槐树，根本不懂得我的心情，在我举起相机的时候，它们依然在那儿站得直挺挺显得很精神似的。我十分不情愿地将它们摄入了镜头。装进相机和我心里头的不是美好的记忆，而是一种难以除却的痛。但就是痛，我也要将它装进去。我要忍痛追问：那荡漾在歌中的"哗啦啦"的"汾河流水"呢？

我下榻的酒店 7:30 开饭，时间允许我往汾河上游走一段。在南内环大桥下，我走进了汾河公园。嗬，我终于在这儿遇见几位晨练的市民，也在这儿寻觅到了汾河水。宽阔的河面上，有几个爱好游泳的市民，正在远处的水上尽情地畅游、嬉水。令我感到纳闷的是，这一汪水，被大桥下的一条彩色橡塑堤坝挡住了，怪不得下游见不到一滴水呢。问一位晨练的老者，才知道这是上游太原一电厂的循环水水库。老者告诉我：汾河从这儿往下，已经多少年没有水了。而且，上游的汾河水已有七八成被严重污染，超过了五类水质标准，脏得完全丧失了使用功能……

面对汾河的现状，我一片茫然。我不知道，汾河源九山汇聚的茫茫林海，如今可好？当年率先从山西启动，并迅速在全国推广的让"层层梯田绕山转"的"重整山河"运动，对十分脆弱的汾河源的生态可有影响？还有建在汾河边上的许多矿山、工厂，给汾河带来的是福还是祸？

已经静静地流淌了千百年的汾河水，渐渐在我们的视野里被污染了，断流了，消失了。这是谁之过？今天，我们在"善待自然，就是善待人类自己"类似的口号和活动面前，再也不能麻木不仁、无动于衷了。

2006 年 9 月

荡桨白洋淀

天渐凉。秋冬之交的日子，白洋淀大堤上的柳树，在季节的转换之间，依然坚挺着它的本色，坚守中凸显了它的顽强。金灿灿的银杏树，以其特有的色彩装点着这个季节，并以昂首挺胸的姿态彰显它的存在和永远向上的性格。淀中的芦苇荡，芦叶开始由青泛黄，芦花却依然探头探脑的，显出了它活泼好动的灵性。

白洋淀，在少雨缺水的北方，被誉为"华北明珠"。它方圆360多平方千米，润泽着河北省安新、雄县、任丘、容城、高阳五县市广袤的土地。其中，85％的水域在安新县境内。安新人便为拥有这一颗"明珠"而感到自豪。在白洋淀景区，安新人总是美滋滋的一口一个"咱白洋淀"。

白洋淀的名气，并不在于它的水面之大、流域之广，而在于它拥有古往今来一大串鲜活生动的故事。

白洋淀，曾经的古战场，金戈铁马、刀光剑戟——这里有宋代杨六郎（杨文广）演绎的"烧车淀"传奇故事；在烽烟滚滚的抗战时期，游击健儿神出鬼没，英勇杀敌——这里有闻名遐迩的雁翎队和小兵张嘎的英雄故事；和平年代，这儿成了环境优美的著名风景区，作家、诗人触景生情，佳作迭出——这里便诞生了以著名作家孙犁为代表的当代"荷花淀文化流派"，轰动中国文坛，影响了几代人。

依然记得孙犁的名篇《荷花淀》，他笔下那优美的文字仿佛就在眼前跳动——

> 月亮升起来，院子里凉爽得很，干净得很，白天破好的苇眉子潮润润的，正好编席。女人坐在小院当中，手指上缠绞着柔滑修长的苇眉子。苇眉子又薄又细，在她怀里跳跃着。
>
> 要问白洋淀有多少苇地？不知道。每年出多少苇子？不知道。只晓得，每年芦花飘飞苇叶黄的时候，全淀的芦苇收割，垛起垛来，在白洋淀周围的广场上，就成了一条苇子的长城。女人们，在场里院里编着席。编成了多少席？六月里，淀水涨满，有无数的船只，运输银白雪亮的席子出口。不久，各地的城市村庄，就全有了花纹又密、又精致的席子用了。大家争着买："好席子，白洋淀席！"
>
> ……

虽然《荷花淀》这一传世名篇已面世近70年，孙犁也已作古10余年了，但他笔下由月亮、芦苇和小院里编苇席的女人构成的一幅"白洋淀风情图"，至今还是那么鲜活，那么有动感。

从近200公里的京城赶来，淀是一定要进的。不然，就对不起白洋淀了。这不，前几天，还是阴雨和雾霾笼罩京城，然而，今天走进白洋淀，一反往日阴冷的天气，深秋的阳光暖暖的，特别招人喜欢。白洋淀恍若在以一片温情迎候来自远方的客人。

和同行的好友建涛相约，我们不去看淀内小岛上人造的"荷花大观园""元妃荷园""文化苑""欢乐岛"之类的景点，也不乘速度风快的游艇，而是荡桨白洋淀——乘坐优哉游哉的小木船进淀。这样可以一边慢慢欣赏白洋淀的风光，一边亲耳聆听摇橹的船工口述白洋淀的故事。如此这般，连导游费都省了，何乐而不为？

由于是旅游淡季，一条船便上了两位船工。结识白洋淀和结识两位老船工，都是一种缘分。壮壮实实的李连壮，细瘦高挑的胡广桥，一个67岁，一个70岁，都是淀边张庄的人，在淀上都已生活了50多年了。李连壮14岁起就在淀上划船了。几十年风雨里来浪花里走，练就了他们一副好身板。他们的脸庞，都黝黑发亮；他们的眼神，都炯炯有神；他们的动作，都灵活敏捷。俗话说，靠山吃山，靠海吃海。守着白洋淀，他们都曾经是靠打鱼为生的渔民。只是，李连壮是撒网捕鱼的，胡广桥则是用鱼鹰（鸬鹚）捕鱼。当年纪都快60岁的时候，他们才加入了为游客当船工的行列。"前些年，淀上的苇地也分到户了。"胡广桥高兴地说，"每亩芦苇收入约有二三百元。我们家11口人，分到苇地近6亩，等于增加千把块收入。"

白洋淀的旅游旺季在夏天。那个季节，在白洋淀可以乘船赏荷，纳凉度夏。而秋天的白洋淀，却有着一番别样的风情和韵味。

白洋淀的水，清澈透亮，在秋阳照耀下，感到特别的柔美。秋风徐徐，相邻而动的木船，倒映在粼粼波光水色中，活脱脱一幅灵动的水墨画。远眺，水面开阔，与远方的蓝天、白云相映成辉。一群鸭子扑打着翅膀，在水面上寻欢作乐，白洋淀仿佛是它们幸福的天堂。航道两侧，一丛丛由青泛黄的茂盛的芦苇荡，如同一个个身披金色盔甲的忠诚守淀卫士，密切注视着航道上的动静。桨声、水声，还有两船在淀上相遇时游客们相互热情打招呼的声音，在静静的白洋淀的水面上，一波一波地弥漫开来……

哦，对面小船上两男两女4位游客来自保定。保定离白洋淀这么近，等于就在家门口，怎么也快入冬的时候才来？

哦，原来工厂里生产忙，是员工们分期分批前来游玩的。

哦，我们今天从北京过来，不过，我们是江苏人。知道南通启东吗？我们紧靠着上海呢！

哦，强哥认识吗？她说的一定是上海滩里的许文强。

噢，强哥啊，上海滩大名鼎鼎的强哥谁不认识？

这时传来一串爽朗的笑声。

不远处，一只小船上一对小夫妻带着一个小孩在捕鱼。撒下的网很长。女人看着孩子，男人拿着一个回子，不停地在网里捞着。

你听说过白洋淀就好比是一座城市吗？眼前这么多芦苇荡，中间的一条条巷子，如同城市的街道，都有具体名字。有时航道拐一个弯，就等于又换了一个街名。好比这条主航道叫唐道河，前面那个岔口叫东口门，往左拐过去便叫水烟袋了。在李连壮、胡广桥的口述中，我们便知道了当年的雁翎队、小兵张嘎为什么能在这里把鬼子折腾得晕头转向，找不着北的。

优哉游哉地往回走，胡广桥特意绕行当年杨六郎大败金兵的"烧车淀"古战场。

只是，曾经的古战场没有任何历史遗存，历史的烟云早已湮没在白洋淀神奇的传说里了。

2016年11月

白云深处

连绵的一场秋雨，从江北下到江南，始终不见消停。硕大无朋的一团团白云，层层叠叠，像头顶上一条铺天盖地流动着的江河，波涛滚滚，浩浩荡荡，从眼前一直绵延至远山。雨，从云朵里潇潇洒洒地飘落下来。浙西大峡谷被奔涌的云雾包裹着，我们的车被连绵的雨浸润着。雨刮器不知疲倦地忙乎，雨，却不为所动，你刮你的，它落它的。车继续往山里走，走向白云深处。

已是中秋，凉意索然，却难抵山里人的热情。那位叫郑瑞云的山里头农家乐"白云人家"的主人，从几十公里远的大山深处，开了车在高速公路出口处迎候。怕我们进山迷了路，他特地赶来为我们带路。瑞云，这名字极妙，好听，也应了他"白云人家"农家乐雅号的意思。

这条缠绕在云雾里绵延83公里的大峡谷，在浙西的大山里深藏了亿万年，沉默了亿万年。它的奇峰秀瀑，妙石胜景，在习以为常的山里人眼里，便不足为奇。真乃苏轼诗所云："不识庐山真面目，只缘身在此山中。"20世纪90年代初的某一天，当山外的人走进大山，走进这条大峡谷，好像当年哥伦布发现了美洲新大陆一般惊呼：原来这里还有如此奇观妙景啊！大有一种相见相识恨晚之感。似乎，这是这条神奇的大峡谷的幸运。这亿万年的深藏和沉默，造就它保持了完好的植被和生态。而当今天人们拿它当成宝，要开发利用它时，人们的生态环保理念已达到了一定高度，可与山里头舒舒卷卷的白云相接。

不知道在地球村之外，是否真有外星人的存在。但无论如何，我坚信人类认识世界的能力是空前绝后的。认识世界的能力，包括人类的丰富想象力。何为山？何为水？何为泥土？何为峡谷？所有这些，都是人类通过丰富的想象而赐给它们的名字。于是，这条绵长的大峡谷里，便有了鸬鹚潭、吊水岩、柘林瀑、剑门关、嬉水滩、社门湾、老碓溪、狮象湾、白马崖等许多好听的名字。凭借丰富的想象力，遥看大峡谷多峭的危岩上，还真有"白马岩中出、黄牛壁上耕"的奇观。可是，有不少山里人，在大山深处生活了几十年，却不知道房前屋后的山为何山。问郑瑞云的女人，她摇头。她说，平时就叫前山后山、东山西山。我说，你们门牌号上写着"小九岭18"，这里的山不叫小九岭吗？她点点头说是啊，这里有小九岭，还有大九岭。可是山太多了，咱前山后山东山西山的叫着方便。

郑瑞云的"白云人家"农家乐，真让我们乐了一回。做饭的锅，是大铁锅。炒菜，用的不是煤气灶具，也是大铁锅。砖砌的锅灶，所有的燃料，都是孩童腿脚般粗的山柴。往灶膛里瞧瞧，火势熊熊直往上蹿。站在院子里，看着袅袅炊烟不动声色，悄悄地弥散在淡淡的雨雾里。郑瑞云说，这里海拔800多米，天池那里海拔1100多米，难怪我们今天能与白云为伴了。我们发现，临安市气象站还在这里设立了气象监测点。

郑瑞云给我们端上来的，全是山里的特色菜：山笋红烧猪肉、石耳炒土鸡蛋、野山菇炒青菜、椒盐桃花溪小鱼儿、天池黄鳝炖豆腐。还有清水煮地瓜煮花生，盐水煮毛豆。当一道黄秋葵炒肉丝端上来的时候，郑瑞云笑道，这可是一道滋阴壮阳的山里名菜哟！男人们听罢，向女人们傻笑着说，我们快乐你们也快乐！女人们涨红了脸向男人们瞪眼：去你们的！

我惊叹郑瑞云的"白云人家"，具有吞云吐雾般的"消化"能力。我们这个 24 人的团队，他来者不拒。来自上海的一个十几人的团队，因为下雨走不了，又回来了。他刚把我们安顿好，杭州武警森林消防支队一行十余人又冒雨走进"白云人家"。

别以为这里远离都市，用的传统灶具近似原始，可"白云人家"的标准间，不亚于如今城里流行的商务酒店。这里也有数字电视、网络宽带。所不同的是，郑瑞云的"白云人家"使用的服务员，是他脸色黝黑、身材瘦小结实的妻子，是银丝爬满了额头、一脸沟沟坎坎的老岳母。她们说着一口我们尚能听得懂的浙西山里话。堂屋里的牌匾和照片上显示，这是一户"绿色文明家庭"，男主人则是当地著名的劳动模范、市人大代表，他还是并村后新建的桃花溪村党支部书记。而在墙上挂着的照片上的郑父，是参加过抗美援朝战争的老战士。老人刚毅的目光，穿过峡谷，遥看一缕缕白色的云朵在对面的山上飘舞。云朵里，深藏着大山里的许多故事。

山那么高，谷那么深，在那很久远的年代，山民们的先辈到这里来落脚、扎根，不知道是为逃避战乱，还是为寻个清静。但无论如何，都是为了生存。这里的好山好水，也是先辈们的造化。

翌日清晨，雨停了，山里的云雾还未散尽。在山道上溜达，遇见一黄姓中年人。他穿着高筒雨靴，上山看地里雨后的菜蔬。上前打问，便知这个小九岭村只有郑、黄两个姓氏。前些年还有 30 户人家，108 口人。如今，山里头修建了柏油路，大峡谷迎来了一批批山外来的游客，网络宽带、数字电视也因此而陆续进山了，所有这些，让原来封闭的山里人接触到了山外的精彩世界。黄姓中年人说，这些年，小九岭的户数和人数都在减少。果然，旁边有好几幢款式时尚的农家小楼都空着。有的空置小楼，便成了郑瑞云"白云人家"农家乐的居室。

看得出，山里人的腰包都是鼓鼓囊囊的。吃完早饭，郑瑞云领着一位叫梅晓英的导游，带我们去游天池和白马崖。这位才三十出头，长得十分秀气的女子，一双玉手却黑不溜秋，令人不堪入目。见我们对她的手目光有些异样，她落落大方地摊开手笑道："我这手是干净的，那个黑是捡山核桃捡的，怎么洗也洗不掉了。"原来，她家也有一片承包的山林，里头有竹子，有山核桃。一棵山核桃树种下去，得长到13年左右才能结果。如今的山核桃价格，大个的，都已涨到了80多元一公斤。

山里人的先辈们会曾想到，后人的日子能有今天这番模样这番光景吗？身居白云深处，恐怕连做梦也不敢想。

如今的山里人的梦是多元且多彩的。有人倾心于经营山林，有人潜心于"农家乐"，有人热心于当导游。也有人在山里头生活久了，面对白云深处习以为常的苍翠的山林、清澈的溪流、清婉的鸟啼、轻盈的云雾、温和的阳光，不再有生活的激情，而向往繁华而喧嚣的都市。

蜿蜒的山道边，一幢闲置的小楼大门紧闭，楼上楼下的小天窗却在那儿开着。开着的小天窗仿佛在对我说："咱们的主人在杭州城里待些时间还是要回来的！"

2011 年 5 月

周庄行三题

远近之周庄

我们离周庄远吗？

以明清建筑、水巷密布、石桥柳岸和"吴歌""船娘"为主色调的周庄，这些年名气越来越大。过去，曾以为周庄和我们相距甚远。所谓甚远，是因为周庄与南通启东相隔一条难以逾越的江。

南通启东和周庄所在的苏州昆山，相隔的这一段长江，位于入海口，江面便很是宽阔。其宽度，天气稍微差一点，站在江北的大堤上甚至一眼望不到江南岸。儿时，我们就叫眼前的这段长江为"海"，将南面的江边称作"南海滩头"。如今，南通与苏州之间的这一段长江上，先后建起了连接大江两岸的苏通大桥和崇启大桥，宽阔的长江仿佛就是"一步跨"，昆山的周庄等于就在我们的家门口。

正是由于与周庄相距很近，前些年我便曾去过几回。然而，每一次都是来去匆匆。脚虽然长在自己的腿上，但到了周庄，要去哪儿都由导游说了算，自己做不了自己的主。因而，所谓的周庄游，便只是浮光掠影、走马观花、留几张照片而已。

尽管启东与周庄很近，可老伴至今从未去过。上个礼拜，我对在南通接送孙子上学的老伴说，周五我来南通，这个双休日咱们就去周庄吧。老伴听了自然高兴。我们不要儿子开车送，也不用找旅行社，决定来一次如今流行的自助游。

曾有天气预报说周六有雨，在我们的意识中，便把游周庄的计划暂时搁下了。然而，凌晨5点当打开手机，得知今日无雨。于是，我们决定重启计划——今天按原计划走。去周庄怎么走？网上搜索：南通没有直发周庄的班车，只有到了昆山再说。不管怎样，我们说走就走。

当我们踏上了周庄之行的旅途，才发现，周庄离我们又是那么的远。

百度上说，南通去周庄，只能先到了昆山北站，再乘122路车前往昆山总站，再从总站乘车去周庄。然而，我们被百度过时的信息忽悠了。在南通东站购票，先说要买去昆山总站的车票。答复：昆山只有北站和南站，没有总站。于是，就按百度上说的，直接买了去昆山北站的票。检票时发现，上昆山北站和昆山南站竟是同一班车。殊不知，昆山南站就是真正意义上的昆山总站，我们根本用不着在昆山北站下车后，再乘昆山122路城市公交去昆山南站。尤其，车站上说，昆山北站从来就没有122路去昆山南站的城市公交，只是55路。往南站的这趟班车已经喊不回来了，我们只能认命，乘坐55路前往南站。55路车，总里程14公里，从城北到城南穿越了整个昆山城区。55路车站站停靠，这一走就是半个多小时。

终于到了昆山南站，我们乘上了去周庄的班车。这趟序号为130路的班车，是趟普通农村公交车，一路停靠了近40个站头。这一趟车走了整整100分钟，相当于又一个南通到昆山的车程。

如此这般，周庄就在我们眼前变得远了。

其实，昆山南站有直发周庄的快客，中途只停经锦溪一站。现实问题是，快客虽然行车时间短，但班次少。如果赶不上时间节点，快客与农公班车差不多。转过来想想，也是机会难得，这一路上我们欣赏了多少江南好风光啊！每当听到车上自动报站的一个个新鲜地名：陶雪、律八、先生娄、千家甸、锦溪、金村、朱浜、全旺……我便有一种真正走进了昆山的感觉。周庄，只是昆山众多含有深厚历史文化地名中的一个。如果说这些昆山历史地名是一群好兄弟，那么，周庄便是我曾经谋面过的其中一位。

时近午时，周庄终于到了。周庄距我们还远吗？一听车站上熟悉的软侬吴语，心中不由生出了一种亲近感。

周庄，距我们很近。而且，现代化的信息流、交通流，已将周庄与世界的距离拉得越来越近。从车站前往景区的途中，不时有白种人、黑种人、黄种人，黑眼睛、蓝眼睛在我们跟前经过。听说，这些年来周庄的游客，最多一天突破了3万人，超过了周庄的常住人口，其中不乏来自大洋彼岸、万里之遥的游客。他们的中国周庄之行，中间转机、转车又是何其多？那么遥远，他们都不觉得远。

有作家曾经写过周庄的疲惫和疲惫的周庄。作家发现和思考的问题，确实是一个问题。古镇核心景区，只有零点四几平方千米。旅游旺季一下子涌进那么多游客，周庄难道不累吗？到了周庄，那么多人挤在一起，狭窄的古街有时都堵了，人走不动，好像看一部热映的免费电影。可现实是，周庄累却快乐着。有那么多人追捧它，欣赏它，它能不乐？许多游客甚至不顾千里万里的大老远跑来，他们才累。然而，他们也是，累却快乐着。

游客一乐，就忘记了累，就没有距离感了。家乡再远，也早已忘丢到了脑后的云里雾里。

远和近，一定意义上，只是一种心态，一种感觉。

良善之周庄

在周庄车站，一个五十来岁的瘦高个汉子对我说，去景区吧？2.7公里，打的10块钱。我说行。今晚我们住周庄，农家乐也行，只要环境好。瘦高个便笑着说，我妹妹就是开农家乐的。我老伴说，可别骗我们哟！瘦高个特认真地说，当下还是好人多啊。

于是，我们住进了周庄核心景区旁边的"鑫盛别苑"。原来，缪姓老板娘是瘦高个汉子的堂妹。发现我们办好了入住手续，这位缪师傅便主动对我说，你们的打的费就免了。我说谢谢了。我似乎还没碰到过这样的好事。不过，今天这事儿，估计堂妹也亏待不了他。

这是一幢设有天井的颇有江南风韵的两层别致小楼。从陈设看上去，这一户水乡民居已经营了有些年头了。抬头看门面，烫金的隶书"鑫盛别苑"字号下方，一副对联颇显店家的文气和诚意：客从千里而来请进；君自小店而去祝安。透过这些文字，便有一种温暖之感。

听说我们从南通启东来，徐姓老板便说，启东的吕四海鲜名气不亚于周庄。我笑道，也差不多，都是闻名遐迩！你们来过周庄吗？我说我老伴是第一次来。在周庄住下过吗？我说没有。徐老板便说，周庄的夜景也是蛮好看的。晚上，我可以领你们进景区看看。我说谢谢，我们自己走走看看就行。那也行，要不，你们带上这一张地图出去也方便些。缪女士说罢，便随手递给了我一张周庄旅游导览图。我欲掏钱，缪女士说，免了，就算我送给你们的。

当晚，我们就像老朋友老邻居那样，一边嗑着南瓜子，吃着柚子，一边聊起了家常。我们讲述着江南、江北两个家庭虽然经历各异、色彩不同，但都是很温馨的生活故事。今年48岁的老板徐建文患有肩周炎，用电疗器进行了定时15分的理疗。听说我老伴也有肩周炎，徐老板便说，要不大嫂你也来一下。老伴开心地说，谢谢徐老板！

自助游有自助游的好处，吃饭的地方自己找，吃什么自己定。到了周庄的第一餐，我们在"鑫盛别苑"巷口外的"千里香"点了两碗荠菜馅大馄饨。馄饨上来，便有一缕地道的家乡荠菜馅馄饨味扑鼻而至——"好香！"我和老伴异口同声。第二天中午为赶班车，我们还是去了"千里香"。老板娘还记得我们，明说给多加了一只馄饨。但见三个学生模样的小伙子进来，一坐下便说："我们仨老一套！"嘿，也是回头客！难怪，经营这家馄饨店的来自福建莆田的郑老板两口子，已在周庄扎根十来年了。周庄早已成了他们的家了。

晚餐，我们选在蚬江河畔的蚬江街54号裕源福酒楼，这是一家"明清老字号"酒楼。我们挑了条周庄特产白丝鱼。吃鱼要吃个新鲜。旅游市场近年常有欺诈事件发生。前些年，我曾在北方一座城市用餐时，点的是活鱼，结果端上来的鱼却闻有异味。今天到了周庄，还得多一个心眼儿。我们点好菜，找了张桌子落定了下来，准备亲眼看看我们点的那条白丝鱼活杀的过程，却听说已经上锅蒸了。我心生疑云。我面对营业执照，对金女士说，可不能弄死鱼给我们吃啊。死鱼活鱼我们还是能品得出来的。金女士即向我保证，请您放心，砸"明清老字号"牌子的事儿，我们干不出来，也绝对不会干的！一会儿，当清蒸白丝鱼端上桌来，我一看便乐了——高兴地对老伴说，你看这鱼眼珠子，简直还是活的。裕源福，"明清老字号"显然还活着！

吃、住、行，一点一滴，对于远道而来的外乡游客，周庄人都能以诚相待，释放出人间最真最纯的道德之良善。难怪，周庄每天总是游人绵绵不绝。

还记得著名旅美画家陈逸飞吧——30多年前，是陈逸飞的以周庄双桥为题材所作的油画《故乡的回忆》，经由美国石油大亨哈默收藏并赠送给邓小平后，使过去只是小有名气的古镇周庄，一举以江南水乡的代表而闻名天下。良善的周庄人懂得感恩。陈逸飞先生逝世后，周庄人为他立碑塑像，并将原"逸飞工作室"改为"逸飞之家"对外开放。

如今，来自世界各地的许多游人，是奔着陈逸飞推出的双桥而来的周庄。而30多年前，初到周庄写生、创作的陈逸飞，对周庄的陌生程度想必和今天的我们相差无几。也一定是向善的周庄人，于吃、住、行的点滴之中，使他在周庄定下了心来，从而创作出了举世闻名的双桥题材画作。

良善，正是周庄如今能得以闻名天下并生生不息的重要源头。

市场经济条件下，许多人的价值观被铜锈腐蚀了。他们所看重的，除了钱还是钱。可是，周庄人良善的道德本色没有变。

古今之周庄

从古到今，逆潮流而动者少，跟风者居多，我和老伴也不例外。随着当下一股怀古的潮流，我们走进了江南古镇周庄。

因为我们是自助游，入住的"鑫盛别苑"是农家乐方式的民居客栈，老板兼房东老徐夫妇便是我们的向导兼导游。老徐夫妇是周庄的世居户，周庄的历史和过往岁月中的奇人奇事，多少能说得出个大概来。

周庄的历史已有近千年了。为什么叫周庄，而不叫张庄、李村、王家店呢？原来是因为当年一个叫周迪功的邑人，将其郎舍宅200余亩捐与当地全福寺为寺，周庄便因此而得名。时为1086年（北宋元祐元年），距今已有900多年了。指着全福路上高耸的大牌坊上由著名书法家沈鹏所写的"贞丰泽国"四个烫金大字，老徐笑道，其实，周庄的历史还可往前推至春秋时期。当时，这儿曾为吴王少子摇的封地，称"摇城"，亦称"贞丰里"。至于"泽国"二字，便好理解了。在周庄后港街青龙桥畔，我们看到立有一块巨大的"中国第一水乡"石碑。老伴好奇，上去做了个造型，我便用手机将她定格于这一幅神往的美景之中。

身处澄湖、肖甸湖、白蚬江怀抱里的周庄，是名副其实的水乡泽国。她因河成镇，依水成街，沿河成市，傍水成园。核心景区保存完好的明清建筑临水而立，像老徐这样的原住民都是枕河而居，开门见河，出门动橹，以船代步。小桥、流水、人家，是江南水乡的特色。何况，周庄被冠以"中国第一水乡"的美誉呢！难怪，来自世界各地的游客对周庄古镇都是流连忘返，赞美有加。俄罗斯画家列昂尼特赞美周庄为"东方的威尼斯"，著名画家吴冠中则撰文说"黄山集中国山川之美、周庄集中国水乡之美"。大师们的赞美之词，是周庄最好的广告语。

拿着老徐夫妇送给我的导游图，我和老伴于优哉游哉的溜达之间，对周庄的古桥有了更多更深的了解。走近古桥，便知古桥与古镇的历史一脉相承，周庄的古桥是周庄古镇历史的一个缩影。展现在我们眼前的建造于元、明、清各朝各代的一座座古桥，古意朴拙，形态各异，耐人寻味。北栅桥、贞丰桥、富安桥、青龙桥、太平桥、普庆桥、全福桥、报恩桥、梯云桥、聚宝桥、通秀桥……每一桥都有各自的个性特点和生动故事。周庄的古桥很多，但最为知名的要数双桥了。双桥地处古镇中心地段的南北市河与银河浜相交的河道上，由一座石拱桥和一座石梁桥组成。石拱桥叫世德桥，横跨于南北市河上；石梁桥叫永安桥，平架于银河浜口。因双桥呈直角状排列，桥面一横一竖，桥洞一方一圆，很像古时人们使用的钥匙，当地人便称其为"钥匙桥"。当年，正是由于双桥特有的神韵，让旅美著名油画家陈逸飞为之而动心。于是，一幅名作《故乡的回忆》横空出世，并由此而使双桥与周庄和哈默、邓小平等名人伟人联系在了一起，接着又上了1985年的联合国首日封，使双桥和周庄在世界上声名鹊起。

双桥，无疑是周庄演绎的一幕世间少有的今古传奇。

当我们走近双桥，发现它并没有多少神奇之处。可是，因它有了名气，那天，我和老伴要在双桥旁边找个合适的地方拍张照片都成了一个难题，要不断地跟大家打招呼——谢谢！借光！对不起！

将古镇古桥推向世界，让更多的人了解周庄、了解江南水乡、了解中国的历史和文化，没有今人借力于现代文化怎么行？

我便懂得，1990年金秋时节，时任周庄镇镇长庄春地，从陈逸飞手中接过附有他签名的联合国首日封时的心情——作为一镇之长，该如何借力旅游业，创造古镇今日之辉煌！

作为中国第一水乡，周庄对古镇的保护和开发利用是下了一番功夫的。大到核心景区的古建筑、古桥，小到微型的砖雕，民居中画有灶花的老式柴火灶，都保存完好。古镇的河道，流动的水是那样的清澈。北市河边的餐饮老板告诉我，这是镇上投入巨资实施污水分流工程的结果。纸箱王主题创意园区，则是古镇开发利用的成功范例。我和老伴走进园区发现，用瓦楞纸做成的比萨斜塔、埃菲尔铁塔等欧式古建筑，以及纸箱动物王国中的瓦楞纸长颈鹿、大象等异国动物，吸引了不少游客。无疑，这是古镇在开发开放中实现中西文化交融绽放的一枝奇葩。

走进周庄，没有不知道沈万三的。周庄的古迹很多，沈厅则是周庄古镇和双桥齐名的一处著名景点。周庄由原来的小集迅速发展为商业大镇，与沈万三的发迹不无关系。沈万三利用白蚬江西接京杭大运河、东北接浏河的优势，出海贸易，使周庄迅速成为江南商贸巨镇，沈万三也随之成为富可敌国的江南首富。其间，沈万三曾经资助明朝开国皇帝朱元璋修建了南京三分之一的城墙，最后也因此得罪了朱元璋而被流放到云南，客死他乡。600多年前的沈万三，想不到他发明的"万三蹄"，如今竟成了周庄古镇旅游业的一大品牌特产。走进周庄，你会发现经营"万三蹄"的店铺满大街都是。当我老伴看到来自唐山的两姐妹，就在大街上不管不顾吃相如何，美滋滋地啃着"万三蹄"的那个场景，忽然也生出了买几份的冲动。

今天的周庄人懂得古镇的历史就是周庄的根。我相信，周庄人更懂得传承古镇的历史文化，所维系的是周庄的发展和周庄的未来。无疑，从古镇历史中走来的周庄人有远见。

2016 年 5 月

丽江的高度

我们明天将从腾冲飞往丽江。领队与丽江那边的导游通完电话，就笑着说："不知道是男是女，只听清姓H。"

第二天，我们的航班抵达丽江。在机场出口处，发现接机的导游是位女孩。她举着一片写着我们单位名称的A4纸。"您就是H？"我笑着问她，她点头称是。

乍一看，H还是个尚欠成熟的小女孩。她上着一袭白色针织外套，下配一条透着时尚潮流的膝盖处磨破了的牛仔裤。白皙的脸上透着一抹明显的高原红，一张大嘴巴和鼻梁上那副宽边的方形黑框近视镜，与狭长的瓜子脸显得很不般配。

H的语速挺快，普通话明显比腾冲的那位导游说得标准。难怪，H说她是东北人。高考时，她填报了云南某高校的旅游专业。七彩云南是旅游大省，做导游的工作好找。于是，大学毕业后，H便留在了云南。今年27岁的她，已在云南待了7年之久了。

从机场到丽江古城约有40分钟的车程。H在车上以其丰富的旅游知识，熟稔地向我们介绍着丽江的山水风光和历史风情。她说，丽江是纳西族的聚居地，按丽江的风俗，你们到了这里，对男的管叫胖金哥，对女的管叫胖金妹。她指着"知足者"说："像他那样块头巍峨一点儿的，就叫牦牛哥了！"我戴着一副防高原紫外线的墨镜，H则说："这里把戴黑墨镜的视作坏人。"我笑问：

"上高原不需要防紫外线吗?""看你笑嘻嘻,不是好东西!"H接着补了句,"这是玩笑话。"但我却对此心生不悦——有这么对游客说话的导游吗?

我们下榻的酒店,房间里没有空调,只有地暖设施。几只嗡嗡叫的蚊子到处乱窜,好在床头有电蚊香片。据说这一档次的宾馆在丽江古城区还是好的。然而,这与我们和旅游公司的协议标准相去甚远。我们在此行第一站腾冲入住的"世纪金源大酒店"可是五星级呢!

下午还有点时间。安顿好后,H带着我们沿玉河逛了趟古城。源自玉龙雪山的玉河由北而南,蜿蜒穿越古城。玉河风光带也是丽江著名的美食街。然而我发现,所谓美食街,其实就是酒吧一条街。时间刚过下午4点,许多酒吧已开始疯饮狂吼了。

回到酒店,H叮嘱晚上尽量不要单独上街。如果非要出去,最好结伴而行。她说这里晚上有点儿乱,弄不好你就被一些酒吧拉去当酒托了。这里小偷也多。并告知,这里海拔2800米,有高原反应的最好买点氧气吸一吸。

我对丽江的海拔高度有点儿怀疑。21年前,我曾到过青藏高原上的格尔木,那里也是海拔2800多米。可是,我到了格尔木就有明显的高原反应,上个二层楼,人至休息平台,就感到胸闷气急了。而今天全无当年上高原的感觉。况且,今天的我,已是个花甲老人了。于是,我想,从H的嘴里冒出来的丽江的高度也许要打折。

我们是个由18人组成的旅游团队,从第一站腾冲开始便号称"18军团"。当晚,"18军团"没有在丽江买氧气的,也有人没听H的劝告单独外出的。单独外出的"大海"毛发无损地回到了宾馆。

"夜里街上热闹吧?"

"满大街都是人!"

对一个作家来说,该对游历之地的生活素材有个实际的了解。

也许是 H 说的"这里晚上有点儿乱"发挥了作用。我在佩服"大海"勇敢的同时，庆幸在丽江还将住一晚上，体验丽江的夜生活还有一次机会。

第二天将去看玉龙雪山。一上车，H 就开始讲玉龙雪山，讲中途要在甘海子观看张艺谋导演的《印象丽江》，讲从玉龙雪山下来后游览的蓝月谷、束河古镇。H 说，束河古镇不可不看，束河的历史比丽江古城还要长 400 多年。对束河古镇不陌生，今年 4 月，央视等媒体报道过那里火烧连营，损毁了一处千年历史的街区。

海拔 5596 米的玉龙雪山是纳西人心中的圣山，至今尚未被人类征服。丽江之行，我们除了游古城，就是奔着玉龙雪山来的。然而，我们从 2959 米的云杉坪索道登上 3400 米左右的山腰远眺玉龙雪山主峰，云遮雾盖，迷迷茫茫，玉龙雪山的高度在我心中陡落。我问 H："玉龙雪山的门票是多少？"H 几乎未加思索："得八九百吧！"我半信半疑。毕竟，我们这次团费高达 6890 元。然而，回到宾馆上网搜索发现，玉龙雪山门票才 100 多块钱，加上索道等费用也才 200 多块钱。H 的话，在我心里头又被打折了。

对玉龙雪山浓重的失落感，好在被接下来游览蓝月谷、白水河景区得到了稀释。近处，群山叠翠，碧水、蓝天、瀑布。远处，玉龙雪山高耸云端。高原上竟有如此一处休闲养身的好地方呵！

面对蓝月谷优美的景色，游兴甚浓的队友"一片云"不禁问身旁的 H："这是什么景区？"H 生硬地说："我讲的时候你们不好好听，现在却来问我了！"

此话如一记闷棍，将"一片云"的游兴打得碎落一地。

出蓝月谷、白水河景区，下一个景点是束河古镇。到了束河停车场，但见天空乌云翻滚，在由远而近的闪电和雷声中，偶有细微的雨滴飘落。

猜不透 H。游束河古镇，却途经古镇街口而不入，竟舍近求远地将我们带入了一条高低不平、满是土坷垃的田间小径。此时，风声、雷声、雨声聚起。好在前方百十米处，有一座建在废河旁的长长的廊榭。"18军团"和另一批游客一路狂奔躲进长廊。雨越下越大，一会儿又下起豆大的冰雹。随着风向的变化，避雨的游客挤向长廊一侧，且要侧向打伞。风雨中，气温骤降。此时，我们游兴全无。

雨渐小，H又领着我们上路了。她引导我们从古镇的尾巴梢拐进古镇购物。她点拨着我们到什么店买什么品牌的银器、药材或牦牛肉。我们在一家购物店买了不少三七、玛咖等中药材。H一见"晴朗的天空"提着饱鼓鼓的购物袋出来，就说："你们怎么不去正宗的药店采购？要小心啊，有些藏红花是纸做的假药！"她建议的品牌店银器价格都高出其他店家近两倍。没去她点名的店家，她当然不高兴。我也从未听说过有纸做的假藏红花。

我们"18军团"来自长三角地区。H总拿网络和媒体上报道过的长三角地区的水质说事。说这里的水质有多好，你们喝的水要么是重金属含量超标的，要么就是死猪泡过的。噢，原来，H开始向我们推荐螺旋藻了。她说她母亲患了10年糖尿病，是这几年坚持吃螺旋藻吃好的。"18军团"中的牦牛哥"知足者"开玩笑地调侃道："我是30年的糖尿病，从没吃过螺旋藻，倒是没有少喝过泡过死猪的水，我也好好的。"听"知足者"和她抬杠，H以为"知足者"在故意捣乱，跟她胡说八道，便立马板起了面孔。"知足者"患有糖尿病是实，说没少喝过泡死猪的水，是对H贬损我们故乡水质的原话的调侃。然而，H竟当着我们的面哭了起来，边抹眼泪边发起了脾气："你们这帮人怎么能这样对我呢！别以为我是靠你们购物拿回扣养活的，我有工资，政府也给我们补贴。"面对H的一哭一闹，我们都傻眼了。她毕竟是个小姑娘。我们心中虽有不快，也连打招呼："都是玩笑话，何必当真呢！"而"知足者"就像吃了败仗一样，被H这一哭闹弄得灰头土脸的。车到螺旋藻经销地，一些原本不想买的队友也凑热闹买了些，以缓解刚才发生的小小摩擦。这位已经57岁的"知足者"，独自站在那儿呆呆地看着天上的流云，没人理会他这时在想些什么。而我们"18军团"的领队这时还在那儿哄孩子似的赔着笑脸做她的工作。

怎么说她好呢？在我眼里，H简直就是个尚欠成熟的女孩。

那晚，用完晚餐，我和"知足者""晴朗的天空""初升的太阳""一江春水"等一起上街，感受古城的夜生活。还是玉河沿岸的美食一条街，无论是一米阳光，还是千里走单骑，整条街上霓虹闪烁，几乎所有酒吧都是座无虚席。俊男、美女，歌手、乐手，在那里各显身手，唱着，跳着，扭着，吹着，弹着，调侃着，尖叫着，胡喝海饮着。酒吧门口衣着入时的美女帅哥拉着过路的游客："老板，喝两杯吧，里头还有位置！"一些酒吧的窗户上，粘贴煽情的文字：人在天堂里，钱在银行里，老婆在别人怀里……如此等等。丽江，一座文化历史名城的夜晚，几乎被这商业的噪声淹没掉了。

这是一座具有近800年历史的文化古城。当年丽江木氏先祖归附元世祖忽必烈，后又归顺明太祖朱元璋，被赐姓木并封为世袭知府。这里又是南古丝绸之路茶马古道上一重要贸易集散地。于是，随之而来的中原文化、外来文化渐渐与古城融为了一体。

丽江的高度，不仅仅是地理上的高度，更多的是让世人仰望的文化上的高度。

玉河广场旁的水车不分昼夜、不知疲倦，日复一日不停地转动着。水车上翻动的水流、翻腾的浪花清澈透明，却无法言说它前行的方向对与错。

面对一个不成熟的导游和一座被商业的噪声淹没了的文化古城，我哑然无语。

2015年9月

悲情汉旺地震遗址

走进汉旺地震遗址，不是亲眼所见，很难接受如此残酷的现实：遍地是瓦砾，满眼是倾斜的楼宇，斑驳的撕裂的广告牌七歪八倒。曾经喧嚣热闹的商业街，除了一些路灯孤零零地在原地立着，已看不到任何完整的建筑物。一层商铺的招牌还在，原来的三楼成了二楼。昔日繁华的工业重镇汉旺，已经化为一片废墟。沿遗址大门往里走，右侧有条不很宽却很深的河。河里的流水声仿佛带有一些哭腔，周围如同死过去一样的寂静。隔河被震塌了的高层建筑，残存部分歪斜着，一些住房后阳台上的花盆横七竖八地倒下了。灰蒙蒙的高耸的大山近在咫尺，让人感到十分压抑。

这里还没有完全对外开放。2010年5月8日，作为前往南通市援川恢复重建指挥部采访的作家、摄影家，我们手持绵竹市有关单位开具的介绍信才得以进入遗址。遗址的大门紧锁。隔着铁门上栅栏的空当，司机递过介绍信。看守大门的老者看了看，没说一句话就开锁打开了大门。他一脸严肃的神色，与大门内死寂的那片废墟相映照，使我们的心一下子就变得沉甸甸的。这一场惨绝人寰的特大地震，夺去了汉旺镇4596条宝贵的生命。相当于这个拥有40多家国有大中型企业和驻镇单位共5.3万人口的工业重镇，11.5个人中有一个遇难。据说，还有200多人仍被埋在废墟里。

有人告诉我，地震那天，汉旺镇党委、镇政府17名领导班子成员正在开会，在这场突如其来的地震中他们无一幸免。包括汉旺中心幼儿园在内的汉旺镇学校，共有228名学生和19位老师遇难。我们走进汉旺中心幼儿园，四合院式的教学楼全是残墙断壁。被恶魔撕裂的这所校园，曾经是孩子们梦幻般美丽的乐园。后边那幢教学楼二楼的阳台外侧，还悬挂着"没有爱就没有教育"的宣传牌。一层走廊的门口，乳白色的写字板上，"周次值班表"老师的名字还清晰可见：朱兆蓉、牛春燕、杨帆、黄珊……这一些排在"周次值班表"上的老师们，他们还在吗？抬起头，我发现前面那幢教学楼二楼的后阳台内侧，还挂着一件皮风衣、一条毛巾。山里的风向这座废弃的校园吹来，曾经有主的那件皮风衣和那条毛巾，在风中无奈地晃荡着。它们不知道曾经的主人现在哪儿。大五班教室，那天在上识字课，黑板上十分秀丽的字依然是那样清晰：蝈蝈、螳螂、蚱蜢、蜻蜓、蝴蝶……我仿佛看到天真烂漫的孩子们，正亮着大大的眼睛，在倾听老师讲大自然里这些可爱的小动物的故事。那天，当噩梦般的地震突然降临，老师的声音渐渐远去，跳动在孩子们脑海里的那些可爱的小动物渐渐远去。

我不知道该用怎样的文字形容那一天的心情。除了揪心的痛以外，还有一种震撼。

沿河路中段的废墟上，竖着一块颇有些创意的中黄色小牌牌儿，上面用中、英、日等文字写着这样几个字：一片废墟，一片希望；净化心灵，了解灾区。旁边，在风中摇曳的绿色的野草、粉色的野花，仿佛在告慰逝去的英灵。这里将与汶川的映秀镇和北川老县城一起，建成永久性的国家地震遗址公园。

让人们永远记住那一天的那一刻：2008年5月12日14时28分。

写于2010年5月12日深夜

聆听战火中的两河文明

　　自从这一场伊拉克战争开战以来，每天都有"关注海湾——伊拉克战争零距离"和"直播伊拉克战况"的新闻。美军中央司令部发言人布鲁克斯，总是隔三岔五地通过媒体向外界公布美英联军在这场战争中的战绩，包括他们向伊拉克发射、投掷了多少颗炸弹——破坏性极大的巡航导弹、精制导弹、集束炸弹……

　　每当听到刺耳的战机在空中的呼啸声和各种炸弹引发的"轰隆隆"的爆炸声，看到冲天而起的火光和有关目标被炸之后腾起的滚滚浓烟的画面，我的心就会颤抖。

　　我们仿佛听到了古老的两河文明在悲伤和无助地哭泣。

　　位于伊拉克南部由幼发拉底河与底格里斯河形成的两河流域，古希腊人称美索不达米亚，意为两河之间的地方。这里诞生过人类最早的文明——公元前5000多年的苏美尔文明，它比已知的埃及、中国、希腊、印度的文明还要早许多年。有人说，人类的历史是从苏美尔人开始的。

　　苏美尔人创造过27个世界最早的发明：最早的学校、最早的车轮、最早的航船、最早的文字、最早的律法、最早的地图、最早的图书馆、数学史上的第一条公式……这里是十进位法、六十进位法（一小时分成60分，一分为60秒）、太阴历（把一年划分为 12 个月）、7 天为一星期的诞生地，也是《圣经》中所说的美丽的"伊甸园"。《一千零一夜》中的许多故事的背景就是巴格达。这里曾经矗立着通天的巴比伦塔，最早的史诗《吉尔伽美什》记载着地球大洪水和吉尔伽美什方舟的故事。辉煌的古代文明诞生在这片神奇的土地，巴比伦、乌尔、尼尼微、亚述，这些曾经伟大的城市消失在这片古老的土地，而连绵的战火也不断燃烧着这片历经沧桑的土地。

约公元前 4000 年苏美尔人定居美索不达米亚。6000 多年间，这一片土地上一直战争不断——从公元前 2350 年阿卡尔王朝建立，萨尔贡一世统一两河流域，到公元 540 年前波斯帝国开国君主居鲁士率军入侵巴比伦；从公元前 326 年马其顿亚历山大在伊苏斯击败大流士三世亲率的波斯大军，建立亚历山大帝国，定都巴比伦，到 1258 年蒙古帝国大汗旭烈兀三次西征攻占巴格达，建立伊尔汗国；从 1917—1918 年英军占领两河流域，到 1921 年费萨尔王登基，建立伊拉克王国，到 1958 年伊拉克推翻君主制，改行共和，再到 1980 年起持续 8 年的两伊战争，1991 年的海湾战争，直至 2003 年 3 月 20 日美英联军入侵伊拉克……

战争是一把双刃剑，它能够推动历史前进的进程，创造绚烂的人类文明；也可以在改写历史的过程中，破坏人类的文明。发生在两河流域古代和近现代的那一些战争我们不去论说，只说美英发动的本是"师出无名"的这一场在当代最罪恶的战争。每天，美英联军的战机和战舰上发射的数以千计的炸弹，倾泻在伊拉克土地上。这些罪恶的炸弹中，不少是破坏性和杀伤力极大的巨型炸弹。一颗炸弹就有成吨重，有的甚至重达数吨，能破坏深达地下 10 多米甚至几十米的建筑物体。这对于一个蕴藏丰富的文物大国来说，不啻是一场古文明的劫难。有人有些夸张地说："考古学家的铁锹每挖一次，就会挖出更多的材料，证明我们某些自觉和不自觉的思想和感情已经为巴比伦人思想过和感觉过。"这是考古学家们不胜惊诧的切身体验。19世纪以来，直至"二战"结束，许多国家都曾在伊拉克组织过大规模的考古发掘活动。现在大英博物馆、法国卢浮宫、德国柏林博物馆、美国大都会博物馆等许多世界级大博物馆展厅中，都陈列有两河文明的珍贵文物。而世界著名的位于巴格达市中心的巴格达博物馆，其展品既有来自两河流域、希腊、波斯等地的文物，也包括犹太人始祖亚伯拉罕的遗物等稀世珍宝。据伊拉克文物部门的一项报告称，到目前为止，还有90%的美索不达米亚文明遗址尚埋在地下。

这一场战争，从开始起就没有多少悬念。当战争还在进行之中，有关国家就开始讨论战后重建问题。确实，在战争中遭受破坏的伊拉克需要重建。但被战争破坏了的两河古文明，能够重建吗？

古老的两河文明，在战火中无助地呼唤，悲伤地哭泣。它们在诉说着这一场战争的罪恶……

2004年2月

台湾散记

乡音·乡愁

宝岛台湾和祖国大陆之间横着一湾海峡。这片被称作台湾海峡的海域，两岸最宽处不足 150 公里。这片海域的大部分水深仅有 50 米，最深处也不过百米。然而，就是这一湾不很宽也不很深的海峡，却曾经成了横亘在一个伟大民族面前一条不可逾越的鸿沟。两岸不通邮、不通商、不通航，导致魂牵梦萦的乡音一阻隔就是 60 年。

算一算吧，一年 365 天，一天 24 小时，60 年是多少个小时。也许，按几近原始的交通工具毛驴车的速度，60 年不停地跑，亦能绕地球跑个一圈半圈的。可是，按如今高速铁路的时速计算一顿饭工夫就能跑一个往返的这一片海域，硬是 60 年也没能往前迈过去一步，纵然使遥遥相距的乡音，成了两岸同胞千肠百转的乡愁。

台湾著名诗人余光中在他那首脍炙人口的诗作《乡愁》里写道：小时候 / 乡愁是一枚小小的邮票 / 我在这头 / 母亲在那头 // 长大后 / 乡愁是一张窄窄的船票 / 我在这头 / 新娘在那头 // 后来啊 / 乡愁是一方矮矮的坟墓 / 我在外头 / 母亲在里头 // 而现在 /

乡愁是一湾浅浅的海峡 / 我在这头 / 大陆在那头。

余光中的《乡愁》，写出了两岸同胞共同的心声。

是的，乡愁是那一湾浅浅的海峡；海峡是两岸同胞滴滴清泪汇成的乡愁。

己丑年深秋的一个下午，在飞临海峡上空的国航 C195 航班上，我如是想。

飞过海峡

再沉重的历史也会被流转的岁月轻轻地翻过去。

在两岸实现直通的历史性日子里，我和许多同胞有幸登上了大陆和台湾间的直飞航班。其中，不乏经商者、寻亲者。但我相信，同机的绝大多数乘客是观光客。曾经在梦里寻觅的阿里山、日月潭、太鲁阁大峡谷、猫鼻头、鹅銮鼻、东海岸、溪头、野柳……那些耳熟能详的宝岛美景，将成为我等这次赴台旅行中的精神美餐。我们乘坐的航班由上海浦东机场直飞台北桃园机场。当飞机腾空而起的一瞬间，我最想看的则是 60 年时间都未能突破的让人犯难犯愁且烦心的那一湾神秘的海峡。

这架空中庞然大物——空客 340 的机翼下，是厚重的云朵。厚重的云朵下，是那一湾或波涛汹涌或平静如镜的海峡。排序53L 的座位紧靠着窗口，我一次次地侧过身，试图往下看一看那曾经无情的海峡，哪怕是一簇翻飞的浪花。然而，什么也看不到。

海峡的模样，全让厚重的云朵给遮住了——好像是一位犯了大错的老人，60 年睡醒后一时羞于见人。

黑色的天幕渐渐合拢，厚重的云朵也躲进了天幕里。飞机的高度在渐渐下降。不经意间，忽见地面一片耀眼的灯火。机上播音员告诉我们，再过10分钟飞机将降落台北桃园国际机场。那么，下方那座城市就该是台北了。这就意味着，我们已经越过了海峡。

于是，我一阵激动。

那一片璀璨的灯火，仿佛点亮了一个走失已久的孩子回家的路。

已经远去的厚重的云朵，仿佛是海峡上空一片乡愁的云。

带不走的故乡魂

60年前，一场大决战的硝烟渐渐散尽。

当胜败已成定局，曾经的一代王朝开始越过海峡，从大陆退居台岛。于是，数以百万计的军政人员、学者、教师、职员，或只身或带着家眷，在战乱的烟云中，依依惜别生养自己的那一片故土，或乘坐飞机、轮船，或搭乘战舰，匆匆来台。

然而，这些人走得再匆忙，有的也没有忘记回头看一眼自己的老宅，老宅瓦楞上长着的青苔，依附在青苔上的随风摇曳充满生机的小草。看一眼老人饱经沧桑的额头上的沟沟坎坎，牵一下老人和孩子温热的手。有的即便不能这样，也要带上一张家人的照片，甚至家里的一个什么物件，在离家的日子里，好有个念想。

可以想象，当年那些匆匆忙忙来台的人，走的只是一个身体的躯壳。而他们的魂，他们的心还在大陆，还在故乡，想带也带不走的。

尽管如此，他们还是选择了走。谁知道他们是为了信仰，还是有关当局的权势抑或某个人的情面？我想，实际一点，更多的一定是为了生存。当然，生存有各种各样的生存方式。但我情愿相信其中的绝大多数，是为了一张嘴一个肚皮一条生命。说多了，也许还有他的老婆孩子、父亲母亲、兄弟姐妹……

故乡，那是一片给了自己生命的血地。不到万不得已，谁愿意离开？离乡别土，对于懂得感情的人都是一种苦痛。可是为了生存，不情愿也得离开。其中，不乏一些在黎明前的迷茫中苦苦寻找自己的前程者。别离故乡，赌博人生，也许是他们的一种无奈。

小姜赴台寻亲

60 年前那个春寒料峭的季节，南黄海边一位年轻的小学教员，临别时跟他年轻的妻子说："趁还年轻，我要到那个岛上闯荡闯荡看看，或许有个好的前程，到时候就把你们娘仨接过去。"

年轻的妻子看着一个 5 岁一个才 3 岁的两个女儿，苦着一副脸说："你能不去吗？"

两个女儿不知道父母交流的内容将意味着什么，只是牵着父亲的手亲昵地叫着："爹爹！"

年轻的父亲抚摸着两个可爱的女儿的头说："乖，在家听姆妈的话。爹要出一趟远门，到时候给你们买好吃的回来。"

年轻的妻子一直在等待着有了"好的前程"的丈夫把她们娘仨"接过去"。

幼稚的女儿一直在等待着父亲给她们"带好吃的回来"。

在海峡这一边的风云发生急剧变化的年代里，已经不再年轻不再幼稚的娘仨，不敢企盼他能给她们娘仨带来什么好处，只是企望别给她们添乱就行了。

形势很快往好的方向发展着，海峡那边便常有许多信息传来。

而且，常听到有人从那边回来探亲。

娘仨又一次开始苦苦地等待。

只是，在她们娘仨的苦苦等待中，就是没有关于他的一丁点儿信息。

于是，为了他当年的这一个承诺，娘仨这一等就是整整 60 年。

60 年一甲子，在浩瀚的时间长河中它是多么的渺小。然而，60 年时光却让一个年轻的妻子变成了耄耋老人。两个还不懂世事的女儿，如今都已成了奶奶。

"如果他还健在，也该是 90 岁的人了。他现在能在哪儿呢？"和我同一批次赴台观光的同事小姜，另外负有寻亲的使命。当年那位赴台的年轻小学教员，是她先生的外公。

台湾虽小也有几万平方公里。对于这样一位 60 年没有一丝音讯的老人，到哪儿去找？

小姜求助于家住台南，在高雄当过兵，现在台北工作，这些年走遍了台岛各地的导游林逸鸿。林导说，仅仅有一个名字和小学教员的职业，恐怕不太好找。

离台前，小姜向林导索要了台湾有关部门的通信地址，说等回到启东后再写信寻找。

对此，小姜似乎颇有信心——就是外公已经在台湾入土为安了，也总有他一个落脚的地方。到时候，小姜会代表家人捧上一簇鲜花放在他的坟头说："外公，你念想了大半生的故乡的亲人看你来了！"

表兄曾在台湾 40 年

海峡那边，也曾留下过我一位表兄的足迹。

那年，他是华野苏中军区海防大队排长，在吕四外海海域为营救被国民党军炮艇胁迫的几条渔船上的渔民，不顾个人安危，以自己做人质为交换条件，使启东、大丰等地的数十名渔民获释，他则被带到了仍由国民党军驻守的小洋山岛。在小洋山岛，由于对其防范严密，他几次伺机逃离都未成功。1950 年初，国民党军退守小洋山岛，他即被带到了台湾。

这一去就是 40 多年。

我表兄的这一段人生有点儿传奇色彩。苏中军区海防大队的战友们和获释的渔民群众都以为他牺牲了。近 40 年时间里，县民政部门一直将其视为革命烈士，我小姨妈享受着政府给予的烈属待遇。

苏中军区海防大队是人民海军前身的重要组成部分。表兄入伍前上过 5 年学，算是个文化人。身材魁梧、人高马大的他 17 岁就当了排长。后来他被编入台军海军部队，并被选送军校深造。在高雄的台军左营港某舰艇修造厂，他官至上校厂长。

海峡再宽再深，也隔不断表兄对故乡的思念。38 年后，他通过办旅游签证从菲律宾辗转来到大陆寻亲。他依稀记得家住长江边上，那条不很宽的通江入海的港梢叫泰安港。然而，那个年代即便到了上海，他也无法回乡。60 岁那年，两岸政策有所松动。作为台军退役多年的军官，他终于获准回故乡定居。

在这之前，我也已从部队转业。

那个树上知了"吱吱吱吱"地叫个不停的夏夜，在长江边上的我小姨妈家的院子里，海峡两岸的两个退役军官，我们老表两个心无旁鹜地唠着各自的传奇故事。想不到，虽然远在海峡那边 40 多年，表兄的一口沙地话说起来仍是那样娴熟，一点儿也没有打折。

在台湾观光的日子里，当我途经高雄，看到写有"左营港"的路标，便想起表兄曾经生活过的这一个地方。

在台北，表兄的女儿——我的表侄女也该有 40 多岁了。然而，就是走在台北的大街上，我这个表叔和她相遇彼此也无法相认。表嫂早逝。表兄当年给女儿填写的祖籍是江苏启东。5 年前表兄逝世，女儿却未能回来与父亲见上最后一面。

所幸的是，飘零在外 40 多年的一片残叶，总算是落叶归根了。

老太心中的牵挂

在南投县的中台禅寺，这次赴台随团的南京导游小刘的一口南京话，忽然引起了一位老太的注意。

这位老太头戴一只白色的太阳帽，上身着一件红色的 T 恤，外面是件红色的外套。她的穿着凸显出了一种青春的色彩。我想，她一定属于人老心不老的那一个群体。

小刘在用带着南京话痕迹的普通话和我们说话，老太乘隙上前与小刘搭话："这位先生，你是南京人吧！"

小刘先是一愣，然后立即反应过来了，说："是啊，我是南京人。老妈妈，您去过南京？"

老太太神色凝重地注视着不远处的一棵苍翠的重阳（别名秋枫）树，然后将目光移向小刘，微笑着说："岂止是去过。我在南京住的时候，你还没有出生呢！"

小刘立即兴奋起来："这么说，你是南京人？可是听你的口音已经不像南京人了。"

老太太说："我不是南京人，但南京应该是我的第二故乡。我喜欢听南京话。"

原来，这位叫王宝珍的老太太祖籍安徽合肥，出生在上海。抗战时期，她和母亲随供职于民国政府的父亲去了陪都重庆。抗战胜利后，和父母又从重庆到了南京。解放军渡江前夕，15岁的她已在南京师范大学附中读了两年半。

时局的急剧变化，使小宝珍不能继续在南师大附中读完最后这半年书。她告别了亲爱的学校、尊敬的老师和可爱的同学，含着眼泪随父母到了台湾。

小宝珍在台大附中完成了她初中和高中的学业，最终在台大中文系毕业。她退休前是台大附中的语文老师。已经七十五六岁的她，身体硬朗，如今是台湾中华妇女写作协会成员。

在她与小刘说话的过程中，我凑上前去，不停地向她问这问那。她对我的提问很感兴趣，有问必答，毫无遮拦，很快便拉近了我和她的距离。

当她知道我是来自大陆的作家，便笑着对我说："我也可以算半个作家吧？"

我笑着对她说："您是文坛前辈！"

我要和她拍照，她欣然应允。

小刘问她："王老师，这些年回过大陆吗？去过南京吧？"

"回过两次大陆，每次都去南京，去自己的母校。而且，我每到南京，就住在南师大招待所里。"老太太高兴地说，"母校于我总有一种无以言表的亲近感。"

听得出，一个当年扎着羊角辫的清纯少女，60年后对曾经生活过的那一座城市，那一所给了她知识营养的母校，仍然怀有一种真挚的情感。这一种真挚的情感，无法掩饰。

太鲁阁

在我的潜意识里，阿里山、日月潭就是绮丽的台湾自然风光的代名词。然而，当我们从花莲市北行25公里走进太鲁阁峡谷，领略了那里的断崖深谷、临空飞瀑、潺潺溪流，满眼雄奇景色，便油然生出了一种鬼斧神工、天地造化、叹为观止之感。有项调查说，凡是到过这里的游客，50%以上将台湾最值得一看的首选景点投给了太鲁阁峡谷。今天，如果让我投票，也会毫不犹豫地将票投给它。因为，太鲁阁峡谷奇观，给我的感觉是震撼。

400万年前，欧亚大陆板块与菲律宾海洋板块的相互撞击，剧烈的地壳变动，使台湾地层急剧上升。上百万年来，立雾溪丰沛的河水，不断切割太鲁阁这块台湾地质史上最古老的大理石层，形成了约20公里长的台湾独特、祖国大陆少有，一步一景的大理石峡谷奇观。

太鲁阁峡谷藏在深闺人未识，过去的教科书里都没有。导游说，揭开太鲁阁峡谷神秘的面纱，得益于当年蒋经国率30万退役官兵历经10年之艰辛修建的这条中横公路。这条公路西起台中东势镇，东至花莲太鲁阁，横贯台湾雄奇的中央山脉，沟通了台湾中部的东岸与西岸。蜿蜒300余公里（主线190.83公里、支线111.7公里），诸多路段邻渊而凿，隧涵相连，九曲盘肠。据说当年蒋经国准备请美国人帮助修建，但美国人一看直摇头，连称不可能，按照先进的美国技术至少也要15年。结果，30万退役老兵硬是在这时有塌方、落石困扰的地质活跃带，靠手抬肩扛，流血流汗，以中华民族百折不挠、坚韧不拔的伟大民族精神，历经10年，将这条台湾中部唯一的中横公路修建而成。

为了这条公路的贯通，702人负伤，212人殉职。为纪念这些为修建中横公路而献身的"老荣民",台湾人民在太鲁阁立雾溪谷的峭崖上建有长春祠,里头放有212名殉难老荣民的牌位。祠旁溪谷的瀑布,被命名为"长春瀑布"。

长眠于此的212个退役老荣民的亡灵,有山东人、河南人、江苏人……他们也一定做过回乡的梦。未料,梦断太鲁阁大峡谷。

今天,来自大陆各地的一批批游客,在太鲁阁长春祠前瞻仰、驻足,向这些逝去的英灵表示崇敬之意。而他们只能在另一个世界聆听曾经熟悉的乡音。

邓丽君的歌声

在台湾环岛游的旅游车上,我第一次欣赏到了原版1983年邓丽君台北演唱会的VCD。

邓丽君或许是当代华人中最耀眼的一位歌星,至今无人可以和她比肩。她以独有的风格演唱,深深影响了同时期的中国歌坛。而她对于大陆的深远意义,是由于她是一位最早影响大陆青年的港台歌手。据说,邓丽君拥有全球10亿歌迷,我只是其中的一个。20世纪80年代初,虽然海岛比较闭塞,但邓丽君委婉动听的歌声,还是悄悄地在我们驻岛部队当中流行开了。干部战士不听则罢,一听则欲罢而不能。可是这一种听,这一种流行,都是地下的。因为"左"的路线仍在占主导地位,涉台涉港文化制品都被涂上"黄色"标签严加禁止。作为部队宣传干事,我曾经奉旨查过。我就是在追查邓丽君歌曲磁带的过程中成为邓丽君歌迷的。我将从连队收缴上来的邓丽君歌曲磁带装进收录机,怕外头有人听见,晚上就躲在被窝里听,听着听着就入迷了:一丝绵绵细雨,能否回到我的怀里……我不知道这么好听的歌反动在哪里。

邓丽君生在台湾，祖籍河北大名县。她从不讳言对祖国内地的向往，对香港购买的《锦绣中华》大型画册爱不释手。她曾规划过赴大陆的演唱会：第一站北京，第二站上海，第三站西安，第四站广州。她爱看雪，希望在大雪纷飞之际，游北京，登长城。然而，她英年仙逝，曾经的梦想成了她永远的遗憾。

在高雄前往垦丁途中，我们始终沉醉在邓丽君美妙绝伦的歌声里。

1983 年台北那场演唱会上，台下观众要她说说山东话。邓丽君不仅会说国语、英语、日语、法语、马来西亚语，还会说粤语、闽南话、客家话、山东话、上海话。她知道台下的山东老乡希望能在台北听到乡音的那一种心情。

她就说："山东话难不倒我，我母亲就是山东人，我也是半个山东人。"接着，她就用十分纯正的山东话对着台下喊道："各位老少爷们，大家好！"然后问，"像不像山东话？"

"像！"台下的山东籍观众也用山东话答道。

于是，台下掌声如潮——恍若海峡经久不息轰响的潮声。

在场的许多山东人于掌声中哽咽了。

游客至上的林导

飞机降落桃园机场，迎接我们的这位中年男性台湾导游，高个子、板式头，五官端正，肩膀宽厚，气宇轩昂——不像导游，倒像是位英武的军人。

深秋 19 点钟的台湾，天已很黑。他用一口普通话，招呼我们先吃饭。

餐厅位于机场不远处的城市商旅地下室，里头坐满了大陆观光客，上菜却很快。我们很快回到了车上。台湾的客车分上下两层，上层载客，下层放行李。

当检查完我们15人全都上了车，他便站在前头开始作自我介绍："我姓林，名逸鸿。我就是你们的林（领）导。"说到这儿，他笑了，"未来几天，你们得听我的！"

想不到，他能叫出我们每个人的名字，还能说出谁和谁是夫妻，谁是长者，谁是这个月生日。"我现在给大家发名片和纪念品。"他将名片和纪念品装在一只红纸包内。红纸包上写着："×××先生台湾之旅留念 台湾导游林逸鸿2009.11.11"。名片上印有他的照片、手机号和邮箱地址；纪念品是微缩的故宫珍宝"翡翠白菜"和新台币一元硬币。并赠给最年长者一个长寿链，给本月出生的我等三人属相挂件。一同事和他同年同月生，同事获赠贝壳手链，我们便知道他49岁。

这些纪念品不过百十台币，不值几个钱，却是他用心构思的。它让我们多了一分感动——他是我有生以来见过的功课做得细致入微的导游第一人。一路上，他用他的真诚，实现一个导游和一个观光团的无缝对接。

他拿出了他当兵时的照片和他三个孩子的照片。他家住台南，有着不平凡的经历和丰富的阅历：大学毕业后当了10年兵，司法参谋岗位上退役，当过保安公司经理，两次经商赔了几百万新台币，妻子因此与他分手，但12年来谁也没有再婚。三个孩子漂亮、帅气，都已长大成人。大女儿大学毕业后在读硕士，两个儿子考上了大学，都在部队当兵。

"既然你和前妻都没再婚，为什么不复婚？"

"缘分已尽。"

他相信缘分。3年前他再就业学做导游，他说他至少还能打拼 10 年。

台湾就业困难，他便十分珍惜这份工作。经理让他每月接 3 个团，他却要接 4 个。他说："我们就是缘分。你们是我接的江苏第一团，你们梁保华书记这几天也在这里。听说后头将有一万人的江苏观光客来，这对我们是个机会。"

游日月潭那天细雨绵绵，从玄光寺下来，他不小心摔了一跤。在邵族原住民办的原力饭店用餐间隙，他找了山里头的骨伤大夫，花 500 元新台币在受伤的腿上敷了药。他摔得不轻。挂了根用 150 元新台币买来的拐棍，一跛一拐陪我们上了台湾最南端的鹅銮鼻、猫鼻头，又去了东海岸。不料在台东卑南乡温泉村富野（丰泰）大饭店又染上了急性胃肠炎。半夜里起来挂盐水，第二天出发时仍未好转。他只好让南京中北公司随团导游刘栋代劳，等挂完盐水乘火车赶过来。我们的午餐在石梯港口福海鲜餐厅。仍在台东的他打电话给刘导，让他买啤酒给我们打招呼。我们游完太鲁阁，他已在花莲火车站广场迎候了，并给我们带来了两箱昂贵的释迦圣果，再次向我们表示歉意。

看得出，他把心都掏出来了。他说："你们在各景点上买这买那，我前后拿到了 4000 块（新台币），现在都花掉了。"他给我们算着两次挂盐水、扣去荣民优惠部分的挂号费、去台东县立医院打的、火车票、拐棍、啤酒、水果、小纪念品等开支。然后笑道："不该你得的就不是你所拥有的。"

这时，花莲天色将暗，而我们面前的林导却是那样透明晶亮 —— 有哪个导游能把游客在景点上购物得到的回扣告诉你？

吃饭时，他告诉我们，上午他向经理汇报说在台东挂水了。经理笑他：谁叫你要接 4 个团的，不趴下了?! 尽管几经磨难，经理却并不同情他，今天又给他下达了一项"救急"任务：陕西团在嘉义炒了他们一个导游鱿鱼，18 日中午把我们送走后马上赶过去。

"这个导游肯定和陕西团观光客没有沟通好。"他对我们说。

我们很快完成了台湾观光之旅。在桃园机场和我们告别时，我问他："林导，这次救急方案你是否已经考虑成熟了？"他朝我笑笑说："不愧是作家。是啊，我有了一个让陕西团息怒的方案。"他拿出了一只雄鸡工艺制品对我说："他们的领队属鸡。"

尽管刚挂好盐水，经理还要安排他去救急。

临别时，他就像对老家来的客人那样说："名片上有我的电话和 E-mail 地址，有事就跟我联系。"又说："我祖籍福建，两岸本是一家人，你们就是我们老家来的尊贵的客人。"

同事小姜便说："寻找我外公的事，还得请帮忙。"

林导笑着朝她挥挥手说："知道了！"

2009 年 10 月

精彩俄罗斯

阿穆尔宾馆

在海参崴，我们入住一座俄式二星级的阿穆尔宾馆。我们发现，同样的二星级，这儿的条件比国内差得多。不过，听说像这样的住宿条件，在俄罗斯还算好的。

这是一座傍海而筑依山而建的7层大型涉外宾馆，建于20世纪60年代初期。普通标准间有800多间，里面的设施也挺齐全，设有桑拿、商场、舞厅、赌场等。由于它是建在山坡上的建筑，从宾馆后门进入，接待大厅就设在7层楼。办完入住手续，你不能按以往的习惯往上走找房间，而是乘电梯往下走。宾馆的电梯很小，不像我们国内能同时乘13人，那里只能同时乘5人，多一个人就会发出"吱吱吱"的叫声。

房间不大，与卫生间合在一起，不过二十来平方米。走进房间，给你的感觉仿佛走进了70年代末80年代初国内一些普通的单位招待所。后来我们听说，阿穆尔宾馆还真是80年代后期装修的，而且，大多数建材从中国进口。房间里只有暖气，没有空调。地面是用25厘米×2.5厘米的小积木拼成的，颜色浅黄，已经没有了鲜亮的光泽。墙壁上用的正是我们80年代才用的那些颜色浅浅的普通墙纸，有一些花纹图案，不怎么华丽。白色的吊顶，四周的角线用白色的石膏镶嵌。吊顶与墙纸色调倒也蛮协调。相比墙纸，那吊灯就有些古典和别致了。吊灯的罩子是半透明的玻璃质料，形状像一朵绽放的牡丹花瓣，弯弯的曲线勾勒出了它一种典雅的美。一根80多厘米的电线从天面正中央垂下来，把那灯罩结结实实地拴着，静静地悬在半空中。壁灯的质料和吊灯相同，形状也类似吊灯，只是微缩了一些，以45度角向外倾斜。连接吊灯与墙体那一根S形的紫铜管，凸显了一种它特有的别致的欧风。让人捉摸不透的是，俄罗斯人都长得人高马大的，可是，这弹簧床却只有80厘米宽（也许为中国人专用）。而且，那弹簧大多已经没有弹力了。房间里摆有一张淡黄色油漆的三夹板桌面的桌子，一只抽屉拉起来有些别扭。令人叫绝的是，房间里干净极了，简直称得上一尘不染。房间里唯一的奢侈品，是一台25英寸彩电，能够调出16个台，却全是我们听不懂的俄语。

　　阿穆尔宾馆的卫生间，空间小不算，浴缸只有1.2米长，洗脸盆已经开裂了两条细长的缝儿。出奇的是，卫生间里居然没有地漏。难怪导游提前有安民告示：请朋友们在洗浴时，将浴帘垂入于浴缸内，以免将水淋在地板上。阿穆尔宾馆不向旅客提供拖鞋和洗浴用品，提供的卫生纸也只提供正常人一天的用量，直至你离开宾馆他们再不提供。

　　阿穆尔宾馆不提供浴帽、沐浴露、洗发液、牙刷、牙膏之类的东西，但所提供的洗脸和擦脚毛巾都是新的。虽然俄罗斯水电充足，极少停水停电，但他们在卫生间常备有一桶清水。入住阿穆尔宾馆，安全是有保障的。宾馆的保安没有一个是"马大哈"。宾馆不允许旅客带房间钥匙出门。为此，他们在钥匙圈上挂了一个足有10厘米直径那么大的一个彩色的木球。倘若发现有违规的旅客，保安就会罚你 50 卢布。旅客外出时必须带好房卡。没有房卡，保安是绝对不会让你上电梯进房间的。你要兑换卢布吗？白天上了班，宾馆全天有人为你服务：100 元人民币换 360 卢布（2002 年价）。

阿穆尔宾馆外面的环境令人赞叹。楼下是碧翠的草坪，50 米之外就是浩瀚的日本海彼得大帝湾内的阿穆尔湾。清晨，清风徐来，你站在外边的阳台上，面对蓝天碧海和不断地在你面前盘旋着的海鸥和白鸽，那一种心情，你说该有多惬意！

每当这时，我便想，许多的豪华其实是一种浪费，洁净简约的阿穆尔宾馆给我们的已经够多的了。就譬如这眼前的蓝天和碧海，还有那飞翔的海鸥和白鸽……

俄罗斯女孩

都说俄罗斯女孩漂亮。到了俄罗斯我们才知道，俄罗斯女孩真的很漂亮，且不是一个两个，满大街都是。

卡娅，一位圆圆脸的金发女孩，十八九岁的样子。她在中国人开的一家叫作渤海饭店的中餐馆打工。她高挑个头，有一米七几。她的一对蓝眼睛，在我们跟前走动的时候，总是闪烁着美丽而又充满智慧的光。她在客人面前展示的笑，总是那么自然大方，没有丝毫的做作，不加半点修饰。她的年轻和美丽，便成了渤海饭店餐厅里的一个亮点。她总是吸引着许许多多的客人一次又一次的目光。在许多陌生的目光里，还掺和着些许美丽的嫉妒。她便像一只快乐的小鸟儿似的，感到非常的幸福和快乐。从她走起路来那轻盈的步子里，便看得出她那每一刻都在快乐着的心情。在中国女老板的目光里，我们不难看出，卡娅也很受这位老板的宠爱。她偶尔在服务台那边高高的转椅上坐着，便会传来她和一位黑头发黑眼睛的中国男孩"哧哧哧""哈哈哈"的笑声。她的笑声也能醉人。餐桌上的人们，嘴里虽然都在忙着，但闲着的两眼会纷纷自觉不自觉地向她的笑声投去醉意蒙眬的一瞥。许多俄罗斯女孩会吸烟爱喝酒，卡娅自然也不例外。服务台上，她的跟前就有一杯啤酒。时不时地，她就喝上一口。吃完了饭，有些从中国来的客人要与她合个影，她落落大方，显得一点儿也不拘束。你若给她一支烟，她决不推辞。她也会伸手要一点儿小费。当然，她不会狮子大开口，10卢布就行。

比起在中国餐馆偶与中国客人照相的卡娅，在海参崴要塞海滨专事与游人合影的漂亮女孩布尔乔娃要忙得多。布尔乔娃个头比卡娅还要高挑，20岁多一点，金发披肩。那一对大大的忽闪忽闪的蓝眼睛，充满灵气。她那一身短袖衫长裤子的白色套装，使她显得格外新潮和亮丽。她与游人合影显得十分专业。在每一个镜头里，她都显得很大方，很浪漫，很投入，很艺术，也很有人情味。她会按照客人的意思，做出令人满意的各种造型，包括一些亲昵又不失体面的动作。好像是明码标价，每拍一个镜头10卢布。她便显得特别忙，生意特别好，10卢布10卢布的，仿佛就是在弯腰捡钱，效益十分可观。像布尔乔娃这样以同游人合影收取小费的俄罗斯女孩，在海参崴的旅游景点并不鲜见。但也有不愿意收小费的。我们碰到远东大学两位女生，同我们照完了相，我们给她们小费，她们却硬是不愿收，好像这卢布不干净。在一家叫哈尔滨饭店的中餐馆，我们同行的一位朋友，要与服务台里三位俄罗斯漂亮女孩一起合个影，并说好给小费。可这三个漂亮女孩面对照相机镜头，愣是一个个躲到了服务台下边，弄得我们这位朋友好尴尬。

听经常来往于中俄之间跑生意的一位女同胞讲，俄罗斯女孩早恋的很多，二十来岁结婚生孩子的不在少数。可她们多不会下厨，不会做家务。这些年轻妈妈玩心还很浓。她们会把孩子往母亲那儿一送，该玩还是去玩。她们在孩子到了五六岁快要上学的时候，才会学着做家务。

俄罗斯女孩的思想开放不开放，你到了阿穆尔湾的海滩上就会知道。下海游泳的女孩子极少有穿泳装的，多是三角裤衩加胸罩。穿着有一小段裤脚管的短裤衩下海，算是保守的了。上了岸，她们一边晒着太阳，一边就和男友仰着头喝啤酒……

俄罗斯少年

从阿尔乔姆机场出港，我们的车进入海参崴市区，夜色已经很浓了。街灯稀疏，街上行人很少。街道上流淌的车流，贼亮贼亮的前灯和鲜红鲜红的尾灯，倒也成了海参崴一道美丽的夜景。车在一条大街上停了下来。导游下车，为我们办理入境"落地"手续。她让我们在车上等她，不要下车。

等待中的时间显得格外漫长。刚踏上一个异国的土地，心里头总会有一种躁动。于是，耐不住车里的寂寞，一车人几乎下去了半车。我们站在马路边上朦胧的夜色里，欣赏着海参崴清凉的夜风和高低错落的建筑群里闪烁的灯火。谁也不知道什么时候，忽然有一群七八个俄罗斯少年站到了我们面前，钻进了我们这一堆人群里。大多是男孩，只有一两个女孩，多在 10 岁上下。他们都很熟套似的，一个盯着一个，与你贴得很紧。他们仰着头，伸出双手，抓住你的衣角或者手，轻轻地推搡着你，嘴里口齿不清地嘟哝着"卢布"。呵，要卢布？那可不能给。导游曾经说过的，这些俄罗斯孩子是很难缠的，可不能让他们给缠住了。他们要卢布，无非是买酒喝买烟抽。我们便也都显得很老到似的，面对这些孩子的磨蹭，一个个都显得无动于衷的样子。终于有人发了"善心"。噢，是苏中集团北京公司老总永明，他从兜里摸出一块在飞机上俄罗斯空姐给的糖果，给了他跟前的那个小男孩。那个小男孩拿了糖果转身就走。我们的目光便紧紧跟着那个小男孩。但见他将那块糖果交给了一个小女孩，自己折转身又回到了永明跟前。唉，难怪导游不让我们下车。碰上了这些孩子，真是十分难缠的。

我们后来去了郊外的农村，在巴里萨姆小镇，见到了几个也是十来岁的孩子。这些孩子天性活泼。有的在一个清澈见底的池塘里游泳，有的在岸上玩耍。见我们来了，岸上的两个男孩，与城里孩子一样，也跟我们嘟哝着"卢布"。我们向他们摊开两手，晃着头，他们便十分知趣地不再提"卢布"，而是朝我们笑着，脱下上衣，也跳进了池塘。开始在池塘里的一个 10 多岁的小男孩，有些"人来疯"，见我们在岸上站着，便上岸爬上一棵树，一个激灵纵身往下一跳，池塘里便腾起一朵雪白的浪花。有两个孩子在池塘里打起了水仗，水花飞溅。很快，他们就都上了岸，在我们停车的那个杂货店门口，围着一张圆桌坐着。嘿，他们居然一人一听罐装啤酒，在美美地喝着。席间，他们还一个个夹着香烟，喷云吐雾，好逍遥啊。

俄罗斯的孩子所受教育的学制与我们迥然不同。听说他们从小学到高中，总共才 7 个学年，其中，3 年小学、4 年初中和高中。因此，在俄罗斯，15 岁左右的少年就可以考大学了。而在我们中国，15 岁上大学就会被当作神童，入的还是大学的少年班。听俄罗斯导游日尼雅说，现在，俄罗斯大多数大学都是自费，如海参崴的远东大学，每学年的学费达 1500 美元。当然，有钱人家的孩子，不仅能读俄罗斯重点大学，而且，还出国留学。回国那天，我们就在车上见到了这样 3 位去中国留学的俄罗斯少年。他们都只有 15 岁，二女一男，由一位在俄罗斯开公司的中国唐姓女老板带着。其中的那个男孩，据说就是边境附近当地一位警察局长的儿子。他们将先在中国牡丹江的一所大学里学一年语言，考试合格后才能升入哈尔滨的某一所大学。那位警察局长的妻子依依不舍，一直将虽然已经长得高高大大，但毕竟才只有 15 岁的儿子送到边境。孩儿远行母担忧。看来，天底下的母亲，都是一样一副热心肠啊！那孩子也懂事，在车上不断向正抹着眼泪的母亲挥着手……

感觉中的差异

去过俄罗斯的人，回到国内总会说，今天的俄罗斯，要比我们落后多少多少年。这样说俄罗斯的现状，似乎也有一点儿依据，但不够确切。我们在那里待了两天以后，在我的感觉里，我们之间在许多地方存有不小的差异。差异中似乎有人家落后的东西，其中，也包括我们有许多地方不如人家俄罗斯。

俄罗斯的物质比较匮乏，我们的物质则比较丰富。在我们国内，无论你走到哪一座城市，水果摊一年四季到处都是，价钱也便宜。在俄罗斯，城市的大街上却鲜有水果摊水果店，价格也贵。我们的音响市场上，如今都在流行光盘、碟片了。而俄罗斯从边境口岸到海参崴市里，音响摊上还在热销我们曾经在 80 年代风行的音乐磁带。我们的晚报，《扬子晚报》去年才 4 毛，《北京晚报》才 5 毛，稍贵一点的上海《新民晚报》也才 7 毛钱，而海参崴一张 4 开 16 版的报纸却是 5 卢布，相当于人民币 1 块 4 毛钱。俄罗斯人的工资收入高吗？似乎也不高，一般 3000 多卢布，现在市场价是 100 美元兑换 3153 左右的卢布。

差异中有些显现落后，有些却不是。在海参崴的大街上，时有五六十年代的伏尔加之类的老爷车在我们跟前经过。这些车要在我们国内，早就给淘汰了。在俄罗斯却不，它们跑得还很欢，而且很少有故障。而我们许多品牌的国产车呢，出厂没多久就趴在马路上动弹不得的还少吗？吃的，俄式餐饮我们也体验了一顿，餐桌上的东西 4 菜 1 汤：香腊肠、海带丝、胡萝卜丝炒蒜苗干、煮鲜鸭蛋，外加一个西红柿鸡蛋汤。简单吗？是简单了些，但能吃饱，又不浪费。相比之下，在我们国内，一些头儿们一坐下来就是海参鲍翅，7 个碟子 8 个碗，什么新鲜上什么，吃腻了就扔。这样的作派，似乎成了我们的"国风"。其实，此风有失大雅，太奢侈，太浪费。住国内的宾馆，开水不仅免费，而且服务员还能热情送到房间里。在俄罗斯可不，不但不免费，而且让你交了卢布还得自己去开水炉上打。

有些差异显得十分微妙，却反映了许多深层次的东西。用中文写着的"禁止吸烟、随地吐痰、乱扔垃圾"的标语，在俄罗斯我们下榻的宾馆、出行的车上，随处可见。无疑这就是针对中国人的。你说这些文字刺眼吧，但我们的一些同志一路上还是憋不住劣性难改，便时有啼笑皆非的违禁现象发生。这就远不如人家俄罗斯人了。俄罗斯十分重视教育。海参崴就是一座有名的大学城，这里建有 20 多所大学。而且在这座城市里，还建有 20 多处十分大气的博物馆、纪念广场、纪念碑。每当我们从这些纪念物前走过，都会深深感到这就是俄罗斯的历史，俄罗斯的光荣。在海参崴火车站，停放着一个蒸汽机头。这是"二战"时期由苏联工程师设计、在美国制造的蒸汽机车，从海上运到苏联的。1963年以前，这种蒸汽机车还一直奔驰在西伯利亚铁路上。为纪念战争年代的铁路工人，1995年"二战"胜利50周年之际，俄罗斯就将这台蒸汽机车作为实物，设立了纪念碑。回头看看我们呢，反映我们的历史、我们的光荣的纪念物，在一些城市一些地方少得可怜。前些时候（2002年9月1日），看到《北京晚报》一篇报道，说曾经在荆楚大地上奔跑了一个世纪的蒸汽机车，这其中的最后一辆，拖着疲惫而笨拙的身躯，于今年初悄然退休的时候，竟然没有被当作珍贵文物收藏，而是被当作一堆废铁处理了。关于收藏与否，文物与铁路有关方面曾经有过争论，为的只是25万块钱转让费。呜呼，这就是我们的悲哀了。

这也是差异吧。在那些差异里，可以折射出许多发人深省的东西。这些差异里面，不一定全是有形的物质的，还有一种无形的东西——思想上的和观念上的。物质的落后不可怕，令人可怕的是后者。

一个嗜酒的国度

俄罗斯，这是一个熟悉的名字，但对于我还有与我同行的朋友，又是一个陌生的国度。

我们的导游，手里举着印有"精彩俄罗斯"米黄色三角旗的黑龙江省牡丹江市女孩小张，她嘴里的俄罗斯，仿佛就是在我们心里头飘浮着的一团云雾。

我们乘坐的图-154飞机，是俄罗斯海参崴航空公司，从牡丹江海浪机场开往海参崴阿尔乔姆机场的航班。我们几乎是正点出关、放客，而当我们正要走上飞机舷梯登机的时候却被告知，飞机暂时不能起飞。什么原因？说是机组人员的一个飞行文件找不到了。啊，这还了得！飞机上的飞行文件怎么会丢呢？是不是这些俄罗斯朋友酒喝多了，忘丢在哪儿了？

我忽然想起了张导在临行前所说的，俄罗斯是一个嗜酒的国度。俄罗斯的男人和女人都嗜酒，尤其是对伏特加的喜爱非同寻常。法国的嗜酒者约 190 万，占 35.8％；美国的酒徒有 1000 万，占 45.2％；日本则有 5600 万酗酒狂，占全国人口的 48.5％。但他们与俄罗斯人相比，真是小巫见大巫了。在俄罗斯，男人不喝酒，就像女人留胡子一样少见。而俄罗斯女人呢，嗜酒者高达 97％，不在男人之下。据 1985 年的不完全统计，每个莫斯科人一年中所喝掉的伏特加酒就达 45 公升之多。而据另一项统计，1972 年，苏联人 72％的休闲费用都花在了伏特加酒上面。2002 年上半年，莫斯科发生 226 起火灾，142 人因醉酒而葬身火海或烧伤。2002 年 7 月 9 日，世界杯足球赛期间发生在莫斯科市中心的球迷骚乱事件，就是球迷饮酒后从互掷酒瓶和石块开始的。

到了俄罗斯，我们才知道，俄罗斯人嗜酒的历史源于第二次世界大战。1941 年，法西斯德国发动对苏战争，苏联政府宣布开放酒禁，以使战士在一片冰天雪地的战壕里能够借酒驱寒。斯大林下令，后方必须保证前线战士每天至少能够喝到 100 克的伏特加酒，以利于勇敢的苏联红军能够在战场上打败德国法西斯。于是，"二战"结束后，苏联社会的酗酒现象日甚一日。不仅平民百姓，就连国家高层领导也卷进了嗜酒者行列，连斯大林也不例外。

当然，随着啤酒在全世界的风靡，俄罗斯人不仅钟情于伏特加，而且也喜欢喝啤酒……

过了 30 多分钟，我们在牡丹江海浪机场终于第二次被放行登机了。我们不知道是不是那个被弄丢的飞行文件已经找到了。但是我们知道，这第二次登机，意味着属于中俄两个国家的这两个机场都已经联系好了，飞机马上就可以起飞。

登上飞机舷梯，我们见到了俄罗斯机组人员魁梧的身影。男的，一个个都挺着一个啤酒肚。女的，两位30多岁的胖胖的空姐，红润润的脸上都嵌有一对深深的酒窝。无疑，这些男士女士空哥空姐都不会不喜欢酒。

似乎也在情理之中。在后来的俄罗斯之旅中，我们便得知，在俄罗斯，执行驾驶任务的无论是飞行员，还是汽车司机，都是不允许喝酒的。

虽然丢失飞行文件与俄罗斯人嗜酒无关，但俄罗斯人嗜酒却是一个不争的事实。

经过45分钟的飞行，又经过旅行车一个多小时的跋涉，我们便进入了海参崴市区。车在一条大街上停了下来，小张下车为我们办入境后的"落地"手续。我们忽然发现，街灯下有两个俄罗斯青年搭着肩，他们手里分别提着一个酒瓶子，正踱着四方步，摇摇晃晃地朝我们停车的方向走来……

漫步列宁广场

俄罗斯，是列宁的故乡。列宁，这位十月革命的旗手，世界上第一个社会主义国家——苏维埃社会主义共和国联盟的缔造者，他的名字从刚懂事起，就铭刻在我的心里。我这次一踏上俄罗斯的土地，就有一种寻访列宁纪念物的冲动。

在海参崴火车站广场，我们终于见到了高耸着的伟大列宁的全身青铜雕像。宽广的火车站广场，就是以列宁名字命名的著名的海参崴列宁广场。我们肃立在列宁铜像前，电影《列宁在冬宫》

和《列宁在 1918》里的那一个鲜活的身影，顷刻间浮现在我们的眼前。那匆匆的步履，侧着的前倾的身体，精神矍铄的额头和胡子，西装敞开着，右手叉着腰，伸出的左手仿佛在告诉人民：苏维埃一定能成功，面包和牛奶会有的。

"十月革命一声炮响，给我们送来了马列主义。"这是一句伟人的名言，也是事实。列宁和他缔造的社会主义苏维埃政权，对我们的影响太大了，包括对我们的党、国家和人民。1989 年那个寒冷的冬天，苏联突然之间被解体，鲜红的五星和镰刀斧头旗帜，忽然在红场上空飘落，取而代之的是那面被尘封了三个多世纪，彼得大帝在位时用过的红、白、蓝三色旗。列宁十月革命的成果，在被付之东流的一瞬间，曾经震惊了我们中间许多人。毕竟，列宁影响了我们几代人。列宁的社会主义模式和由此而产生的许多传统观念，至今仍在我们一些上了年纪的人心里深藏着，甚至扎了很深的根。他们缅怀列宁和他创造的那种社会主义模式。时至改革开放 20 多年后的今天，仍有许多人拿今天的一些东西与五六十年代相比较。那些东西里，就有许多是列宁的苏式社会主义的。也许，人们并不都是抱住不放，而是在隐隐之中有一种怀旧，一种依恋，一种难以割舍的情结。在逝去的那些东西里，总有一些美的东西让人留恋。

我们漫步在火车站前的列宁广场，俄罗斯导游日尼雅说我们很幸运。原来，这几天，俄罗斯总统普京正在这里陪着来访的朝鲜领导人金正日。昨天，这个火车站还不让随便进呢，因为里边停着金正日的专列。这不，今天他们去外边海上的俄罗斯岛了，金的专列已经不在了。

日尼雅今年 24 岁。这一年龄段的青年，不像经历过五六十年代的我们这一代人，思想该是最活跃的了。在 1989 年发生那一场颇具戏剧性的演变时，他们还小。日尼雅是在俄罗斯这一场深刻变革中长大的。我们就和他谈俄罗斯的改革，谈列宁和斯大林，谈普京。说起俄罗斯这两年的改革，他说，这里除了铁路、军队和警察，什么都卖。大的工厂因为太大，没人买。许多人现在没了工作。只发给你一点点儿钱，工厂就什么也不管你了。我让他谈谈对普京的印象。他说，我不知道他给了我们什么，我们从他手里得到了什么。说到这里，日尼雅仰天一声长叹，说我们每月3000～4000卢布，也就是100来美金。而且，像我这样还是好的。我让他谈谈列宁。他说列宁是伟人。但如果没有列宁，俄罗斯就不会像今天这样穷。我说斯大林是一位俄罗斯英雄。日尼雅连说三个"不"字，然后将手一扬，说，人民才是英雄，彼得大帝才是英雄。"你结婚了吗？"面对这个轻松的话题，日尼雅笑了。他说："我没有卢布，只谈朋友。"

俄罗斯人现在最想得到的是什么？对于已经逝去的列宁时期的那些东西，他们似乎并不在意，更谈不上留恋。他们只渴望得到工作和卢布。当然，还有爱情。漫步海参崴列宁广场，我如是想。

英雄的要塞

我们站在海参崴的最高点——海拔350米的老鹰巢山顶，海参崴鳞次栉比的建筑和一个个蓝色的海湾，一览无余。

眼前的海参崴，140多年前还在中国的版图上。我在用30卢布买来的一张印有中文的海参崴地图上知道，1860年，《中俄北京条约》签订后，海参崴就被改为现名符拉迪沃斯托克，俄语意为"统治东方"。这个拥有560平方公里面积、90万人口的城市，是太平洋沿岸的世界名城，俄罗斯远东的最大城市。她既是俄罗斯联邦滨海边疆区首府，也是俄罗斯海军五大舰队之一的太平洋舰队驻地。这是一个英雄的要塞。1917 年的十月革命和 1941 年的卫国战争，海参崴港口担负了重要的历史使命，大批战争急需物资通过这里转运到俄罗斯各地。海参崴这座仿佛坐落于万顷碧波之上、凌波而歌的海滨城市，也是个极好的旅游和疗养胜地。她之所以在 1992 年才得以对外开放，主要在于她重要的战略地位。我们在老鹰巢山顶上往下看，蓝色的金角湾港湾里静静地泊着太平洋舰队的一艘艘舰船。

我们下山来到金角湾畔，发现这个深水良港如今已成为军港、商港和渔港合一的港口了。我们面前湛蓝的海水、翱翔的海鸥，影照出了一派令人陶醉的景象。只是，许多纪念碑和博物馆，依然清楚地记录着这座英雄城市血与火的光荣岁月。

坐落在金角湾北岸船厂旁的红旗舰队战斗光荣纪念广场，是为纪念在"二战"中英勇牺牲的战士而建。广场两侧，分别镌刻着 1941、1945，纪念广场中央的五星里燃烧着终年不熄的长明火。我感觉，那燃烧着的长明火，就是那些牺牲的战士不死的英魂。我们走进了耸立在广场的主体纪念物——C56 近卫军潜艇。这艘英雄艇，在"二战"中先后击沉敌舰 10 艘、重创 4 艘，在俄罗斯海军战争史上写下了辉煌的一笔。我们在艇舱里，抚摸着英雄们用过的鱼雷发射装置等武器、英雄们睡过的只有不足 1.6 米长（艇员身高不允许超过 1.55 米）的床铺，听着一个个英雄的故事，我们涌动的心潮，仿佛在与这艘英雄的潜艇一块儿起伏着。

闻名于世的俄罗斯太平洋舰队司令部，就在纪念广场旁边。我们参观了 C56 近卫军潜艇，分别在这艘潜艇和太平洋舰队司令部跟前照了相，又去参观海参崴要塞炮台和海参崴中心广场。

要塞炮台位于阿穆尔湾凸出去的一个低矮的山上。我们赶巧赶上了炮台报时炮鸣炮。自彼得大帝时起，俄罗斯所有海上军事要塞都有午时放炮的规矩，海参崴要塞将这一传统保持到了今天。展示在游人眼前的 10 多门火炮，都是"二战"时期留下的。每一门火炮，都有一个故事。炮台下边的坑道里，就是俄罗斯军事博物馆。看着这些从远古到近现代的俄罗斯一件件兵器，就仿佛在解读一部厚重的俄罗斯军事史诗。这部军事史诗里，也记录着海参崴要塞炮台浓墨重彩的一笔。

我们的车在斯维尔特兰大街上行驶着，大老远就看到高耸在海参崴中心广场的一尊红军战士雕塑。哦，这就是始建于 1961 年的远东最大纪念碑——远东苏维埃政权战士纪念碑。1905 年的日俄战争，以俄国失败而告终。十月革命胜利时，海参崴还在日本人手中。为了海参崴的解放，从 1917 年到 1922 年，先后有 13000 多名英勇的布尔什维克战士血洒疆场。我们和许多游人在战士纪念碑前留影。有一群白亮亮的象征着和平的鸽子，在战士纪念碑上空盘旋。在今天如此美好的日子里，我们真想对牺牲的 13000 名红军战士说一声，你们的血没有白流啊！

在文明之邦

就是在我们出境前所在的牡丹江这座国家级卫生城市里，我们中的一些人随地吐痰等陋习仍习以为常。临行前，导游对我们说，到了俄罗斯，随地吐痰等不文明之举可得小心点儿，除非不被警察发现，否则，罚你 200 卢布没商量。

俄罗斯是一个文明之邦。无论你在乡村，还是在城市里走着，都会给你一个文明的美的感觉。当我们一踏上俄罗斯这片陌生的土地，那一种感觉便油然而生。

车在旷野里的公路上行走，那广袤的草原，连绵起伏的山峦上覆盖着的墨绿色的原始森林，使我们真实地领略了过去在电影电视里才能看得到的俄罗斯风光。呵，这才叫自然生态环境唷。俄罗斯人把养育我们人类的地球的这一块地方呵护得太好了。眼前的山峦，几乎看不见一块裸露的石头；草原上一片片厚厚的草在风里起伏着；还有一片片厚厚的准备给牲畜过冬的草被放倒后，一堆堆地有序地摆着；一幢幢俄罗斯风格的木屋掩映在一片片绿树丛中；在一处花草浓密的坡地上，一位蓄着长长的灰白胡子的养蜂老人，正在忙碌着放蜂采蜜。在我们老家只有在20世纪五六十年代才能见得到的那清澈见底、没有污染的池塘，这一回，我们在路过一个叫巴里萨姆的小镇见到了。有几个小男孩正在池塘里游泳，打水仗。

到了城里，任我们的车在哪一条街上转，就是看不到一张纸片，一处痰迹。海参崴是一座伸入大海被碧海环抱着的古老的港城，又是一座美丽的山城。城里到处都有高低错落的古建筑，蜿蜒曲折的旧马路。当你在领略一种异国风情的时候，又不能不被她的整洁和美丽所陶醉。建筑是有些老了，甚至有些已经斑驳；路面是有些破了，甚至有些次干道上还有点儿坑坑洼洼（据说是没钱修），但是，她给你的感觉就是干净，干净得几乎无可挑剔。

大概知道中国人的素质，在我们乘坐的车上的最醒目处，他们硬是用几行中文字告示中国游客：禁止吸烟，禁止吐痰，禁止乱扔垃圾，违者罚款100元。这几行字，足以使在车上的中国人感到脸红，浑身不自在。可是，我们的一位朋友偏偏不"认"这几行字，愣是憋不住劲在车上抽起了烟。那天，正在行驶中的车子突然停下来了，俄罗斯司机在车上叽里呱啦地对着我们发火。

导游小张把司机的话用俄语翻译过来，大声问："是谁抽烟了？没看见车上写着吗，抽烟要罚款的！说，是谁抽的？不然，今天这车就不走了。"我们想，这位俄罗斯司机对烟味的反应还真是灵敏，我们怎么就没嗅出来？我们的这位朋友，最终也没有勇敢地站出来。车到后来还是开动了，但这事儿着实让我们这些中国人在异邦红了一回脸。

我们入住的濒临阿穆尔湾的阿穆尔宾馆，客人几乎都是来自中国。每天清晨，我站在三楼的阳台上，总会有无数海鸥和鸽子，在我们的眼前飞来飞去，驻足觅食。每天的这个时候，也总会有一位清瘦的年近花甲的俄罗斯老人，在二楼凸出的平台上打扫鸥粪鸽粪。他似乎很讨厌那些夹杂在这些鸥粪鸽粪中的烟头。偶尔，他便抬头往上看看，可是，总是发现不了这些烟头到底是谁扔下来的。

这一些令人讨厌的烟头，真是大煞了这儿的清晨美好的风景。身在文明之邦，面对这座海滨城市的优美环境，这样一位花甲之年的环卫老人，我不知道那些不停地往下扔烟头，来自神话中的东方文明古国的朋友们有何感想。

潇洒的俄罗斯人

都说俄罗斯人活得潇洒，可是，周末的这个夜晚，我们的车在几条街上转着，并不觉得他们有什么特别的潇洒。倒是海参崴朦胧的街灯，初秋海边凉爽的夜风，给了我们这个异国海滨城市一种美丽的神秘感。

刚刚在下榻的阿穆尔宾馆安顿下来，导游小张就对我们说："咱们赶得巧了，俄罗斯是与我们过同样的双休日。明后天恰好是双休日，街上肯定不会堵车。"哦，这就是说，我们的出行会很顺利啦。小张仿佛又想起了什么，忽然又补了一句："俄罗斯人潇洒，双休日没几个闲着的。全家或者去郊外，或者上海滨，一玩就是一天。噢，他们绝大多数家庭都有车，有的还不止一辆呢。"

小张的话，无意间印证了俄罗斯人"会过日子"的那一种说法。他们过日子，可不像我们中国人拿着钱当钱，一个铜板捏在手里恨不得当两半儿花。我们中国人手里有 10 块钱，用起来得掂量着，今天花 5 块，还有 5 块留到明天用。俄罗斯人可不。他们是今天的钱今天花，至于明天的开销，明天再想办法去挣。别看俄罗斯人有那么多私家车，拥有私家车并不说明他们拥有多少多少钱。他们的车，十有八九是从日本、韩国、美国过来的二手车，这些车便宜着呢。俄罗斯海关对这些二手车不收关税，只收取一两千卢布的手续费。怪不得呢，这么便宜的二手车，便让许多普普通通的俄罗斯人都成了有车族。

俄罗斯人其实对于吃并不怎么讲究。比如主食，面包加黄油就行。当然，不能没有牛奶或者咖啡。喝酒，有没有菜无所谓。俄罗斯的食品说不上奇缺，但真的不是很多。土豆，几乎成了俄罗斯人的第二面包。水果摊上，土豆、胡萝卜、西红柿，与苹果摆放在一起卖。10 个卢布一公斤土豆，倒也让你觉得不怎么贵。海参崴街头水果摊特少，好不容易才能碰上一个。而且，那苹果又特小，像我在青海柴达木见到过的比核桃稍大一点儿的那种。那苹果小得让人觉得有些可怜。然而，它又很贵，大约 30 卢布一公斤，俄罗斯人很少有人问津。俄罗斯人穿着也很随意。说俄罗斯人很潇洒，很会过日子，主要体现他们的玩兴很浓。

我们下榻的宾馆，与面前的阿穆尔海湾不足百米。这里是阿穆尔河的入海口。阿穆尔湾的海水，那个蓝那个清啊，一进入我们的眼帘，就让我们喜欢上了。我们不禁对俄罗斯人生出了些许嫉妒——他们可真是有福气啊！

翌日一早，我们站在宾馆的阳台上看海观景，没觉着海边有多少热闹，只觉得清爽的海风吹来，海边早晨的空气真好。眼前，只有少许的青年男女或三三两两的老人，在海边被绿树和草坪搂拥着的柏油路上或跑步，或悠悠地散步，或在健身器械上运动。而当我们北京时间下午2点（莫斯科时间下午5点）从外边游览回来，在阳台上一站，海湾里的那个热闹噢，不由得让我们的心也有些痒痒了。

这时候的太阳还很高。蜿蜒的海滩上，能够停车的地方几乎停满了各式各样的车。密密麻麻的车壳子，在秋阳下闪着一束束耀眼的光。俄罗斯人似乎十分喜欢阳光，不像我们的北戴河海水浴场，在阿穆尔湾海滩上几乎找不到几把美丽的遮阳伞，也少见华丽的泳装。女孩子也不穿。男男女女，老老少少，一群群，一堆堆，有的是一家三口，有的是祖孙三代，有的是一对情侣。当然，也有零散的。你看吧，看这一些人儿，有的在海水里扑腾，自个儿偷偷乐着；有的驾着摩托艇劈波斩浪，呼啸着在海上兜风；有的则悠然地在海滩上晒着太阳，闭目养神；有的在喝酒，或伏特加，或啤酒——好一幅俄罗斯人的双休日潇洒图。

禁不住这一幅美丽图画的诱惑，与我们同行的一些同事也兴冲冲走出宾馆，光着膀子，穿着裤衩，一个个扑进了蓝色的海水里……

中国人在海参崴

这座被俄罗斯人称作符拉迪沃托斯克的城市，我们的祖先曾经叫她海参崴。曾经在中国版图上的这座美丽城市，在140多年前，忽然被画到了俄罗斯的版图上。今天，当我们作为外国游客走进这座原本属于自己的城市，心里便悠悠地生出一种隐隐的痛。

这是一代腐败的封建王朝制造出来的一段让国人心里流血的历史。历史已经无法改变。我们心里的痛，只能藏在心底。

我们在这座美丽的城市里行走，所碰到的黑眼睛黑头发黄皮肤的人很多。虽然，听起来讲的都是一些南腔北调，但那些几乎都是我们在往日里听惯了的熟悉的乡音。河北保定、陕西长安县、江苏常州、安徽安庆、黑龙江哈尔滨……这些熟悉的乡音，几乎都聚集在一面面彩色的三角形小旗下面，规规矩矩地听着中国和俄罗斯的导游吆喝。从导游们嘴里吐出来的每一个字，甚至每一个标点符号，对于他们似乎都是新鲜的。仿佛上面还沾着清晨晶莹的露珠。无论导游说得对与错，他们会不会听懂，能不能消化，都是这样。他们给导游、给海参崴的，是一脸的虔诚。

在海参崴的大街上行走，我们的眼球一刻也没有闲着。我们佩服俄罗斯人的智慧。在漫漫的历史长河中，140年算什么？可是，就是这短短140多年，他们把这座城市装点得有模有样。在很多地方，你很少能够看到一点中国的痕迹。

毕竟，这里曾经是一块中国版图上的土地。为纪念1860年签订的令中国人耻辱的中俄《北京条约》，海参崴有一条街道被命名为北京街。在市中心，还有一条中国路。据说在海参崴，如今还生活着数以万计的中国人。他们在这个拥有90万人口之众的城市里只占了很小比例。他们的祖先，大部分是港口和铁路工人、商人、小食品店主、赌场主、担水人、演员和农民。当年的海参崴警察局，还设有中国警察分局，他们负责保护中国商人不受土匪侵犯，禁止买卖和吸食鸦片。在中国人的聚居区，戏曲文艺节目都用中国话上演。中国孩子上中国学校，中国人死后葬中国墓地。

深厚的历史渊源，总是割舍不去中国人心里打不开的那一段海参崴情结。然而，历史是严肃而无情的。海参崴就像早已过继给人家的一个孩子，她的母亲是俄罗斯。今天，我们来海参崴，就好比走亲戚，来看看这个孩子。看看这个孩子身上，在战争期间曾经有过的伤痛，和俄罗斯改革开放以来这些年的变化。在斯维尔特兰大街的海参崴市中心广场，我们和一群群都是来自中国的朋友，久久地站在远东苏维埃政权战士纪念碑前，为在1917—1922对日作战和在保卫苏维埃政权斗争中，英勇牺牲的13000名苏联红军和布尔什维克战士致哀。

作为20世纪90年代初就创建的军事要塞，海参崴在1992年才得以被批准对外开放。海参崴的大门一打开，许多中国人就潮水般涌进来了。随之跟进来的一些假冒伪劣产品，却实实在在地让俄罗斯人骂了一回娘。那一种坑人的买卖曾经留下的阴影，至今仍在许多俄罗斯人心中挥之不去。这些被俄罗斯人骂娘的中国人，在国内也挨国人的骂。痛定思痛。听说，这几年中国人在海参崴做生意，又重新树起了信誉。许多中餐馆的生意都很红火。我们看到大连来的张姓女老板开的渤海饭店招服务员，既招当地俄罗斯小姐，还招国内劳务工。我们结识的从烟台来的21岁青年小张，就是其中一位。

在海参崴，似乎做什么生意的中国人都有，大到木材钢材，小到手工艺品。那天在市中心广场，我们收到一位自称王先生的朋友发给的一张名片，欢迎我们光临他新开张的浴室……

写于2003年春·北京

作客韩国片段

安宁哈萨呦

　　我们这个赴韩旅游团游客中，谁也不识韩文，不懂韩语。当我们一出釜山国际机场，迈入这个陌生国度的大门，感觉就像到了另一个星球。好在面前走动的多是熟悉的黄皮肤、黑眼睛。黄昏，朦胧的夜色里，釜山街头的灯火也不欺生。从日本海那边刮来的深秋的风，冷不防让刚刚来自三十一二度纬线之间的我等一行异国游客打了个寒战，倒是那眨巴着一对对亮晶晶眼睛似的街头的灯火，给人心里添了几分暖意。

　　"你们好！"韩国旅行社的地陪导游小张，是一位祖籍山东在韩国出生的华人。在异国他乡，能够听到一句地道的中国话，着实让我们感到无比亲切和温馨。

　　"到了韩国，必须得学会几句韩语。"小张说，"您好，你们好，韩语叫安宁哈萨呦！早上好，晚上好，也可以这么叫。"我们便开始跟着小张鹦鹉学舌似的学说韩语："安宁哈萨呦！安宁哈萨呦！"

　　"有一句话你们尤其不能不学。你们到了韩国，总得要上厕所。厕所在韩语里不叫厕所，叫'化妆室'。如果咱们中间的哪一位内急了，需要上厕所，见了韩国人就得问'化妆室'，你内急的问题就可以得到解决了！"

于是，在小张咬文嚼字、一句一句的悉心辅导之下，我们很快学会了几句简单的日用韩语。"谢谢用韩语怎么说？""坎沙哈米达！""买东西时问多少钱？""奥里玛艾欧！"在韩国买东西，有的商店也可以打点折。"要他便宜点怎么说？""煞赶！"

到了釜山中央商城一个卖帽子的摊位上，我发现了一顶款式看上去挺不错的帽子，便拿了一顶问女摊主："奥里玛艾欧？"女摊主拿出计算器，揿出了 18000 韩元。我连忙说："煞赶、煞赶！"女摊主在计算器上重新揿一下。哦，这一回是 15000 韩元。按前一天的韩元汇率折算，这 15000 韩元相当于 85 元人民币。显然，这个价要比国内贵。"不要，太贵了！"可是，这一句我就不会用韩语了，韩国女摊主只能微笑着向我摇头。

在济州岛城邑民俗村，接待我们的讲解员是位从黑龙江省牡丹江市嫁到韩国的王姓女同胞。她告诉我们，用韩语，人，称为"八里"。结了婚的男人叫王八里，没结过婚的男孩叫童八里。结了婚的女人叫能八里，没结过婚的女孩叫皮八里。

王女士说："韩国曾被沦为日本殖民地 36 年，青壮男人都被征去打仗了，在济州岛便有许多寡妇村。物以稀为贵。因此，过去的韩国男人，特别是济州岛男人，结了婚是什么都不干的。他们除了吃、睡，就是传宗接代。庄稼活、背水、家务活，里里外外都是女人的事。所以，女人就叫能八里。女人不能干行吗？男人叫王八里，他是家国之王啊。男人虽然什么都不干，但一旦不高兴了，还要对能八里发脾气，使性子。能八里只能哭鼻子。"

"王八里，在中国就是骂人！"

我们团的能八里们窃窃地笑，而王八里们总觉得听起来别扭。

王女士笑道:"是啊,前几天,北京团有位先生一听叫他王八里就不高兴,说,你干脆叫我甲鱼得了!"

到了韩国,得会几句日用韩语,或者会几句简单的英语也好,不然就有可能出洋相。那天,在首尔乐天免税店购物,我和老伴与团队走散了。凭着导游曾经指给的大致方向,我们出了免税店前往不远处的明洞自由购物店。这是今天行程中的最后一站。结果穿过一个地下通道即迷路了,甚至往回走找乐天免税店旁边的停车场都找不着道了。

"安宁哈萨呦!""安宁哈萨呦!"

我一次次用韩语向一拨拨匆匆从跟前经过的路人问好:"安宁哈萨呦!"然后用中文问路,期盼在这些路人中能有个把懂中文的。结果一个也没有。两个女青年在我们跟前停了下来,其中一位和颜悦色地对我说了句"English"。我知道,她大概要我用英语和她们说话。可是,我们不会用韩语问路,也不会"英格里希",我只能十分尴尬地对着她摇头。情急之中,我忽然学着小沈阳用卷舌音说了"免税店"三个字。不料,这卷舌音的"免税店"三字,竟让她们似懂非懂地点头了,即向我指了指马路对面写有"LOTTE"字样的乐天免税店。接下来我们得知,原来,她们也是去乐天免税店。

"坎沙哈米达!"在乐天免税店大楼前,我和老伴连连向这两位女青年道谢。

"拜拜!"这一句"英格里希"这些年我们听得多了——不就是说"再见"吗?

"拜拜!"我们也学着她们的样子,向她们摆手致意。

长肉的韩国料理

"在韩国这几天活得可惨了，一日三餐都是泡菜。"同事小米从韩国一回来，到了办公室就对我们如是说。

泡菜是韩国料理品牌中的主打招牌菜。早在 30 多年前，我在渤海深处的一座小岛当兵时就领教过了。那年，部队机关中灶食堂来了一位朝鲜族何姓厨师，他用油盐酱糖醋酒辣椒做出的一手风味小菜，特爽口、下饭。这让于早餐吃惯了酱瓜、腌萝卜、豆腐乳、疙瘩头咸菜、盐水煮黄豆等小菜的机关干部煞是喜欢。请教何师傅："这叫什么菜？"何师傅说："这是朝鲜风味泡菜。"这一档以大白菜当家，既咸又甜又酸又辣的泡菜，我喜欢，在岛上待过几年的老伴也喜欢。可是，当听说到了韩国一日三餐全是泡菜，心里就开始犯嘀咕——"别到了那里吃不饱呵"。于是，我们这一行人，临行前便在超市里采购了小饼干、小蛋糕、小面包、五香豆腐干等许多小吃，放入托运的拉杆箱里带到了韩国。

到了韩国，从釜山国际机场前往市区入住宾馆的途中，导游小张向我们介绍这趟行程中的食、住、行、购的总体安排。他说："咱们这个团的此行八日游，最让我感到为难的事是吃。这八天，能让大伙儿吃些什么呢？韩国不像咱们中国。舌尖上的中国，吃的有多丰富，有多丰盛。烧、煮、煎、蒸、烤、炖，十八般厨艺，哪道菜的色香味都会让全世界直流口水。可是，在韩国，当家菜就是泡菜。可是，你们也别小看这韩国泡菜。前些年闹腾过 SARS，中国叫非典，全世界几乎都被 SARS 的恐怖笼罩，谈非典色变。可是，就韩国没有一例感染 SARS 病毒的。为此，世界卫生组织的专家到了韩国。经研究发现，原来这是泡菜的功劳。韩国泡菜独具抗 SARS 病毒的功效。韩国泡菜好吗？好！可是，这八天，我不能、也不会让咱们全吃泡菜。"

这位张导的心里，显然已装上了为咱们精心安排的八日菜谱。"我尽量想办法给大家调剂好伙食，可是，我不能保证让大家都满意。"也许，小张对自己的八日伙食安排没有太多的信心。"可是，我知道大家不会对吃有太多的挑剔。"他似乎在提醒大家，到了韩国，对饮食，不要有太高的奢望。

"出游游的是一种心情，您有这份心就足够了！"我们对张导说。

在接下来的日子里，我们总是以一种品鉴、尝鲜的独特心态，走进小张精心安排的一道道韩国料理的风景里。

果然，在韩国的八天里，一日三餐全有泡菜。却并非全是泡菜。泡菜，是每餐必有的家常菜，且几乎每餐总是那四种：白菜、萝卜、海带、小辣椒。如有变化，那也是小有变动，海带丝换成小鱼干或紫色的豌豆。四个小碟，一顿不少，管你喜欢不喜欢、爱吃不爱吃。除了四道泡菜之外，还有一道汤每顿必有。这就应了韩国人的用餐习惯：一口汤一口饭一口菜，再一口汤一口饭一口菜。那一道汤，是清淡的紫菜汤或海带汤或漂着葱花的清汤。韩国料理几乎不用食油，用盐甚少。

我们的这次所谓韩国八日游，其实在韩国用餐连头带尾才20餐。大伙儿对于泡菜的兴致，从开始时的体会新鲜到中间阶段的为调节口味偶尔食之，再到后来的基本不动，呈现一种从高到低的梯形状态。

对韩国泡菜的兴致由浓到淡，也许是我们长期养成的饮食习惯所致。而更重要的一点，是由于早餐之外，每餐还有张导为我们精心策划的一道大菜，且每日中晚餐不重样。

到韩国后的第一餐，是一顿丰盛的自助餐。除了韩国当家的泡菜，还有新鲜的色拉蔬菜，有烤鲐鱼、炒西兰花菜、麻辣豆腐、清炒山药木耳、红烧肉。主食也尤其丰富，有韩版的扬州炒饭、馒头、煮玉米、红薯、土豆、南瓜。粥类呢，有小米粥、白米粥、黑米粥。还有国内自助餐中常见的豆浆、牛奶，以及菠萝、橙子、小番茄等新鲜水果。煮土豆好大，老伴蘸了点类似番茄酱口味的调料，吃了一口，连说好吃。她让我也尝一下。我说："已经饱了，不能再吃了！"

第二天中午，用的是一餐别具一番韩国风味的石锅拌饭。一人一个烫得不能沾手的石锅里，盛着香喷喷的米饭，里头拌着乳白色的豆芽、红色的胡萝卜丝、碧绿的青菜、酱色的肉丝、紫色的海带丝。色彩斑斓的饭菜在火烫的石锅里冒着腾腾热气，香味扑鼻。张导过来提醒："石锅拌饭得使劲儿拌。只有拌透了，这石锅拌饭才入味、好吃。"一顿饭下来，我们一个个团友的额头上，全是汗淋淋的了。

那天的晚餐在济州岛。这是一顿海鲜大餐。除了那几碟泡菜，用的全是生猛海鲜：对虾、鲍鱼、石斑鱼、海红、扇贝，连带鱼也是未进过冷库的鲜货。喜欢生吃的就蘸着芥末生吃。不喜欢生吃的，可以放在火锅里涮一下吃。可是张导说，如果那该生吃的石斑鱼放在火锅里涮着吃了，就等于将价值300元的珍贵海鲜当作30元的普通海鲜吃了，有点儿可惜。最刺激的是体验韩国人生吃活章鱼。章鱼生命力极强，即使它被厨师用剪刀剪断了的肢体被你生吞了下去，如不马上在嘴里使劲地咀嚼几下，其肢体仍会顽强地贴着你的食道，甚至还在你的食道里缓缓蠕动。这不，我们眼看着挂在团友老朱嘴边上的章鱼的那部分肢体还在那儿动弹。嗬！那一种刺激何止是刺激，简直是恐怖。我们18个团友中，只有老朱他们三位勇敢的"王八里"参与体验。

赴韩几天下来，感觉韩国的饮食，并没有小米她们所说的一日三餐全是泡菜那么清苦。我们哪一顿都是吃得饱饱的、香香的。曾经带去韩国以备吃不饱时之用的那些小吃，我们只是在行车途中仅以玩玩儿似的吃吃而已，相当一部分仍被带回了国内。

那天，我们到了仁川国际机场准备回国。不知是谁，率先在机场一家免税店里称起了体重。出人意料的是，8天下来，同事小闻长了3斤，我老伴长了2.5斤。连平时不善长肉的我，也比赴韩前多出了2斤。哈，凡过秤的几乎都长肉了！

感受三八线

三八线给我的感觉，除了震撼还是震撼。

这一条地理上无形的纬线，是战争的魔爪，将一个完整的国家和民族，无情地撕裂成了两半。于是，三八线从此变成一条被涂抹了政治色彩的军事分界线和休战线。如果没有眼前高耸的铁丝网，那连绵的山野，娇艳的秋色，就没有南北之分。如果没有眼前紧锁着的那道铁门，横跨于临津江上的这座自由之桥，就会成为桥两端同胞来往自如的真正意义上的自由之桥——这是战后南北双方交换战俘的地方——那个历史的瞬间，被交换的每一个战俘分别被告知：你自由了！从此，这座临津江大桥，就被称为自由之桥。桥边是一片彩色的幡旗，这是战争中死难者的灵魂。展望台下，建有望拜坛、平和钟阁等建筑。望拜坛是战后背井离乡的人们，每年春节和中秋眺望家乡和祭拜祖先的地方。平和钟阁内置有一座和平钟。我们在撞响和平钟的那一刻，心在默默地说："一个没有战争的世界该有多好！"

接下来的一幕恍若一记重锤，将人们美好的愿望砸得粉碎。这是三八线最具震撼力的一处景点：第三隧道。导游说，从20世纪70年代中期始，直至1990年，韩国先后发现了北方越过军事分界线挖掘的4条地道。目前向游客开放的第三隧道，总长1635米，始于军事分界线以北1200米，向南达435米，距首尔仅52公里。这条位于地下73米深处，宽、高均为2米的隧道，据说能在一小时内集结一个师的兵力。4条隧道，规模一条比一条大，据说最大的可开得进坦克。走进第三隧道，展现在眼前的全是坚硬的花岗岩。可是，当事者却为遮掩其不可告人的目的，在花岗岩上涂抹黑油漆，诈称找煤。这不是闹笑话吗？普天之下，哪儿的花岗岩上能出煤？这一条条越过军事分界线、休战线的隧道，不是为南进，又是为什么？当事者无论如何也无法自圆其说。看看吧，往北3度倾斜的坡度，积水是往北的；而设置炸药的方向又是往南的。可见其"良苦用心"。如此浩大的工程，也不知道当事者于其间耗用了多少人力财力物力精力，死了伤了多少人。而他们又为什么不把这一些人力财力物力精力用在和平发展、造福百姓上呢？也许，当事者当初未曾想过，他们当初的慷慨投入、苦心经营，如今竟成了韩国人创收赚大钱的一大旅游景点——游三八线，一张门票350元人民币——他们亏不亏啊！

从历史的碎片中寻觅，这条三八线，除了表示自然地理中的纬度，原本就没有任何政治意义。1943年，中、美、英三国在埃及首都开罗发表《开罗宣言》，确认了朝鲜的独立地位。没想到，第二次世界大战结束时，盟国协议以朝鲜半岛上的北纬38度线作为苏美两国对日行动和受降范围的暂时分界线，北部为苏军受降区，南部为美军受降区。于是，这条通称"三八线"的临时分界线，从此为朝鲜半岛埋下了祸根。韩朝先后于1948年8、9月建国。分属于东西方两大阵营的朝韩两国，于1950年6月25日爆发战争。朝鲜军队三天攻陷汉城，并一路南进，很快占领了除釜山以外的所有韩国领土。在这危如累卵之际，美国获联合国授权，组织 16 国参与的联合国军进行干涉。美国为首的联合国军很快打过了三八线，并占领平壤，战火一直烧到鸭绿江边。面对战争的威胁，与朝鲜山水相连、唇齿相依的新中国，几十万志愿军誓死保家卫国，雄赳赳气昂昂，跨过鸭绿江，赴朝参战。用血肉之躯和最简陋的装备，与武装到牙齿的以美国为首的联合国军作战。经过整整一年的较量，战争于三八线地区呈胶着状态。于是，美韩为一方，中朝为一方，双方走到了板门店谈判桌上。

在三八线韩方一侧的观景台上，我将 500 韩元硬币塞进了高倍望远镜，试图搜寻一直在心里惦念着的位于朝方一侧的上甘岭。当年，我是在看了电影《上甘岭》之后才知道三八线的。可是，即使是高倍望远镜，也找不到上甘岭的具体位置。上甘岭，原本是一个只有十几户人家的小村落。经过五次战役敌我双方的拉锯式激战，在上甘岭战役前，这里早已成了一片废墟。

板门店谈判桌上，中朝一方坚持要求恢复原来的三八线划界，而美韩方则坚持以停火时双方实际控制线为界。为了各自的利益，双方互不相让。于是，美韩军于 1952 年 10 月 14 日，向我三八线地区的上甘岭两处高地发动进攻。历时 43 天的这场战役，仅为争夺面积 3.7 平方公里的 597.9 和 537.7 两处高地。战争是血腥的政治，你死我活。战争没有人性。如果有一点，那就是将士们在浴血战斗中为了国家的尊严和民族的荣耀，所表现出的视死如归的那种骨气。在这一场战役中，中国志愿军投入兵力 4.3 万人，美韩军投入兵力 6 万人；志愿军消耗弹药 5500 多吨，美韩军消耗炮弹 190 余万发，航空炸弹 5000 余枚，最激烈的一天消耗炸弹 30 万发，航空炸弹 500 余枚。43 天，志愿军参战部队依托坑道与敌反复争夺 29 次，击退敌营以上规模冲锋 25 次，营以下冲

锋 653 次；志愿军伤亡 1.56 万人，美韩军伤亡 2.5 万人，伤亡比
1：1.6。因这一场战役，4 万余条鲜活的生命便从这个星球上无声
地消失了。

有史料提供的信息说，坚守上甘岭地区 1 号坑道的志愿军前
后三四百人，最后只剩下 8 人。志愿军十五军一三四团八连，只
剩下连长李宝成、指导员王土根和通讯员三人。坑道外路边有一
截不足一米高的树干上，嵌满了子弹和弹片，伤痕不下百余处。
八连的军旗，战役前还是崭新的。连队每一次反击，就插上阵地
一次。当战役结束，这面不到两平方米的旗帜上，弹洞密密麻麻
多达 381 个。

一个战役，消耗了那么多弹药，伤亡了那么多人，付出了那
么大代价，为的是在谈判桌上处于主动地位。你说是谁赢了，谁
输了？也许有人以为，战役前曾经骄横一世的美韩军终于服服帖
帖地在停战协议书上签字了，就是认输了。殊不知，经过三年的
这场战争，朝鲜和韩国，又重新回到了三年前三八线分割的原点
上。这条绵延朝鲜半岛东西长达 241 公里的南北军事分界线，意
味着这一场战争毫无意义。

一个战役，竟然伤亡了那么多人。那么，这一场持续了三年
的战争，又伤亡了多少人？三年战争，使三八线重新回归至原处。
而那么多在这场战争中死去的生命呢，无论是中朝一方，还是美
韩一方，那些曾经鲜活的生命，都无法重新回归到原点。

感受三八线，我的心里只有痛！

快乐着的，唯有 38 度军事分界线两侧，南北双方各 2000 米
的非军事区内，因 60 年来无人涉足而繁茂生长着的那些花花草草
树木们，雀儿野鸡野兔野鹿们！

2012 年 10 月

后　记

　　《天涯之梦》的书名，似乎显得有些苍老，有点俗气，跟不上当下的潮流，这是一定的。但我仍要起这个书名。这并不是我的固执，而是我想以此将我以前出过的《西部之梦》《苍野之梦》两本散文集配起套来，从而形成一个"三梦"系列。

　　也许会让人笑话。"三梦"系列作品集，其实差不多——"西部"难道不"苍野"吗？"西部"难道不"天涯"吗？且别笑话。文学，也许就是作家们将文字搬过来搬过去，让人们从中获得健康快乐的一种文字游戏。小说、散文、诗歌等，大概都是如此。

　　这本书里的作品，也许能折射出我人生的全部。我爱故乡，爱写作，爱我所从事过的军人、建筑业的职业生涯，也爱旅游。"久在樊笼里，复得返自然"——身在都市快节奏生活方式里过日子的我，尤其喜欢去亲吻故乡那始终难以释怀的泥土的香味，喜欢去远方倾听那天边的田园牧歌，喜欢用自己的足迹和心灵的感悟，去丈量和抚摸生命中浪漫得像诗一样的曲折与起伏。

　　其实，我所有的喜爱，集中到一点，那就是我热爱生活。生活是文学创作的源泉。这本书里的作品，是我千万簇美丽的生活浪花里，"用心"采撷的最美几簇。懂得热爱生活，才有拥抱生活的激情和浪漫。懂得咀嚼生活，方能发现生活的底色和真谛：原来，生活的色彩是如此丰富，如此迷人。"用心"去走进生活、感悟生活，你就会发现，眼前的风景无一不是人间美景；身边的故事无一不能撩人心魄。

我坐在17楼的办公室里，忽闻窗外不远处打桩机发出的沉重的撞击声。方知，与我们大厦一墙之隔，将建造超40层的启东第一高楼。打桩机日夜忙碌，向地表深处的岩层挺进。于是，我从联想故乡年轻的土地、短浅的历史开始，构思创作了《当我们从时间深处走来》一文。清明节祭祖，当我第一次在一位叔公的墓碑旁发现了曾祖父的名字，就像哥伦布发现新大陆一样，仿佛找寻到了生命根。由此，我开始搜集曾祖父以来的家族史料，在纪念父亲百年诞辰之际，将这些家族史料嵌入了《二月初头报春花》一文。去浦东机场迎接著名文学评论家雷达，崇启大桥通车之际看一台由董卿主持的节目，江海文化节开幕式听了一首韩红演唱的歌曲，我在涌动的创作激情中分别写出了《为当代文学导航的一盏明灯》《江海飞虹》《掌声响起》。我在部队服役18年，对部队对海岛总是怀有一种别样的情感。当老部队番号于这一轮军队"撤并转改"中消失之际，适逢接受一次采访任务，有幸得以和老部队多位老首长、老前辈零距离接触，近2万字的大散文《敬礼，英雄的要塞！》在今年7月的高温下，一气呵成。只要用心观察、用心感受，处处皆有好文章。在俄罗斯三天四夜，我将此形成了题为《精彩俄罗斯》的10篇游记。

《西部之梦》《苍野之梦》分别出版于1996年2月、1998年9月。当20年后奉上《天涯之梦》时，一个当年尚未"知天命"出第一本和第二本散文集的老中年，如今已迈入近"古来稀"的老人行列了。当然，笔下的文字，经悄然流淌的岁月河的冲刷和打磨，亦有所长进。这一本拙作，相对于20年前的那些文字，也许增加了些许厚度，变得耐看好看些了。

感谢这些年来一直热情关心、支持和帮助过我的各位文学前辈、老师和文友，是你们的热情给力，增强了我在漫漫文学道路上不断前行的信心，并不断有所作为、有所收获。

感谢现代出版社和李新勇老师、余鑫老师，给了我《天涯之梦》一书面世的机会。

陆汉洲

2017 年 8 月